国家出版基金项目
NATIONAL PUBLICATION FOUNDATION

外国文学学术史研究
主编
陈众议

《一千零一夜》学术史研究

دراسة عن التاريخ الأكاديمي لألف ليلة و ليلة

宗笑飞 著

译林出版社

图书在版编目（CIP）数据

《一千零一夜》学术史研究 / 宗笑飞著. -- 南京 : 译林出版社，2025. 5. --（外国文学学术史研究 / 陈众议主编）. -- ISBN 978-7-5753-0620-1

Ⅰ. I371.077

中国国家版本馆CIP数据核字第20256KS667号

《一千零一夜》学术史研究　　宗笑飞 / 著

责任编辑　韩继坤　葛　琳
装帧设计　孙逸桐
校　　对　戴小娥
责任印制　颜　亮

出版发行　译林出版社
地　　址　南京市湖南路 1 号 A 楼
邮　　箱　yilin@yilin.com
网　　址　www.yilin.com
市场热线　025-86633278
排　　版　南京展望文化发展有限公司
印　　刷　江苏凤凰通达印刷有限公司
开　　本　652 毫米 ×960 毫米　1/16
印　　张　25.5
插　　页　2
版　　次　2025 年 5 月第 1 版
印　　次　2025 年 5 月第 1 次印刷
书　　号　ISBN 978-7-5753-0620-1
定　　价　128.00 元

总序

在众多现代学科中有一门过程学。在各种过程研究中，有一种新兴技术叫生物过程技术，它的任务是用自然科学的最新成就，对生物有机体进行不同层次的定向研究，以求人工控制和操作生命过程，兼而塑造新的物种、新的生命。文学研究很大程度上也是一种过程研究。从作家的创作过程到读者的接受过程，而作品则是其最为重要的介质或对象。问题是，生物有机体虽活犹死，盖因细胞的每一次裂变即意味着一次死亡，而文学作品却往往虽死犹活，因为莎士比亚是“说不尽”的，“一百个读者就有一百个哈姆雷特”。

换言之，文学经典的产生往往建立在对以往经典的传承、翻新，乃至反动（或几者兼有之）的基础之上。传承和翻新不必说，但奇怪的是，即使反动，也每每无损以往作品的生命力，反而能使它们获得某种新生。这就使得文学不仅迥异于科学，而且迥异于它的近亲——历史。套用阿瑞提的话说，如果没有哥伦布，迟早会有人发现美洲；如果伽利略没有发现太阳黑子，也总会有人发现。同样，历史可以重写，也不断地在重写，用克罗齐的话说，“一切历史都是当代史”。但是，如果没有莎士比亚，又会有谁来创作《哈姆雷特》呢？有了《哈姆雷特》，又会有谁来重写它呢？即使有人重写，他们缘何不仅无损于莎士比亚的光辉，反而能使他获得重生，甚至更加辉煌灿烂呢？

这自然是由文学的特殊性所决定的，盖文学是加法，是并存，是无数“这一个”之和。鲁迅谓文学最不势利，马克思关于古希腊神话的“童年说”和“武库说”更是众所周知。同时，文学是各民族的认知、价值、情感、审美和语言等诸多因素的综合体现。因此，文学既是民族文化及民族向心力、认同感的重要基础，也是使之立于世界之林而不轻易被同化的鲜活基因。也就是说，大到世界观，小到生活习俗，文学在各民族文化中起到了染色体的功用。独特的染色体保证了各民族在共通或相似的物质文明进程中保持着不断变化却又不可淹没的个性。唯其如此，世界文学和文化生态才丰富多彩，也才需要东西南北的相互交流和借鉴。同时，古今中外，文学终究是一时一地人心的艺术呈现，建立在无数个人基础之上，并潜移默化、润物无声地表达与传递、塑造与擢升着各民族活的灵魂。这正是文学不可或缺、无可取代的永久价值与恒久魅力之所在。

于是，文学犹如生活本身，是一篇亘古而来、今犹未竟的大文章。

此外，较之于创作，文学研究则更具有意识形态和上层建筑属性，因而更取决于生产力和社会形态、社会发展水平。这也是马克思主义的基本观点之一。如是，我国现代意义上的文学研究起步较晚，外国文学研究更是如此。虽然以鲁迅为旗手的新文学运动十分重视外国文学，但从实际成果看，1949年前的外国文学研究却基本上属于旁批眉注、前言后记式的简单介绍，既不系统，也不深入。因此，我国的外国文学研究几乎可以说是在新中国成立以后全面展开的。而系统的外国文学学术史研究，这还是第一次。

一

学术史研究也是一种过程学，而且是一种相对纯粹的过程学。不具备一定的学术史视野，哪怕是潜在的学术史视野，任何经典作家作品研究几乎都是不能想象的。

然而，后现代主义解构的结果是绝对的相对性取代了相对的绝对性。于是，许多人不屑于相对客观的学术史研究而热衷于空洞的理论了。在一些人眼里，甚至连相对客观的真理观也消释殆尽了。

于是,过去的“一里不同俗,十里言语殊”成了如今的言人人殊。于是,众生喧哗,且言必称狂欢,言必称多元,言必称虚拟和不确定。这对谁最有利呢?也许是跨国资本吧。无论解构主义者初衷何如,解构风潮的实际效果是:不仅相当程度上消解了真善美与假恶丑的界限,甚至对国家意识形态,至少是某些国家的意识形态和民族凝聚力都构成了威胁。然而,所谓的“文明冲突”归根结底是利益冲突,而“人权高于主权”这样的时鲜谬论也只有在跨国公司时代才可能产生。

且说经典在后现代语境中首当其冲,成为解构对象。因此它们不是被迫“淡出”,便是横遭肢解。所谓的文学终结论也正是在这样的背景下提出来的。它与其说指向创作实际,毋宁说是指向传统认知、价值和审美取向的全方位颠覆。因此,经典的重构多少具有拨乱反正的意义。

正是基于上述缘由,中国社会科学院外国文学研究所于2004年着手设计“外国文学学术史研究工程”计划,并于翌年将该计划列入中国社会科学院“十一五规划”。这是一项向着重构的整合工程,它的应运而生标志着外文所在原有的“三套丛书”(即20世纪60至90年代——“文革”时期中断——的“外国文学名著丛书”、“外国古典文艺理论丛书”和“马克思主义文艺理论丛书”)等工作的基础上又迈出了新的一步,也意味着我国的外国文学研究已开始对解构风潮之后的学术相对化、碎片化和虚无化进行较为系统的清算。

由是,关乎经典的一系列问题将在这一系统工程中被重新提出。比如,何为经典?经典是必然的还是偶然的?经典重在表现人类的永恒矛盾(用钱锺书的话说是“两足动物的基本根性”)呢,还是主要指向时代社会的现实矛盾?它们在认知方式、价值判断、审美取向方面有何特征?经典及经典批评与时代社会的生产力和生产关系、经济基础和上层建筑等关系何如?批评及批评家的作用(包括其立场、观点和方法及其与时代社会的一般和特殊关系)又如何?此外,经典作家的遭际与性情、阅历与禀赋,经典的内容与形式、继承与创新，以及文学的一般规律和文学经典的特殊性等诸如此类的问题，都将是本工程需要展示并探讨的。

且说世界文学一路走来，其规律并非羚羊挂角，无迹可寻。童年的神话、少年的史诗、青年的戏剧、中年的小说、老年的传记是一种概括。由高向低、由外而内、由强至弱、由大到小，等等，也不失为一种轨辙。如是，文学从模仿到独白、从反映到窥隐、从典型到畸形、从审美到审丑、从载道到自慰、从崇高到渺小、从庄严到调笑……终于一头扎进了个人主义和主观主义的死胡同。小我取代了大我，观念取代了情节；“阿喀琉斯的愤怒”变成了麦田里的脏话；“路漫漫其修远兮，吾将上下而求索”变成了“我做的馅饼是世界上最好吃的”；诸如此类，不一而足。当然，这不能涵盖文学的复杂性和丰富性。事实上，认知与价值、审美与方法等的背反或迎合、持守或规避所在皆是。况且，无论“六经注我”还是“我注六经”，经典是说不尽的，这也是由时代社会与经典本身的复杂性和丰富性所生发的。

二

众所周知，文学是人类文明的重要组成部分。马克思主义的经典作家向来重视文学，尤其是经典作家在反映和揭示社会本质方面的作用。马克思在分析英国社会时就曾指出，英国现实主义作家“向世界揭示的政治和社会真理，比一切职业政客和道德家加在一起所揭示的还要多”。恩格斯也说，他从巴尔扎克那里学到的东西，要比从“当时所有职业的历史学家、经济学家和统计学家那里学到的全部东西还要多”。列宁则干脆地称托尔斯泰是俄国革命的一面镜子。这并不是说只有文学才能揭示真理，而是说伟大作家所描绘的生活、所表现的情感、所刻画的人物往往不同于一般抽象的概括、数据的统计。文学更加具体、更加逼真，因而也更加感人、更加传神。其潜移默化、润物无声的载道与传道功能更不待言。站在世纪的高度和民族立场上重新审视外国文学，梳理其经典，展开研究之研究，将不仅有助于我们把握世界文明的律动和了解不同民族的个性，而且有利于深化中外文化交流，从而为我们借鉴和吸收优秀文明成果、为中国文学及文化的发展提供有益的“他山之石”。习近平总书记提出的“不忘本来，吸收外来，面向未来”与“洋为中用”“古为今用”思想一脉相承。

“观乎天文以察时变，观乎人文以化成天下”；文学作为人文精神的重要基础和介质，既是人类文明的重要见证，同时也是一时一地人心、民心的最深刻，也最具体的体现，而外国文学则是建立在各民族无数外国作家基础上的不同时代、不同民族的认识观、价值观和审美观的形象反映。研究人心自然不能停留在简单抽象的理念上。因此，走进经典永远是了解此时此地、彼时彼地人心民心的最佳途径。换言之，文学创作及其研究指向各民族变化着的活的灵魂，而其中的经典（包括其经典化或非经典化过程）恰恰是这些变化着的活的灵魂的集中体现。

如是，“外国文学学术史研究”立足国情，立足当代，从我出发，以我为主，瞄准外国文学经典作家作品和思潮流派，进行历时和共时双向梳理。目前共四辑，由二十五部学术史研究专著、二十五部配套译著组成：第一辑涉及塞万提斯、歌德、雨果、左拉、庞德、高尔基、肖洛霍夫和海明威；第二辑包括普希金、茨维塔耶娃、康拉德、狄更斯、哈代、菲茨杰拉德、索尔·贝娄和芥川龙之介；第三辑为乔叟、简·奥斯丁、陀思妥耶夫斯基、泰戈尔和希伯来经典；第四辑涵盖《一千零一夜》、巴尔扎克和列夫·托尔斯泰。

三

格物致知，信而有证；厘清源流，以利甄别。“外国文学学术史研究”中的经典作家作品学术史研究系列顾名思义都是学术史研究（或谓研究之研究）。学术史研究既是对一般博士论文的基本要求，也是一种行之有效的文学研究方法，更是一种切实可行的文化积累工程，同时还可以杜绝有关领域的低水平重复。每一部学术史研究著作通过尽可能竭泽而渔式的梳理，即使不能见人所未见、言人所未言，至少也能老老实实地将有关作家作品的研究成果（包括有关研究者的立场、观点和方法）公布于众，以裨来者考。如能温故知新，有所创建，则读者幸甚，学界幸甚。相配套的经典论文翻译，则遴选有关作家作品研究的标志性成果，其形式类似于外文所先前出版的“外国文学研究资料丛书”。

同时，每一部学术史研究著作将由三部分组成。第一部分为经典作家（作品）的学术史梳理。这是相对客观的，但其中的艰难也不可小觑。首先，学术史梳理既不像平素泛舟书海，拾贝书滩，尽意兴而为之地俯拾由己和随心所欲；其次，牵涉语种繁多，而且经过20世纪的形形色色的方法论和批评思潮的浸染，用汗牛充栋来形容经典作家作品研究成果已不为过。因此，要在浩如烟海的研究史料中攫取最有代表性的观点和方法，实在是件考验耐心和毅力的事情。战战兢兢，生怕挂一漏万，自不待言，且挂一漏万在所难免。因此，我们只能择要概述，甚至把侧重点放在经典作家的代表作上。不然纵使篇幅再大，也难以涵括浩瀚的文献资料。换言之，去芜杂的枝蔓和重复的敷衍，留精粹要义和真知灼见是必然的，但也是不容易做到的。它考验我们涉猎的深度和广度，而且也是检验我们学术水准和价值判断的重要环节。

第二部分研究之研究何啻是一大考验。都说20世纪是批评的世纪，在经历了现代主义的标新立异和后现代主义的解构风潮之后，在各种思潮、各种方法杂然纷呈的情况下，如何言之有物、言之成理、不炒冷饭，殊是不易；如何在前人的基础上有所发现、有所前进，就更是难上加难。但反过来看，正因为文化相对主义的盛行和批评的多元，也才有了我们展示立场、发表见解的特殊理由和广阔余地。举个简单的例子，解构主义针对二元论的颠覆虽然是形而上学的，却不可谓不彻底。其结果是相当一部分学者怀疑甚至放弃了二元思维。但事实上二元思维不仅难以消解，而且在可以想见的未来仍将是人类思维的主要方法。真假、善恶、美丑、你我、男女、东方和西方等实际存在,并将继续存在。与此同时,作为中国学者,面对西方话语,我们并非无话可说。总之,从文学出发,关心小我与大我、外力与内因、形式与内容、反映与想象、情节与观念,以至物质与精神、肉体与灵魂、西方与东方等诸如此类的二元问题,以及经典在民族和人类文明进程中的地位和作用,依然可以是我们的着力点。当然,二元论绝不是排中律,更非二元对立,而是在辩证法的基础上融会二元关系及二元之间所蕴藏的丰富内涵和无限可能性。毋庸讳言,改革开放以来,学术界解放思想,广开言路,但日新月异中不乏矫枉过正、时髦是趋。比如大到存在与意识、物质与精神的辩证关系,小到客观与主观、客体与主体等,都大有乾坤倒转、黑洞化吸之势。至于意识形态"淡化"之后,跨国资本主义的一元化意识形态更是有增无已;真假不辨、善恶不论、美丑混淆的现象所在皆是;个人主义大行其道,从而使抽象的人性淹没了社会性;普世主义势不可挡,以致文化相对主义甚嚣尘上。文学从大我到小我,从外向到内倾,从模仿到虚拟,从代言到众声喧哗;真实给虚幻让步,艺术向资本低头;对妖魔鬼怪和封建迷信津津乐道,任帝王将相和无厘头充斥视域,能不发人深省?然而,经典作家是说不尽的,以上的任何一位作家都是无法穷尽的。用巴尔加斯·略萨的话说,伟大的经典具有"自我翻新"的本领。至于何为经典,虽然也是个说不尽的话题,但用简单的方式综观前人的观点,也许可以用三句话来概括:一是它们必须体现时代社会(及民族)的最高认知和一般价值(包括人类永恒的主题、永恒的矛盾);二是其方法的魅力及审美的高度不会随着岁月的更迭而褪色或销蚀;三是其情感表达能够长久地引起共鸣和共振。当然这是将复杂问题简单化的一种说法。而本课题便是关乎经典之所以成为经典的一种较为复杂的论证方式。需要说明的是,经典不等于市场。用桑塔亚那的话说,经典不在于一时一地喜欢者的多寡,而在于喜欢者的喜欢程度。如果在此基础上再加上一个历史的维度,那么这话也就更加全面了。

学术史研究的最后部分为文献目录。它在尽可能详尽的基础上，还要有所选择。不然，展示一个经典作家的学术史，光文献目录就可以编辑厚厚的几大本。因此，去粗存精，是为重要或主要文献目录。

总之，在逆全球化抬头、AI迭代发展的今天，重新拥抱经典不仅是一种持守，而且彰显了语言文学如何作为不同国族精神主权的鲜明特质。然而，奇妙的是，各民族文学经典最容易为全世界读者所喜爱，这也是文明互鉴成为可能、人类命运共同理念成为共识的有力证据，更是马克思主义国际主义和世界人民大团结等美好愿景对人同此心、心同此理的最好注解。

最后需要说明的是，"外国文学学术史研究"的中长期目标是在作家作品和流派思潮研究的同时，进行更具问题意识的学术史乃至学科史研究，以期点面结合，庶乎"既见树木，又见森林"；若能密切联系实际，促进中华学术的繁荣、发展和创新，则读者幸甚，我等幸甚。无疑，此工程面向全国高校及科研机构，希望有志于外国文学学术史的同仁踊跃加盟、不吝赐教。

陈众议

2025年元月修订

目录

绪言

作为东方著名的口传文学或民间故事集，《一千零一夜》(ألف ليلة وليلة)曾长期处于“流散”或“流动”的状态。譬如江河瀚海，《一千零一夜》在其形成过程中不断汇流纳川，及至形成目前的规模。即使根据最简单的说法，它从最初的源头——古印度寓言——到古波斯传说，再到阿拉伯故事，其中也蕴含了许多未解之谜。这是几乎所有古代史诗和民间口传文学形成的共同奥秘。人们或围炉夜话，或煮酒闲谈，使传奇的发散类似于窑变，于是《一千零一夜》也便有了各种各样的变体。除了迄今发现的各种手稿、编纂本和译本，还有或前或后的《一百零一夜》(مائة ليلة وليلة)、《一千零一日》(ألف يوم ويوم)等众多衍生品，加之在世代的传抄过程中出现的杂糅、重复、歧出，甚至讹误，这些都使得这部作品抄本繁多、原始面目难以厘清。是故，内容丰富庞杂自不待言，其与时间同生同新也在所难免，且每每被打上不同时代的社会的鲜明烙印。

如今，《一千零一夜》的变体或衍生品有些仍历历在目，有些则已然湮没于悠悠时空与历史尘埃之中。这是口传文学的必然结果。也正因为口传之故，《一千零一夜》版本众多，且各各差别明显。举个例子，纳训译本中《国王山鲁亚尔及其兄弟》说到沙宰曼刚刚杀死了背着他一起歌舞的王后和乐师，复在他兄弟山鲁亚尔国王的宫中看见了类似的景象：王后趁国王不在，与二十个宫女和二十个奴仆缓步走到喷水池前面坐下，又吃又喝，唱歌跳舞，一直玩到日落。沙宰曼犹豫许久，遂将此事告诉了兄弟，于是山鲁亚尔国王谎称出猎，躲在宫中和兄弟一起再次见到了王后和宫女、奴仆们在喷水池边嬉戏。两位国王顿时万念俱灰，抛弃王位，一同浪迹天涯。在李唯中译本中，国王沙赫泽曼（沙宰曼）回宫时看到王后和一个黑奴正在宫床上寻欢作乐。他于是手起刀落，将一男一女斩于床上。两兄弟在国王舍赫亚尔（山鲁亚尔）宫中看到喷水池边应声走过去一个黑奴，他上前拥抱王后，继之亦云亦雨，直到夕阳西斜，黄昏乃至。于是，兄弟俩万念俱灰，立刻抛弃王位、自我放逐了。而爬梳古叙利亚手稿和埃及手稿，其中所收故事以及相同故事的差别更是俯拾皆是。这些差别使得依从它们而出的英、法等全译本千差万别，更遑论数不胜数的节译本。尽管版本有别，但目前学界较为一致的观点是，《一千零一夜》的故事大抵分为两层，一层是8至12世纪的巴格达故事层，另一层是12至15世纪的埃及故事层。也有学者将引子故事《山鲁佐德和山鲁亚尔》单列一层，认为该故事源自波斯，而波斯又源自印度。这些基本分层，有助于读者了解不同版本的从出。

同样，《一千零一夜》不同版本所撷取的故事数量千差万别，有的译本只涵盖200多夜，有的则为了凑足1001夜而增添枝赘。略去暂且无从考证的前抄本时期，《一千零一夜》最早见于公元879年的埃及纸莎草残片。从那时起直至14世纪（或曰15世纪），《一千零一夜》的故事一直在阿拉伯帝国的疆域内流传、衍变，有时是在说书人的口中传递，有时则是在抄录者的笔下化合。

再说13世纪前后，《一千零一夜》的一些故事开始在阿拉伯安达卢斯（即今西班牙南部地区）和卡斯蒂利亚被移译为拉丁俗语卡斯蒂利亚语（即今西班牙语）。其中就有《辛迪巴德》的故事。素有智者之称的卡斯蒂利亚国王阿方索十世（Alfonso X）早在登基前便着手组织移译各种古典文本，《辛迪巴德》便是在那个时候被翻译成卡斯蒂利亚语的。辛迪巴德的最初梵文表音是Siddahapati，意曰智者；古希腊文为Syntipas。因此，西班牙语中的两种表现方式（Cendubete和Sendebar）是根据阿拉伯语（سندباد）音译的。与《辛迪巴德》同时进入伊比利亚半岛的还有动物寓言故事《卡里来和笛木乃》(كليلة و دمنة)。明证之一是13世纪卡斯蒂利亚文人拉蒙·卢利(Llull, Ramon, ?—1315)的几部作品，它们都与《卡里来和笛木乃》有着明显亲缘关系。例如他的《动物之书》(*Libro de las bestias*)原本只是《费利克斯或奇迹之书》(*Félix o Libro de las maravillas*)的一部分，但后来经常独立印行，成为伊比利亚地区最早的原创性动物寓言。他曾是当时极少数熟练掌握阿拉伯语并改信伊斯兰教的西哥特贵族后裔之一。遗憾的是，迄今为止，西班牙文学史家很少提及他。

至于但丁(Dante Alighieri, 1265—1321)同《一千零一夜》的关系，只有博尔赫斯(Borges, Jorge Luis, 1899—1986)等极少数作家和人文学者进行过阐述。博尔赫斯在《七夜》(*Siete noches*)中认为但丁的《神曲》"充满了《一千零一夜》的元素"。在《第一夜:〈神曲〉》中，他将《神曲》、《奥德赛》和《一千零一夜》等量齐观，将贝雅特丽齐和山鲁佐德相提并论，认为她们都是真正的文学原型。

在阿拉伯安达卢斯时期，深受《一千零一夜》影响的还有胡安·曼努埃尔(Juan Manuel, 1282—1348)。他创作的《卢卡诺尔伯爵》[*El conde Lucanor*，全名《卢卡诺尔伯爵和帕特罗尼奥的故事》(*Libro de los ejemplos del conde Lucanor y de Patronio*)]完成于1335年，比薄伽丘(Boccaccio, Giovanni, 1313—1375)的《十日谈》(*Decameron*)早十多年，比乔叟(Chaucer, Geoffrey, 约1343—1400)的《坎特伯雷故事集》(*Canterbury Tales*)早50多年。巧合的是，这三部作品无论形式还是意境，都十分相似。《十日谈》是十个青年男女在十天中讲述的100个故事，《坎特伯雷故事集》是31名香客讲述的一系列故事，而《卢卡诺尔伯爵》则是谋士帕特罗尼奥讲述的51个故事。这些故事作为谋士进言的"例证"，几乎独立成篇。只不过引出这些故事("例证")的是卢卡诺尔伯爵有关世道人心的一系列疑问。这些疑问起到了贯串始终的线绳作用。

15世纪末至17世纪，由于西班牙在针对阿拉伯人的“光复战争”中取得胜利，以及美洲的发现等一系列戏剧性变化，《一千零一夜》在西方的传播陷入低潮，尽管由《动物之书》和《卢卡诺尔伯爵》所生发的影响继续蔓延。及至18世纪初，加朗（Galland, Antoine, 1646—1715）译本“横空出世”，《一千零一夜》开始真正成为炙手可热的文学经典。当然，这个经典化过程充满了令人唏嘘慨叹的故事。

首先，加朗的法文版《一千零一夜》主要依据叙利亚抄本，但其中的《阿拉丁与神灯》和《阿里巴巴与四十大盗》迄今没有找到从出的原始手稿。它的出版被誉为《马可·波罗游记》之后最重要的“东方奇谭”。鉴于手稿残缺，加朗从一开始就知道他面前的阿拉伯手抄本是不完整的。除了来历不明的《阿拉丁与神灯》和《阿里巴巴与四十大盗》，他依从的手稿只有282个故事，故而他毅然决然地加入了辛巴达的故事。而差不多同时现身（16至17世纪）的其他抄本至少还有六份。其中一份现藏于曼彻斯特图书馆，它从第252个故事开始。可能经过加朗之手的另一份抄本现藏于梵蒂冈图书馆。现藏于开塞利的手稿虽然以夜为单位，但并不齐全，其产生时间也应为16世纪。马耶手抄本是法国外交官班诺特·德·马耶于1702年在埃及获得的，1738年入藏法国皇家图书馆，其中包括《卡里来和笛木乃》。被称为巴黎藏本的第823至第1000夜则是17世纪末、18世纪初的抄本，而图宾根抄本则仅有第283至第542夜。以上是迄今为止发现的加朗时期或之前《一千零一夜》的主要手稿或抄本。之后又有几乎同样数量的手稿或抄本现世。至于《阿拉丁与神灯》和《阿里巴巴与四十大盗》，在同时期的抄本和稍后的印本中都是阙如的。这也为后人怀疑和指摘加朗的忠实性提供了口实。我们不妨设想以下两种可能：其一是加朗曾经拥有这两个系列故事的手稿，后不慎遗失；其二是它们可能始终没有形成文字，而是他从阿拉伯说书人那儿听来的。

其次，英国文人紧随加朗等法国同行，开始收集、整理和翻译

《一千零一夜》。其中比较著名的有旅行家沃特利·蒙塔古(Wortley Montagu, Edward, 1713—1776)。他从小浸淫于奥斯曼帝国文化，回到英国后就读于牛津大学东方语言系。尔后他辗转多地，声称获得了一份《一千零一夜》抄本，并尝试对其进行翻译。该抄本后以“沃特利·蒙塔古本”著称，它也是后来理查德·伯顿(Burton, Richard Francis, 1821—1890)译本的主要来源，并对当时的英国作家威廉·贝克福德(Beckford, William, 1760—1844)产生了影响。后者的小说《瓦瑟克》(*Vathek*, 1782)充满了《一千零一夜》式的“感官刺激”。在作品问世百年纪念版的序言中，编者明确写道，这是作者献给《一千零一夜》的礼物，“为一千零一个故事增添了一个，即第一千零二个”。作者并且在《瓦瑟克外传》(*The Episodes of Vathek*)中直接从《一千零一夜》中撷取了不少素材。同样，旅行家亚历山大·拉塞尔(Russell, Alexander，约1715—1768)在其《阿勒颇自然史》(*The Natural History of Aleppo*, 1757)中介绍了《一千零一夜》，并借此展示了东方的生活习俗。

在法、英两国的推动下，《一千零一夜》开始在欧洲广为流传。这不仅契合西方了解东方的需要，更为西方殖民主义的抬头提供了有力的“武器”。借用马克思的话说，它的传播顺应了西方殖民主义的“双重使命”，即毁灭与重建。这一点在19世纪体现得尤为鲜明，即《一千零一夜》这部“天方夜谭”如何为西方对东方，尤其是阿拉伯世界的“他者化”进程提供了令人信服的佐证。

19世纪，《一千零一夜》开始遍地开花。德译本(正文中将要谈到的古斯塔夫·威尔译本和冯·汉莫-波格斯托译本)在德语世界获得巨大成功。法译本，特别是马德鲁斯(Mardrus, Joseph Charles Victor, 1868—1949)本，是在加朗本基础上出版的精选版。在英国更是接连推出了爱德华·威廉·莱恩(Lane, Edward William, 1801—1876)本、约翰·佩恩(Payne, John, 1842—1916)本和伯顿本，它们各有千秋。一时间，《一千零一夜》成为炙手可热的文化产品，其所夹带的西方中心主义色彩俯拾皆是。其他重要语种的版本也大量出现，在此恕不一一列举。与此同时，阿拉伯本土被这种“花开墙外”的轰动现象所震惊，一批手稿相继编辑成书，并付梓出版，其中的佼佼者有加尔各答甲本或一本、布雷斯劳本、布拉克本、加尔各答乙本或二本、贝鲁特本等。但是，较之于西方的青睐和强势的西方中心主义评骘，阿拉伯世界大抵照例视《一千零一夜》为不登大雅之堂的通俗文学，并未对其产生几多兴趣，及至20世纪民族解放运动的兴起。反过来看，19世纪西方的《一千零一夜》研究也基本限于译者和出版人的前言后记、旁批眉注，其猎奇心理和“他者化”情趣可谓有增无已。

一晃到了20世纪，《一千零一夜》研究终于奋楫扬帆，在潮起潮落中越来越成为显学。开始依然是西方话语占主导地位，从纷纷攘攘的形式主义到结构主义和后结构主义，从心理分析到女性主义和东方主义，上演了甲未唱罢乙登场的局面，其间充满了偏激，甚至套用时鲜理论的雷同与重复。对此，读者只消稍加留意，就不难发现，在此不赘述。与此同时，阿拉伯世界和整个第三世界开始体现出后发的优势。首先是阿拉伯世界，由于自身的文化及其与西方剪不断、理还乱的“亲缘”关系，民族主义、女性主义和反殖民主义批评风起云涌，后者不忘借鉴西方新理论、新方法，终于催生了以埃及文人苏海勒·葛拉玛薇（سهير القلماوي, 1911—1997）和纳吉布·马哈福兹（نجيب محفوظ, 1911—2006）为代表的一代学者和作家。与此同时，《一千零一夜》在各种译本和影视作品的带动下成为各国作家、学者竞相品评和重构的对象。其中，拉丁美洲作家后来居上，开启了当代《一千零一夜》书写与研究的新范式，这中间尤以博尔赫斯和加西亚·马尔克斯（García Márquez, Gabriel, 1927—2014）为甚。在我国，自纳训本出版以来，累计各种版本十余种，研究成果良多，敬请诸位浏览后文。

新世纪伊始，随着历史唯物主义的强劲回归，《一千零一夜》研究方兴未艾。鉴于传播和研究乃《一千零一夜》得以经典化的双向途径，因此，本书第一编首先所要梳理和归纳的，不仅仅限于其学术研究，还有迄今为止围绕这一阿拉伯文学巨制所生发的重要人事，及其有案可稽、较为清晰的历史沿革路径。它们由作家和学者，抄本或译本，甚至无数的仿制或评骘串联起来，简直蔚为大观；至于其印度和波斯渊源，虽为常识，有关影响脉络已有不少研究论述，但具体故事却因大多缺乏确凿可信的对位资料，只能暂且搁置。其次，本书第一编还对进入19世纪以来，世界各国学者对其孜孜不卷的研究和探赜进行了梳理。它们不仅伴随着民俗学、东方学研究的发展而发展，同时也推动和拓宽了后者的研究范畴。这些研究相对于其成书和传播而言，尽管相对滞后，却尤为重要，它们呈现出这部民间故事集由民间作品走向经典化的形塑进程。这种进程无疑具有人文学、社会学乃至意识形态等多重因素。譬如，通过梳理西方近现代以来对其的研究，可以透视出前者在文化、思想领域对东方的建构；而通过东方社会的研究梳理，我们也可了解东方社会在近现代自我定位的进程中对传统的回归，和对西方建构主义的应对与反思。这也是我们不断关注和研究这部民间故事集对世界文学的影响的重要意义所在。

本书第二编侧重于对《一千零一夜》研究的反思，分专题对前人的研究，特别是一些重要或是典型学者对《一千零一夜》的关注和戏仿进行评乩，其中涉及博尔赫斯、加西亚·马尔克斯、纳吉布·马哈福兹以及约翰·巴斯等作家，以期就个人和学界关注的一些问题略陈管见。当然，这仅仅是个起步。面对《一千零一夜》这座巨大的宝藏、这部罕世经典，不仅我们的研究才刚刚开始，迄今为止，世人或许也仅仅窥见了它的冰山一角，而隐匿或深藏部分需要无数“芝麻”潜下心来、开启探索之门。

总之，挂一漏万或不当之处在所难免，敬请方家读者批评指正。需要特别说明的是：一、《一千零一夜》流传甚广，但有关研究起步较晚，且重复较多，本著不得不有所取舍；二、本著大体上遵循时序，但也不排除必要的穿梭，以期有点有面、适当捭阖；三、因篇幅所限，本著提供的文献目录中主要萃取的是专著、文集，舍弃了海量的论文、随笔，请读者鉴谅；四、第一编第四章第三节“《一千零一夜》在中国”单列一节，是鉴于从中国学者视角出发，有必要尽可能详尽地呈现中国对这部民间故事集的翻译与研究成果，以便于国内学者参考。此外，该节主要根据郅溥浩前辈和丁淑红教授提供的成果整理，在此谨致敬意与谢忱。

第一编

《一千零一夜》学术史

第一章

口传与手抄：9至17世纪

《一千零一夜》在以较为完整的文字形式被引入欧洲之前，一直以零散的故事形式在各地传播。18世纪初被翻译成法文后，它便在欧洲文坛引发了热潮，各种译本随即纷至沓来。与翻译并行的，是欧洲学者对其源头以及原始手稿异乎寻常的探寻热情。但这种探寻一直成效甚微，直到二战之后，才有了重要的进展和发现。1948年，芝加哥大学获得了一份公元879年的埃及纸莎草残片，该大学东方学院著名的纸莎草专家纳比娅·阿伯特（Abbott, Nabia）对其进行解读后，将结果公布于世。这份幸存的残页上写有书名《一千个夜晚的故事》（*Kitab Hadith Alf Layla*）以及故事开篇的约15行内容。里面讲到，敦娅佐德问山鲁佐德，如果她还没有休息，能否也给自己讲个故事，譬如一些“有关男性优点、缺点、狡诈、愚蠢、慷慨、贪婪、勇敢和懦弱的例子，这些性格特点有些是先天的，有些是后天的；有些是属于他自身独特的品质，有些则是叙利亚人或贝都因人的行为规则”[1]。显而易见的是，虽然题目稍有不同，而且残页中也没有提到山鲁亚尔和沙赫泽曼的不幸遭遇，但是，毋庸置疑，我们看到的这份残片是《一千零一夜》的原型，或者至少说是原型之一。正是由于这份手稿的发现和释读，《一千

1 Nabia Abbott, “A Ninth-Century Fragment,” *Journal of Near Eastern Studies*, VIII (Chicago: University of Chicago Press, 1949): 129–164.

零一夜》故事流传的最初时间被确定为9世纪。从那时起直至14世纪(或曰15世纪),在这漫长的五六个世纪中,《一千零一夜》的故事一直在阿拉伯帝国的疆域内流传、衍变,有时是在说书人的口中,有时则是在抄录者的笔下,间或有各种名人和文人墨客被请进《一千零一夜》的故事,也间或有学者谈及这部故事集。虽然材料较为散乱,但也并非无迹可寻。本章以《一千零一夜》在9至17世纪之间的流传、衍变及所记述的文化名人为考量范围,分几个阶段对其历史脉络进行梳理。

第一节 9至10世纪

9至10世纪可以被视为《一千零一夜》开始流传并且进入文人视域的最初阶段,同时,这一时期的许多国王或文化历史名人也经常在《一千零一夜》中登场。这些故事最初是以口传形式慢慢生成的。阿拉伯世界自古便有讲故事的传统,早在伊斯兰教兴起之前,阿拉伯半岛的贝都因人在追逐水草而居的游牧生活中,喜欢在太阳落山后的清凉月色中点燃篝火席地而坐,讲述各种部落见闻和传奇;也常常在迁徙之旅中为消磨漫长而寂寞的时光说些笑话或逸闻趣事。随着8世纪阿拔斯王朝的建立,阿拉伯帝国逐渐兴盛,文化发展进入鼎盛期,许多统治者和达官贵人都喜欢邀请文人或故事能手入府助兴。这些故事以消磨时光和增趣逗乐为主要目的。遇到格外有趣的故事,听者也会命人记录下来。所有这些故事便因此以口口相传或手抄记录的形式流传起来,并逐渐被吸纳进民间文学的洪流之中。而作为民间故事集大成之作的《一千零一夜》,更是吸纳了不少这类印度、波斯、阿拉伯、古埃及、古巴比伦以及希伯来、古希腊罗马等地的故事素材。其中对有名有姓的文人和政客的记录,使它既具有魔幻奇诡的想象空间,又有真实温暖的历史画面。从心理学的角度看,口传文学在时空问题上往往会有拉抻和收缩,比如将近前发生的故事放到遥远的过去、遥远的地方，反之亦然。限于时间和能力，本章将不重在考证《一千零一夜》的产生时间和确切由来，而是尽可能地将注意力置于相关流传、借鉴、翻译与评说。

《一千零一夜》中比较确切并反复提到的阿拔斯王朝哈里发有曼苏尔（أبو جعفر المنصور, 714—775）、哈伦·拉希德（هارون الرشيد, 766—809）和他的儿子第七任哈里发麦蒙（عبد الله المأمون, 786—833）等。这在一定程度上佐证了《一千零一夜》某些传说在阿拉伯世界的发轫时间。当然，由于许多故事来自古印度和古波斯，同时《一千零一夜》作为民间传说又具有一般口传文学的基本特性，即时间和空间的任意性，我们因此很难明确界定任何篇什的确切时间，甚至无法指认有关阿拉伯故事的具体年代；对其真正的空间更是难以定位。最初时空坐标的阙如，自然是《一千零一夜》学术史面临的第一难题。然而，由于《一千零一夜》较多地提及阿拔斯王朝，本著姑且从9世纪说起，况且这也是学界相对认同的重要时间节点。

当然，《一千零一夜》还时常讲述伊斯兰教的创始人穆罕默德，并委婉地提到伍麦叶时代，比如偶尔谈及阿卜杜·迈里克·本·麦尔旺（عبد الملك ابن مروان ابن الحكم, 647—705）。这是《一千零一夜》第44至第110夜的故事——《欧麦尔·努阿曼国王及其儿子》[1]，谓：“阿卜杜·迈里克·本·麦尔旺就任哈里发以前，巴格达有位国王，名叫欧麦尔·努阿曼。欧麦尔·努阿曼是一位强大的君王，曾打败多位波斯科斯鲁和罗马皇帝……”[2]

人们常说许多流行的民间史诗都基于历史，但这种基础显然是极不可靠的。《欧麦尔·努阿曼国王及其儿子》这个故事便是将10至13世纪进行了时空颠倒、顺序交杂，并嵌入一系列充满骑士侠义精神和神秘魔法的故事，这使得故事情节变得极为冗长，而且悬念迭出、延绵数代。这和19世纪欧洲的连载小说（feuilleton）一样，都喜欢先

1 未标外文者均取自《一千零一夜》李唯中译本：《一千零一夜》，李唯中译，石家庄：花山文艺出版社，1998。下同。

2 《一千零一夜》，李唯中译，第1卷，第437页。

从8世纪以来的拜占庭战争和1090年之后针对十字军的鏖战中汲取灵感。某些故事虽然最初是独立成篇的，但后来被收进了《一千零一夜》。前面说到的冗长的史诗般的故事（在伯顿本中长达250页，就嵌套了不少小故事）虚构了一段7世纪穆斯林国王与基督教君士坦丁堡国王联手对付基督教神圣罗马帝国皇帝的斗争历史，糅合了穆斯林12世纪反对十字军东征的战争，强调了法兰克人的“邪恶”特征。故事中描写的“敌人”显然是对戈弗雷·达·布庸（Bouillon, Godfrey da, 1060—1100）的扭曲和丑化，后者是第一次十字军东征的领导者之一，也是第一位统治耶路撒冷的法兰克人。虽然融入了魔幻色彩，但故事中阿拉伯帝国与拜占庭时而紧张时而缓和的战争与和平的复杂关系，还是比较真实地反映了当时的历史现状。

欧麦尔故事中的英雄在大臣们形形色色的阴谋诡计的裹挟下踏上艰难旅程。这种明知不可为而为之的史诗品格并非阿拉伯文学独有。事实上，拜占庭史诗《边境的狄吉尼斯》（*Digenis Akrites*）[1]的许多细节似乎都取自欧麦尔·本·努阿曼的故事。诗歌讲述了一位戍边英雄如何奋不顾身、为拜占庭而战，它在主题与描述手法上都与阿拉伯故事惊人地相似。阿拉伯故事还极有可能影响了其他地区的同类作品，诸如11世纪的佚名亚美尼亚史诗《萨逊的大卫》（*David of Sasun*）和12世纪格鲁吉亚邵塔·鲁斯塔维里（Rustaveli, Shota）的《豹皮骑士》（*Knight of the Panther Skin*，又译《虎皮骑士》）。当然，这方面还有待进一步研究。

回到《一千零一夜》本身。早期的故事还有不少涉及哈里发拉希德和麦蒙。二者是阿拔斯王朝最著名的统治者，在他们的执政时期，阿拔斯王朝的政治和文化发展几乎达到了顶峰。

比如《哈里发哈伦·拉希德与艾卜·哈桑》《哈里发观景》《哈里发笑纳才女》《诗人与哈里发》《哈里发与诗人》《哈里发与少女》《哈里发与阿基米》《哈里发、诗人与少女少男》《麦蒙与金字塔》《哈里发

1　其产生年代难以确定，但书面文本大致出现于12世纪。

麦蒙与学者们》和不少哈里发的故事中都有拉希德、麦蒙等阿拔斯统治者的身影。同时，许多故事还从一个侧面反映了麦蒙与其兄弟艾敏的微妙关系。其中的哈里发哈伦·拉希德是阿拔斯王朝哈里发正面形象的化身，他勤政廉洁，经常微服出访，体察民情；他心胸开阔，重视知识而轻视出身，经常延揽非阿拉伯血统的有识之士；他还恪守宗教戒律，微服出巡参加宴饮也从不沾酒。这些都反映了阿拉伯人民对统治者的良好期许。他的两个儿子因争夺哈里发继承权而时常发生矛盾和冲突，于是拉希德任命亲呼罗珊的麦蒙继承大统。后者继续重视波斯文人，主张文化开放，海纳百川，建立了著名的“智慧宫”，这些都充分反映出当时民族融合、宗教兼容的宽松政策。而在《一千零一夜》中，麦蒙的形象也明显好于艾敏，后者在《脚夫与三女子》中便被塑造为一个沉溺女色又心胸狭隘、满腹猜忌的“庸人”。许多当代阿拉伯学者曾著书立说，专门研究《一千零一夜》中的哈伦·拉希德形象及其寓意。关于这一点，容待后文详述。

此外，《一千零一夜》也会经常提到阿拔斯王朝的一些历史名人，如艾布·优素福（أبو يوسف, 731—798）。他是阿拔斯王朝的著名法学家，伊斯兰法学的奠基人之一，也是《一千零一夜》时常提及的人物，涉及的故事有《法官巧断皇家案》《法官巧断婚案》等，它们无不彰显艾布·优素夫的机智与诡辩。又譬如哈贾吉·本·优素福（الحجاج بن يوسف, 661—714），他是阿拉伯伍麦叶王朝重臣，曾任伊拉克总督，素以刚强严厉而闻名，在镇压起义和抵抗外来干涉的战争中屡建功勋。因此，《一千零一夜》中传有他残酷任性的故事，例如布雷斯劳本中的《哈贾吉与三个年轻人》，以及布拉克本中的《哈贾吉与劲敌》等。其中，在《哈贾吉与三个年轻人》里，哈贾吉下令当街处决了一名警长。在《尼阿迈与努阿迈》和《美女杏德与哈贾吉》等故事中，不是他绑架哈里发的女儿，便是他自作自受、惨遭美女戏弄。当然，这个人物在当代埃及作家纳吉布·马哈福兹续写《一千零一夜》的《千夜之夜》（ليالي ألف ليلة）中也重磅登场，尽管依然是一副刚毅严酷、不苟言笑的面孔，这是另一个话题。

而艾布·努瓦斯(أبو نواس, 762—813)作为阿拔斯王朝的著名诗人,也在后来或当时业已流传的某些《一千零一夜》故事中出现。因父母皆为波斯人,艾布·努瓦斯的释奴身份使他经历了不少苦难。他幼年丧父,曾因家境贫寒在香料店做过学童和雇工,青年时期还有过一段游牧生活经历。但他从小酷爱文艺,还自习或追随学者、诗人研习诗文,对宗教、历史,以及古希腊罗马、古印度和波斯文化均有涉猎;而且一度受到埃及总督的器重,为后者歌功颂德,留下了不少颂诗。遗憾的是他成名后沉溺于犬马声色,难免放浪形骸,虽有万余"拜特"(联句)诗传世,其中既有颂歌,也有挽歌、情诗和劝谕诗、讽刺诗等,然以描述饮酒的诗歌最为著名。其对酒的喜爱乃至痴迷也使得他当之无愧地成为阿拉伯的"酒诗人"。相传他甚至因此而身陷囹圄,原因是哈里发哈伦·拉希德实在难以忍受他过于离经叛道,也有传闻说是因为他支持哈伦·拉希德的儿子艾敏,而后者因夺位失败被处以极刑。《一千零一夜》中的《诗人与哈里发》《哈里发与诗人》《哈里发、诗人与少女少男》等故事还屡屡提及或援引艾布·努瓦斯,且只要他作为诗人登场献艺,那他的诗歌一定是最受哈里发欢迎的,他也一定是技压众人。当然,《一千零一夜》中引用他的不少诗歌有相当一部分属于少小不宜的艳情之作,这与真实情况基本符合。艾布·努瓦斯对情色的描写确实大胆露骨。同时,对这些诗歌的援引也是《一千零一夜》作为早期口传文学在说书人口中不断流传的一个重要噱头。它在一定程度上反映出当时民间说书人和听众的社会地位与审美趣味。

除上述故事提到的主要人物曾进入或被提及外,目前学界比较公认的第一个明确谈及《一千零一夜》的文人是10世纪的阿拉伯史学家、作家迈斯欧迪(المسعودي, 896—957)。他在写于947年的代表作《黄金草原》(مروج الذهب)中提到了波斯本《一千个故事》[《希扎尔·艾夫萨乃》(هزار أفسانه)]和《辛迪巴德》(سندباد)[1]。这是迄今为止最早出现的有关《辛迪巴德》和《一千零一夜》波斯版故事的文字记载。在谈到伊

1 这是《一千零一夜》中有关智者辛迪巴德的故事,而非关于经历七次航海冒险的辛巴达。

拉姆石柱城时（相关故事在《一千零一夜》中也曾出现），迈斯欧迪称很多人利用故事成为国王的心腹，而这些人杜撰的故事“就如同从波斯、印度、拉丁文翻译过来并传到我们手中的其他书籍一样。编撰这些故事的原因同编纂那本《希扎尔・艾夫萨乃》相仿，后者为波斯文音译，意曰‘一千个故事’。‘故事’一词的波斯文就叫‘艾夫萨乃’。人们称这部书为‘一千零一夜’。它讲述的是国王、宰相和他的女儿山鲁佐德及其婢女敦娅佐德的故事。此外，还有一本名叫《法尔兹和西马斯之书》，书中讲述了印度国王和大臣们的故事，以及《辛迪巴德》等其他类似的书籍”[1]。但也有学者认为，迈斯欧迪《黄金草原》的其他两个版本的手稿并未明确提到“一千零一夜”，而是“一千个故事”。[2]

继迈斯欧迪之后，又有一位叫作艾布・法拉吉・艾斯法哈尼（أبو الفرج الأصفهاني, 897/898—967）的作家被写入《一千零一夜》。该作家生于伊斯法罕，系伍麦叶王朝哈里发麦尔旺后裔。他童年在巴格达度过，青少年时代求学于库法，从小博闻强记，悟性极高，曾追随库法和巴格达著名学者演习诗歌和圣训，同时对神话传说、奇闻逸事、历史故事等涉猎甚广，还旁及医学、星象、音乐等不同学科，逐渐成为闻名遐迩的活文库。在此基础上，他于925年开始开门收徒，执教授业；因声名远播，故门生众多，传闻尤甚。

艾布・法拉吉声名鹊起后与时任宰相的著名诗人穆海莱比（أبو محمد الحسن المهلبي, 903—963）过从甚密。因此，他的作品中有许多是献给穆海莱比的颂歌。穆海莱比投桃报李，也对他恩宠有加，不仅认他为幕僚和知交，而且不断给予赏赐。穆海莱比还经常邀请文人墨客，举办各种聚会，而艾布・法拉吉当仁不让，充当主持或司仪的角色。不少聚会的成果也就顺理成章地收入了艾布・法拉吉的文集和漫记。他传世的主要作品有《塔利卜人殉难记》（*مقاتل الطالبيين*）和《歌诗诗话》（*كتاب الأغاني*）。艾布・法拉吉虽为伍麦叶族人，但信奉什叶派阿拉维派。他的这一倾向在他的第一部著作中即显露无遗。而《歌

1 مسعودي، *مروج الذهب*، المجلد الثاني، المكتبة العصرية، 2005، ص 201.

2 أنظر ليتمان، *ألف ليلة و ليلة : دراسة و تحليل* ، دار الكتاب اللبناني بيروت، 1982، ص 15.

诗诗话》是一部百科全书式的巨著，历时数十年完成，可谓卷帙浩繁（1868年由埃及布拉格出版社印行20卷，1905年又增加了由莱顿出版社发行的第21卷）。作品集阿拉伯贾希利叶时期至阿拔斯王朝歌谣之大成，而且每首歌谣都配有作者、唱者和曲牌、乐师及演奏方法简介。加之大量趣闻逸事、时事传说，内容极其丰饶庞杂，人物上达王公贵胄，下至黎民百姓，可谓包罗万象。[1]

据传，艾布·法拉吉风流倜傥，幽默豪放，朋友固多，但得罪的人也不少。因此，关于他的传说自然就多。《一千零一夜》中的艾布·法拉吉当然不能等同于历史上的这一个艾布·法拉吉，却也并非毫无关系。譬如《巴格达剃头匠》《哈里发观景》等故事中反复援引《歌诗诗话》，有诗为证：

快乐来到时，
享受莫迟缓。
君须知时光，
一去不复返。

或云：

酒杯薄薄酒清香，
相近相似闪粼光。
杯子像酒不似杯，
酒似杯子不失香。[2]

这有没有一点李白的意兴呢？因此，关于他的传说被写进《一千零一夜》当不足为奇。

此后，伊本·奈迪姆（ابن النديم，?—995）在其编纂的书目中收录了

1 أنظر ليتمان، *ألف ليلة و ليلة : دراسة و تحليل* ، دار الكتاب اللبناني بيروت، 1982، ص 441–443.

2 《一千零一夜》，李唯中译本，第1卷，第330—338页。

《一千零一夜》。他是著名的文学家、编纂家，生于巴格达，编有《目录》(كتاب الفهرست，约987年成书)。因此，他被认为是阿拉伯世界第一位现代意义上的文献学家，其《目录》收录了两个与《一千零一夜》有关的抄本。这两个抄本来自萨珊王朝，谓《一千个故事》。当时，他所提到的这部《一千个故事》所收的故事实则不足二百则。

伊本·奈迪姆指出："最早将故事编纂成书，并将其保存于文库(其中有些是动物寓言)的是古代的波斯人……这些故事在萨珊王朝时期数量更多，涉及面也更广。阿拉伯人将其中一些译成了阿拉伯语。一些善于言辞、长于修辞的人把它们拿过来，进行修饰润色，并按类似内容进行整理……第一本书就是《希扎尔·艾夫萨乃》，意为'一千个故事'。"[1]

他还断言："亚历山大大帝是第一个每晚享受故事魅力的人，那是因为他的队伍中有个智者对他说，听故事并非为了消遣，而是一种自我保护及保护他人的方式。于是，亚历山大采纳了他的建议。这本《一千个故事》虽然只有不足二百则，但它们是在夜里讲述的。我见过它的一些完整的抄本，但它们语言粗粝，也没有统一的格式。"[2]

这些记述不仅谈到了《一千零一夜》及其来源，而且表达了伊本·奈迪姆自己对待《一千零一夜》的态度："语言粗粝，也没有统一的格式。"虽然从今天的角度来看，他的观点无疑有偏颇、片面之嫌，但遗憾的是，他基本代表了古典文学时期阿拉伯经典文学家对这部民间故事集的主要看法。不过，上述记录至少证明，10世纪，基于印度寓言和波斯传说的《一千零一夜》的一些故事已经在阿拉伯世界流传。

此外，迈斯欧迪和伊本·奈迪姆又都认为，这一时期在犹太地区也存在着一部由《希扎尔·艾夫萨乃》翻译至希伯来语的《一千个故事》，有时也被译为《千夜故事》，但有关山鲁佐德的故事，细节上略有

1 ابن النديم ، *الفهرس* ، ص 299.

http://www.al-mostafa.com，访问日期：2021年4月14日。

2 同上，第300页。

差别。[1]

除上述几位阿拉伯文人之外，10世纪就鲜有关乎《一千零一夜》的记录了。值得注意的倒是波斯诗人菲尔多西（حکیم ابوالقاسم فردوسی توسی, 940—1020）在前人的基础上用波斯语创作了《列王纪》（الشاهنامه，又称《王书》）。它是古代波斯民间文学的总汇，对当时已经占领波斯地区的阿拉伯人的影响可想而知。其中关于神话传说、民间故事和各种国王的描写显然早已在坊间流传，被改头换面后演化为《一千零一夜》的某些篇章也是顺理成章的事情。[2]必须强调的是，在《一千零一夜》的衍生和流传过程中，菲尔多西等波斯诗人、作家仍在不遗余力地保护波斯语及其文学遗产，彰显了民族精神。因此，在《列王纪》和后来伊朗学者编选的《波斯故事》（*Persian Stories*）中，占主导地位的是对波斯列王的丰功伟绩的歌颂，而《一千零一夜》似乎恰好撷取了两者忽略的，也更为俚俗的民间故事。

10世纪，进宫廷讲故事成为巴格达人的一大时尚。故此，文学的兴盛不言而喻。这种风尚一直延续到后来的法蒂玛王朝和马穆鲁克王朝的埃及地区。御用艺人和民间说书人聚在一起交换故事，甚至形成彼此竞争的格局。据说，10世纪阿拉伯著名的说书人如哲合沙耶里（الجهشياري, ?—943）等就曾出入宫廷，为统治者们讲述各种逸闻趣事，其中包括商人、航海家的见闻等。伊本·奈迪姆曾在《目录》中专门提到过哲合沙耶里，说他以写政论文为主，曾担任大臣门客：

> 他曾致力于编撰一部阿拉伯、波斯、希腊等地一千个故事的书。每个故事皆独立成篇，且彼此并无关联。他让讲故事的

1 أحمد حسن الزيات، في أصول الأدب، ص 58.

https://www.noor-book.com，访问日期：2021年11月16日。

2 张鸿年先生在《波斯故事》的序中说："波斯大地一向以讲故事闻名于世。蜚声世界文坛的《一千零一夜》的重要蓝本之一就是波斯的《一千故事》。"见张鸿年：《波斯故事·序》，载扎赫拉·恒拉里：《波斯故事》，张鸿年译，银川：宁夏人民出版社，2007，"序"第1页。

> 人（被称为musamirun，意为夜谈者，或者晚上讲故事的人）登堂入室，讲述精彩故事和有趣见闻。他还会从一些故事、寓言书中挑选自己喜欢的内容。利用社会资源和文学修养，他收集了四百八十夜故事。每夜为一个完整的故事，篇幅达五十页左右。遗憾的是，他在去世时尚未完成收集一千夜故事的计划。我曾看到过这本书的一些章节。[1]

多数学者认为，哲合沙耶里所收集的这些故事，很可能成了《一千零一夜》抄本的依据之一，后人在独立的故事中不断增添新的故事，用引子将其串联起来，致使容量不断扩充。

9世纪以后，阿拉伯世界兴起了一种新的文学流派，即以“苦尽甘来”或“劫后重生”为主题的叙事文体。这些故事以病后痊愈、先穷后富、先败后胜等为主题，看似轻松欢娱，实则是起到了教化民众的功用，即宣扬隐忍耐劳、乐天知命的宿命思想。10世纪，巴格达有位法官叫塔努赫（التنوخي，939—994），他便以《劫后重生》或曰《先苦后甜》（الفرج بعد الشدة）为名创作了这样一部故事集，[2]成为这一文学流派的代表。该故事集共分14章，吸纳了《古兰经》以降的一些书面和口头流传的人物事迹与传说。《一千零一夜》中的许多故事与其颇有相似之处，特别是《辛巴达航海记》《双梦记》等。如前所述，《劫后重生》中许多故事描述的都是主人公柳暗花明、否极泰来的人生遭际，其中除了突出主人公的坚忍和努力外，也体现出浓厚的宿命论思想。

第二节　11至15世纪

11至15世纪，可以说是阿拉伯帝国由极盛走向衰落的历史时期。

1 ابن النديم ، *الفهرس* ، ص 300.

2 据塔努赫自己在该书序言中所说，在阿拉伯历史上，以《劫后重生》命名的书并不止他这一本。不过塔努赫的这部著述流传较为久远，影响较大。

东部阿拔斯王朝的统治阶级逐渐大权旁落，终使波斯人反败为胜；而在西部，随着8世纪以来阿拉伯人将其势力范围扩大到伊比利亚半岛以及西西里岛等地区，阿拉伯世界与西班牙、意大利诸城邦乃至神圣罗马帝国发生了旷日持久的战争。与此同时，安达卢斯地区的后伍麦叶王朝及之后的诸小王国坚守着西阿拉伯世界，试图与东部阿拔斯王朝抗衡，并且催生出了璀璨的文化和科技硕果。西南部地区，隶属法蒂玛家族的什叶派力量在北非建立了法蒂玛王朝，后定都埃及开罗，12世纪被抵抗十字军东征而声名大噪的阿拉伯民族英雄萨拉丁取代。后者建立了阿尤布王朝。一个世纪后，阿尤布王朝被当地的雇佣军势力马穆鲁克人取缔，随即马穆鲁克王朝建立，埃及和北非相当一部分地区自此便处于马穆鲁克王朝的统辖之下，直至1517年被奥斯曼帝国占领。

在这几个世纪中，由于阿拉伯人在各个地区战线过长，他们的统治受到了严峻挑战，同时民族间的交流、联系却愈加紧密和空前频繁。特别是安达卢斯诸小王国的建立和十字军东征之后，欧洲与阿拉伯人的交缠、纠葛藤蔓似的铺延，为《一千零一夜》以发散的形式流播开去创造了客观条件。尤其是在安达卢斯、北非、埃及以及巴格达地区，有关故事不断流传、衍变、繁衍，并和当地的各种民间故事遗产互为因果，规模不断扩大，影响逐渐增加，及至15世纪大致形成今天的规模。

说到安达卢斯地区，就不得不谈及与《一千零一夜》类似，并同样流传甚广的另一部寓言故事集《卡里来和笛木乃》。这部寓言故事集进入阿拉伯世界的时间可以追溯到8世纪，其主要故事原型同样来自印度《五卷书》(*Panchatantra*)，这已为学界所公认。在传播过程中，它和《一千零一夜》一样，又杂糅了波斯和阿拉伯寓言及其他东方元素。

6世纪，即波斯萨珊王朝的库思老一世(خسرو，531—579年在位)时期，《五卷书》被一名波斯医生翻译成巴列维语，但该译本早已散佚。570年前后，一位名叫布德(Bud)的教士再将其由巴列维语移译至古叙利亚语，取名《卡里来伽和笛木乃伽》(*Kalilaka wa-Dimnaka*)。这个译名更接近于巴列维语译本以及梵语原著，因为“狮子与公牛”

在梵文中的原型是两只胡狼的名字，分别为“迦罗吒迦”（Karataka）和“达摩那迦”（Damnaka）。巴列维语在翻译时保留了尾音“迦”（“伽”）。[1]750年，伊本·穆格法（ابن المقفع，724—759）的《卡里来和笛木乃》阿拉伯语译本问世，主要依从巴列维语和古叙利亚语本《五卷书》，并且省略了尾音“迦”（“伽”）。虽然他在序言中开宗明义，说“这本题名《卡里来和笛木乃》之书，是印度学者撰写的一部寓言故事集”[2]，但在翻译过程中，伊本·穆格法对故事原型进行了大量的加工和再创作，使故事内容比前两个译本大为丰富。

伊本·穆格法本《卡里来和笛木乃》中是印度哲学家白德巴为了规劝骄傲自大、飞扬跋扈的国王德卜舍利姆而讲述的一系列故事（书中称作“事例”）。全书共21篇（在原来《五卷书》12篇的基础上，加入了波斯寓言3篇、阿拉伯寓言6篇，其中主体故事16篇），由大大小小50多个故事组成，均假托动物之口，融入作者嘉许的各色美德，涉及交友处世、君臣之道等诸多方面。其中比较经典的有狮子与公牛的故事（讲述狮子与公牛最初交好，但在臣属的挑拨之下渐生嫌隙，终至两败俱伤）、猫头鹰与乌鸦的故事（讲述乌鸦如何通过反间计战胜了欺压它们的猫头鹰）等；流传较广且变体最多的有老人与三个儿子的故事（讲述老人如何考验三个儿子的生存本领）、修士与蜜罐的故事（想入非非的修士打翻了蜜罐，致使发财梦成为泡影）等。伊本·穆格法对《五卷书》进行了丰富和改写，不少故事尤显生动；另一些则或删繁就简，使之变得更为简洁明了。但同时他又掺入了大段说教，直抒胸臆规劝君主要体恤民情、宽容慎怒、品行端正、赏罚分明。可以说，他的《卡里来和笛木乃》以优美典雅的语言、细致入微的描述和繁简相宜的故事，开启了阿拔斯时期清新质朴、雅俗共赏的文风，因而也备受文史学界的推崇。由其从出的译本可谓奕代继作、迭见不鲜，成为“借各种

1 参见余玉萍：《伊本·穆格法及其改革思想》，北京：中国商务出版社，2007，第32—33页。

2 ابن المقفع، كليلة و دمنة ، المكتبة الأموية ، دمشق، 1963، ص 16.

意图和语言文字流行、传播”的古老作品之一[1]。这部寓言故事集中的许多故事也出现在《一千零一夜》中，也许是《一千零一夜》借鉴了这部故事集，甚或相反；也许是两者有着共同的印度或波斯源本，皆为演绎。今天我们可以看到，它们的许多故事都存在交叉，有关源本的区别难以订证。重要的是，11世纪以降，《卡里来和笛木乃》和《一千零一夜》的许多故事便开始在欧洲流传。文学流传学派代表人物本菲（Benfey, Theodor, 1809—1881）从另一个角度对《五卷书》至《卡里来和笛木乃》的西渐进行了探赜。后者至今没有引起学界的足够重视，更未有人将本菲及本菲之后的流传学思想运用到《一千零一夜》研究中来。但毋庸置疑的是，这些品类在流变过程中对中世纪欧洲各国文学产生了诸多影响。西班牙则由于特殊的历史缘由和地理位置，其文学发展更是深受其惠。

这仅从近代欧洲第一部短篇小说集《卢卡诺尔伯爵》即可见一斑。《卢卡诺尔伯爵》堪称西方第一部“俗语”小说。作品既有寓言故事，也有历史传说，可谓虚构与写实并重。小说集由五部分组成，第一部分为51个事例，系作品主体，其内容丰富多彩，素为文史学界所推崇。作品的若干故事直接取自《卡里来和笛木乃》或《一千零一夜》。

在进入安达卢斯地区的视域之后，这两部故事集便以或完整，或散篇的方式在该地区流传。我们知道，最早的一部《卡里来和笛木乃》古西班牙语译本问世于1250年，虽然彼时《一千零一夜》尚无完整的版本，但无疑其散落的故事早已流传于西西里岛及安达卢斯地区等。譬如《弗洛雷与白花姑娘》（*Floire et Blancheflor*）便是这一交融的例证。它是一个在欧洲广为流传的爱情故事，迄今为止发现的最早抄本为12世纪中叶（1147—1150）的法文本。弗洛雷是进攻伊比利亚半岛北部的穆斯林王子，而白花姑娘是基督徒王国的一位伯爵夫人的女儿。伯爵在抵抗阿拉伯军队时阵亡，而当时身怀六甲的伯爵夫人成了阿拉伯人的俘虏。同样有孕在身的土耳其王后需要一个基督徒女俘

1　伊本·穆格法：《凯里来与迪木奈》，李唯中译，天津：天津古籍出版社，2004，第354页。

做仆人，阿拉伯人就将伯爵夫人送到了土耳其宫廷。无巧不成书，两个女人在同一天生下了孩子。王后生了一个女婴，而伯爵夫人生了一个男孩。土耳其宫廷的御医和宫女们为了讨好国王，谎称王后生下了一位王子，从而和伯爵夫人调了包。伯爵夫人被蒙在鼓里，对女婴宠爱有加，天天为她唱赞美诗中的歌曲。

虽然结局一样，但在西班牙语抄本中故事发生在桑丘四世（Sancho IV, 1258—1295）[1]时期。弗洛雷是个穆斯林王子；而白花姑娘却是基督徒所生，尽管她的母亲是被阿拉伯人俘虏的伯爵夫人。二人不仅同庚，而且从小在一起长大，终不免日久生情。然而，弗洛雷和白花姑娘的爱情遭到了穆斯林王室的反对。这反而更加坚定了恋人的决心。他们一个非彼不娶，一个非彼不嫁。为了拆散这对情侣，穆斯林国王决定将白花姑娘卖给巴比伦国王。从此，弗洛雷开始了大海捞针似的寻找。他一路动之以情、晓之以理，买通知情人和看守姑娘的侍卫，最终找到了心上人。恋人准备越狱潜逃时，岂料事情败露，巴比伦国王决定将二人处死。好在行刑前国王为年轻人的爱情所感动，非但收回成命，而且欣然赐婚，成全了他们的爱情。新婚夫妇回到伊斯兰王国，弗洛雷继承王位，宣布从此往后自己和全体臣民皆改信基督。

在欧洲其他国家的版本中，故事均被注入了地方色彩。但是，故事的原型应为《一千零一夜》之《欧麦尔·努阿曼国王及其儿子》。[2]

此外，19世纪现代考古发现的开罗"旧书冢"[3]也为我们提供了这一时期《一千零一夜》流传的一些证据。据说这个旧书冢存放着一些

1 卡斯蒂利亚国王。

2 Ulrichi Marzolph and Richard van Leeuwen (eds.), *The Arabian Nights Encyclopedia* (Oxford and Santa Barbara: ABC-CLIO, 2004), pp.551-552.

3 开罗"旧书冢"（Geniza），是上千年来生活在旧开罗福斯塔特区的犹太人的一种习俗产物。人们将历史久远、已经破损的书籍或手稿存放在福斯塔特区本以斯拉犹太会堂的阁楼或者地下室。中世纪时期，许多书籍或手稿中都有上帝的名号，犹太人认为这类神圣的字迹应当被妥善存放，以便随着时间的流逝自然化为尘埃。后来，这个旧书冢也用于存放不仅限于宗教内容的各类破旧书籍、文稿、文件、卷轴等。

12世纪开罗犹太书商、公证人借书记录的残片，上面载有一本被借出的书，名为《一千零一夜》[1]。14世纪埃及历史学家麦噶里兹（المقريزي，1364—1442）也曾记载说，埃及法蒂玛王朝时期有位名叫戈尔蒂（القرطي）的文人写了一本书，是关于法蒂玛哈里发阿迪德时期的埃及历史，其中提到了《一千零一夜》这本书，但他并未具体说明当时的《一千零一夜》包含多少个故事，只是说道："这本书叫作《一千零一夜》，在当地非常流行。"[2]如果这种观点可靠，那就说明在法蒂玛王朝时期，这部故事集已经广为流传，并且正式名为《一千零一夜》而非《一千个故事》了。

上文提到过，9至10世纪，巴格达兴起了讲故事的热潮，第一批故事集纷纷问世。尤可关注的有阿拉伯作家赛拉吉·噶里（السراج القاري，1027—1106），其代表作为《恋人之死》（*مصارع العشاق*）。这是一部关于爱情的诗文集，收集了阿拉伯历史上自前伊斯兰时期到阿拔斯初期流传广泛的爱情故事，其主人公从王公贵族到平民百姓，从青年爱侣到年迈依伴，对他们因爱而痴的经历描述细腻，其中部分故事与《一千零一夜》有所交集。至于二者孰先孰后，难以查考。事实是，他的这些故事分别见于布雷斯劳本和其他一些抄本，如《波斯人阿里》《阿卜达拉·伊本·马玛尔》《善女与歹徒》《巴努·塔伊的情人》《修道院里的情痴》《一对虔诚的夫妻》等。当然有关布雷斯劳本的可信性，容待后文分析。

至埃及的马穆鲁克王朝后期，叙利亚和埃及又出现了改写这些故事的风尚。据英国学者罗伯特·厄文（Irwin, Robert, 1946—2024）记述，14世纪末、15世纪初有位故事高手古祖里（علاء الدين علي ابن عبدالله غزولي，约卒于伊历815年/公历1412年），他是个柏柏尔人，也是当时较为知名的文人。在马穆鲁克时期，他由北非移居大马士革，用阿拉伯语从

1 参考Robert Irwin, The Arabian Nights*: A Companion* (London: Allen Lane, 1994), p. 38。

2 أحمد حسن الزيات، *في أصول الأدب*، ص 58.

https://www.noor-book.com，访问日期：2021年11月16日。

事创作。他的作品《满月升起于欢乐之地》（مطالع البدور في منازل السرور）是一部宽泛意义上的文学作品。准确地说，它更像是一部杂集，所包含的都是轻松愉快的所见所闻，诸如鲜花的品类、食物饮品的色香味道、宴饮歌舞的欢乐场面以及妇人女奴的美貌、才艺等。其中有一长篇是关于夜谈故事的。在这一章所叙述的七个故事中，至少有四个与《一千零一夜》的故事有对应，譬如易卜拉辛·本·马赫迪与黑奴理发师的故事、上埃及人与其洋妻的故事、巴格达青年与其女奴的故事、呼罗珊的艾卜·哈桑的故事等。而类似篇什应该还有很多。与之相比，这些故事不仅仅内容基本相同，而且叙述方式也相当接近，有些时候甚至连字句都完全一致。这说明《一千零一夜》的编撰者们很有可能在编纂过程攫取了古祖里的故事，就像他们曾攫取塔努赫的故事一样。

1401年，帖木儿王朝的建立者帖木儿对大马士革进行肆意破坏。此后，年轻的伊本·阿拉布沙（ابن عربشاه，1392—1450）作为俘虏被带至帖木儿的中亚首府撒马尔罕，后来又为奥斯曼帝国统治者穆罕默德一世效力。1420年前后，他回到马穆鲁克王朝治下的领土。《一千零一夜》中有个故事讲述的正是他的经历。同时，阿拉布沙还翻译了13世纪波斯动物寓言集《马尔祖班之书》（مرزبان نامه）。后来，他又扩充和重写了这部波斯作品，并起名为《哈里发的笑话集锦》（فاكهة الخلفاء و مفاكهة الظرفاء）。虽然这本书意在成为“王子们的镜鉴”，但所涉内容都是有趣的故事，没有明显的教化功能。故事集的框架结构借鉴了《卡里来和笛木乃》，讲述的虽是一些寓于鸟兽之口的寓言、传说，但明显隐喻人类。同样，《哈里发的笑话集锦》的有些故事与《一千零一夜》相同，其中就包括那个每年说一次谎的奴隶的故事，以及商人与两个骗子的故事等有关变体。

《哈里发的笑话集锦》里还有些故事也能在另一部小故事集《雅艺甄选》（المستطرف من كل فن مستظرف）中看到，后者结集于马穆鲁克王朝时期的埃及，其第五版2008年由黎巴嫩知识出版社出版。著名教法学家、文学家艾布什希（شهاب الدين محمد الأبشيهي，1388—1446/1448）

收集并改写的这部故事集内容庞杂，分为84章，内容包括故事、传统习俗、格言寓言以及道德警句。其中一些故事也在《一千零一夜》中出现，这有可能存在借鉴的情况，也有可能是作者和《一千零一夜》的埃及手稿编撰者都借鉴了相同的资源。魔法、奇迹和混乱的男女之情在《一千零一夜》和其他故事集中都比较突出，但同时它们也有关于圣人和美德的启迪故事。有些故事集甚至专注于启迪教化，其中就包括雅非伊（اليافعي, 1298—1367）的《善人故事的微风花园》（روض الرياحين في حكايات الصالحين）。雅非伊是14世纪著名的苏非思想家，平生著作颇丰，多关于《古兰经》、《圣训》、教法学、苏非神秘主义以及历史学等内容，已知的流传下来的多达60多部，其所撰写的有关苏非神秘主义的精彩绝伦的故事集《善人故事的微风花园》借鉴了艾布什希的部分故事，其中有些故事还被收纳进《一千零一夜》，扩充了后者的篇幅。

在现今发现的一份大约产生于14世纪的单行手稿抄本中，有一部佚名作品：《奇闻异事》（كتاب الحكايات العجيبة والأخبار الغريبة）。虽然手稿年代较晚，但从其故事内容来看，这部故事集最初应该是收集于10世纪的埃及手稿。该手稿据传目录中列出了42章，但如今保存下来的只有18章，包括26个故事。现在出版的版本是由德国的汉斯·波多·威尔（Hans Bodo Wehr, 1909—1981）编辑校注。这些故事中有几个在《一千零一夜》里也能看到，其中最广为人知的就是巴格达理发师的六个兄弟的故事和石榴公主的故事（这两个故事加朗手稿中也有），以及懒汉阿布·穆罕默德的故事。当然，《奇闻异事》中也有许多《一千零一夜》中阙如的故事。譬如苏阿勒和舒穆勒的故事，它非常有趣，讲述两个也门人如何相爱。女主人公舒穆勒由于某种原因出逃后，男主人公苏阿勒走遍整个黎凡特地区，在一个又一个修道院寻找她的身影。特别值得一提的是，这个故事还存于一份16世纪的独立手稿当中。在这份手稿里，故事开始被分成了几个夜晚，早晨姐姐山鲁佐德出场，她的妹妹催促她在第二天夜里接着讲故事。很明显，抄写者是想把苏阿勒和舒穆勒的故事插进《一千零一夜》之中，但在第35夜之后，他显然对这种分段方式失去了兴趣，于是又一口气把故事讲完了。[1]

马穆鲁克王朝结束后，各种文学流派中很少再有阿拉伯文人的身影，直至18世纪中晚期。当时著名的埃及历史学家阿卜杜·拉赫曼·贾巴尔蒂（عبد الرحمن الجبرتي，1753—1825）编撰了《传记趣闻记述奇观》（عجائب الآثار في التراجم والأخبار）一书，后简称为《贾巴尔蒂历史》（تاريخ الجبرتى），是18、19世纪最重要的历史著作。书中详细记述了法国入侵埃及前后当地的社会状况，是了解18、19世纪埃及的重要参考文献。该书对后来《一千零一夜》的翻译者莱恩以及其他一些东方学家影响颇深，莱恩曾依据这本书给自己的译作添加注释。贾巴尔蒂还在开罗的法国人研究所内与法国学者进行交流。可能正是法国人把他们对《一千零一夜》的热情传递给了贾巴尔蒂，于是后来他便曾尝试编纂了《一千零一夜》洁本。但遗憾的是，这部洁本并没有流传下来。[2]

值得一提的是，还有一本奇闻集，过去也被视为阿拉伯故事集。这就是《马赫迪谢赫的故事》（*Contes du Cheykh el-Mohdy*，1835，一说1833），据说它译自一部名为《单身汉梦醒述异记》（تحفة المستيقظ العانس في نزهة المستنيم والناعس）的阿拉伯故事集。这部故事集的手稿由让-约瑟夫·马塞尔（Marcel, Jean-Joseph, 1776—1854）[3]收集并进行"翻译"，先后分三部分印刷。马塞尔是位阿拉伯问题专家，1798年曾随拿破仑出征埃及。关于这部手稿的来历，马塞尔曾如是说：

1 参见F. C. Seybold (ed.), *Geschichte von Sul und Schumul. Unbekannte Erzahlungen aus Tausend und Einer Nacht* (Leipzig, 1902)。

2 D. Ayalon, "The Historian al-Jabarti and his Background," *Bulletin of the School of Oriental and African Studies*, 23 (1960): 246.

3 马塞尔是著名的东方学家，师从东方学大师德·塞西，精通阿拉伯语，特别是埃及和叙利亚地方的口语，编撰过《基本法语-阿拉伯语口语词典》。在随拿破仑出征埃及期间，他曾在报社工作，掌握了精湛的印刷技术，为近代法国印刷事业的发展做出了巨大贡献。他还曾竭尽心力、财力，收集了许多阿拉伯文、波斯文、土耳其文等珍贵手稿，并尝试进行翻译。

在埃及期间，我结识了许多名人，特别是马赫迪谢赫，我们的交往和友谊多年不断。有一天我们谈论阿拉伯文学时，他提到了《一千零一夜》，并对我说，这本书年代久远，很多文人都曾效法，写过类似的作品，他有一份这样的手稿。我表示，我非常想得到它。于是第二天他就给我拿来了眼下这份手稿。[1]

据马塞尔说，从这份手稿前面的文字可以看出，它是出自一位与贾巴尔蒂同时代的文人之手。手稿也有一个框架引子，故事开篇讲述一位年轻人为让他的听众清醒而不停地讲故事。尽管历史上真的有这么一位穆罕默德·马赫迪谢赫，但毫无疑问，故事却是虚构的，甚至有可能是欧洲人模仿《一千零一夜》的杰作。更有甚者，"讲故事者靠讲故事让听众清醒"这个主题是马塞尔从雅克·卡佐特（Cazotte, Jacques, 1719—1792）的《一千零一个奇谈》（*Les Mille et une fadaises*）那里窃取的。这是后话。

不得不说，阿拔斯、马穆鲁克以及奥斯曼时期许多一度声名卓著的文人最终渐渐被人遗忘，而《一千零一夜》却借由说书人的口口相传流传了下来。当然，它的故事并非全都是无名说书人的专利。在很多情况下，出身名门的杰出学者和文学家也会在自己的选集中收录一些零散的篇什，并且他们中也不乏爱好讲故事的人，偶尔从《一千零一夜》那里借用一些故事，来表达自己的政治或宗教主张是极有可能的。例如前面提到的塔努赫。但整体而言，这一时期阿拉伯地区由于还流传着许多更为卷帙浩繁的本民族英雄史诗，如《安塔拉传奇》等，《一千零一夜》在阿拉伯民众中的影响并不大。

前文提到，11至15世纪是阿拉伯世界与西方欧洲联系比较紧密的阶段，文化交流繁盛。其时欧洲正值拉丁神学兴盛期，艰涩而玄奥的宗教文学很难受到普通民众的喜爱，因而，当充满世俗文化气息的《一千零一夜》开始在东西方阿拉伯世界开枝散叶，它便立刻对中世纪

1 أنظر جاك تاجر:حركة *الترجمة بمصر خلال القرن التاسع عشر*، مؤسسة هنداوي، 2017، ص 16.

安达卢斯地区的世俗文学发展产生了不可忽略的影响。鉴于此后越来越多的作家涉及或受惠于《一千零一夜》，本章大致以作家（作品）出现时间为序进行梳理。

在安达卢斯地区，《一千零一夜》故事传入的最早文字证据便是13世纪初始现于西班牙的《辛迪巴德》一书（*Sendebar*，原手稿为拉丁语，又名《骗术之书》），其西班牙语译本易名为《厌女之书》（*Libro de los engaños e los asayamientos de las mugeres*）。《辛迪巴德》极有可能是迈斯欧迪在《黄金草原》中提到的《辛迪巴德》（他曾提到过大、小《辛迪巴德》），后来在《一千零一夜》中则以《国王、太子与王妃》的故事出现，其中的智者名叫辛迪巴德，他睿智机敏。故事讲述的便是辛迪巴德遵王命教导太子的经历。"辛迪巴德"这个词源自梵语，意思为智慧。这个故事原型很可能是来自印度，而后转至波斯，再后来被收录在《一千零一夜》中。卡斯蒂利亚语《辛迪巴德》的故事梗概与此完全相同，书中穿插的种种骗术也与《一千零一夜》相仿。这充分说明，早在13世纪，《一千零一夜》的故事就已经在西班牙流传了，这当然得益于智者阿方索十世的翻译运动。

该故事大约于12世纪经阿拉伯人传入伊比利亚半岛和希腊。[1]目前可以查考的最早抄本则属于15世纪，标题为《卢卡诺尔伯爵古本》（*El Conde Lucanor, ms. antiguo*），现藏于西班牙皇家学院。它曾为普尼翁罗斯特洛伯爵（Conde Puñonrostro）所有，包括四部作品，而《辛迪巴德》便是其中之一。

《卢卡诺尔伯爵古本》固被鉴定为15世纪抄本，而且有15至16世纪的旁批眉注，然而版本学者凯勒（Keller, J. E.）却认为《辛迪巴德》的有关西班牙语抄本应远早于这个时间。事实是，《卢卡诺尔伯爵古

---

1 学者哈罗·科尔特斯（Haro Cortés, Marta）将《辛迪巴德》的西传时间定格于10至12世纪，其中阿拉伯语本（叙利亚本）为10世纪，希腊语本为11世纪，犹太希伯来语本为12世纪。参见《从事例到幻想小说》："Del ejemplo al relato ficción," *Revista de poética medieval*, 29 (2015): 145–175。

本》已经磨损，后人设若需要整理，也得依靠别的资料（或抄本）。[1]而《卡里来和笛木乃》[2]是由智者阿方索十世亲自主持翻译印行的，时间为1251年（另说1252年）。因此，可以断定，在《卢卡诺尔伯爵古本》之前有过更早的抄本。学者弗拉德哈斯·莱布雷罗（Fradejas Lebrero, José）图示如下：

最早的抄本（散佚）[3]

↑

《古本》——其他抄本

↓

有关批注

他同时认为，《辛迪巴德》应该早就开始在西班牙流传了，并于13世纪被翻译成卡斯蒂利亚语，也即后来的西班牙语：

> 先说阿方索十世，他组织移译各种古典文本时，尚未登上卡斯蒂利亚王位。当时他只是圣费尔南多（San Fernando）的王子。年轻的王子对人文和科学表现出无限的兴趣。《辛迪巴德》也应该是在那个时间被翻译成西班牙语（卡斯蒂利亚语）的。“辛迪巴德”在最初的梵文表音是Siddahapati，意曰智者，至古希腊文为Syntipas。因此，西班牙语中的两种表现方式（Cendubete和Sendebar）是根据阿拉伯语（سندباد）音译的。
>
> 《辛迪巴德》的传播十分广泛，其前身应为《巴拉姆与约瑟夫传说》（*Barlaam et Joasaph*）。这是基督教版本的佛本生

1　言下之意是现有版本不可能由此从出。据推测，其最早的抄本不会晚于13世纪。

2　*Calila e Dimna*, 13世纪卡斯蒂利亚语译法。

3　如前文所述，阿拉伯史学家迈斯欧迪曾于10世纪就在其作品中提到了波斯本《一千个故事》和《辛迪巴德》。这是迄今为止最早出现的有关《辛迪巴德》和《一千零一夜》波斯版故事的文字记载。

故事，取材于《普曜经》(又作《佛说普曜经》，*Lalitavistara*)，以阿拉伯语、希伯来语、波斯语、粟特语和回鹘语写成。作者可能是6或7世纪，中亚或阿拉伯地区的基督徒。故事叙述王子约瑟夫(暗指释迦牟尼)在修士巴拉姆(又作贝尔拉姆)的引导下成为基督徒的过程。其中，巴拉姆(Barlaam)源自世尊(Bhagavad)，而乔达萨(格鲁吉亚语为Jodasaph，阿拉伯语为Yūdhasaf或Būdhasaf)则是由菩萨(Bodhisattva)转化而来的。在中世纪，巴拉姆与约瑟夫都被认为是圣徒，东正教会以8月26日为他们的纪念日，而天主教会则是以11月27日为其纪念日。故事说，在印度，有位阿毘尼王(King Abenner，又作Asaka，即阿萨卡王)迫害王国境内的基督徒。有一天，占星师向他预言，他的儿子将会成为基督徒。因此，阿毘尼王将他的儿子约瑟夫软禁起来，不让他与外界接触。但阴差阳错，被软禁的约瑟夫仍然遇见了隐修中的巴拉姆，并看破红尘，成为虔诚的基督徒。面对他父亲阿毘尼王的暴怒与迫害，约瑟夫虔心不渝。最后阿毘尼王被儿子感化，将王位传给了约瑟夫，并退避三舍、成为沙漠修士。约瑟夫成为国王之后，也很快放弃王位，追随巴拉姆，不知去向。[1]

《辛迪巴德》的叙事方法同《卡里来和笛木乃》，即以一个个故事(“范例”：ejemplo)[2]为楔子，具有鲜明的寓言风格。其中第5、第9、第10、第12、第16、第17个故事源自印度，学界同行对此进行过考证。不同的是，《卡里来和笛木乃》几乎没有变体，无论希腊文本还是拉丁文本中，甚至后来的拉丁俗语文本中，所有故事如出一辙；而《辛迪巴德》却变体众多，各种版本或抄本相差甚远。譬如一些故事同《一千零一夜》的交织；另一些故事进入了其他文本，如成书于12或13世纪的胡安·德·阿尔塔·席尔瓦(Alta Silva, Juan de)的《多罗帕托集》(*Dolopathos*)，尽管后者只

1 这显然是对释迦牟尼本生故事的改编。

2 胡安·曼努埃尔的《卢卡诺尔伯爵》借用了这种方法。

有一个故事与《卢卡诺尔伯爵古本》重合。

另一种说法是，倘使《辛迪巴德》源自印度，那么它很可能是经波斯人之手改编并传到西方的。持此观点的有佩里教授(Perry, B. E.)。在他看来，《辛迪巴德》很有可能形成于6世纪，而且受到了希腊本《哲学家塞贡多之书》(*Libro del filósofo Segundo*)的影响。而希腊文表音Segundo影响了Sendebar，后者又回到了《五卷书》。他认为，受波斯影响，故事经历了一个轮回，即从印度到希腊，再从西方到东方。佩里观点从出的主要依据是梵文人名在《辛迪巴德》中的阙如。他进而指出，辛迪巴德来自波斯，即从Sundbad到Sendebar再到Cendubeta。此外，他的另一个依据是第12、第19、第21和第22个故事是典型的西方传说。[1]当然，这些故事与某些印度故事并不矛盾，而且在《卡里来和笛木乃》中也能找到其影子。

第三种说法是爱波斯坦(Epstein, M.)的观点。他认为《辛迪巴德》的源头在希伯来，而且可以追溯到公元前4至2世纪。而阿拉伯人是从犹太人那里接受这些故事的。他的主要依据是《古兰经》同《圣经·旧约》的关系。而在7至8世纪，阿拉伯人又在《秘身谭》(*Mishlé Sindabar*)的基础上进行了演绎并于12至13世纪推出了《辛迪巴德》，进而开始了其在西方的传播，甚至影响了同名希腊本。[2]同样，爱波斯坦认为《卡里来和笛木乃》也是从希伯来语移译的，即由拉比·约珥(Rabi Joel)本传至西班牙，再由西班牙人胡安·德·卡普阿(Capua, Juan de)翻译至拉丁语，从而在西方国家传播。

第四种说法认为故事来源于毕达哥拉斯。依据是后者的隐默观以及由拜占庭传入阿拉伯世界的古希腊哲学。

以上种种及诸如此类的假设或推演只能姑妄听之，盖因我们

1 B. E. Perry, “The Origin of the *Book of Sindbad,” Fábula*, III (1959−1960): 1−94.

2 M. Epstein, “Mishlé Sendebar: New Light on the Transmission of Folklore from East to West,” *Proceedings of American Academy of Jewish Research*, XXVII (1958): 1−17.

不能忘记一个重要事实，即《辛迪巴德》是建立在口传基础之上的，并且汇入了《一千零一夜》。既为口传文学，它就不可能是由单一文本所从出的。13世纪作家卢利的《动物之书》(或《动物寓言》)印证了这一点。此外，它明显具有《巴拉姆与约瑟夫传说》的影子，同时又是对佛本生故事的延延或演绎。再则，它同《卡里来和笛木乃》及《犹疑者的下场》(*El condenado por desconfiado*)等时代文学的关系，也证明了它的印度元素。

东方元素决定了《辛迪巴德》的每一个故事都由双重故事组成，唯一的例外是第八夜(第八天)的波斯传说：王子对国王的叙说。与之不同的是，阿尔塔·席尔瓦以降，在类似的西方文学文本中，智者往往只有一个，他便是维吉尔(Vergil)。[1]需要强调的是，无论东方还是西方，有关文本中交叉最多的四个故事是：第4个，《女人、鹦鹉和婢女》(*La mujer, el papagayo y la criada*)；第9个，《胖子与浴室老板娘》(*El hombre gordo y la mujer del bañero*)；第11个，《哭泣的小母狗》(*La perrita que lloraba*)；第12个，《列维林和他的狗》(*Lewellyn y su perro*)。

从叙事结构的角度看，《辛迪巴德》是完美和引人入胜的。它用"八天"时间，讲了23个故事；外加一个引子，或曰序言。作品开宗明义，抛出了王子的危机。所有人物悉数亮相：国王、王妃、王子(他并非王妃亲生)、几位大臣和辛迪巴德。毫无疑问，故事的主要人物是国王和王妃、王子和辛迪巴德。所有的阴谋和纠葛皆起于四人既简单又复杂的关系：

(一)子嗣，盖因后宫已经为国王生下无数公主，他需要王子。于是，经过努力以及上帝的庇佑，国王终于使一位爱妃为自己生下了一位王子。其中充满了传统元素，譬如渴望拥有传宗接代(这里是继承王位)的子嗣，它蕴含着重男轻女思想以及女儿易使权力或财产旁落(易姓)，等等。普罗普(Propp, Vladimir)对此做

1 后者的独角戏一直延续至但丁的《神曲》。

过梳理。[1]

（二）星象，王子降生须看星象。[2]国王由此得知，刚出生的王子将在二十年后弑父篡位。王子年幼时，国王淡忘了星象的预言，但随着王子的长大，危机忽然浮出了水面。于是考验来临。毕达哥拉斯式的隐默——囚禁或放逐不足以排除危险，譬如卡尔德隆（Calderón de la Barca, Pedro）在《人生如梦》（*La vida es sueño*）中的人物塞西斯蒙达；同理，隐没或伪殁也不足以排除危机，譬如《拉腊七王子》（*Los siete infantes de Lara*）[3]。星象所预言的危机必须根除。这正是伊塔大司铎胡安·鲁伊斯（Ruiz, Juan）在《真爱之书》（*El libro de buen amor*）中的所为：让阿尔卡阿兹国王对王子痛下杀手。

作品的叙事时态为现在时，而且国王同大臣的关系也较为现代。王后（王妃）也不再是看不见摸不着的神秘存在。国王与臣子的对话更显示了某种最低限度的平等。他会当面询问大臣："那是怎么回事？"当然，他仍然生杀予夺，甚至可以直接下令判处王子死刑。至于具体年代和地点却是个谜，我们始终无法考证。

故事的起因是王妃的嫉恨。但情节发展并不简单，直至她一度达到目的——置王子于死地。其中，辛迪巴德及诸大臣的参与具有双重作用：既让美丽王妃的凶残计划得以推进，又通过故事牵制了国王并终使阴谋难以实现。其中充满了非理性行为，当然更谈不上合法。我们的问题是，八天当中有七天王妃与国王朝夕相处，那么她的言行缘何最终没有产生作用呢？答案是她的美貌、诱人和恳求成了故事最大的悬念。她的存在本身就是故事。反之，辛迪巴德只能靠故事来循循善诱，一如他对王子的教诲。

1 V. Propp, *Raices históricos del cuanto*, trad. Clara Strada (Madrid: Ed. Fundamentos, 1974); *Edipo a la luz del folklore*, trad. Clara Strada (Madrid: Ed. Fundamentos, 1980), p. 100.

2 一如佛本生或俄狄浦斯传说。

3 西班牙骑士小说。

同样，国王和王妃之外的所有人物似乎都只是为了阻止王妃的阴谋。他们必须是七位大臣和一个王子。然而，女人的手段如此狡猾，以至于对手屡屡败下阵来。他们被弄得满腹狐疑，就连所罗门、亚里士多德和维吉尔复活也无济于事。这个话题足以将我们引向遥远的过去，尤其是中世纪。

（三）太傅，故事中的王子即太子，太子的老师即太傅。太傅的选择需要经过严格的程序，以确定其才学的出众和品德的高尚。辛迪巴德是智慧的化身。他将王子带到远离王宫的僻静处所，这使我们想起净饭王和释迦牟尼的故事。

教学内容是密集的，也是专业的。墙上写满了知识，画满了图形，天文地理无所不包。太傅专心教，王子专心学，盖因只有这样才能达到身心健康，也即西方人所谓的“mens sana in corpore sano”[1]……

（四）事例，用事例即故事达到劝诱目的，这是所有寓言的功用。《辛迪巴德》是由一系列故事组成的，为了阻止王妃的阴谋，大臣们逐一登场，给国王讲故事，譬如以下两个：《狮子的足迹》以及《商人和他的妻子》。王妃因勾引王子（太子）未遂，恼羞成怒，便倒打一耙，制造假象，诬陷王子行为不轨。太傅和大臣们慑于王妃淫威，既不能直接干预，又必须想方设法阻止其阴谋得逞。于是，故事（事例）成了他们的唯一武器……

塞内加（Seneca）在《论愤怒》（*De ira*）中说过，“你若不能战胜愤怒，必被愤怒吞食”。有关例证良多。在《卡里来和笛木乃》中，狮子听信谗言错杀了亲信，结果追悔莫及。作品的最大机巧在于置王妃的五个故事于恰当位置（第3个、第6个、第8个、第11个和第14个故事），从而对大臣们的劝诱构成了反作用力。这种反作用力同时也是作品的推进剂，使作品高潮迭起、扣人心弦。[2]

1 拉丁文，意为“健康的头脑在于健康的身体”，也即身心健康。

2 José Fradejas Lebrero(ed.), *Sendebar* (Madrid: Editorial Castalia,1990), pp.7–23.

诚如弗拉德哈斯·莱布雷罗所言，13世纪末、14世纪初，在阿拉伯人治下的安达卢斯地区，西班牙前身之一卡斯蒂利亚的文人拉蒙·卢利的确撰写了几部与阿拉伯文学有明显亲缘关系的作品。其中，《动物之书》原本只是《费利克斯或奇迹之书》的一部分，但后来经常独立印行，成为伊比利亚地区最早的原创性动物寓言。他是当时极少数掌握阿拉伯语并改信伊斯兰教的西哥特贵族后裔之一。遗憾的是，迄今为止，西班牙文学史家很少提及他，遑论我国寥若晨星的西语文学研究家。虽然他的《骑士团之书》(*Libro del Orden de Caballería*)因广泛借鉴阿拉伯骑士思想而为西班牙骑士文学确定了独特的维度，但是他的《动物之书》却明显撷取了另一种向度：世俗化。而这在西哥特拉丁文学中几乎是完全阙如的。用基佐(Guizot, F. P.)的话说，西哥特时期的西班牙遵从的是"神权政治的原则"。[1]

《动物之书》之所以被剥离原著，大抵是因为它的寓言性和世俗化倾向，即一定程度上是借助阿拉伯文学对西方伊索寓言传统的扩充和对西哥特拉丁文学的反讽。首先，它那冗长的故事往往具有更为复杂的寓意。其次，它居高临下、指点江山的特点多少改变了古希腊寓言那种鲜明的自下而上、以弱制强的特点。众所周知，古希腊罗马寓言源自民间，来自社会底层，大多具有以小见大，甚至"以下犯上"的特点，因而必得借动物以寓言人事。[2]《动物寓言》则反其道而行之。主人公费利克斯假借两位来自使徒教团的长者引出故事，由人类问题观照动物世界，比如说人类争权夺利，由此引出动物大选。公牛不服狮子，说王者必须体魄强健而且心地善良，并说狮子根本不具备这些美德。公牛于是指责狮子横蛮无理，且残害并吞噬其他动物。因此，公牛提议让温良恭俭的老马来继任王位。这得到了包括牛、马、羊、兔等

1　基佐：《欧洲文明史》，程洪逵、沅芷译，北京：商务印书馆，2005，第62页。

2　罗马寓言家费德鲁斯(Phaedrus)在总结希腊罗马寓言时说，受压迫的奴隶由于对许多事情不敢直言，便采用寓言形式来表达，借各种调笑来避免非难。转引自王焕生：《欧洲寓言选·前言》，载伊索等：《欧洲寓言选》，王焕生等译，北京：人民文学出版社，2001，"前言"第4页。

所有食草动物的支持；但狐狸不以为然，它振振有词，说上帝造物不是为了让大家彼此热爱的；上帝只需要大家爱他、尊他、崇拜他，却并没有禁止彼此为食。见双方争持不下，同样觊觎大王宝座的虎和豹发话了，说既然大家对候选者存有异议，不如暂缓投票。这样，选举被耽搁下来，两天后，饥肠辘辘的狮、虎、豹、熊等不耐烦了，准备单方面推举狮子为王，而狮子最关心的却是如何填饱肚子，于是向狐狸和狼索要食物。狐狸灵机一动，说旁边就有一头小牛、一匹马驹，足够几位大王美餐一顿了。狮子及其同僚不管不顾，三下五除二就分吃了小牛和马驹。公牛和老马气急败坏，找人理论，结果遇到一名农夫，农夫正好需要牲口，就拿老马当了坐骑，径直赶着公牛耕地去了。这时，主教的选举也在紧锣密鼓地进行，有选张三的，也有推李四的，各方据理力争，彼此互不相让。且说老马和公牛被农夫使唤得疲惫不堪，说既有今日，何必当初，还不如老老实实地做狮子的臣民。正说着，农夫带来了屠夫，公牛自知来日无多，不禁涕泪交加，对老马说，早知如此，还不如和兄弟们在一起，至少彼此有个照应，也不至于任人宰割。与此同时，狮子终于如愿当选大王。鉴于人类至高无上的基督有十二使徒，狮子便在动物中同样遴选了一批近臣负责传达它的旨意。狐狸奉命招安食草动物，它花言巧语，使食草动物信以为真。结果，食肉动物因权力问题产生分歧，引发内讧；食草动物受狐狸蛊惑，也不再团结。由是，动物世界不再平静。狮王向人类打听什么动物最恶毒，结果人类说是诱惑夏娃犯罪的蛇。狮王下令杀死了不少大蛇小蛇，结果老鼠繁衍成灾。话说一只老鼠为了躲避灾难，来到人间，被一个无聊的修士逮着；修士希望得到的不是老鼠，而是美女。结果老鼠变成了美女。修士试探着，问美女想不想成为太阳、月亮或者大山的妻子，美女说不，并一一说出了理由。最后，修士问她愿不愿意成为人妻，美女依然说不，理由是人类从不善待异类。最后，美女祈求上帝，把她变回了老鼠。同时，狐狸不满狮子的残暴，欲借大象之力除之而后快，便向后者猛进谗言，并讲述了一个故事，说有只小鹿为了避免成为狮子的盘中餐，谎称另一只狮子要自立为王，狮王听后大为恼怒，遂决定披挂亲征，结果看到河中倒影，误以为那就是敌人，竟一头撞进湍急的河流，被冲得无影无踪。小鹿尚且可以以弱胜强，况乎大象？可大象体大胆小，它反唇相讥，说某国王有两个骑士，他们各怀私心，因此总想在国王面前耀忠。一天，骑士甲捉住了国王身上的一只跳蚤，国王大喜，赏金百两。骑士乙闷闷不悦，便计上心来，故意将一只虱子放进国王的餐巾，当他捉虱子准备领赏时，国王勃然大怒，骂他如此不干不净，并下令鞭笞一百。

凡此种种，人类和动物的故事相辅相成，相得益彰。其中的异教倾向自不待言，它关乎人类和动物世界互为镜鉴并断言人性不善、人间一片漆黑的观念则几可与但丁的《神曲》遥相呼应，而《神曲》与阿拉伯文学的关系已经得到了有关学者的论证[1]，在此恕不赘言。

《动物之书》中大大小小的寓言故事多达上百，且相互关联，相映成趣，构成了庞大的"超现实"体系。首先，狐狸见多识广，不停地拿人类说事；其次是公牛的哞哞声响彻云霄，吓得动物世界一片哆嗦，狮王派狐狸调查，于是公牛道出了许多肺腑之言，并断言世上最坏的就是人类；再次是狮王好奇，派大批使节出访人间各地，结果发现人类竟是如此不堪。不少细节令人迁思我国文史作品中的一些名段，比如绅士娶了小老婆，而小老婆为了铲除异己，不是勾引继子，就是竭尽诬陷之能事；贫民百姓笑贫不笑娼，以至于不少"良家妇女"自甘堕落；或者农夫因马和公牛发了财，决定用财产和女儿换取名位，结果赔了夫人又折财；再或国王看上了一名宫女，不仅宫女和家人没有反抗，就连王后也是敢怒而不敢言，倒是豹子有勇，在得知母豹被狮王玷污后毅然决然地与之决斗，直到生命的最后一息。诸如此类的厚彼薄此也许深得时人的赞同，却难为正统基督教神学所认可。如此众多的原创寓言未获西班牙及西方文史学家的关注，则本身就足以说明近现代西方人文的取舍与好恶。

1　阿辛·帕拉西奥斯甚至雄辩地证明了但丁《神曲》与阿拉伯文学的关系。可以参考 Asin Palacios, *La Escatología musulmana en la* Divina Commedia (Madrid: Editorial Maestre, 1961)。

可以看出，许多故事多多少少都有《一千零一夜》的痕迹，阿拉伯学者哈亚姆·艾布·侯赛因也认为，《动物之书》受到了前者的诸多影响。[1]

此外，卢利著有《仁者之书》(*Llibre del Gentil e los tres savis*)、《骑士团之书》及《圣女布兰盖娜之书》(*Llibre de Evast e Blaquerna*)。它们和《费利克斯或奇迹之书》(包括《动物之书》)合称为卢利"四书"。由于通晓阿拉伯语[2]，卢利不仅深受阿拉伯文学的熏陶，而且多少撷取了苏非神秘主义思想。《仁者之书》的三个智者分别代表了三种文化：犹太文化、阿拉伯文化和基督教文化。这种将基督教文化与"异教"相提并论的做法也只有在阿拉伯占领区才可能出现。他的《骑士团之书》虽算不得真正的骑士小说，却是一部关于骑士小说的小说，从而也是西班牙迄今为止发现的第一部坐而论道的骑士小说。这部小说里的许多情景令人迁思阿拉伯英雄史诗《安塔拉传奇》。比如它关于坚苦卓绝、千锤百炼、百折不挠、终成伟业的怀想显然具有安塔拉的影子。塞万提斯(Cervantes, Miguel de, 1547—1616)在塑造堂吉诃德时就分明借鉴了《骑士团之书》。

这些引申并不是题外话。法国学者约瑟夫·贝迪耶(Bédier, Joseph, 1864—1938)曾经致力于考证西方小说的本土源头。[3]这固然无可厚非，但问题是他同时竭力否定外来影响，[4]从而使不少西方后学

1 هيام أبو حسين، شهرزاد و تطور الرواية الفرنسية من الكلاسيكية إلى الرمزية، *فصول*، المجلد الثالث عشر العدد الثاني، 1994، ص 267.

2 《仁者之书》最初还是用阿拉伯语创作的，1378年被翻译成卡斯蒂利亚语，引起巨大反响。

3 参见 Joseph Bédier, *Les Fabliaux: Études de littérature populaire et d'histoire littéraire du Moyen Age* (Paris: E. Bouillon, 1895)。

4 转引自 Menéndez y Pelayo, *Orígenes de la novela*, t.1 (Madrid: Bailly-Ballière é hijos, 1905), p. 37。学者马丁·贝尔纳(Bernal, Martin)在《黑色雅典娜：古典文明的亚非之根》(*Black Athena: The Afroasiatic Roots of Classical Civilization: The Fabrication of Ancient Greece 1785-1985*，郝田虎等译，长春：吉林出版集团，2011)中对此做了更为详尽的探赜。

陷入了学术排他性偏颇。这当然不是一句简单的西方中心主义可以涵括的，盖因一般情况下文学同现实的鱼水关系毋庸讳言。但问题是西班牙文学确实受到了阿拉伯文学的影响，而且这一影响留下了不可磨灭、无可否认的印记。而早期学者对其的忽视无疑不利于研究文学之间的碰撞、传承、借鉴或化合。好在著名阿拉伯-西班牙裔美国学者洛佩斯-巴拉尔特（López-Baralt, Luce）经过坚持不懈的努力，终于在1985年同时推出了《西班牙文学中的伊斯兰元素》（*Huellas del Islam en la literatura española*）和《圣胡安·德·拉·克鲁斯与伊斯兰》（*San Juan de la Cruz y el Islam*）等重要著述，它们多少改变了西方学界的某些偏见，尤其是西班牙学者有意无意的去阿拉伯化倾向。但是，关于西班牙文学中阿拉伯元素的探讨只不过是刚刚开始，许多观点有待深入，许多问题有待探究；虽然文学的影响或互文通常是隐形的，难有如铁证据、若镜事实。然而，比较文学的魅力就在于此。更何况阿拉伯人当时就在西班牙，而且《辛迪巴德》《卡里来和笛木乃》等也确实在12至13世纪被译成了西班牙语（或谓卡斯蒂利亚俗语）。故而有关比较即或未有定论，有待辨考的若隐若现的存在、若明若暗的可能，也是《一千零一夜》学术史不可或缺的组成部分。无论假设还是考镜，孰是孰非且留待逝者开口、来者洞识。

值得一提的是，在另一部民间故事集《一百零一夜》中，《辛迪巴德》变成了《王子和七位大臣的故事》，[1]且故事内容基本相同。此外，《一百零一夜》本身的叙述方法也颇似《一千零一夜》，尽管其抄本一直要到20世纪初才被发现，规模不足后者的十分之一，但两者的故事则既有交叉，也有不同，譬如山鲁佐德依然是山鲁佐德，而山鲁亚尔变成了达里姆国王。

回到中世纪的欧洲对《一千零一夜》的接受方面。意大利文艺复兴运动早期最伟大、最杰出的诗人之一但丁也颇为喜爱阿拉伯文学。恩格斯评价说："封建的中世纪的终结和现代资本主义纪元的开端，是

1 《一百零一夜故事》，郅溥浩译，北京：大众文艺出版社，2001。

以一位大人物为标志的，这位人物就是意大利人但丁，他是中世纪的最后一位诗人，同时又是新时代的最初一位诗人。”[1]

但丁出生在意大利的佛罗伦萨一个没落的城市贵族家庭，按他自己在诗中的说法，“生在双子座下”。他自幼失去生母，其父因家道中落不得不四处奔波、经商挣钱。当时佛罗伦萨既有支持罗马教皇、代表封建贵族利益的齐柏林党，也有支持神圣罗马帝国皇帝、代表资产阶级利益的盖尔非党。但丁的父亲拥戴盖尔非党，而但丁本人后来则成了该党的领袖之一。

有关但丁的生平记载少之又少。目前我们所知道的许多信息大抵来源于他的作品。其中《神曲》(*Divina Commedia*, 1307—1321)是他当之无愧的代表作。作者在与各种著名人物的对话中揭示了中古时期西方文化的主要成就和重大问题。这是一部百科全书式的巨著，从中也可隐约窥见文艺复兴时期人文主义思想的曙光。全著由三部分组成，即《地狱》(*Inferno*)、《炼狱》(*Purgatorio*)和《天堂》(*Paradiso*)，以长诗的形式，叙述了但丁在“人生的中途”的一系列遭遇，固然谴责了教会的统治，但仍然未摆脱基督教神学的观点。

西班牙著名的阿拉伯文学研究者米格尔·阿辛·帕拉西奥斯(Asín Palacios, Miguel, 1871—1944)于1919年元月在西班牙皇家语言学院院士就任仪式上公布了自己对但丁和有关伊斯兰思想的平行研究成果。这是近现代西方学者第一次从微观的角度直面阿拉伯文化对西方文艺复兴运动的积极影响。它与斯宾格勒(Spengler, Oswald, 1880—1936)几乎同时出版的《西方的没落》(*The Decline of the West*)在某些阿拉伯文化问题的宏观界定上遥相呼应。其共同的背景则是使欧陆满目疮痍、民不聊生的第一次世界大战。所不同的是斯宾格勒是从大处着眼以扫描文明的相互倾轧和此消彼长，而阿辛·帕拉西奥斯则是条分缕析，致力于文本细读和平行比较。

---

1 《马克思恩格斯选集》第1卷，北京：人民出版社，1995，第269页。

阿辛·帕拉西奥斯在其出版于1919年冬季的《〈神曲〉与穆斯林末世观》(*La escatología musulmana en la* Divina Commedia)中洞见肺腑,就阿拉伯文学,尤其是伊本·阿拉比(Ibn Arabi)对但丁的神秘影响进行了探赜和辨识。譬如,但丁在《神曲》中所描写的九层地狱、九重天与阿拉比所描绘的七层地狱和十三殿堂非常相似,尤其是其中的惩罚和奖励方式几乎如出一辙。而我们在但丁之前的西方基督教神学著作和民间传说中未曾发现类似细节。又譬如但丁笔下灵魂抵达天堂的耀目光辉也曾出现在阿拉比的作品当中,那是穆罕默德升入灿烂天堂的"登霄"情景。而后者夤夜逃离麦加的经过也颇让人联想但丁的地狱之行:

> 在人生的中途,我发现我已经迷失了正路,走进了一座幽暗的森林,啊!要说明这座森林多么荒野、艰险、难行,是一件多么苦难的事啊!……
>
> 我说不清我是怎样走进这座森林的,因为我在离弃真理之路的时刻,充满了强烈的睡意……[1]

阿辛·帕拉西奥斯认为,只要读过阿拉比的《麦加启示录》(الفتوحات المكية),我们对《神曲》中天使与魔鬼争夺灵魂的一幕也就不啻是似曾相识了,因为它们几乎完全一样。[2]同样,阿拉比关于天堂和地狱之间的描写(中世纪基督教神学称之为Limbus——"炼狱",又译"灵簿狱")也显然源自伊斯兰教,且与穆罕默德逃亡时期的境遇颇为相似,这些皆转而影响了但丁、进入了《神曲》。阿辛·帕拉西奥斯强调,在此之前,西方基督教神学没有这个被称为炼狱的"中间环节"。[3]如此等等,都是阿辛·帕拉西奥斯所着力钩沉和阐发的。这些

1 但丁:《神曲·地狱篇》,田德望译,北京:人民文学出版社,2002,第1页。

2 Asín Palacios, *La escatología musulmana en la* Divina Commedia (Madrid: Real Academia, 1919), p.106.

3 同上,第99—160页。

比照曾引发意大利“民族主义学者”的一片嘘声和西方中心主义的猛烈反诘。他们不是指责阿辛·帕拉西奥斯“牵强附会、望文生义”，便是顾左右而言他，甚至谓其血统中的“阿拉伯基因”决定了他的“偏见”。但论证和嘘声激发了更大的热情，几年以后，阿辛·帕拉西奥斯发现了更多毋庸置疑的证据。譬如，他在1927年的《但丁与伊斯兰》（*Dante y el Islam*）一书中探赜索隐、见微知著，雄辩而令人服膺地论证了但丁与安达卢斯阿拉伯文学的关系，即《神曲》与伊斯兰神秘主义诗人的诸多意象的“不谋而合”。[1]譬如有关天国的描写，但丁的一圈一圈或一层一层的“磨盘”或“套盒”[2]意象完全来自伊斯兰文化：“我觉得好像一层发亮的、浓厚的、细密的、光滑的、如同日光照射下的金刚石一般的云裹住了我们。这颗永恒的宝石容纳我们，如同水容纳光线……而自身并不裂开。”[3]这在圣特雷莎（Santa Teresa de Jesús）的笔下成了水晶和宝石铸就的城堡，共七重。“上帝居住在最中心的一环；谁能抵达那里，就会与他合为一体；灵魂从而得以远离恶魔、免于伤害。”[4]在但丁和圣特雷莎之前，这样的意象在西方宗教神学和基督教神秘主义中是阙如的。但丁在进入基督教天国的第二重（层）之前，用大量的笔墨描写了七重天，并在接近尾声处总结道：“我用目光逐一回顾走过的七个天体，看到这个地球那样小，不禁对它那副可怜相微微一笑；我赞同那种把它看得最轻的意见是最好的意见……”[5]早有西方学者认为天国的圆形（球形）或同心意象来自东方，例如佛教的曼荼罗。“著名宗教学者埃利亚德（Eliade, Mircea, 1907—1986）则坚信天国的同心圆意念来自曼荼罗，象征灵魂的寓所，初涉者需要一层层攀

1 Asín Palacios, *Historia y crítica de una polémica* (Madrid: Libros Hiperión, 1924); *Dante y el Islam*, prólogo de Miguel Cruz Hernández (Pamplona y Navarra: Urgoiti Editores), 2007, pp. 1–159.

2 但丁：《神曲·天国篇》，田德望译，北京：人民文学出版社，2002，第78页。

3 同上。

4 López-Baralt, *Islam in Spanish Literature*, trans. Andrew Hurley (Leiden-New York-Koln: Brill, 1992), p.73.

5 同注2，第141页。

登，而中心也即灵魂。在他看来，这类意念或意象的最佳实例便是印尼爪哇岛的婆罗浮屠，它呈同心结构，必得一层层、一圈圈向内绕行，方能抵达圆心，那也是灵魂所在的地方。”[1]这又会让我们联想到遍布中华大地的诸多佛塔和天坛、地坛那颇具归化色彩的内圆外方（或多边形）及其内置的螺旋形阶梯。这也为文明的互鉴性、同源性或相似性提供了进一步探讨的依据。

不过，还是阿辛·帕拉西奥斯给出了令人信服的推断。他在《伊斯兰神秘主义的灵魂居所及城堡图形与圣特雷莎》（“El símil de los caslillos y moradas del alma en la mística islámica y en Santa Teresa”）一文中再次将七重天意象同但丁所从出的伊斯兰神秘主义联系在一起，认为类似意象在穆斯林作家笔下颇为常见，尤其是在阿拉比和一大批12世纪安达卢斯伊斯兰神秘主义诗人如安萨里的作品中可以找到美妙的“耦合”。[2]

至于但丁同《一千零一夜》的关系，只有博尔赫斯等极少数作家和人文学者进行过阐述。博尔赫斯在《七夜》中认为但丁的《神曲》“充满了《一千零一夜》的元素”。在《第一夜：〈神曲〉》中，他将《神曲》和《奥德赛》、《一千零一夜》相提并论，将贝雅特丽齐和山鲁佐德相提并论，认为她们都是真正的文学原型。[3]同时，他在《第三夜：〈一千零一夜〉》中对这部让他入迷的文学巨著进行了博尔赫斯式的条分缕析。

在阿拉伯安达卢斯时期，深受阿拉伯文学影响的还有胡安·曼努埃尔，他创作的《卢卡诺尔伯爵》成书于1335年，比薄伽丘的《十日谈》早十多年，比乔叟的《坎特伯雷故事集》早五十多年。巧合的是，

1 Mircea Eliade, *Traite d'histoire des religions*, 转引自 López-Baralt, *Islam in Spanish Literature*, pp. 75–87。

2 Asín Palacios, “El símil de los caslillos y moradas del alma en la mística islámica y en Santa Teresa,” *Al-Andalus*, 转引自 López-Baralt, *Islam in Spanish Literature*, pp. 75–87.

3 Jorge Luis Borges, *Siete noches* (México: Fondo de Cultura Económica, 1980), pp. 57–74.

这三部作品，尤其是《卢卡诺尔伯爵》和《十日谈》，无论形式还是意境，都十分相似。《十日谈》是十个青年男女在十天中讲述的一百个故事，《坎特伯雷故事集》是三十一名香客讲述的一系列故事，而《卢卡诺尔伯爵》则是由谋士帕特罗尼奥讲述的五十一个故事。这些故事作为谋士进言的“例证”，几乎独立成篇。只不过引出这些故事（“例证”）的是卢卡诺尔伯爵有关世道人心的一系列问题。这些问题起到了贯串始终的线绳作用。

这部作品堪称罗曼语第一部“俗语”短篇小说集。作品既有寓言故事，也有历史传说，可谓虚构与写实并重。换言之，《卢卡诺尔伯爵》既是一部短篇小说集，同时又是一部处世良方录，可谓寓教于乐、开卷有益。其中，《故事一》教人如何驱凶避祸；《故事二》是一则有名的寓言，讲父子二人听从路人的议论，不知该父亲还是儿子骑牲口；《故事五》也是一则有名的寓言，写虚荣的乌鸦经不住狐狸的吹捧，丢了到嘴的奶酪；《故事六》劝人未雨绸缪；《故事七》写农妇梦想拿头顶的一罐蜂蜜发大财，结果一高兴打碎了蜜罐；《故事十二》教人怎样遇事不慌；《故事十四》是个不折不扣的苦肉计；《故事十八》是一段劝慰，类似于我们所谓的“失之东隅，收之桑榆”或者“塞翁失马，焉知非福”之说；《故事三十二》是《皇帝的新装》（*The Emperor's New Clothes*）的前身（“看不见皇帝新衣的是私生子”）；《故事五十》写一女子向苏丹提出一个问题，倘使他答不出来，她就决不委身于他：“什么是人的最佳品德和众善之母？”（苏丹周游列国，找到了答案，却不得不放弃初衷，因为他找到的答案是“廉耻”。）这是《卢卡诺尔伯爵》除结构之外最接近《一千零一夜》的地方，这个机智的摩尔女子何尝不是山鲁佐德？如此等等。可以看出，这些故事大都采撷于民间，其中不少篇什明显受到阿拉伯文学（如《卡里来和笛木乃》《一千零一夜》等寓言和传奇故事）的影响，同时又直接受惠于伊索寓言和伊比利亚及欧洲的民间传说。

文学的优质种子一旦发芽，便会开花结果，并蒲公英似的将自己播撒到四面八方，通过《卢卡诺尔伯爵》《卡里来和笛木乃》《一千零一夜》等故事在欧洲得到了传承。同时，它以它的故事回馈了所从出的文化土壤，不仅影响了包括塞万提斯、洛佩·德·维加（Lope de Vega, Félix）、蒂尔索·德·莫利纳（Molina, Tirso de）、卡尔德隆等后来的西班牙作家，而且在安徒生（Andersen, Hans Christian）的《皇帝的新装》、莎士比亚（Shakespeare, William）的《驯悍记》（*The Taming of the Shrew*）、拉封丹（La Fontaine, Jean de）的《寓言诗》（*Fables*）等作品中留下了鲜明的印记。

西班牙文艺复兴运动早期作家胡安·鲁伊斯（1283—1350）的作品也受到过阿拉伯文化及《一千零一夜》中"厌女思想"的影响。他又称伊塔大司铎，代表作《真爱之书》俗称"第二《爱经》"，明显借鉴了《卡里来和笛木乃》等阿拉伯文学作品，而且具有鲜明的厌女倾向。当然，厌女倾向古来有之，即使是在西方。法国学者布吕莱（Brulé, Pierre）在《古希腊人和他们的世界》（*Les Grecs et leur monde*）中曾有过这样的描述："在构成古希腊社会的各种矛盾关系中，似乎男女之间的对立矛盾是一种普遍的存在。"[1]这种情形可以追溯到希腊神话。普罗米修斯和潘多拉作为第一个男性和第一个女性就构成了一对矛盾。而前者的善和后者的恶则多少体现了男权社会对古来造人猜想的巨大影响。而由此生发的厌女思想不仅与父权制有关，而且本质上是私有制的产物。[2]从某种意义上说，厌女思想的存在或复苏也是中世纪晚期西班牙封建社会，甚至资本原始积累时期意识形态的反映。

虽然《创世记》中亚当和夏娃的故事同样具有男尊女卑的色彩，但人人生而有罪的犹太-基督教思想一定程度上淡化了西方文化的厌

1　布吕莱：《古希腊人和他们的世界》，王美华译，南京：译林出版社，2006，第14页。荷马史诗从海伦到克吕泰涅斯特拉的描写印证了这一点。

2　恩格斯在《家庭、私有制和国家的起源》中写道："随着男子在家庭中的实际统治的确立，实行男子独裁的最后障碍便崩毁了。这种独裁，由于母权制的颠覆、父权制的实行、对偶婚制向一夫一妻制的逐步过渡而被确定下来，并且永久化了。"《马克思恩格斯选集》第4卷，北京：人民出版社，1995，第162页。

女倾向。在基督教神学家看来,人人平等并不取决于世界秩序或人类社会的理性因素,而是基于人与基督的关系。圣保罗(Saint Paulus, 约3—67)曾写信给小亚细亚的凯尔特人,说所有受洗的基督徒在上帝面前完全平等,并没有民族、种族或“自主的、为奴的,男或女”之分。教会原则上或理论上坚守这一教义,它在早期吸收信徒的过程中起了重要作用,在之后的男女关系上同样发挥了作用;因为依此原则,包括奴隶或女子在内的所有人都具有同等价值。与圣保罗相似的表述见于格里高利一世所强调的人人生而平等。[1]它不仅是中世纪西方男女平等的理论由来,也为卢梭(Rousseau, Jean-Jacques)等启蒙巨人提供了法理依据。

然而,由阿拉伯人带入的厌女思想一定意义上成了西方男尊女卑思想复苏的催化剂。西班牙文艺复兴早期出现的《真爱之书》当是这方面的一个明证。作品以类似于阿拉伯安达卢斯诗人哈兹姆(ابن حزم)的《鸽子项圈》(طوق الحمامة)及《卡里来和笛木乃》的叙事方式展开,对社会各阶层男女关系进行了一次既大胆又矛盾的演绎。大概是因为过于大胆,且多少有伤风化的倾向,作者未敢署名。所谓胡安·鲁伊斯或伊塔大司铎源于后人(具体说来是梅嫩德斯·伊·佩拉约)在作品字里行间读出的“藏头诗”,孰真孰假还难有定论。作品诞生于14世纪初叶,包括12篇相互关联的诗篇和32则寓言故事,虽则以训诫的名义表现爱情,然字里行间却充满了世俗情怀,甚至异教倾向和斑驳杂色。作品以大祭司和老媒婆之间的肮脏交易为主线,引出作者或时人对爱情,尤其是对女人的看法。在反复论述什么样的女子可爱、什么样的女子不可爱之后,大祭司通过媒婆结识了各种各样的女子,其中既有修女,也有大家闺秀;既有村妇,也不乏不谙世事的少女。作品虽然表面上客观公允,并写两面(如圣洁之爱与世俗之爱,在世俗之爱中又有善爱与恶爱、大女人与小女人之分),但本质上却充满了厌女倾

1 转引自Robin Lane Fox, *Pagans and Christians in the Mediterranean World from the Second Century AD to the Conversion of Constantine* (Harmondsworth: Penguin Press, 1986), p. 301。

向。比如在《商人的妻子》一则中，商人为了预防太太红杏出墙，在她阴阜上画了一只羔羊。商人离家后，太太与人鬼混，羔羊也就不复存在了。当得知老公将回，女人让情夫在原先的位置上重新画了只羊。商人回家一看，发现此羊已非彼羊，遂怒斥道："我画的明明是只小羊羔，如何成了一只大公羊，还生出了一对犄角[1]？"女人答道："谁让你走了这许多日子，小羊自然长成大羊了。"又比如在《大祭司称心如意》一则中，媒婆凭借三寸不烂之舌并巧设机关，让"最正经的女子"投入男人的怀抱。再比如在《媒婆说合祭司与修女》一则中，作品借媒婆之口说，找个修女最没话说，她不会要求结婚，且能守口如瓶，谈情说爱还很在行。[2]诸如此类，不一而足。奇怪的是，唯一令大祭司不能如愿的恰恰是摩尔女子。摩尔女子为了敷衍大祭司，提出了"一个要求"，那便是他必须证明自己的善良。结果可想而知，大祭司努力证明自己善良的经过恰恰成了他不能再染指对方的过程。这在《卢卡诺尔伯爵》中演化为摩尔女子对苏丹的机智抗拒。

这种厌女倾向一发而不可收，直至演变为尼采（Nietzsche, Friedrich Wilhelm）等现代西方哲人对女人的诸多不屑。而尼采的不屑正是《真爱之书》字里行间阐发的观点，比如"女人生来就有共同之处，你越是禁止，她就越发好奇"，或者"要让女人变得正经、平静和安宁，责备、鞭笞和辱骂是唯一的途径"，等等。[3]

胡安·鲁伊斯以寓言性"事例"引出意义或教训的写法源自《卡里来和笛木乃》，后者是《一千零一夜》的重要组成部分，为西班牙早期作家所广泛采用。《真爱之书》使用了这种方法，《卢卡诺尔伯爵》自然也不避讳。而《真爱之书》关于女人如拉纤妇等的描写后来进入了罗哈斯等人的作品。此外，一如《辛迪巴德》中关于星象的描写（预言的危机必须根除），伊塔大司铎胡安·鲁伊斯在《真爱之书》中以自己的方式、自己的故事让国王对王子（男人对女人）痛下杀手。

1 在西班牙，长犄角与戴绿帽子同义。

2 参见鲁伊斯：《真爱之书》，屠孟超译，北京：昆仑出版社，2000，第284—285页。

3 同上，第114页。

阿拉伯人在统治伊比利亚半岛的时期，其势力范围也延伸至意大利及其周围岛屿，阿拉伯的思想与文化也因之在该地区传播，并与当地民族的文化相交融，甚至对该地区的文艺复兴运动产生了或多或少的影响。意大利文艺复兴运动的杰出代表、早期人文主义作家薄伽丘的作品便是这种交融的显证。他与诗人但丁、彼特拉克并称为佛罗伦萨文学“三杰”。其代表作《十日谈》是欧洲文学史上第一部现实主义作品。它批判禁欲主义和宗教僧侣，其“幸福在人间”的主张彰显了人文主义思想。

薄伽丘是佛罗伦萨商人之子。关于他的诞生地，缺少确切的资料予以论断。据说他生于佛罗伦萨附近的契塔尔多，一说生于巴黎。幼年时生母去世，他随父亲来到佛罗伦萨。不久，父亲再婚，他在严父和后母的冷酷中度过了童年。后来，他被父亲送到那不勒斯，在父亲入股的一家商社不情愿地学习经商，毫无收获。父亲又让他改学法律和宗教法规，但无论是商业还是法律，都引不起他的兴趣。他自幼喜爱文学，便开始自学诗学，阅读经典作家的作品。这段生活使他亲身体验到市民和商人的生活以及思想情感，并将其融入他日后写成的《十日谈》中。

这部作品描述佛罗伦萨瘟疫蔓延期间七个年轻小姐在教堂遇到了三个英俊男子。他们彼此不是情人，便是亲戚。为了躲避瘟疫，他们决心带着仆人，离开佛罗伦萨，相约两天后到郊外的一座山间别墅躲避。那里环境幽静，景色宜人，有绿树环绕，清泉流淌，地窖里还藏着陈酿美酒。这十位年轻人每天唱歌弹琴，跳舞散步。在暑气逼人的夏季里，他们坐在绿草茵茵的树荫下，每人每天讲一个优秀动听的故事，一共讲了一百个故事，这些故事收集成集子就叫《十日谈》。

《十日谈》不仅结构上酷似《一千零一夜》，采用由一个框架故事引出一系列小故事的叙事方式，间或还会嵌入一些次级小故事，形成嵌套模式，而且一些故事在内容上也明显与后者耦合。譬如，《十日谈》中《第一天第五个故事》讲述的是法兰西国王爱上了某位侯爵的夫人，他趁侯爵不在家，去侯爵夫人家中用餐。侯爵夫人命仆人用母鸡肉做出了各种菜肴。国王疑惑地问侯爵夫人时，侯爵夫人机智地回答说天下的女人都是一模一样的。这个故事明显与《一千零一夜》中《宰相夫人的故事》类似：国王觊觎宰相的妻子，趁宰相不在，去他的家中用膳。宰相的妻子命仆人做出色泽、食材各异，但味道却完全相同的菜肴，国王明白了宰相妻子的用心，赧然离去。这样的相似在两部故事集中还有很多。

我们知道，在13、14世纪，《一千零一夜》虽还未完全定型并成书，但其许多零散的故事早就在伊比利亚半岛及意大利等地流传开来，特别是十字军东征之后，阿拉伯文化与欧洲的交融更加普遍。其通俗的语言和诡谲的想象，对沉闷的欧洲中世纪而言，就像是一股精神的清风，促使一些文人开始尝试以俗语进行创作。《十日谈》的语言便在此启发之下，明显具有俗语文学的特点。

国内外曾有多位学者就二者的关系进行过平行或影响比较研究。比如我国学者周顺贤曾就《十日谈》的创作内容、创作风格和叙事结构对二者的相似之处进行剖析，当然他也指出二者存在明显的不同，特别是在主旨和创作意图方面。这当然与《十日谈》成书之时意大利社会的经济、文化背景和思想发展有着密切的关系。还有学者就二者中关乎爱情、女性形象、宗教观念等的作品异同进行了比较。有趣的是20世纪70年代，意大利诗人、哲学家和电影制作人皮埃尔·保罗·帕索里尼（Pasolini, Pier Paulo, 1922—1975）还拍摄了他的影视作品“生命三部曲”，每一部对应一部经典文学作品，分别是《十日谈》、《坎特伯雷故事集》和《一千零一夜》。且不论其影片质量如何，单从这一个侧面就可以看出这三部文学作品具有明显的相似和互文性。这是毋庸置疑的。

另外一位意大利作家塞坎比（Sercambi, Giovanni, 1347—1424）同样在其小说《阿斯托尔佛》（*Novella d'Astolfo*）中借鉴了《一千零一夜》中《山鲁亚尔及其兄弟》的故事。其中有这样一则：一个皮毛商人前往公共澡堂，脱掉全身衣服后，面对一群同样一丝不挂的人，突然产生了难以遏制的慌乱，以至于陷入癫狂。他再也不知道自己是谁。最后他逃出澡堂，扛着一捆草扎的十字架避难，但十字架因扎得太松，被他的邻居一扯就散掉了。他终于失去了一切依靠。那个邻居还对他说："我是你，而你已经死了，赶紧滚！"商人癫狂之余，真的以为自己已经死了。这是一则讽刺寓言，一个愚蠢的人可以笨到被同样的裸体之人吓疯，最后被别人的一句话毁灭。这则寓言让人想到小狗看到镜子里的影像时通常会狂吠，不知道对方究竟是自己还是别的小狗。小孩第一次看到自己的镜像，也会感到惊奇。而塞坎比的故事却是特定条件下人们对认同或自我身份的怀疑。这在中世纪不得不说是人文意识的早期觉醒。反之，西方青年模仿切·格瓦拉（Che Guevara）或卡斯特罗（Castro, Fidel）穿上古巴式军装，则被看作一种行为艺术。而美国媒体之所以痛恨始终身着游击装的卡斯特罗，其实也不外是因为后者的不屈和强悍。换言之，当他们的这种装束被美国青年模仿时，其象征意义也便被放大成了对美国或西方主流意识形态的某种解构，尽管其实际意义只不过是年轻人自我意识形成中的一种外化：标新立异而已。

塞坎比还著有一部作品《中篇小说》(*Novelle*)，其中包含155个故事，据说这部作品没有完成，其框架借鉴了薄伽丘《十日谈》中主人公逃离1374年瘟疫这样一个引子。现代以来，许多学者都尝试探讨《一千零一夜》对塞坎比作品的影响。

有学者考据，早在11世纪，犹太人佩德罗·阿方索（原名摩西·西法底，Mosé Sefardí，拉丁文为Petrus Alfonsi，分别取自基督使徒和阿拉贡君主）从伊比利亚半岛漂洋过海到达英国，他在改写的《教士的故事》(*Disciplina Clericalis*)中，将嵌套式框架叙述结构带到了英国。[1]这位犹太改宗者童年和少年时期在科尔多瓦度过，曾接受过完备的阿拉伯文化的滋育，精通希伯来语、阿拉伯语和拉丁语。他的作品深受阿拉伯文学的影响，是中世纪欧洲和阿拉伯文化杂糅的又

1 参见乔纳森·莱昂斯：《智慧宫——阿拉伯人如何改变了西方文明》，刘榜离等译，北京：新星出版社，2013，第192—193页。

一明显例证。

他的代表作《教士的故事》中随处皆可看到《卡里来和笛木乃》、《辛迪巴德》和玛卡梅小说的影子，因此有西方学者认为它是对阿拉伯故事框架叙事结构的集中展示。这部作品采用对话体，包括34个寓言故事，引出一系列宗教和哲学话题。其中的许多故事在《一千零一夜》的某些早期波斯故事中均可找到原型。他的作品当时即被译成了英语和多种拉丁俗语（如法语、卡斯蒂利亚语和加泰罗尼亚语等），并极有可能对后来的多位西班牙、英国文人产生了直接或间接的影响，除了上述的胡安·鲁伊斯、胡安·曼努埃尔、薄伽丘外，还有乔叟、塞万提斯、克维多（Quevedo, Francisco de）、拉封丹等欧洲作家。

其中，英国作家乔叟的代表作《坎特伯雷故事集》如同《十日谈》一般，被认为明显受惠于阿拉伯文学，而其媒介很可能便包括佩德罗·阿方索。

乔叟出生于伦敦一个富裕的商人家庭，受过高等教育，熟谙法语和意大利语。他从1357年开始出入宫廷，后经常出访欧洲，在意大利接触到了但丁、薄伽丘等人的作品，这影响了他后来的创作。《坎特伯雷故事集》虽然只有21个完整的故事，其余是一些未竟片段，却包括了当时欧洲的大多数文学种类，如骑士故事、市井故事、悲剧故事、喜剧故事、传奇故事、圣徒故事、历史故事、幻想故事、寓言故事等。

此外，《坎特伯雷故事集》是一部诗体短篇小说集。从叙事策略或结构方式看，既有《十日谈》的影响，也有《一千零一夜》的影子。作品叙述朝圣者一行三十人会聚在泰巴旅店，这些朝圣者有骑士、僧尼、商人、手工艺者、医生、律师、学者、农夫、家庭主妇等当时英国社会各阶层人士，他们准备前往坎特伯雷去朝拜圣托马斯。店主爱热闹，自告奋勇为他们担任向导，并提议在往返圣地途中每人讲两个故事，以解旅途单调，最后选出最会讲故事的人。众人接受了店主的建议，于次日一同踏上朝圣之途，并开始依次讲故事。

从内容或题材的角度看，《坎特伯雷故事集》明显受惠于《一千零一夜》，譬如关于飞马（乌木马）或者女猎鹰师的故事，以及酷似《设拉子王子与伊拉克公主》、《赛伊夫 · 穆鲁克与白迪阿 · 贾玛丽》和布雷斯劳抄本的《傻瓜丈夫》的那些故事。当然，这种关系可能是间接的，即乔叟从意大利作家薄伽丘或是佩德罗 · 阿方索那里获得了灵感。

第三节　16至17世纪

从16世纪起，阿拉伯人处在奥斯曼帝国的统治之下，富于生命力、鲜活而典雅的文学逐渐走向衰落。伴随着奥斯曼宫廷旖旎奢华的生活氛围盛行，文学创作领域也日渐雕琢繁复而空洞，许多宫廷文人在语言辞藻方面费心研磨，但在思想和活力方面却显得相对乏力，因而这一段时间，阿拉伯语文坛鲜有佳作问世。前面说过，《一千零一夜》作为一部民间俗文学，难登大雅文学之堂，但到16世纪，其内容无疑已基本定型。据有关学者考证，从现存最早手稿上的笔迹和记录痕迹来看，其定稿很可能问世于15世纪下半叶。然而，许多文学史家在梳理阿拉伯文学历史时，却都很少提及这部作品。一方面，或许是因为作品中夹杂着大量方言俚语，与主流文学的旖旎之风大相径庭；另一方面，也许是因为阿拉伯文人认为这部文学作品杂糅了太多其他民族的元素，并不能体现阿拉伯文学的精粹；当然还有一种可能是作品本身良莠不齐，甚至夹杂了许多情色描写，有悖于正统的伊斯兰教律，故而人们很少将其纳入文学史中。有关观点在20世纪得到了一些矫正，这是后话。

虽则如此，《一千零一夜》在西方世界的流播却有增无减。16至17世纪，欧洲文艺复兴运动如火如荼。随着自然科学的发展，思想启蒙运动在17世纪后期开始萌发，并在18世纪形成澎湃高潮。在此情形之下，世俗文学的发展更是进一步契合了社会思潮的演进。许多欧洲文人在创作过程中不断汲取阿拉伯、中国和印度等东方国家古代文学的世俗思想，以此来激发欧洲文坛的革新。

从经济基础的角度看，16、17世纪欧洲开始从手工业时代向近代工业化转变。这个过程并不平衡，但在两个层面上呈现出来。一是城市化加速，二是企业规模愈来愈大。两者相辅相成。从马克思主义的角度看，近代城市化和早期工业化的主要特征表现为生产方式和生产关系的巨大变化。用豪泽尔的话说："工人们集中在工业城市，而且依赖不稳定的劳动市场。他们的生活条件变得更加艰苦，他们的生活也失去了许多自由。……资本家也有了新的、更加严格的劳动伦理；对于感觉企业和自己无关的雇佣工人，劳动则失去了伦理价值。"[1]社会重新划分阶层。工人、手艺人、临时工大多是失去土地的农民，他们构成的社会底层的扁平化和赤贫化达到了可怕的地步。而卢梭正是在这个基础上提出了"回归自然"的口号。在豪泽尔看来，卢梭的"情感主义具有了公开翻盘的特征"。[2]这也是他为启蒙运动注入浪漫精神的重要前提。它无疑为18世纪初《一千零一夜》引入欧洲奠定了一定的思想基础。

再说著名诗人阿里奥斯托(Ariosto, Ludovico, 1474—1533)作为薄伽丘和塞坎比的传人，从另一个维度撷取了《一千零一夜》的部分元素。他出身名门望族，曾在费拉拉宫廷供职，热爱文学，精通法律。他在早期著有讽刺诗和风俗喜剧，隐晦地暴露当时社会中的一些阴暗现象；或借宫廷逸事塑造王宫贵胄身边的奸刁仆人、浪荡恶少等宵小形象，在喜剧的情节、人物和场景等方面有不少革新。他的代表作长诗《疯狂的奥兰多》(*Orlando Furioso*)将充满神话色彩的骑士冒险故事同现实生活事件编织在一起，虽以法国中世纪名作《罗兰之歌》为蓝本，但实则颠覆了骑士文学里的罗兰形象，使叙事与抒情、悲剧因素与喜剧因素、严肃与诙谐融为一体，对欧洲的叙事长诗产生了深远影响。

阿里奥斯托从塞坎比那儿间接撷取了《一千零一夜》中《山鲁亚尔兄弟》的故事，并在《疯狂的奥兰多》第28章中进行了再度演绎：客栈老板给鲁道夫讲了一个故事，说的是国王乔孔多和弟弟阿斯图尔夫

1 豪泽尔：《艺术社会史》下册，黄燎宇译，北京：商务印书馆，2020，第501页。

2 同上，第516页。

前往后者的领地旅行。途中，乔孔多发现遗忘了重要行李，便折回宫去，结果意外发现自己最宠爱的妃子正躺在卑贱的奴仆怀中。乔孔多不知所措，暂且遏住怒火，没有杀掉这两人，而是偷偷回到弟弟身边继续旅行。到了弟弟的国度后没多久，他发现弟弟的王后竟然也背叛丈夫，和侏儒相亲相拥。乔孔多庆幸他不是唯一的倒霉蛋，并把秘密告诉了弟弟。兄弟俩百无聊赖，决定一道出外探险。他们一路走去，发现这世界竟没有一个忠诚的女人。此后，故事主线开始游离了《一千零一夜》，但结论仍然一致，即无论如何都无法保证女人忠贞不贰。鲁道夫最后接受了这样一种观点："我的确相信，女人的诡计是无穷无尽的，世界上所有书籍都无法穷尽哪怕其中的一小部分。"其调笑方式与《一千零一夜》的幽默故事更有神似之处。个中因缘不仅在于阿拉伯人曾占领意大利的部分领土，而且阿拔斯王朝的"百年翻译运动"与阿拉伯文学对西西里岛和伊比利亚半岛的影响都对文艺复兴运动产生了催化作用。

陈众议先生认为，中世纪末叶，西方宗教政治的高压态势相当程度上是在文艺界的调笑声中被慢慢消解的。开始是东学西渐，阿拉伯人经由伊比利亚半岛将相对轻松、奇谲的东方文学和古希腊喜剧翻译成拉丁文。在众多作品中，数《一千零一夜》的一些口传故事和幽默的《卡里来和笛木乃》影响最大。于是，巨人、阿里巴巴和两个人做梦的故事不胫而走；狡猾的笛木乃、聪敏和愚钝的动物，以及农夫和农妇的逗笑故事广为流传，并如一股清风吹动了相对静滞的西方文坛，从而导致了广义的喜剧的中兴。14世纪，意大利作家萨凯蒂（Sacchetti, Franco, 1330—1400）笔下的赫拉尔多老人古怪而可笑，七十高龄时居然心血来潮，从佛罗伦萨出发去邻近的一个村庄参加比武大会，结果被几个居心不良的家伙戏弄了一番（他们将一把铁兰草塞进其坐骑的尾巴，使那匹马突然狂奔起来还不时地弓背跳跃，直到回到佛罗伦萨才消停下来）。在所有人的哄笑声中，他妻子将这个被愚弄的老人接回家里，一边让他躺在床上给他治疗身上的挫伤，一边对他愚蠢的疯狂举动大加呵斥。15世纪，普尔契（Pulci, Luigi, 1432—1484）和博亚尔多（Boiardo, Matteo Maria，1441—1494）也以玩笑的态度对待之前的文学或文学人物。前者为奥兰多的故事添加了不少民间笑料，后者则索性让奥兰多这么一个身经百战的人坠入情网后变成了笨拙害羞、被安赫丽卡玩弄于股掌之间的傻瓜。这种调笑在阿里奥斯托和拉伯雷的笔下演化为“戏说”与“大话”或“狂欢”，而在曼里克（Manrique, Jorge, 1440—1479）等人的喜剧中则已然发展为“恶搞”。这种比严格意义上的讽刺更为随意，但也更有感染力的调笑与文艺复兴早期蓬勃兴起的喜剧化合成一股强大的文化力量，将相对僵硬的中世纪慢慢解构、熔化。如此，骑士罗兰（奥兰多）“因迷恋安赫丽卡而发疯”。都说对他发疯的过程和心理变化的描写是阿里奥斯托最出彩的地方，因为作者借此嘲笑离奇的冒险，歌颂爱情、忠贞和勇敢，并由此体现出人文主义思想。福伦戈（Folengo, Teofilo，1491—1544）在其长诗《巴尔杜斯》（*Baldus*）中则有意将意大利俗语，尤其是日常生活中带有戏谑和嬉闹功能的词汇与概念同一本正经的拉丁语杂糅起来，以便用前者颠覆后者。作品因此而获得了强烈的喜剧效果。这颇让人联想到韩寒等年轻写手对某些八股腔和主流意识形态中某些空洞语汇的讽刺性模仿。巴赫金以狂欢的欣喜拥抱了拉伯雷（Rabelais, François, 约1494—1553），并且认为后者的狂欢［《巨人传》（*La vie de Gargantua et de Pantagruel*）］多少受到了《巴尔杜斯》的影响。于是，巨人卡冈都亚降生了，他呱呱坠地就能喝掉上千头奶牛的乳汁，以至于在摇篮里就迫不及待地将一头奶牛吞入腹中。而这一直被认为是拉伯雷人文主义的表征：从另一个角度表现了人的精神（也即对巨人或巨神的嘲笑和丑化）。狂欢之后是恶搞。这是宗教僧侣们始料未及（即使想到也难以阻止）的。在西班牙作家曼里克等人的喜剧中，调笑和狂欢获得了新的维度。于是，约瑟变成了笑容可掬的老头，他甚至会说这样搞笑的话：

呵，不幸的老头！
命运是如此漆黑，

做玛利亚的丈夫，
被她糟践了名誉。
我看她已经怀孕，
却不知何时何如；
听说是圣灵所为，
而我却一无所知。[1]

《疯狂的奥兰多》对后世文学产生了广泛的影响，许多学者关注到它与阿拉伯政治、宗教、文化的错综复杂的关系，还曾有学者专门将其与《一千零一夜》甚至《一百零一夜》进行比较研究，认为这部作品是对后二者的回应，并着重分析了前者对地中海地区阿拉伯文学与欧洲文学交流、混杂性的敏锐把握，还进一步从叙事方式的角度，分析了《疯狂的奥兰多》对阿拉伯交叉叙事的借鉴。[2]

16至17世纪，另一位喜爱阿拉伯文学，并将其元素融入自己文学创作的便是西班牙的塞万提斯。其人全名米盖尔·德·塞万提斯·萨维德拉。有关他的家世和生平少有记载，盖因他并非出身于名门望族，姓氏的贵族头衔也几乎是最低的一等，类似于我国古代的乡绅；至于他的文名，则是后世的事情。

塞万提斯的童年生活很不稳定。父亲罗德里戈生意不好，塞万提斯自幼便随父亲奔波辗转，曾生活于具有悠久阿拉伯文化传统的塞维利亚。成人以后，塞万提斯曾放弃公职加入军队。1571年，他参加了西班牙联合舰队与奥斯曼土耳其海军的决战。在战争中，塞万提斯负伤，失去左臂，并在返程途中被俘，被当作奴隶运至阿尔及尔。塞万提

1　转引自陈众议：《西班牙文学：黄金世纪研究》，南京：译林出版社，2007，第73页注1。

2　参见Amanda Batarseh, "Re/Writing the Orient: Ludovico Ariosto's *Orlando Furioso*, the *Thousand and One Nights*, and the *Hundred and One Nights*," https://docslib.org/doc/3431492/ludovico-ariostos-orlando-furioso-the-thousand-and-one-nights-and-the-hundred-and-one-nights。访问日期：2024年8月7日。

斯后来在不少作品中写到了他从军并被俘的这些经历，可以想见，他对阿拉伯文化的感受和对阿拉伯文学作品的涉猎，可能不仅来自西班牙自身与阿拉伯文化的种种渊源，也来自他在塞维利亚、阿尔及尔的遭际。

如果说两三千年前巴比伦、印度和埃及等东方文明古国对西方的贡献多少有些模糊不清的话，[1]那么，一千多年前阿拉伯人送来的文化礼物应该是人们记忆犹新的。但事实上，迄今为止，西方人对此常常讳莫如深或轻描淡写。虽说西罗马帝国坍塌后留下的真空使阿拉伯人几乎没有遭遇抵抗就长驱直入占领了伊比利亚半岛，但伍麦叶和阿拔斯王朝的臣子们并没有像西方人掠夺东方那样穷凶极恶。他们奉行的多为送去主义，而在他们送去的东方文明成果中，也包含了我国的“四大发明”。倘非如此，西方的文艺复兴几乎是不可想象的。

洛佩斯-巴拉尔特的《西班牙文学中的伊斯兰元素》[2]从微观的角度给出了一枚钱币的两面，即西班牙是如何接受东方文明成果，同时又如何将播种者一脚踢开的，以至于塞万提斯不得不用极其隐晦的方式在其作品中表现闪族人悲戚命运的同时，向后者致以委婉的敬意。譬如，他的代表作《堂吉诃德》(*Don Quijote*)以描写主人公的书籍和食谱开篇：堂吉诃德——当然也指塞万提斯——生活在一个痴迷于“荒唐传奇”和“污秽食物”的国度；洛佩斯-巴拉尔特提醒我们，只有了解这一点，才能对这一文学瑰宝进行准确而充分的解读。但没有深厚的阿拉伯-伊斯兰文化底蕴，我们是无法感知其中奥秘的。在洛佩斯-巴拉尔特看来，这种痴迷，会使人立刻意识到西班牙人(堂吉诃德)的闪族特征。塞万提斯也是这样告诉我们的：堂吉诃德吃着煎腌肉摊鸡蛋(duelos y quebrantos，字面意思为“悲苦与破碎”)，心有灵犀的读者便会明白，这是一种戏谑，暗喻堂吉诃德

1 《黑色雅典娜》的作者贝尔纳对17世纪以降由西方中心主义所导致的这个结果颇为不满。

2 Lopez-Barallt, *Huellas del Islam en la literatura española* (Madrid: Hiperion, 1985); *Islam in Spanish Literature*, trans. Andrew Hurley (Leiden-New York-Koln: Brill, 1992).

新近改宗（被迫从伊斯兰教改信天主教，因为duelos y quebrantos是改宗者们给火腿与鸡蛋所起的别名，对新基督徒来说，这食物确确实实难以下咽）。在西班牙，牲畜的头、尾、爪、心及肝肠等内脏也统称为duelos y quebrantos（转意为“杂碎”）。但在拉·曼却地区，它却专指煎腌肉摊鸡蛋。因为腌肉火腿是猪肉，所以对穆斯林或改宗者而言，吃这道菜不啻为侮辱。此外，乡下人（老基督徒）桑丘·潘沙一遍又一遍地反复念叨着他的“老基督教徒七指厚肥膘”，自嘲地把自己的臃肿比作猪猡——这对改宗者而言，也是十分恶心的。洛佩斯-巴拉尔特还提醒我们留意塞万提斯的另一个戏谑式暗喻：堂吉诃德，这个聪明睿智、异想天开、行为叛逆的人，首先是位书呆子，他的诸多言行都体现了改宗者的特征。同时，具有讽刺意味的是，文盲桑丘·潘沙却是“纯洁”基督教的代言人，他们的血液中没有掺杂一滴异族血液。此外，人物阿尔东莎·洛伦索（Aldonza Lorenzo）的出现也颇为有趣：摩尔人翻译了哈梅特·贝南赫里的阿拉伯语手稿，即《堂吉诃德》，他在读到“这位杜尔西内娅·德·托波索是拉·曼却腌猪肉的第一把好手”时，不禁哈哈大笑。幸亏洛佩斯-巴拉尔特稍作解释，否则我们便不会觉得这有什么可笑之处。首先，她使我们明白，女主人公（堂吉诃德美其名曰杜尔西内娅）的名字前面有个Al（Aldonza），这就意味着此人是摩尔人。这是隐藏在这个名字背后的信息。更妙的是，杜尔西内娅还会做腌猪肉，这是她竭力扮演基督徒以掩盖自己的摩尔血统而矫枉过正、犹恐不及的有力证据。唯其如此，那个翻译了《堂吉诃德》手稿的阿拉伯人（当然也是改宗了的，否则无法继续在西班牙安身立命）必得是隐藏得很深的穆斯林，否则不会精通阿拉伯语，也不会有能力将《堂吉诃德》从阿拉伯语译出。当时，这种语言在西班牙已被禁止数十载。而他如此会心地大笑（或许还掺杂着些许苦涩），当是因为同病相怜。他一定是在杜尔西内娅的表演中看到了自己的处境。毋庸讳言，他一定也是在自嘲，同时嘲笑那个社会。适值西班牙宗教裁判所白色恐怖肆虐，塞万提斯堪称最为敏锐、犀利的作家之一，其丰富性、深刻性由此可见一斑。此外，塞万提斯虽然没有具体指涉哪一种阿拉伯文学，但其中的许多魔法、魔洞、冒险和乌木马的故事明显具有《一千零一夜》的烙印。而他口口声声抨击的骑士小说更是深受阿拉伯文学的影响。[1]

这种影响也能在前面曾经提到的另一位西班牙文人洛佩·德·维加身上看到。他于1562年11月25日出生在马德里。父亲费利克斯·德·维加（Félix de Vega）是刺绣匠，一生风流倜傥，因而常使家庭处于风雨飘摇之中。洛佩·德·维加从小受到这种不安定因素的影响，颠沛流离，先后在多所学校就读，同时开始对文学表现出浓厚的兴趣。早年，他曾创作过一些世俗题材的作品，但因命运多舛，皈依宗教成为僧侣后，他则将创作兴趣转向宗教题材。洛佩·德·维加的主要文学成就体现在叙事诗和戏剧作品上。与塞万提斯不同的是，他生前便已经是享誉西班牙文坛的巨擘了，其代表作品主要有《园丁之犬》（*El perro del Hortelano*）、《奥尔梅多骑士》（*El caballero de Olmedo*）、《最好的法官是国王》（*El mejor alcalde, el Rey*）等。

喜剧《少女特奥多尔》（*La doncella Teodor*）是洛佩的一部重要作品。它固然是一部应时喜剧，但内容却与加朗本《一千零一夜》第436至第439夜完全吻合，后者说的是有个名叫哈桑的老人晚来得子，去世后儿子小哈桑勤俭度日，但日子一久，终不免受人蛊惑，开始花天酒地、挥金如土。很快，父亲留给他的万贯家产被挥霍一空，唯有年轻的女奴忠心耿耿、不离不弃。那女奴窈窕美丽、聪颖过人。见少爷穷困潦倒、闷闷不乐，女奴遂建议道："少爷，您何不将我卖给哈里发呢？您跟他要一万金。他若嫌贵，您就对他说：'我这个婢女才貌双全，无人可及，是最适合侍奉陛下的。陛下如若不信，可以请饱学之士当面验考。'"小哈桑于是依计行事。哈里发见女奴举止不凡、仪态大方，果真请来了宫中的饱学之士与她切磋学问，殊不知那女奴上知天文，下识地理，面对众学士的提问，竟应答如流。哈里发见小哈桑所言不虚，不仅重重地赏赐了他，而且答应了女奴随原主人小哈桑一同回家的请

1　参见拙文《西班牙骑士文学中的阿拉伯元素》，《国外文学》2012年第2期，第42—49页。

求。从此，哈桑和女奴结为夫妻，恩爱度日。这个故事在纳训《一千零一夜》译本中唤作《陶望督督和学者答辩的故事》（在李维中译本中名为《婢女泰沃杜德答学者问》），洋洋洒洒有六万余字，表面上看起来是塑造了一个聪慧、博学、机智、貌美的婢女泰沃杜德，实则是借她之口宣扬宗教教法、正道信仰的方式、宗教礼仪的细节，以及有关医学、天文学、哲学、文学等方方面面的知识。

虽然这个故事以不同的抄本（迄今为止至少发现了四个15世纪的抄本[1]）流传于西班牙，但大作家洛佩却并未完全照搬。在《少女特奥多尔》中，他只撷取了故事的梗概，"女奴的故事"只占了三分之一左右的篇幅，并且女奴也不再是女奴，而是卡斯蒂利亚首都托莱多的一位美丽少女。这位少女颠沛流离，先到意大利，再到君士坦丁堡，可谓历尽艰险，最终因在波斯宫廷中舌战众学士并大获全胜而得到苏丹的犒赏和赐婚。这样，她终于嫁给了一直帮助她、爱慕她的意中人，幸福地回到了托莱多。

洛佩笔下的美少女舌战"群儒"固然不像泰沃杜德那么精彩纷呈，但其中的机巧如出一辙。即令洛佩没有照单全收，《一千零一夜》的故事显然仍进入了他的视域（或听域）。近年来，也有阿拉伯学者关注到这两部作品的相似性，并曾撰文讨论。譬如学者迈哈穆德·阿里·麦基（محمود علي مكي）曾在《婢女泰沃杜德的故事及其在西班牙文学中的传播》（حكاية تودد الجارية و انتقالها إلى الأدب الإسباني）一文中对该故事进行了分析，认为阿拉伯的泰沃杜德故事产生时间更早，并在西班牙地区流传。而西班牙存在两个版本的泰沃杜德故事，其中一个来自西班牙东方学家帕斯瓜尔·德·加扬戈斯（Gayangos, Pascual de, 1809—1897）整理的手稿；另一个出自同样是西班牙东方学家的马里亚诺·加斯帕尔·雷米罗（Remiro, Mariano Gaspar, 1868—1925）。这两个版本的故事都比《一千零一夜》中的原型故事要短，在某些细节上有所不同。麦基也同样谈到了洛佩的喜剧《少女特奥多尔》，认为

1 Juan Vicente Ginés, Las mil y una noches *y su influenxia en la novelística medieval* (Barcelona: Real Academia de Buenas Letras, 1959), pp. 5-29.

其显然是该故事更晚期的流变。[1]

此外，17世纪早期意大利文人吉亚姆巴蒂斯达·巴西耳（Basile, Giambattista, 1566—1632）也曾创作过一部作品《故事中的故事》（*Lo cunto de li cunti*）。这是他的遗作，于1634年印行。在这部作品中，有一篇题为《猫姑娘》（*Cinderella*）的短篇小说，故事中水晶鞋的传说是《格林童话》（*Grimms Marchen*）中的《灰姑娘》（*Aschenputtel*）的原型，而后者的《白雪公主》（*Schneewittchen*）创意也来自吉亚姆巴蒂斯达·巴西耳的《年轻的奴隶》（*Schiavo giovane*）。受《十日谈》启发，《故事中的故事》后易名为《五日谈》（*Pentamerone*）。

吉亚姆巴蒂斯达·巴西耳与《一千零一夜》的关系主要体现在《五日谈》的题旨及其某些描写，如第一天第四、第五，第二天第三和第三天第四个故事同《一千零一夜》中有关阿拉伯的传奇（沃特利·蒙塔古手抄本中《食人者和他的妻子》，马德鲁斯译本《第六位船长的故事》和《卖蚕豆人的女儿》）极为相似甚至重合。

1 أنظر محمود على مكي، حكاية تودد الجارية و انتقالها إلى الأدب الإسباني، *الفصول*، المجلد الثالث عشر، العدد الثاني، صيف 1994، ص 247 – 263.

第二章

18世纪

18世纪伊始，随着航海大发现和欧洲工业革命的推进，欧洲人对东方的兴趣日益浓厚，不少文人由于工作、生活等机缘巧合，对东方的好奇心越来越重。值得说明的是，当时，东方尚未被视为不发达的第三世界，事实上，举个不算夸张的例子，17世纪末奥斯曼土耳其帝国反而或许比维也纳更为发达，因此，西方对东方的好奇，更多是出于了解、学习的目的。当然，随着工业革命一日千里的发展，欧洲迅速超越东方，成为当时引领世界的政治、经济和军事势力，并开始推行其殖民扩张。这当然是18世纪末至20世纪上半叶的情况了。因而我们可以说，18世纪是一个政治、经济，特别是文化领域翻天覆地的世纪，东西文化在历经了多个世纪不同走向和演变后，其政治、经济与文化影响力的反转在这个世纪凸显出来。西方在经历了漫长的原始积累之后，慢慢走到了人类文明的前列，成为引领文明走向的中坚，这无疑离不开数个世纪以来它对东方文化的借鉴和吸纳，二者彼此交缠，不可分割。因此，西方的原始积累，既指向资本的繁衍和发展，也包括“东学西渐”，尤其是经由阿拉伯人形成的近代丝绸之路的影响。

卢梭的思想在法国乃至整个西方世界的上空飘洒。卢梭与其他百科全书派的理性主义不同，他的主张有些“道法自然”的味道。他重视情感，宣扬“自然主义”。用歌德（Goethe, Johann Wolfgang von,

1749—1832)的话说,他的作品都是他的“长篇自白”。[1]卢梭虽未刻意谈论《一千零一夜》,但他的思想和近代西方第一部把爱情当作人类高尚情操来歌颂的《新爱洛伊丝》(*La Nouvelle Heloise*)却洋溢着东方世俗色彩,并由此对整个浪漫主义运动产生了影响。

而对《一千零一夜》本身来说,18世纪也同样是一个至关重要的世纪,埃及女学者苏海勒·葛拉玛薇也曾经明确指出,西方对《一千零一夜》的关注,是其在政治和经济层面关注阿拉伯世界所获得的意外奖励[2]。我们甚至可以说,18世纪是一个赋予这部民间故事集新使命、新意义的“重生”的世纪。自18世纪起,这部文学作品才以闪亮、高光的面貌,一跃正式踏上世界文学的舞台,完成了华丽的转身,并不断滋养世界各国文人们的创作,成为从民间文学走向作家文学的典范。

第一节 加朗译本

在《一千零一夜》华丽“重生”的过程中,一个不可忽视的“伯乐”,便是法国的安托万·加朗。可以说,如果没有他,《一千零一夜》不会那么早便风靡整个欧洲。它可能还会在默默无闻中沉寂许久。这部集合了数代民间文人智慧的故事集,在漫长的世代以来,在阿拉伯文人眼中,只是难以登入大雅之堂的通俗文学作品,如同14、15世纪的许多文学家对待安达卢斯俚谣的态度一样。而正是由于加朗,《一千零一夜》才得以在18世纪初期突然声名大噪,获得了众多文人的重视和喜爱。因此,对于《一千零一夜》走向世界,加朗可以说是居功至伟。

安托万·加朗是法国著名的翻译家。他出身贫寒,四岁时父亲去世,家道渐渐中落,但加朗聪明睿智,好学上进,自小坚持学习希伯来语、拉丁语、希腊语。1661年,他离开故乡到巴黎学习东方语言。1670

1 豪泽尔:《艺术社会史》下册,第517页。

2 سهير القلماوى، *ألف ليلة و ليلة*، دار المعارف بمصر، 1959، ص 69.

年，应他请求，法国驻奥斯曼帝国君士坦丁堡（今伊斯坦布尔）新任大使带他一同到君士坦丁堡履职。在接下来的五年间，加朗对东方语言的兴趣日益浓厚，他深度研习阿拉伯语、波斯语和土耳其语，并致力于搜集伊斯兰典籍，写有记述中东见闻的游记一部。1675年回国后不久，大约于1679年，加朗被任命为法国宫廷古物收藏官，收集古币和古代文稿。他还曾分别于1675年至1676年和1679年至1688年来到东方。其中一次是作为国王的古董收集家出访东方的，主要职责是收集古玩和古币，同时包括为皇家图书馆收集各种典籍。加朗的足迹因此遍及叙利亚、巴勒斯坦和埃及地区。对东方文化的痴迷促使他历时数年，将《古兰经》第一次译成法文出版。而他毕生最主要的贡献无疑是1704年开始翻译的阿拉伯文学名著《一千零一夜》（法文译名为*Mille et une nuits*）出版面世。他的译本主要依据叙利亚抄本，但其中的《阿拉丁与神灯》和《阿里巴巴与四十大盗》迄今没有找到从出的原始文本。这是后话。

除翻译之外，加朗还参与了法国东方学科的建立，并与一些欧洲东方学者建立了联系。1692年，他成为当时东方学者巴塞洛米 · 德赫伯洛特（Barthélemy d'Herbelot, 1625—1695）的助手，协助其为"东方文库"编写关于东方风俗习惯的词典（*Bibliothèque orientale ou Dictionnaire universel contenant généralement tout ce qui regarde la connaissance des peuples de l'Orient*）。这本著作堪称欧洲最早、最具影响力的伊斯兰编年史式的东方学著作，加朗也因此被认为是法国东方学的创始者之一。他还撰写过数篇有关东方文化的论文，并翻译过一些其他著述。1709年，加朗被任命为法兰西学院阿拉伯语教授，但没过几年，他便去世了。

身处地中海东部地区的那些年里，加朗除了完成本职工作外，还痴迷于阿拉伯和波斯文学。他可以说是较早译介阿拉伯文学的西方人。据说他的动力来自一位法国作家的女儿，故而后来还在《一千零一夜》译本的献词中提到了她。此外，朋友皮埃尔-丹尼尔 · 于埃（Huet, Pierre-Daniel, 1630—1721）的鼓励和推动对加朗举足轻重。早在1700年前(一说是1690年),加朗显然已经获得了《辛巴达航海记》的独立阿拉伯语手稿,这部手稿并未存在于《一千零一夜》的原始手稿中。然而,在决定翻译《辛巴达航海记》时,他又开始对这个故事产生了疑惑。因为他发现了一个更大的故事集,阿拉伯人称之为《一千零一夜》,而他认为辛巴达的故事很可能只是其中的一小部分。因此,他请滞留在叙利亚的朋友把故事集的一部手抄本带回法国。翌年,他收到了三大卷手稿。有人说手稿原是四卷,但第四卷散佚了。加朗并不知道那手稿的确切规模,便依照已有的三卷,开始翻译《一千零一夜》。此后,加朗译本第一卷于1704年出版。1709年,经人介绍,他结识了当时在巴黎的来自叙利亚阿勒颇的马龙派基督教徒哈纳·迪亚布(Hanna Diab),后者给他回忆了14个《一千零一夜》的故事,其中7个被加朗收进他的译本中。当然,对这些故事本身,加朗还添加了许多其他内容。比如,他翻译《艾哈迈德王子和巴丽·巴奴》的故事时,就加入了15世纪波斯旅行家阿卜杜·拉兹格(عبد الرزاق,1413—1482)[1]游历印度时的诸多见闻,这些在大王子侯赛因对比尚格拉的描述中可见一斑,后者是印度斋普尔著名的军事堡垒。在1704年至1717年间,加朗的译本陆续出版了11卷,其中最后两卷是在他去世后两年的1717年出版的。

加朗的翻译是以意译为主,并不拘泥于忠实。对比他所依照的原手稿(如今存放于巴黎国家图书馆),译文与原文出入非常之大,并且故事显然也比原手稿膨胀了许多,这也是早期翻译文学的一个普遍特点,一如我们国家的林纾,甚至曾有学者认为加朗的翻译太过法式。研究《一千零一夜》的埃及学者穆斯塔法·阿卜杜·加尼(مصطفى عبد الغني,1947—   )曾在其专著《阿拉伯现代思潮中的山鲁佐德》(شهرزاد في الفكر العربي الحديث)里指出,加朗所翻译的山鲁佐德,就好像是又一个迷人、聪慧的"蓬帕杜夫人",能让人看到那个时代西方女

1 阿卜杜·拉兹格出生于今天的阿富汗第三大城市赫拉特,是著名的编年史学家和伊斯兰教法学者。他曾游历过印度许多地区,撰写过相关记述,这些记述是了解当时印度生活、宗教信仰、统治面貌以及外交关系的重要史料。

性的诸多特质。[1]同时,加朗自己也曾说过,他虽“努力尝试忠于原文,但为了满足法国读者的需求和时代特点,删去了部分内容,譬如《脚夫与三女子》中洗澡的内容”,等等[2]。而无可否认的是,恰恰是加朗对故事的随意增添和改写,使得这部译作迎合和凸显了欧洲读者的兴趣意味,在欧洲大受欢迎,并进而掀起了长达两个世纪的《一千零一夜》翻译浪潮。但这也带来一定的负面影响,造成了西方世界对东方人的许多误读,甚至从那时起,就奠定了塑造“非理性、堕落、奢靡”的东方的基调,并为后来的东方学研究所进一步固化。

第二节 18世纪在法英等国

加朗最初翻译了《一千零一夜》的故事后,显然信心不足,他没有立即将其付梓出版,而是拿到当时非常流行的文化沙龙,特别是女性沙龙上去朗读,以观察听众的反应,结果其所受到的欢迎出乎他的意料。许多文人立刻对这部具有东方阿拉伯色彩的神奇故事集产生了浓厚的兴趣,为它充满东方风情的生活画面和奇幻诡谲的想象所折服。这一时间,竟然掀起了巨大的翻译浪潮。整个18世纪,前往东方特别是埃及寻找《一千零一夜》的手稿蔚为成风,竟使得这类手稿“洛阳纸贵”,一稿难求,许多当地阿拉伯人甚至开始伪造手稿,以求卖得高价。这些都从一个侧面印证了当时《一千零一夜》的故事在欧洲引起的巨大反响。

1706年,在加朗第一卷译本问世大约两年后,英国伦敦格拉布街(Grub Street)的一群文艺人士会聚一处。据他们所称,他们开始依照叙利亚本翻译《一千零一夜》的零散故事。这些译文质量一般,只能算作一些小册子,其中阿拉丁的故事曾于1708年出版过单行本。这些小册子在1713年就印刷了四次,后来多次重印。有学者考证,到1783

1 مصطفى عبد الغني، *شهرزات في الفكر العربي الحديث*، دار الشروق، بيروت، 1985، ص 25.

2 محسن جاسم الموسوى، *الوقوع في دائرة السحر1704 –1910*، القاهرة : الهيئة المصرية العامة للكتاب، 1987 ، ص 32.

年，"国中大部分青年均读过此书"[1]，它在英国知识阶层中产生了深远影响，并刺激了英国文人的仿写热潮。与此形成佐证的是，英国《伦敦消息》(*London News*)从1723年11月起，曾设定一周三次刊登《一千零一夜》的故事，三年共刊登了445个故事。它所带来的巨大经济效益，促使英国其他许多杂志纷纷效法。至18世纪末，英国当时流行的《综合杂志》(*General Magazine*)、《女性杂志》(*Lady's Magazine*)、《每月文摘》(*Monthly Extracts*)等都相继刊登《一千零一夜》的故事或是节选，据说《小说家杂志》(*Novelist's Magazine*)为了满足读者需求，于18世纪末陆续刊登了完整的《一千零一夜》。[2]

18世纪正值欧洲文学由古典主义向浪漫主义转型时期，《一千零一夜》的到来无疑激发出读者的阅读激情，带来了极大的经济效益。当然，它也因此受到一些严肃知识分子的质疑，许多文人担心这样的作品会降低文学创作的水准，比如法国文人于埃就曾认为写作如此这般的故事太过轻松容易，不需要什么障碍就能掌握。而新古典主义文学家更是极力反对《一千零一夜》在欧洲的传播，认为这些太过于宣扬感性的东方想象，不利于培养男性气概。[3]但在欧洲文学大踏步迈向浪漫主义的步伐之下，《一千零一夜》受到的更多是文学创作者的欢迎与追捧，他们开始在创作中模仿这部故事集，将其化入自己的文学作品。由于英国、法国文学走在浪漫主义发展的前列，这个世纪对这部故事集的翻译和模仿主要集中在这两个欧洲国家，而且明显以法国为主。

出身于苏格兰贵族家庭的英国作家汉密尔顿(Hamilton, Anthony, 1646—1720)就曾受加朗译本影响，创作了一系列模仿和戏仿《一千零一夜》的作品，其中较有价值的是《花五月》(*Histoire de Fleur d'Épine*)，作品戏仿山鲁佐德的口吻，描写一个叫塔拉尔的人物的神奇冒险。其中有神秘的风车、阴险的女巫、奇妙的鲜花，以及滴水成河的

1 محسن جاسم الموسوي، *الوقوع في دائرة السحر1704–1910*، القاهرة : الهيئة المصرية العامة للكتاب، 1987 ، ص 23.

2 同上，第27页。

3 同上，第35页。

魔法帽子、坐垫等。有学者称其为“荒谬愚蠢的故事”，[1]但汉密尔顿的奇幻故事中其实充满了对人性的巧妙讽刺。

著名的法国翻译家、东方学者佩蒂 · 德拉克洛瓦（Pétis de la Croix, Francois, 1653—1713）曾在巴黎学习东方语言，此后到伊斯法罕、君士坦丁堡等地深造，17世纪末一度担任法兰西皇家学院阿拉伯语负责人。乘着加朗本《一千零一夜》的东风，德拉克洛瓦翻译了《辛巴达航海记》(*Livre des voyages de Sindbad*)、《卡里来和笛木乃》及《一千零一日》(*Les Mille et un jours*)等作品。其中，德拉克洛瓦本《一千零一日》经由雷沙居（Lesage, Alain-René）改写后广为流传。虽然如今知道这部童话集的人不多了，但在18世纪，它却几乎和《一千零一夜》同样闻名遐迩。《一千零一日》的基本构架与《一千零一夜》雷同：话说克什米尔国王的美丽女儿法茹康兹有一晚做了一个梦，她梦见一只公鹿掉进了陷阱里，被一只母鹿救出；母鹿自己却不幸掉入陷阱，而获救的公鹿竟转身离去，全然不顾母鹿的死活。梦醒后，公主相信是柯塞亚神在警示她，要她当心男人，于是她拒绝了各国王室的求婚。国王怕女儿的任性给国家带来灾难，于是命令她的奶妈苏勒美玛设法改变她的想法。[2]因此，奶妈每天早上花一个钟头给公主讲一个故事。

图兰朵的故事就来自《一千零一日》，讲波斯王子卡拉夫的一段奇遇。故事的叙述者是一位“老人”。故事由两大部分组成，第一部分描写这位“亚洲英雄”“东方凤凰”原本是如何风光，只因国家遭外敌入侵，不得不随父母逃至贾伊克，而后被故事的叙述者“老人”收容。第二部分叙述卡拉夫只身前往中国，希望找到使他幸运的答案和复国的良策。故事大意如下：落难王子卡拉夫来到大都时，恰逢中国公主图兰朵以谜题招亲，答对者可娶其为妻，答错者则将失去生命。王子一见公主画像，就立即爱上了她，决定冒险一试。他轻而易举地解开了图兰朵的三个谜语。答案分别为太阳、海洋和时间。当图兰朵准备出第四个谜语

1 Irwin, The Arabian Nights*: A Companion*, p.267.

2 不同抄、印本有所区别，有关故事也不尽相同。参见万曰林和朱梦魁翻译的《一千零一日》(甘肃少年儿童出版社，1991)。

时，皇帝出面阻止，要求公主认输，岂知公主以死要挟；于是卡拉夫对公主说，只要公主能猜出他的出身，他愿意放弃。图兰朵答应第二天解谜。卡拉夫自信城里无人知道他的身世，便快乐地和皇帝去郊外狩猎了，回来后，但见一位美丽的女子在他下榻的地方等他。她自称是图兰朵的侍女，并说她原本也是某可汗国的公主，因遭亡国，遂逃至此地做了图兰朵的侍女。她告诉卡拉夫，图兰朵计划于次日清晨谋害他，以逃避婚约。卡拉夫吃惊之余，喊出了父亲的名字。他痛感命运多舛，绝望地谢绝了女子的动议：和她远走高飞。次日清晨，卡拉夫并未遇到任何危险。在宫殿里，图兰朵却解了他的谜，并坦承自己已经爱上了他，愿嫁他为妻，而且承认谜底是侍女告诉她的。侍女见阴谋败露，且复国无望，旋即自尽了。图兰朵伤心地喊着侍女的名字，并请求皇帝给予厚葬。随后，王子、公主成婚。中国皇帝随即命人接来卡拉夫的父母，并大力助其复国。卡拉夫终于得以回国登基，图兰朵还为他生了两个王子。

德拉克洛瓦所挑选的《辛巴达航海记》《一千零一日》等无疑体现了他独具匠心的文人眼光。

在18世纪，除了加朗本之外，欧洲鲜有“全译本”出版，尽管各种单行本极为流行。译者所挑选的故事无疑体现了当时读者的阅读口味，这些形成一种相互的刺激与互动，使得时至今日，《辛巴达航海记》《阿拉丁与神灯》等故事几乎成了《一千零一夜》的代名词。

在文学创作领域，法国作家小克雷比庸（Crébillon fils, 1707—1777）在其《沙发：道德故事》（*Le Sopha: conte moral*, 1742）中直接运用了《一千零一夜》中的框架故事结构。该作品最初在刊物上发表，出版后获得巨大成功，并很快被译为英文。《沙发：道德故事》通过描述一张沙发在不同场域的冒险经历，记录了山鲁佐德和国王的数代后世的生活。他们继承了父辈或祖辈的生活方式，不断邀请大臣到宫廷里讲故事，一共讲了六组爱情故事，故事中充斥着男欢女爱，但也饱含讽刺意味，其叙事方法明显借鉴了《一千零一夜》的框架结构。除了这些明显的借鉴，这部作品还展示了《一千零一夜》的其他影响，其中的斯拉维罗夫和黑人奴隶等人物故事也明显有《一千零一夜》的影子。小克雷比庸试图用该作品刺激和呼唤18世纪巴黎上流社会崇尚冒险和爱情的精神勇气,以展示当时自由主义者的爱情观。

除《沙发》之外,小克雷比庸早期还创作过一部充满东方想象的小说《日本故事》(*Histoire japonaise*),发表于1734年,这也是他的第一部小说。由于作品影射了高级僧侣而招致批评,他因此并被羁押了一段时间。

当时的欧洲,对东方的兴趣绝不仅止于阿拉伯世界,印度、中国、土耳其、日本等东方国家都是他们憧憬和渴望了解的目标。除了上面提到的作家之外,法国作家格莱特(Gueulette, Thomas-Simon, 1683—1766)著有《巴黎之夜》(*Nuits Parisiennes*)、《一千零一刻:鞑靼人的故事》(*Les Mille et un quart-d'heures: contes tartares*),以及代表作《达官冯皇的奇遇:中国故事集》(*Les Aventures merveilleuses du mandarin Fum-Hoam: contes chinois*,1723)等,这些作品充分体现了作者的文学天分。特别是后者,这部小说集无疑是他想象的产物。作品以《一千零一夜》为模仿对象,采用了它的嵌套结构,用想象构建出一个梦幻般的中国,并以达官冯皇亡灵转生为线,套用山鲁佐德之法,每晚给中国皇后讲一个故事,一直连续了46个夜晚。通过冯皇亡灵的神奇旅行,展现印度、波斯、中国以及阿拉伯世界的"风土人情",故而充满了异国情调,开了法国作家描写中国、想象中国的先河。

且让我们看看作品目录,以便领略作者的奇思异想及其对《一千零一夜》的模仿:

第一部分

格鲁吉亚国王马勒卡尔萨莱姆的故事

通格卢克国王的故事

第一晚

达官冯皇的故事

印度江湖术士和他的狗的故事

第二晚

印度江湖术士和他的狗的故事(续)

第三晚

印度江湖术士和他的狗的故事(续)

玛苏玛的故事

第四晚

玛苏玛的故事(续篇和结局)

伊玛目阿卜藏德鲁的奇遇

第五晚

伊玛目阿卜藏德鲁的奇遇(续篇和结局)

美丽的阿尔-拉乌的故事

第六晚

美丽的阿尔-拉乌的故事(续篇和结局)

热兹达的故事

第七晚

热兹达的故事(续篇和结局)

乌尚克和居尔巴兹的故事

第八晚

乌尚克和居尔巴兹的故事(续)

第九晚

乌尚克和居尔巴兹的故事(续)

波斯皇后迪格梅的故事

第十晚

乌尚克和居尔巴兹的故事(续篇和结局)

美丽的昂居的故事

……[1]

格莱特对《一千零一夜》的模仿不仅体现在其后期作品中，早期作品尤为如此。例如其《一千零一刻：鞑靼人的故事》，小说围绕防止

1 格莱特:《达官冯皇的奇遇：中国故事集》,刘云虹译,上海：上海书店出版社,2010。

国王自杀展开，出现了王子和公主，仙女和怪物，魔法和精灵，以及爱情和宝藏，等等。航海、大鸟、城堡、地窖，应有尽有，故事周而复始，冒险循环往复。

作为法国启蒙运动思想家、百科全书式的作家，出身名门的孟德斯鸠（Montesquieu, Charles-Louis de Secondat, 1689—1755）对当时广为翻译并流行于世的《一千零一夜》自然也格外关注。他受加朗本《一千零一夜》影响，于1721年用笔名发表了名著《波斯人信札》（*Lettres persanes*），并一举成名。这部书信体作品通过两个波斯人漫游法国的故事，用机警、讽刺的笔调揭露和抨击了法国社会的诸多积弊，勾画出上流社会各色人物的丑恶嘴脸，其中有荒淫无耻的僧侣、夸夸其谈的绅士、傲慢无知的权贵，以及花枝招展的交际花等，同时影射路易十四的封建专制。

在《随想录》（*Pensées*）中，他曾这样坦言："故事来自《一千零一夜》……"[1]这一点从《波斯人信札》中所描写的许多场景便可以明显看出。在他的主观臆测中，东方女人对男人的服从是神圣的和无条件的，对所爱男人通常没有嫉妒之心；即使她见到自己的男人另有所爱，也不会心生怨艾。当然，情况也有例外，比如世上总有嫉妒的女子和慷慨的男人。在《商人阿尤布及其子女》中，哈里发的爱妃爱上了青年加尼姆，决定以身相许，并且如愿以偿。话说有一位叫作姑蒂的妃子，因天生丽质而深受哈里发宠信。有一次，哈里发外出巡视，王后收买了姑蒂的侍女，将姑蒂麻醉后装进木箱运出宫去。姑蒂被弃于偏僻的坟茔旁。幸好青年加尼姆无意间看见了大木箱，从而解救了姑蒂。二人一见如故，彼此倾心。后来，姑蒂回到宫廷，向哈里发叙述了发生的一切，哈里发为之动容，并慷慨地成全了她和加尼姆的爱情。[2]

1 转引自 Ulrichi Marzolph and Richard van Leeuwen (eds.), *The* Arabian Nights *Encyclopedia* (Oxford and Santa Barbara: ABC-CLIO, 2004), p.650。

2 Ernst Peter Wieckenberg, *Johann Heinrich Voß und "Tausend und eine Nacht"*(Würzburg: Königshausen & Neumann, 2002), p.45.

除孟德斯鸠外，法国另一位启蒙运动作家、哲学家伏尔泰(Voltaire, 1694—1778)也坦然承认自己对《一千零一夜》的喜爱和痴迷。伏尔泰本名弗朗索瓦-马利·阿鲁埃(Arouet, François-Marie)，“伏尔泰”是他的笔名。根据文化历史学家雷蒙·施瓦布(Schwab, Raymond)的说法，如果没有加朗本《一千零一夜》，那么伏尔泰的很多作品是不可能产生的。而伏尔泰自己也曾说，他是在读完《一千零一夜》14遍之后才开始小说创作的。此外，对东方的关注堪称启蒙运动作家的共同取向。伏尔泰的《中国孤儿》(*L'Orphelin de la Chine*)是一个明证，而他受惠于《一千零一夜》的《查第格》(*Zadig*)、《穆罕默德》(*Mahomet*)、《老实人》(*Candide*)等更是显证。其中，《老实人》明确提到了《辛巴达航海记》。

18世纪，英国、法国等欧洲国家的文人前往东方世界旅行蔚为成风，许多文人喜爱记录自己的旅行见闻，甚至形成了游记文学这一流派，其中就有著名的18世纪英国旅行家沃特利·蒙塔古。他童年时期随出使伊斯坦布尔的父亲沃特利·蒙塔古爵士(Lord Wortley Montagu)前往东方，这使他从小喜爱东方文化，并称自己有东方血统。从奥斯曼帝国回到英国后，他就读于牛津大学东方语言系。1738年，他被派往荷兰莱顿继续研读东方语言。在接下来的几年当中，他应征入伍，随部队遍访欧洲。退役后，他在父亲的帮助下于1748年进入外交使团，但由于他在出使巴黎期间擅自恋爱冒险，被判入狱，后经取保获释。1761年，他又一次离开英国，到莱顿和威尼斯逍遥度日。1763年，他前往亚历山大，在那里他遇到了一位法国商人，并在后者的鼓励下赴叙利亚、巴勒斯坦、土耳其和亚美尼亚。其间，他声称获得了一份《一千零一夜》抄本，并尝试对其进行翻译。该抄本后以“沃特利·蒙塔古本”著称，它也是伯顿译本的主要来源。

沃特利·蒙塔古回到埃及时，决定皈依伊斯兰教，并娶了一个埃及女子。1773年，夫妻俩搬到威尼斯，在那里安顿下来，直至谢世。

蒙塔古和汉密尔顿等人对后来的英国作家威廉·贝克福德产生了深远的影响。后者生于名门望族，乃父曾两次当选伦敦市长。家族因在牙买加经营种植园而获得大量财富，后又因在威斯敏斯特与达官贵人过从甚密开始到印度经商。老威廉 · 贝克福德家经常高朋满座，盛宴不断。威廉 · 贝克福德的著名小说《瓦瑟克》似乎是乃父在饱餐之后所做的一个春秋大梦。故事充满了对感官刺激的沉迷。人物瓦瑟克认为自己是世上最令人艳羡的食客。然而，宾客中出现了一群暴殄天物的印度人。虽然主人已经上了三十道菜，但瓦瑟克和那些印度人仍显得饥肠辘辘。在梦中，瓦瑟克的母亲、妻子和达官贵人不辞辛劳，不断将酒水端到他的面前，但他依然又饥又渴，以至于趴在水盆上喝个不停。这原本是个阿拉伯传说，曾流传于西班牙和英国。老贝克福德本是个好客的主人，但并不暴饮暴食。作家很可能是受了阿拉伯传说的影响，遂产生了创作这部小说的冲动，适逢家族兴旺，食客出没。

威廉 · 贝克福德童年时期，母亲给他请过一名家庭教师。母亲来自显赫家庭，是一位伯爵的孙女，孩童时期受教于莫扎特（Mozart, Wolfgang Amadeus），在文艺方面有很高的造诣。她自然不难发现儿子威廉 · 贝克福德是个极富想象力的孩子，因而建议他别碰《一千零一夜》之类的阿拉伯传说。结果恰好相反，威廉 · 贝克福德很快迷上了《一千零一夜》，并以前面提到的作品《瓦瑟克》作为献祭，献给《一千零一夜》。正如卡塞尔出版集团（Cassell & Co.）在小说问世一百年后出版的新版的序言中称，贝克福德的这本书是他人生的“欢乐写照”，“为一千零一个故事增添了一个，即第一千零二个”[1]。他在东方式奇思妙想中掺入了英国式幽默和有意无意的自嘲，这或许是因为据说贝克福德有同性恋倾向，这让他在英国社会饱受耻辱和排斥，但从另一个侧面来说，这种排斥恰好促使他沉浸在文学的氛围中，进入东方，或者说营造东方，为他提供了一个很好的自我逃避和确立自我

1 William Beckford, *The History of the Caliph Vathek* (London: Cassell & Co., 1887), p. 8, 转引自 James Watt, "'The Peculiar Character of the Arabian Tale': William Beckford and the *Arabian Nights*," in The Arabian Nights *in Historical Context: Between East and West*, eds. Saree Makdisi and Felicity Nussbaum (Oxford: Oxford University Press, 2008)。

存在的方式。

《瓦瑟克》最初是用法语写就，这也是贝克福德早期创作的一个特点，它无疑是其代表作，被翻译成英文时，即以《阿拉伯故事：源自未出版的手稿》(*An Arabian Tale, from an Unpublished Manuscript*)命名，及至20世纪才以原书名再次面世。这部作品无疑借鉴了《一千零一夜》这座东方宝库，特别是其中的《脚夫与三女子》的故事。小说称"瓦瑟克"是阿拔斯王朝的第九代哈里发，并以夸张戏谑的手法描写了纵欲的哈里发是如何一步步走向堕落的，展示了贝克福德本人无拘无束的想象力以及对东方寓言的熟悉。但同时，《瓦瑟克》不是为了猎奇而猎奇，而是同那个时代的许多文学作品一样，寓"道"于乐，始终体现了文人们的道德关怀。英国《批评观察》(*The Critical Review*)也认为贝克福德的作品充满离奇的虚构，但又很注重忠实于"东方习俗"，同时，文章还花大量篇幅节选了有关瓦瑟克在魔鬼殿堂的情节，以此来证明"追求不正当欲望的人，以及那些违背宗教和道德信条的人，最终会失去现世和终极的幸福"。[1]

除了《瓦瑟克》之外，贝克福德还直接借用《一千零一夜》写过许多故事，这些故事被收录在《瓦瑟克外传》中，直到20世纪才得以出版。在创作这两部作品的间隙，他还陆续翻译了蒙塔古收集的《一千零一夜》手稿。他与《一千零一夜》的因缘颇深。英国学者罗伯特·厄文曾认为《瓦瑟克》是迄今为止英语或法语文学中出现的有关东方的故事中最为丰富的一个，其有关伊斯兰世界的描写也最为准确。但即便如此，厄文也指出，贝克福德在作品中所添加的注释也不是处处精确，很多知识并非直接来自阿拉伯文学，而是源自许多英语或法语的伪东方小说。[2]

18世纪英国旅行家亚历山大·拉塞尔在其《阿勒颇自然史》中也谈到《一千零一夜》，并提及东方社会的一些居民生活习俗。这本

1 *The Critical Review* 62 (July 1786): 38 and 39，转引自 James Watt, "'The Peculiar Character of the Arabian Tale': William Beckford and the *Arabian Nights*"。

2 参见 Irwin, The Arabian Nights*: A Companion*, p. 170。

书在近四十年后，由作者的哥哥帕特里克 · 拉塞尔（Russell, Patrick, 1727—1805）修订再版，为读者呈现出《一千零一夜》的面貌以及阿勒颇居民的喜好。通过描述咖啡馆这种娱乐生活方式，帕特里克 · 拉塞尔为我们展示了诗人和说书人讲故事的方式：

> 讲述东方的传奇和故事就像是一出舞台表演。这可不仅仅是讲故事那么简单，通过讲述和表演，故事也就活灵活现了。说书人一面讲着故事，一面在咖啡馆中间来回穿梭，有需要的时候，他还会时不时停下来，借用肢体语言来进行表演。当观众的热情达到高潮之际，他就会突然停下来，留下女主人公和观众尴尬地站在那里。观众的胃口被吊了起来，第二天，同一个时候，他们会回到这里，听完剩下的故事。[1]

18世纪法国启蒙运动时期另一位大百科全书派作家狄德罗（Diderot, Denis, 1713—1784）童年时代"第一时间"阅读了加朗本《一千零一夜》。这与狄德罗的文学情怀和创作实践有关。除了热衷于探讨各种学问，他还著有小说《宿命论者雅克和他的主人》（*Jacques le fataliste et son maître*）、《泄露隐情的首饰》（*Les Bijoux indiscrets*）及遗作《白鸟》（*L'Oiseau blanc*）等。

他欣赏东方文化，在《泄露隐情的首饰》中明显借鉴了《一千零一夜》中山鲁亚尔兄弟的故事。那是1748年的春天，狄德罗将他的小说手稿交给了出版社。慑于"有伤风化"之嫌，出版社犹豫再三，最终谨慎地试印了一些，结果舆论哗然，一边是如潮好评，一边是嘘声不迭。正反两方面的反应带来的是一个明显的结果：作品大获成功，当年便一连加印了七次，在出版界传为佳话。小说主人公叫曼戈古尔，是山鲁佐德的亲戚。他也是一位苏丹，对山鲁佐德宠爱有加。狄德罗用解剖学的方法贬损女性，谓女人的灵魂长在嘴上，而男人的灵魂长在心

1　参见 Alexander Russell, *The Natural History of Aleppo*, 2nd edition (London, 1794), vol. I, p.148。

尖。这显然是在讽喻山鲁佐德们。因此，在《泄露隐情的首饰》中，首饰们用故事展开了充满哲理的对决。它们将女人定格在狡黠和不忠。即使像曼戈古尔那样的大苏丹，也无法觅得如意王妃。于是，一个有情有义、聪敏漂亮的女子成了他毕生的梦想。这样的预设前提，使曼戈古尔十分苦恼，女人用“与生俱来”的不忠粉碎了他的美梦。我们不禁由此联想到尼采对女人的偏见和叔本华关于女人的论断，他说女人很容易识破男人的心思，故而他奉劝男人千万不要企图深入她们的内心。大意如此。

如此一来，狄德罗也便不再将“美”与女人联系在一起了，尽管西方一直称后者为美丽性别。他认为“美”是一个名词，它指代存在物的一种共有性质，这种共有的性质就是“关系”，从而提出了“美在关系”说。“美在关系”意味着美在客观事物之间，事物关系的性质是美的根源。狄德罗还认为“关系是悟性的一种作用”。根据这一点，他把“关系”基本上分为实在的关系、察知的关系和虚构的关系。与这三类关系相适应，“美”也可分为三种：“实在的美”，又称为“在我身外的美”；“看见的美”，又称为“与我有关的美”；虚构的美，实际是艺术家创造的美。同时，狄德罗又矛盾地把艺术美看作“模仿的美”，主张艺术效法自然，但又认为艺术美必须符合艺术家的理想，符合他所虚构的关系。而在自然（存在）美和艺术美两个方面，他又更为重视艺术的理想之美。

18世纪末，法国作家卡佐特曾参与《〈一千零一夜〉续编》（*Continuation des* Mille et une nuits, 1788—1789）的编纂工作。他的作品有《一千零一夜》的框架，更有后者的神韵。故事大多充满了梦幻般的神秘色彩，影响了后来的幻想小说作家，尤其是哥特式作家如刘易斯（Lewis, Matthew, 1775—1818）、霍夫曼（Hoffmann, Ernst Theodor Wilhelm, 1776—1822）、诺迪埃（Nodier, Jean Charles Emmanuel, 1780—1844）、戈蒂埃（Gautier, Pierre Jules Théophile, 1811—1872）、奈瓦尔（Nerval, Gérard de, 1808—1855）和爱伦·坡（Poe, Edgar Allan, 1809—1849）等。

在参编《〈一千零一夜〉续编》之前，卡佐特已然深受《一千零一夜》的影响，创作了他自己的"天方夜谭"，如《猫爪》(*La Patte du chat*, 1741)和《一千零一个奇谈》(*Les Mille et une fadaises*, 1742)等。此后，他还创作了哥特式小说《爱情魔鬼》(*Le Diable amoureux*,1772)。他为《〈一千零一夜〉续编》"翻译"的作品有《傻瓜，或者夏伦的故事》(*L'Imbécile, ou L'Histoire de Xaïloun*)、《海拉克苏丹阿林本贾德及其天堂鸟的故事》(*L'Histoire d'Alinbengiad, sultan d'Herak, et des faux oiseaux du paradis*)、《苏拉特谢邦达德家族的故事》(*L'Histoire de la famille du Schebandad de Surate*)、《加比勒·哈森伯爵的星星情人》(*L'Amant des étoiles, conte de Cabil Hasen*)、《特朗歇蒙特船长之死及其英雄团队的英勇事迹》(*Les Prouesses et la mort du capitaine Tranchemont et de ses braves*)、《瓦利德·哈森之梦》(*Le Rêve de Valid Hasen*)和《马乌格拉比》(*Maugraby*)等七篇作品。1792年，卡佐特因"反革命罪"被处以绞刑，结束了他梦幻般的人生。

在喜爱严谨思维、对充满奔放浪漫幻想作品持谨慎态度的北欧地区，《一千零一夜》的传播推进得似乎缓慢一些，但也并非一片冷寂。

18世纪德国巴罗克文学的主要代表和启蒙运动作家维兰德(Wieland, Christoph Martin, 1733—1813)属于较早关注《一千零一夜》的中北欧作家之一。他于1733年出生在比贝拉赫附近的一个牧师家庭，从小就受到宗教思想的熏陶，初期创作主要为宗教诗。1749年，他到图宾根大学攻读法学，后一度担任家庭教师。这段经历使他获益匪浅，因为他结识了卢梭的女友。这对他的艺术思想产生了巨大影响，以至于使他一跃而成为启蒙运动作家。但是，步入婚姻殿堂之后，他的创作又发生了转变，开始沉湎于贵族沙龙式的华丽和雕琢。1769年，维兰德开始在爱尔福特大学担任哲学教授，正是在这个时期，他的国事小说(也叫国家小说)《金镜》(*Der goldne Spiegel*)问世了。这部长篇小说表达了维兰德对国家问题和政治的见解，使维兰德声名鹊起，受到魏玛皇宫贵族的宠爱。也因为这部小说，他于1773年应魏玛王后的邀请，来到了魏玛，成为未来魏玛国王、公爵卡尔·奥古斯特

(August, Carl)的文学教师。

在魏玛时期，维兰德结识了歌德、席勒(Schiller, Johann Christoph Friedrich von, 1759—1805)等著名作家。这些交往皆得益于年轻的魏玛王后安娜·阿玛莉亚公爵夫人(Duchess Anna Amalia)多才多艺，酷爱文艺，且非常重视儿子的审美教育。歌德、席勒和维兰德都曾是她的座上宾。

维兰德一生创作繁多，著有史诗、长篇小说、中短篇小说等。其中长篇小说《罗沙瓦的堂西尔维奥历险记》(*Don Sylvio von Rosalva*)受《堂吉诃德》的影响；而他的一些童话和传奇故事则明显模仿了《一千零一夜》，如《阿迦通的故事》(*Geschichte des Agathon*)、《阿布德拉城居民的故事》(*Die Abderiten*)、《金尼斯坦》(*Dschinnistan*)等。后者中有一篇《璐璐的魔笛》(*Lulu, Oder die Zauberflöte*)于1780年改编成歌剧《魔笛》(*Die Zauberflöte*)，并由莫扎特谱曲，成为莫扎特最杰出的歌剧之一。

在中东欧，波兰作家、外交家扬·波托茨基(Potocki, Jan, 1761—1815)一生曾游历多国，也曾到过中国、摩洛哥、埃及、土耳其、突尼斯等东方国家和地区，掌握多种语言，其中也包括阿拉伯语。1784年他去君士坦丁堡的时候遇到职业说书人，这样的东方经历促使他比许多北欧作家更早地熟知并喜爱《一千零一夜》。1791年，他曾在摩洛哥寻找这部故事集的手稿，却意外被告知那里只有一部故事集，即《三百五十四夜故事集》(*The Three Hundred and Fifty-Four Nights*)，但也买不到手稿。回程中，他路过西班牙，目睹了安达卢斯地区的伊斯兰文化。他把对东方文化的了解和自己的亲身经历结合在一起，于1797年开始撰写一部名为《萨拉戈萨手稿》(*Le Manuscrit trouvé à Saragosse*)的作品，据说完成于1815年。故事和《一千零一夜》相对应，以日来划分，共66天或曰66章，讲述的是1739年一位年轻的瓦隆地区官员阿尔丰斯·班·沃顿想要穿越莫雷纳山脉抵达马德里，途中阴差阳错地入住一家闹鬼的旅店，随即，便经历了一系列似梦似真、充满了神秘魔幻色彩的冒险。作者用幻想的笔触描写伊比利亚半岛的风土人情和奇谈怪论。书中人物中既有技术精湛的骗子和炼金术士，也有以卖艺为生的吉卜赛人和神秘莫测的卡巴拉犹太神秘主义信徒，甚至还有杀人犯和朝圣者。而以这些冒险故事作为框架，沃顿遇到各色人等不断给他讲述许多故事。这些人的故事又成为另一些故事的框架。这使得结构的复杂性甚至超过了《一千零一夜》中《驼背的故事》的嵌套结构。[1]该作品最初以法语写成，1847年其完整版被翻译成波兰语。

18世纪末叶，有位叙利亚学者查维斯（Chavis, Dom Denis）曾致力于钩沉阿拉伯传说，续编《一千零一夜》。有关他的生平我们知之甚少。据说他是位叙利亚牧师，在君士坦丁堡的希腊学校学习，1783年来到巴黎，从事古典学研究，曾在巴黎国王图书馆（Biliothèque du Roi）教授阿拉伯语。据说正是在这期间，他遇到了后来助其出版作品《仙女阁》（*Le Cabinet des fées*）的出版商。后者曾告诉他，加朗译本的《一千零一夜》并不完整，而那时查维斯正好经济拮据，他发现18世纪80年代法国对东方文学有着异乎寻常的热情，于是他借此致力于“补充”《一千零一夜》。他的做法其实是杜撰或“创作”一份手稿，声称这是一份比加朗所依从的更为完整的“权威版”手稿。他从加朗本中断的故事《盖马尔 · 宰曼和布杜尔》开始补充，还包含了许多被翻译成阿拉伯语的“孤本”，比如《睡者与醒者》等。他还增添了部分哈里发哈伦 · 拉希德的故事，并时常运用叙利亚方言，以求达到逼真效果。同时，查维斯也尝试把加朗本的一些故事由法语反译为阿拉伯语，以便将其与他从叙利亚“觅得”的一些故事整合在一起。他所补充的两卷手稿至今存放在巴黎国家图书馆。这些手稿也曾被伯顿采纳，这种做法在19世纪的《一千零一夜》翻译者中实属常见。

1788至1789年，《仙女阁》[全称《仙女阁或仙女及其他魔幻故事集》（*Le Cabinet des fées, ou Collection choisie des contes de fées et autres contes merveilleux*）] 在日内瓦出版，凡四卷，是一部童话故事

1 参见Robert Irwin,The Arabian Nights*: A Companion*, p. 173。

集，查维斯是其主要编撰者，与他合作的还有卡佐特。查维斯提供的故事作为《〈一千零一夜〉续编》独立成册，收录于多卷本《仙女阁》中。

总体而言，18世纪是《一千零一夜》经由加朗翻译而进入欧洲视域的一个开创性时期。在这个世纪中，翻译浪潮最为兴盛，并进而影响了许多欧陆文人的创作。这当然也是因缘巧合，所谓恰逢其时。时值欧洲文学由古典主义走向浪漫主义，因而这部阿拉伯民间故事集精准地刺激了欧洲文人的想象，也强化了他们对传统文学流派的背反决心。由是，各色仿作纷纷问世，这也就不足为奇了。不过，虽然18世纪可以说是翻译与仿写乃至激发自身想象活力的世纪，但对《一千零一夜》真正意义上的研究，却要到下个世纪才缓慢来临。

第三章 西方中心主义视角：19世纪

19世纪是西方民族主义兴盛时期，西方中心主义伴随着工业革命的野心不断膨胀，殖民主义扩张如火如荼，其对东方的侵略达到了肆无忌惮的地步。在这种形势下，对东方的了解是马克思所说的殖民侵略的“双重使命”所赋予的：摧毁并根据西方殖民者的需要重建东方殖民地。但是，文化永远是这种野蛮使命的先行者。于是，如何形塑东方成为西方殖民主义的当务之急。西方在工业、理性、文明、进步的旗帜下，开始重新描画东方。

如果说，18世纪西方学者对包括《一千零一夜》在内的东方文学作品的移译、改写，是富有猎奇成分的文化行为，它使读者产生了某种好奇，那么19世纪这种好奇便变成了一种文化需求。当然，其中依然充满了误解，譬如认为这些作品反映的是真实而神奇的东方世界，就像19世纪初期的浪漫主义曾试图保存这种“幻象”，并借此为西方提供想象的空间。但这一努力，除了极其主观的一厢情愿，便是有意无意地为后来的殖民主义提供了口实。借用爱德华·萨义德（Said, Edward, 1935—2003）的观点，19世纪的西方文人，尤其是东方学家，为了契合当时的世界蓝图，更需要主动去形塑东方，这种形塑为大众带来的认知进一步强化了“浪漫、感性、落后、奇异”的东方形象。其中，对山鲁佐德故事的描述也起到了不可忽视的催化作用。关于这一点，阿拉伯学者穆赫辛·贾斯姆·穆萨维（محسن الجاسم الموسوى）在其著作《陷入魔幻圈——英国文学批评视野中的〈一千零一夜〉（1704—1910）》（*الوقوع في دائرة السحر—ألف ليلة و ليلة في النقد الأدبي الإنكليزي 1704 –1910*）中有不少鞭辟入里的分析。

19世纪除大规模翻译《一千零一夜》之外，有关研究登堂入室，成为学院派关注的重要对象之一。于是，学术界对这部民间故事集的研究逐渐增多。有鉴于此，本章拟从翻译、创作和研究这几个方面来梳理《一千零一夜》在19世纪的传播历程，并尝试总结这一时期的主要传播和研究特点。其影响之广泛，成果之丰沛，可谓前所未有，本著只能择要概括。

第一节　19世纪的翻译

回顾整个18世纪，《一千零一夜》的翻译虽已席卷欧洲，但探其究竟，最经典的译本除了加朗版，几乎乏善可陈。其余大多是节译本、补充本和续写本，甚至有关故事的单行本，却鲜有全译本问世。到了19世纪，许多文人觉得加朗本已不再能够满足读者的口味和市场的需求。用英国评论家乔治·亨利·刘易斯（Lewes, George Henry）的话说，《一千零一夜》在19世纪无疑是最流行的书，甚至被誉为“东方的《伊利亚特》”。他甚至说：“最近50年里，喜欢阅读的人很少有人没读过这部作品。”[1]因此，翻译更全，或者更准确的全译本势在必行。为了适应“东方学”和现实主义文学的发展，“《圣经》既然有了精译本，《一千零一夜》应当也有”[2]。于是，19世纪，许多影响深远的全译本相继问世，且主要为英、法、德等西欧语种，其中最重要的数英国的莱恩本和伯顿本。

当然，19世纪早期，在莱恩译本和伯顿译本之前已经出现过几

1　محسن جاسم الموسوى، *الوقوع في دائرة السحر—ألف ليلة و ليلة في النقد الأدبي الإنكليزي 1704 –1910*، ص84.

2　同上，第190页。

种全译本。1804年至1806年间，奥地利东方学家约瑟夫·冯·哈默（Hammer-Purgstall, Joseph von, 1774—1856）便开始尝试翻译新的法语本《一千零一夜》。他青少年时代在维也纳学习东方语言，并熟练掌握了土耳其语、波斯语和阿拉伯语，大学毕业后赴奥地利驻伊斯坦布尔使馆工作。1799年，哈默曾尝试去黎凡特和君士坦丁堡地区寻找手稿，但无果而返。后来，他又去埃及考察，据说在埃及找到一份手稿。1807年，哈默返回维也纳，受雇于梅特涅和奥地利大法官，直到1835年退休。之后他专门从事写作，在此期间也开始从事东方学研究。受梅特涅影响，他对共济会和神秘主义社团饶有兴趣。1818年，《揭开巴弗灭之谜》（*The Mysteries of Baphomet Revealed*）出版，它是有关诺斯替信仰的专著。同年，哈默的《刺客的历史》（*Geschichte der Assassinen*）发表，其中谈到了中世纪什叶派和圣殿骑士团。他对东方兴趣浓厚，还曾撰写过有关奥斯曼帝国1827年至1835年历史的《奥斯曼帝国史》（*Geschichte des Osmanischen Reiches*），并翻译了设拉子的哈菲兹的诗歌。

哈默在埃及找到的手稿似乎是第一部含有《一千零一夜》结局的手稿，其中有些故事包含于加朗本，但有些故事在后来的任何母本手稿中都未曾找到，被称为“孤本”。遗憾的是，后来这份手稿和他的译稿都在出版人的转手过程中散佚了。

值得一提的是，早在1814年，法国学者希尔维斯特·德·塞西（Sacy, Silvestre de, 1758—1838）鼓动东印度公司威廉堡学院（Fort William College）在加尔各答首次印刷了《一千零一夜》的阿拉伯语原文本，题名为《一千零一夜之一百夜故事》，并于1818年刊印了第二册，名为《一千零一夜故事第二卷：包括一百夜故事和辛迪巴德与印度巴德（هندباد）的故事》。二者共吸纳了前两百多夜故事，其最初目的是为了在东印度教授阿拉伯语，是谓加尔各答一本。据学者穆赫辛·马赫迪（محسن مهدي, 1926—2007）的观点，加尔各答一本所依据的是一位英国医生在阿勒颇所发现的手抄本，被穆赫辛命名为沙姆分支本。但他同时指出，加尔各答本在此基础上掺杂了埃及分支的部分内容及其一些源头未明的故事。1835年，第一部阿拉伯本土出版的印刷本《一千零一夜》在埃及开罗郊区布拉克问世，这是一个两卷本校勘版。或许，在加尔各答一本的影响之下，出生于布雷斯劳的德国学者、翻译家马克西米利安·哈比希特（Habicht, Maximilian, 1775—1839）于1824年开始着手翻译德语本《一千零一夜》。他在巴黎担任普鲁士公使馆秘书，其间学习并掌握了阿拉伯语。据说他曾师从德·塞西，而后在布雷斯劳教授阿拉伯语。据传他在突尼斯时结识了一位名叫莫尔戴卡·伊本·纳贾尔（Mordecai Ibn al-Najjar）的犹太人，又从他手中得到了该故事集的完整手稿。

1825年，哈比希特被任命为布雷斯劳一所大学的阿拉伯语教授，他坚持一年前就开始的翻译工作，并于1825年正式出版了《一千零一夜》译本的第一卷。在前言中他明确指出，其译本依据突尼斯手稿并参考了加朗本。自1825年至1838年，哈比希特又以该手稿为基础整理出版了阿拉伯语版《一千零一夜》。鉴于哈比希特的这两个版本，有学者评价他"是《一千零一夜》的一台真正的编译器"，并认为伯顿本对他多有借鉴，尽管他的某些故事并不在加尔各答一本中。[1]到1839年去世，他的译本已经出版了整整八卷，且仍未全部出完。他去世后，其学生弗莱舍尔（Fleischer, Heinrich Leberecht）继续整理，及至1842年至1843年间出版了余下四卷，是谓布雷斯劳本。他所说的突尼斯手稿现藏于巴黎图书馆。然而，根据研究《一千零一夜》手稿的早期专家邓肯·布莱克·麦克唐纳（MacDonald, Duncan Black, 1863—1943）的甄别，这个突尼斯本的手稿是否真的存在很值得怀疑。麦克唐纳在1909年于《皇家亚洲学会杂志》上发表的一篇论文中，明确指出哈比希特很可能是整合了许多手稿以及一些其他阿拉伯故事，并且极有可能参照了1835年的布拉克本。因此，他的这份手稿很可能就是一系列"幽灵手稿"（ghost manuscripts，也被称为伪手稿）[2]中的一个集成。

1 Armand Abel, *Les Enseignements des* Mille et une nuits (Brussels: Wellens Pay, 1939), pp.14–15.

2 参见Irwin,The Arabian Nights*: A Companion*, p. 19。

另一部较为完整的早期德语本出自德国的古斯塔夫·威尔（Weil, Gustav, 1808—1889）之手。他出生于德国苏尔茨堡，幼年时就开始研读《塔木德》，1828年进入海德堡大学从事文献学和历史学研究，并在这一时期开始学习阿拉伯语；1830年，威尔前往法国继续求学。据说他和哈比希特一样，曾在巴黎师从德·塞西。1831年至1835年，威尔前往开罗，在那里继续深造，并对《圣经》《古兰经》《塔木德》等进行了系统的比较研究。自1837年起，威尔依据布拉克本和布雷斯劳本着手翻译《一千零一夜》的故事，并于1841年或1842年出齐了四卷本德语版译本。他的译本删去了故事中的诗歌。虽然其影响并不是很大，但博尔赫斯假借伯顿的话，对威尔的译本给予了肯定："伯顿对他（威尔）的翻译加以赞扬——完全忠实于原文，可以称其为大众化译本。'威尔博士尽管是图书管理员般的人物'，却也不枉为犹太人，我觉得在他的文风里有《圣经》的某种味道。"[1]

此外，1828年，法国学者马塞尔根据加朗本和埃及本《一千零一夜》编纂《马赫迪谢赫的故事》，共两卷，第一卷于1828年出版，第二卷于1833年出版，第三卷出版于1835年。马塞尔自称这些故事是他依据埃及友人提供的抄本整理的。尽管如此，他的故事来源仍有不少存疑。有学者甚至将它们同卡佐特的《〈一千零一夜〉续编》相提并论。[2]

19世纪，在《一千零一夜》的翻译进程中，爱德华·威廉·莱恩和理查德·弗朗西斯·伯顿绝对是两位重量级人物。

莱恩是英国早期东方学家和翻译家。他1801年出生于英国赫里福德的天主教家庭，幼年父亲早逝，是故家境贫寒；童年时被送到一所语言学校读书，其间表现出非凡的数学天赋。此后，他到访过剑桥，却并无上大学的经济基础。于是，莱恩凭借过人的勤奋开始自学阿拉伯语和雕刻技能，同时帮哥哥在伦敦制作版画。

1 豪尔赫·路易斯·博尔赫斯：《永恒史》，刘京胜、屠孟超译，上海：上海译文出版社，2015，第123页。

2 Marzolph and van Leeuwen(eds.), *The* Arabian Nights *Encyclopedia*, p.637.

1825年，莱恩只身前往埃及亚历山大，很快又前往开罗。当时的埃及处在穆罕默德·阿里总督的实际统治之下，法国、英国的势力已经相继渗入。为了振兴国力、发展科技，阿里十分重视学习西方，也就是在莱恩到达埃及的第二年，即1826年，与莱恩同龄的著名埃及文人雷法阿·塔赫塔维（رفاعة الطهطاوي，1801—1873）作为第一批前往法国学习的代表团成员之一，踏上了欧洲的土地。近代阿拉伯世界与欧洲的双向交往日益密切。

莱恩在开罗从事版画工作，他不断寻找各种绘画素材，并对东方服饰、文化和习俗产生了浓厚的兴趣。1828年回到英国后，他开始陆陆续续撰写在埃及的见闻，这些见闻后来于1836年结集出版，题名为《现代埃及人的礼仪习俗》（*Manners and Customs of the Modern Egyptians*）。这本书详细记述了埃及的历史、地理，以及许多宗教仪轨、民俗民风、娱乐生活和物质状况等，还配有他亲自雕刻的一百多幅插图。事实上，该书的价值还不止于斯。在该书2003年新版的序言中，汤普森（Thompson, Jason）指出，这本书不仅是研究埃及，还是研究整个中东地区的绝佳权威资料，而且相比起后来的"文化帝国主义"作品而言，这部著作也相对客观、真实。不过，爱德华·萨义德却认为，莱恩的这部著作与理查德·伯顿的《麦地那和麦加朝圣记》（*Personal Narrative of a Pilgrimage to Al Madinah and Meccah*，中译本名为《走向圣城》）、奈瓦尔的《东方之旅》（*Die Morgenlandfahrt*）都"深深依赖于欧洲意识所具有的自我中心的强力"，"那种东方学的自我简直昭然若揭，尽管作者力图做到无偏无私"。[1]萨义德的观点自有其敏锐的角度和独特的出发点，他强调莱恩研究东方习俗的初衷是为了服务欧洲，并非只为宣传东方。但这一点原本是无可厚非的，学者研究有其自身立场、有意无意地服务于某种需要，这是毋庸置疑的，正如萨义德本人。再则，莱恩的确有从欧洲视角出发的猎奇心态，甚或不无片面、夸张之处，但著作具有相对的客观性也是事实。莱恩的

1　爱德华·萨义德：《东方学》，王宇根译，北京：生活·读书·新知三联书店，2019年第三版，第210页。

确兢兢业业，为《现代埃及人的礼仪习俗》这本书投入了多年的心血，特别是在欧洲了解东方的早期，他用其亲身经历和一手资料为这方面的认知提供了不少真实的第一手素材。这也是一个事实。至于后来东方学研究蔚然成风，许多早期文献被有意识取舍，也便赋予更多的萨义德式"东方学"话语色彩，这是后话，且未必是莱恩本人的明显动机。

《现代埃及人的礼仪习俗》在当时甫一出版即引起了学术界的关注，确立了莱恩在东方学界的地位，并于1842年经修订再版，此后一百多年间不断再版。然而，遗憾的是，这部著作虽极受欢迎，却并未给他带来多少经济利益。他的生活可以说一如既往地困窘。

1842年，莱恩再次回到开罗，在那里一直工作到1849年。在此期间，他承担了《阿拉伯语–英语词典》(*Arabic-English Lexicon*)的编撰工作。这项工作有利于他收集中世纪的阿拉伯手稿，找寻阿拉伯语词根，并为阿拉伯词语找到相应的英语词汇。1849年莱恩回到英国后，继续从事词典的编撰工作，这耗费了他极大的精力。

而在埃及的这段时间，除了编撰词典之外，他开始正式着手翻译布拉克本《一千零一夜》。最初，他翻译《一千零一夜》并非纯粹出于热爱文学作品那么简单，而更多是为了借此来了解埃及和中东地区的风土人情、历史文化，以期为他编撰《现代埃及人的礼仪习俗》和阿英词典提供恰切的佐证。他在《现代埃及人的礼仪习俗》中说："有一部作品，精彩地展示了阿拉伯人，特别是埃及人的礼仪和习俗，它就是《一千零一夜》，或曰《阿拉伯之夜》：如果英国读者能够拥有一本注疏式的精译本，那么我也就不必再承受眼下的劳累了(指撰写《现代埃及人的礼仪习俗》)。"[1]莱恩在埃及那段时间还发现，《一千零一夜》的手稿已然售价不菲、一稿难求了。值得一提的是，莱恩所依据的手稿主要为布拉克本。而前面说过，埃及学者穆赫辛认为布拉克本所依据的手稿本虽以叙利亚分支的母本为主，但掺杂了许多埃及分支，并且

1 Edward William Lane, *An Account of Manners and Customs of the Modern Egyptians*, intro. Jason Thompon (The American University in Cairo Press, 2003),p. xiv, n. 2.

在埃及流传的过程中对叙事方式、语言形态等进行了尼罗河水似的洗礼。这不可避免地使文本变得更加埃及化，因而其中有许多可以探寻的埃及文化习俗。莱恩善于透过故事中魔幻、虚构的色彩，从细节中挖掘文化习俗和社会现实。他还指出，《一千零一夜》中所描写的许多习俗在19世纪的埃及仍然存在，古老的社会历经岁月洗礼，几乎没有发生太大的改变。他的译本于1838年至1841年间出版，后被集合为三卷本。

最初，他将该译本题名为《阿拉伯之夜》(*Arabian Nights*)。而在此之前，加朗译本早已转译至英文，并在英国广受欢迎。众所周知，加朗本来源广泛。而莱恩本则是直接从阿拉伯抄本翻译的，所依据的主要有布拉克二本、加尔各答二本，同时参考了布雷斯劳本。虽然莱恩认为加朗本并未说明所有故事来源，因而不够严谨，殊不知莱恩所依据的布拉克本其实已经完成了一个轮回：早就参考并撷取了加朗本的不少内容。

在翻译过程中，莱恩发现，要想使未受过专业教育的读者更容易理解这部故事集，添加注释是非常必要的。因此，他在译本中添加了许多尾注，对涉及阿拉伯文化背景和生活习俗、宗教信仰等内容进行了详尽的阐述。这些注释后来单独成书出版，名曰《中世纪阿拉伯社会：以〈一千零一夜〉为研究媒介》(*Arabian Society in the Middle Ages: Studies from the* Thousand and One Nights)。这些注释很长时间以来被诸多东方学家视为关于阿拉伯世界、波斯和希腊最为完备的历史和社会学素材。[1]莱恩认为，从哈里发时代起，直至他所生活的穆罕默德·阿里统治时期，埃及的风土人情并没有太多变化，而毫无疑问的是，19世纪30年代以降，埃及加速了面向欧洲的现代化步伐，开罗正渴望成为“令人生厌的巴黎”。[2]在这种情形下，许多传统风俗趋于消失。因此，他的注释也是为了给后世留下记录。内容除了依据他的

1 Edward William Lane, *Arabian Society in the Middle Ages: Studies from the* Thousand and One Nights (London: Chatto, 1883), p.1.

2 同上，第3页。

亲身生活体验，还参照了一些古代阿拉伯历史学家的典籍。在莱恩家中，收藏有大量的中世纪晚期历史学家诸如麦噶里兹、伊本・赫勒敦（ابن خلدون，卒于1406年）等人的手稿。这些为他了解早期阿拉伯社会的风俗民情提供了详尽的参考。这些历史学家的著述本身在当时的欧洲并未产生影响，而莱恩借助它们所写的注释却成为欧洲人窥见异域——阿拉伯社会——风情的一扇窗口。它的巨大优势是使读者在阅读故事的同时，不再单纯依靠想象来构建阿拉伯世界，而是可以借助于较为客观、全面的史料来认识真实的这个东方。比如，他在注释中详细介绍了伊斯兰教及其主要流派，包括伊斯兰教的箴言、伊斯兰教经典《古兰经》、逊尼派的四大支脉、什叶派的主要观点等。同时，他也意识到，他所生活时代的穆斯林对伊斯兰教的看法在很多方面已不同于中世纪。对这些，他也在注释中进行了铺垫；他还详尽描述了苏非神秘主义所描述的卡夫山，并对埃及的日常生活习俗、婚嫁习俗进行了力所能及的介绍。但莱恩的注释也存有巨大的问题：首先，他的确在埃及生活多年，但因此误把埃及的习俗当作所有阿拉伯世界的习俗来向欧洲读者介绍，而忽略了广袤阿拉伯世界的地域差别。其次，莱恩是站在当代埃及的土地上，但注疏的是一部古代文学作品及其所描绘的社会风俗。虽然借助了历史典籍和古代抄本，但毕竟难以完全把握社会风俗的变化脉络。古今差异在所难免，而莱恩却不能仔细甄别。正像埃及学者葛拉玛薇所指出的，他的局限“是仅仅靠旅行或从阿拉伯经典作品和伊斯兰宗教书籍来判定阿拉伯社会的伊斯兰属性，这是远远不够的。我们还应该深入民间文学，因为民间文学中的许多内容，经典作品和宗教典籍中都不会提及”[1]。

但尽管有着诸多的局限性，给《一千零一夜》译本添加注释却是莱恩之前的译者们从未做过的工作，其贡献不可否认。莱恩也因此自豪地通过否认前人的功绩，来肯定自己的贡献。比如他认为阿拉伯人的生活方式和风土人情才是《一千零一夜》的精华所在，“它既不同于

1 سهير القلماوي، *ألف ليلة وليلة* ، ص 26.

西方文化，也有别于其他东方文化”，而“加朗却大尺度地**败坏**了这一切”，其翻译严重偏离了原著，并且对阿拉伯习俗的了解不够充分，从而造成了许多错误。[1]莱恩在译者前言中还大量列举加朗本的“讹误”和“歪曲”，以此强调自己如何“忠实”与“精确”，认为即或故事起源相同，但翻译即重塑，必须遵从阿拉伯人的叙述方式和生活习俗。

客观地说，莱恩译本确实与加朗本风格迥异。首先，由于莱恩曾在埃及生活多年，对阿拉伯文化有深入的了解，他深知《一千零一夜》不仅是阿拉伯历史文化和风土人情的写照，而且具有无与伦比的艺术价值和娱乐功能，而他丰富的注疏及人名、地名的音译方式显然更为贴切，也更符合现代翻译标准。其次，虽然选择了翻译这部阿拉伯民间故事集，但莱恩本人并不具备很高的文学修养。除了《圣经》之外，他接触的文学作品寥寥无几。因此，其译文风格稍嫌浮华并带有明显的圣经体。他经常使用一些具有宗教语义的词语，而且喜欢拿拉丁语做点缀，这与加朗充满浪漫主义色彩的文风相去甚远。再次，或许是由于莱恩本人出身于天主教家庭，又或许是由于当时的英国社会的价值取向和书刊审查制度，莱恩删去了《一千零一夜》中的许多情色描写，甚至根据自己的好恶直接删除了一些故事。对故事的选择，最可体现译者的审美意趣和文学品位。对于莱恩这样的人来说，很多有趣的故事无疑属于低级趣味，被他毫不犹豫地删汰了，从而很大程度上影响了读者的阅读体验。这不能不说是一种遗憾。

但总体说来，他的译本有诸多优于加朗译本之处，在当时也还是很受欢迎的。特别是他在译文中加注的做法，无疑体现了19世纪欧洲对《一千零一夜》乃至整个东方世界开始从浪漫感性的认知走向了相对理性的判断，并且为后来的伯顿所效法。后者对其译本所做的注释更加详尽琐细，几乎达到全书四分之一的体量。如果说加朗本是欧洲浪漫主义的一个催化剂，那么莱恩本或许可以看作西方现实主义的先声。阿拉伯学者穆萨维指出：“19世纪社会对精确的要求，以及工业的

1 Edward William Lane, *The Arabian Nights' Entertainments*, vol. I (London: G. Bell and Sons, 1919), p.IX.

发展、科技的腾飞，催生了莱恩本。它受欢迎的程度不仅有赖于故事本身，而且还因其注释多少能够弥补人们对中世纪阿拉伯社会了解的阙如，而这使之受到中产阶级的欢迎。”[1]因此可以说，莱恩本的问世标志着这部民间故事集在欧洲的翻译走到了一个历史拐点：延续了一个多世纪的猎奇式翻译热潮开始降温。与此相对应的是对这部民间故事集的研究热情开始升温，这当然也契合了整个欧洲文学由浪漫主义转向现实主义的大趋势。而莱恩本适逢其时，站在了这个承前启后的拐点之上。

莱恩之后，伯顿之前，还有一位英国翻译家不能不提。没有他，后来的伯顿本也许不会如此顺利，至少不会取得如此巨大的成功。他就是英国文人约翰·佩恩。他在翻译《一千零一夜》之前，并未引起文坛和读者的关注。然而，他的译本却最终奠定了他在英国文坛和东方学界的地位。这是因为他的译本较之前的其他版本更完整，故而被时人称为足本。

佩恩自幼喜爱诗歌，具有良好的语言天分。他19岁便可以翻译多种语言，包括波斯语和阿拉伯语诗歌。佩恩是在没有到访过东方的情况下通过自学掌握了阿拉伯语、波斯语和土耳其语的。他做过律师，后来主要靠翻译谋生。1877年，他和一些人成立了维龙协会（Villon Society），该协会在维多利亚时代出版了大量学术著作，佩恩翻译的《一千零一夜》也是经由该协会出版的。他的翻译起始于1876年至1877年，主要依据的是加尔各答二本。这一版本尽管比莱恩的篇幅更大，但实际上依然不是全本。所不同的是，佩恩本几乎翻译了阿拉伯原文中的所有诗歌。他用了差不多六年时间翻译完所有故事，并于1882年至1884年间分九卷出版。此外，他还翻译了在加尔各答一本和布雷斯劳本中出现的不同故事，汇集后于1884年出版，名曰《来自阿拉伯的故事》（*Tales from the Arabic*）。

佩恩的翻译曾得到许多东方学家的帮助，比如《奥斯曼诗歌史》

1 محسن جاسم الموسوي، *الوقوع في دائرة السحر — ألف ليلة و ليلة في النقد الأدبي الإنكليزي 1704 – 1910*، ص186.

(*A History of Ottoman Poetry*)的作者伊利亚斯·约翰·维尔金森·吉布(Gibb, Elias John Wilkinson),以及著名的《一千零一夜》手稿研究者赫尔曼·佐藤伯格(Zotenberg, Hermann, 1836—1894)。佩恩本语言略显艰涩,不仅用词生僻,所翻译的诗歌也多兴致所至,却并未引起读者的多大关注。尽管如此,从营销角度看,佩恩本委实取得了巨大的成功。据说出版时印数超过预定印数的四倍。

佩恩在翻译过程中曾收到伯顿的来信,后者提出了自己的翻译意见,佩恩对其表示感谢。但在信中,伯顿声称自己从1852年起就已经开始着手翻译《一千零一夜》了,这当然是伯顿的一面之词。不过佩恩大约是因为无意于修订译本,对伯顿也算心怀好感,因此,他同意伯顿的请求,允许其在翻译中参考自己的译本。由是,好风凭借力,伯顿便借助于佩恩这股东风,最终直上青云,出版了自己的译本,并使他闻名于世。那便是对欧洲读者产生深远影响的伯顿本《一千零一夜》。

年轻时,伯顿集作家、冒险家、地理学家、翻译家、军人等多重身份于一体,以至于有人认为他曾从事过间谍活动。鉴于当时英帝国的殖民扩张如火如荼,伯顿做间谍是完全有可能的。据说他在不列颠东印度公司工作期间,参加了对信德地区的战争,同时他也异常痴迷尼罗河畔的生活,而且精力旺盛,曾数度前往埃及,探寻尼罗河的源头,并在希贾兹地区探险。据传他还是第一个发现非洲坦噶尼喀湖的欧洲人,考察过索马里穆斯林禁地哈勒尔,还曾以穆斯林身份去麦加、麦地那朝觐,写下了世界名著《麦地那和麦加朝圣记》。这本书记载了他对东方宗教圣地的考察,以及对东方知识、思想传统、社会制度、地理物产和生活方式的研究与描述,向西方读者较为客观真实地介绍了阿拉伯世界。它不仅有冒险纪实,也有对穆斯林生活、礼仪的经典论述。此书在欧洲出版后引发了西方读者对东方世界的好奇,并对揭开古老东方世界的神秘面纱、促进东西方文化交流起到了积极作用。包括《走向圣城》在内,伯顿一生共出版了43卷探险札记。他论述印度的作品《信德和印度河流域的人种》(*Sindh and the Races That Inhabit the Valley of the Indus*, 1851）是一部影响深广的人类学著作。

中年伯顿进入英国外交界，曾任驻西属西非海岸外费尔南多波岛领事三年。其间，他经常考察西非各地的风土人情，收集各种资料，受到后世人类学家的敬仰。1864年起，他先后任驻巴西桑托斯港、叙利亚大马士革和奥匈帝国的里雅斯特领事。1872年离任后，伯顿开始集中精力著书、译书，所涉内容极其广泛，既有关于冰岛、博洛尼亚、信德、黄金海岸、米迪延金矿的纪事，也有皇皇17卷《一千零一夜》译著（包括补遗本）。据称伯顿一生共出版了30卷译著。他的人生充满了冒险精神，足迹遍及欧洲、美洲、亚洲和非洲。亲身体验的史诗般传奇经历，则奠定了他翻译《一千零一夜》的精神基础。1886年，维多利亚女王（Queen Victoria）为表彰伯顿对大英帝国的功勋，授予他圣米迦勒及圣乔治二级勋章。

早在1881年，伯顿给佩恩写信之时，他正陷入经济拮据的困顿之中。当获悉佩恩准备出版《一千零一夜》时，伯顿发现了契机。他在信中声称自己于1852年起开始了这部故事集的翻译工作，并祝贺佩恩先于自己完成了这项工作，同时表示自己也将尽快译毕并付梓出版。佩恩在回信中表示愿与伯顿合作，甚至分享版税。伯顿没有响应佩恩的动议。佩恩于是加紧译完了《一千零一夜》，并于1882年至1884年间陆续付梓出版，首印五百套。虽然这个印数难以满足读者的需求，但佩恩不同意出版社立即加印。由此产生的间隙很快被伯顿版所填充，后者一版再版，引发读者的广泛兴趣。应该说佩恩确实慷慨厚道，他有生之年从未对伯顿版提出抄袭抗议或诸如此类的指摘，倒是认为伯顿的译文有失文雅。而伯顿却辩解说原文如此，同时不忘对佩恩的精确性进行褒奖，并且公开表示对佩恩译文的钦佩，认为后者无论在准确性还是典雅性方面都堪称典范。这也算是伯顿对佩恩的一种回报。当然，伯顿认为佩恩的翻译过于诗意，用现在的话说是过于“归化”。而伯顿本人并不回避原著的色情描写，甚至对一些淫秽语言也毫不避讳。他认为这才符合阿拉伯人的气质。

佩恩的宽厚、信任和慷慨无疑给伯顿提供了机会，也使得他和佩恩的关系成为美谈及学界讨论的对象。英国学者托马斯·赖特（Wright, Thomas）首先在有关著述中指责伯顿抄袭佩恩。但多数学者认为赖特的观点不能成立，理由是所谓翻译皆是对特定文本的移植，因此，只要对象是同一文本，那么不同译本难免近似。此外，持后一种观点的人相信伯顿所言，认为他早在1852年左右就开始着手翻译《一千零一夜》了，较佩恩早出整整二十年。[1]然而，由于缺乏令人信服的证据，有关争论远未终结。这是后话。

客观地推测，伯顿在印度服役期间很可能的确萌发了对《一千零一夜》的兴趣，但是否真如他所言却不得而知，至少缺乏足够的证据。无论如何，伯顿版《一千零一夜》获得了巨大成功。这个译本所包含的故事大胆地增加了一些有关婚外恋、乱伦和人兽恋的情节，从而打破了18、19世纪欧洲文坛的某些禁忌。这是在《1857年反淫亵出版物法》阴影下出版的一部"色情文学作品"，其影响力超乎译者和出版人的预想。而伯顿显然是有意为之。作为在阿拉伯地区生活过多年的译者，他深知阿拉伯人的情爱习俗和生活方式有悖于维多利亚时期的道德准则。除了关于情爱的大量脚注，他还撰写了一篇长长的译后记，以探讨阿拉伯人的情爱问题。他那不加修饰的译文自然引发了"正人君子们"的猛烈抨击。迫于压力，修订版（1886—1887）是在伯顿夫人伊莎贝尔（Burton, Isabel）的监督下完成的。

除了与佩恩译本在色情描写方面的"归化"和"异化"之别，伯顿对《一千零一夜》的溢美之词也远远超过了前者和莱恩对它的褒扬。然而，虽在一片盛誉之下，苛责与否定仍在所难免。一些批评家责备伯顿译本古风太重、喜爱使用中世纪英语，且成语过多，有炫耀学识、张扬个性之嫌，从而影响了普通读者的接受。[2]据厄文所言，1958年，意大利的弗朗切斯科·加布里埃利（Gabrieli, Francesco, 1904—1996）在将这部故事集翻译为意大利语时，就曾指出"必须参照阿拉伯原本，

1　参见Fawn McKay Brodie, *The Devil Drives: A Life of Sir Richard Burton* (Harmondsworth: Penguin Press, 1971)。

2　Irwin, The Arabian Nights*: A Companion*, pp.28–36.

才能读懂伯顿的译本”。[1]也有些人甚至谴责伯顿对情色描写过于执着，认为这反映了译者的个人旨趣。这些批评可能反而对伯顿译本起到了促销作用，从而加速了他所译的《一千零一夜》在英国乃至整个西方世界的传播。无论如何，文学翻译难免有再创作成分，哪怕它是由译者无意识造成的，同时又从一个侧面反映了时人接受的需要。譬如，伯顿译本影响了爱尔兰作家乔伊斯（Joyce, James, 1882—1941）。这是毋庸置疑的。

伯顿译本在英语世界不断再版，电子版还被收入了古腾堡计划。这个译本的前十卷遵循加尔各答本和布拉克本（第1至第262号）[2]。增加部分（第11至第12卷）来自布雷斯劳本（第263至第344号），第13卷来自加朗译本，第14至第15卷来自沃特利·蒙塔古手抄本（第357至第408号），第16卷来自查维斯和卡佐特手抄本（第409至第470号）。[3]此外伯顿还几穷毕生之功完成了《一千零一夜》注释，内容包括性爱、生育、阉割、避孕等，可谓五花八门。

可惜他对《一千零一夜》本身几乎没有学术评论，倒是用诗性的语言记叙了他翻译《一千零一夜》的原因：

> 眼前这项工作，固然面临诸多困难，但对于我这样一个热爱劳作的人，却意味着无穷无尽的安慰和满足。在我漫长的放逐年代，炫美而致命的非洲西部沙漠，以及南美洲死气沉沉的孤寂土地，都靠它来提供生活的动力。它用自己的魅力，为我编织出战胜无聊和沮丧的护身符。那些延绵不断的页面犹如涓涓清泉进入视野，脑海中顿时产生各种奇妙的画面。乡愁和回忆固然是旅行者的共同财富，但他们可能有更为广泛的好奇。譬如我在百无聊赖和“令人肃然起敬”的时候渐渐萌生了对精灵的偏好。它们来自阿

---

1 Irwin, The Arabian Nights*: A Companion*, p.26.

2 Victor Charles Chauvin, *Bibliographie des ouvrages Arabes ou relatifs aux Arabes publies dans L'Europe chretienne de 1800 à 1885*, vol.4–7 (Liege: Prix, 1900–1903).

3 Marzolph and van Leeuwen, The Arabian Nights *Encyclopedia*, pp.505–508.

拉伯世界,她是我心向往的世界。我对她一见如故,以至于觉得乍一看她,好像是我对自己远去的精神生活的某种追忆。我又一次站在透明的天空下,空气美如以太,故而每一次呼吸便会使人精神振奋,仿佛喝了气泡酒。我再一次看到黄昏的星星悬挂在西方纯净的天空。天空恰似蓝色的纸牌,经过落日余晖的美化和修饰,正用魔法将朴实的场景和永恒的仙境点亮。星光永远照耀大地和海洋,然而地平线上出现了羊毛帐篷,它们高低不同,组成由点到面的黑色村落:在满是狮子和羚羊的黄褐色土地上,那些帐篷如砾石无边无际,萤火虫般的篝火点缀其中。如果距离足够近,你就会听到姑娘和小伙儿野性的歌声,他们驱赶着薄暮中的羊群。

万籁俱寂,但远处仍有赶路商队牵着负重的骆驼前行;夹杂着咩咩的羊叫和哞哞的牛声。蝙蝠掠过头顶发出吱吱的尖叫,偶有豺狼的哀嚎响彻悠远的夜空。所有这些和大自然——婆娑的棕榈、潺潺的流水、喃喃的微风——汇成乐章。

然后,场景转换,“白胡子”部落的首领用他们特有的方式(用他们的话说叫张开裙子)欢迎我们。部落男女老小在小丘上点燃篝火,而我回报其热情好客的方式便是朗读或背诵几页神奇可爱的故事。为使篝火晚会不至于瞬间即逝,男人们纵情狂欢;女人和孩子们围在外面,就像戒指的剪影。当我开始朗读故事,所有的人都屏住了呼吸;他们似乎用眼睛和嘴在倾听,而耳朵则用来喝酒。最神奇、最荒诞不经的段落,在他们看来似乎完全可能和可信,仿佛这些神奇和荒诞之事每天都在发生,如此而已。他们自然而然地进入故事深处,与人物同命运共呼吸。

我祈求安拉的宽恕!这些可不是卡莱尔(Carlyle,Thomas)所谓的“彻头彻尾的谎言”,而是来自遥远沙漠的真实……[1]

1 Richard F. Burton, “The Translator’s Foreword,” in *The Book of Thousand Nights and a Night, A Plain and Literal Translation of the* Arabian Nights *Entertainments* (Western New York: The Heritage Press, 1962).

应当引起重视的是，曾有不止一位学者注意到了伯顿译本的殖民主义倾向。厄文据伯顿译文中对黑奴的描述，认为除了殖民主义倾向外，伯顿还是一个充满偏见的种族主义者，黑人、犹太人、波斯人在他笔下都遭到粗暴对待。同时，厄文认为伯顿反对基督教，认为伊斯兰教才是行之有效的，能够更加合理地控制社会。这也许和伯顿多年在阿拉伯世界生活有关。在萨义德看来，伯顿无疑是维多利亚时期英帝国的代言人，是一位为殖民主义提供蓝图的东方学家。[1]萨义德在其《东方学》一书中指出，在形塑一个带有神话色彩和泛性论的东方方面，伯顿负有不可推卸的责任。[2]而埃及学者苏海勒·葛拉玛薇也曾敏锐地指出，伯顿的译本满足了欧洲了解东方的迫切需要，并且一定程度上具有强烈的殖民主义倾向。拉伊德·穆罕穆德·努里（رائد محمد نوري）更是对加朗、莱恩和伯顿的译本进行了总结分析和批判，将三者分别对应欧洲民族主义、资本主义、殖民主义时期，抑或“从古典主义到浪漫主义”“从浪漫主义到现实主义”“从现实主义到帝国主义”这三个阶段，并认为作为不同阶段欧洲资产阶级的代表，这“三位译者均向各自所属的阶层展示了它们所需的《一千零一夜》”。[3]

此外，博尔赫斯从接受学的角度，谈及他个人对伯顿译本的观点，认为伯顿本尽管风格不够统一，语言也缺乏文采，却解决了这部故事集翻译中的许多问题，盖因他在阿拉伯世界的经历较其他译者丰富得多。

特别值得一提的是，前述提到的莱恩本和伯顿本也是20世纪早期中国文人所关注的两个重要译本。早在《一千零一夜》进入中国读者视野的最初时期，周作人等文人尝试翻译的译文便是依据莱恩本和伯顿本，尤其是伯顿本。周作人曾在其《小说的回忆》中还就这两个版

1 Irwin, The Arabian Nights*: A Companion*, pp.26.

2 参见爱德华·萨义德：《东方学》，第258—264页。

3 رائد محمد نوري، *البرجوازية الأوربية في ألف ليلة وليلة من 1704 – 1885.*

https://www.ahewar.org/debat/show.art.asp?aid=542061，访问日期：2021年9月5日。

本进行了简要的评骘。他认为，伯顿的译本“翻译的信实是天下有名的”。[1]这里突出强调的就是伯顿本内容的全面和完整性。至于说“准确性”，周作人的评骘其实是不太具有参考价值的，毕竟他并未接触也无法读懂阿拉伯原文的《一千零一夜》。他同时认为，莱恩本极为普通，或许不仅是因为莱恩本过于精简，也在于莱恩本的猎奇性远不如伯顿本，这也从一个侧面反映了现代早期中国文人在接受外来文学时朴素的文化价值和审美取向。

且不论时人和后人的争论与评骘如何，伯顿本无疑对《一千零一夜》在英国和其他西方国家的传播做出了重要贡献，迄今仍是西方译本中影响最大、故事最多的，没有之一。时至今日，欧洲能见到的英译本可能有半数以上是依据伯顿本精选或是编译的。

前文提到，伯顿的译本前10卷问世于1885年，1886年至1888年伯顿又依据其他一些手稿翻译并出版了7卷补遗。整整17卷最终问世时，19世纪也已经进入了尾声。在他之后，还曾零星有葡萄牙人戈麦斯（Gomes, Manuel João）的译本（1889）、捷克学者苏勒克（Šulc, Pavel J.）的捷克语译本（1891—1893）等相继出现，但其影响均不可与伯顿本同日而语。

虽然19世纪对《一千零一夜》的翻译仍是集中于西方国家，但在南亚和西亚等东方世界，《一千零一夜》也开始有不少译本问世。除了前面提到的加尔各答版，土耳其语、波斯语、马来语《一千零一夜》也已然出现。譬如穆罕默德·巴吉尔·胡拉桑尼（Muḥammad Bāqir Khurāsānī）曾与英国驻海德拉巴宫廷代表亨利·罗素爵士合作翻译过《一千零一夜》的波斯语手稿（1810—1820）。这可能是已知最早的波斯语译本之一，比19世纪三四十年代在伊朗首次印刷的版本早了几十年；而土耳其也因为得天独厚的历史和地理原因，翻译出版过几种版本的《一千零一夜》。此外值得一提的是，作为这部故事集所借鉴的源头之一，印度的《鹦鹉故事七十二则》也很早就在土耳其传播了。

1　周作人：《小说的回忆》，载《知堂乙酉文编》，石家庄：河北教育出版社，2002，第15页。

结合本土的各种民间故事，土耳其也曾有自己的《一千零一夜》问世。但或许也恰恰是因为其历史、文化的相似性，《一千零一夜》在那时并未在这些南亚和西亚地区产生重大影响。

如前所述，纵观整个19世纪，《一千零一夜》传播与研究的一个标志性拐点便是1838年至1841年莱恩本的问世。这也是欧陆文坛自浪漫转向理性的时期。19世纪中叶以降，特别是随着民俗学研究的兴起，欧洲开始以严谨的学术态度、从不同面向对这部作品进行全方位研究。可以说，除去漫长的传播和翻译过程，严格意义上的《一千零一夜》研究史，是从19世纪方始展开的。

第二节　19世纪的接受

从接受的角度看，19世纪首先进入我们视域的是德国狂飙突进运动的重要旗手歌德。他经历了从古典主义到浪漫主义的转变，创作了大量诗歌、散文、小说、戏剧与文论作品，是德国文坛的天才作家。同时，他博闻强记，不仅较早阅读了加朗版《一千零一夜》，而且后来又反复阅读德文版《一千零一夜》。他所阅读的德文版本是德国翻译家哈比希特根据加朗本译出的。

歌德的日记证明，他不但反复阅读这一东方文学瑰宝，而且投入了不少精力对其进行臧否。他认为研读《一千零一夜》是一项非常重要的工作，并且断言它“必然引导读者回归自己的情感世界”。[1]其早期作品如《新巴黎》(*Der neue Paris*)明显模仿了山鲁佐德(也即《一千零一夜》)的叙事方法；在其他如《德国难民对话录》(*Unterhaltungen deutscher Ausgewanderten*)、《亲和力》(*Die Wahlverwandschaften*)、《威廉 · 迈斯特的学习年代》(*Wilhelm Meisters Lehrjahre*)、《诗与真》(*Dichtung und Wahrheit*)以及《浮士德》(*Faust*)

1 Marzolph and van Leeuwen(eds.), *The* Arabian Nights *Encyclopedia*, p.574.

等作品中，歌德亦大量引用或借鉴《一千零一夜》。值得注意的是，他偏爱的内容大抵集中在加朗本《阿拉丁与神灯》和《阿里巴巴与四十大盗》。

除了对东方文学的关注超乎寻常，歌德还格外钟情于《一千零一夜》的叙事方式和文学想象。他陶醉于"阿拉伯之夜"及其套盒式结构。他由此认为套盒式或嵌套式结构是东方作家"最喜欢的叙事形式"。这种结构使原本风马牛不相及的故事有机地串联在一起。在他看来，《一千零一夜》是典型的现实主义作品，充满了日常生活的细节和对日常生活的想象。此外，他在《一千零一夜》中发现了无穷无尽的人物、事件、情节、主题和道德伦理问题，而这些都对他的创作产生了启发作用。

19世纪下半叶，《格林童话》的作者格林兄弟[雅各布·格林（Grimm, Jacob, 1785—1863）和威廉·格林（Grimm, Wilhelm, 1786—1859）]更加鲜明地受惠于《一千零一夜》。

格林兄弟是德国作家、历史学家和语言学家。两人因经历相似，兴趣相近，合作搜集和整理民间童话、传说，出版了闻名世界的《格林童话》。格林兄弟出生在莱茵河畔的哈瑙，父亲是一名小官吏。他们的青年时代正是拿破仑占领德国时期。当时，德国遭受异族侵略和强大的封建势力的双重压迫，亟待建立自身独特的、有别于欧洲其他国家的民族身份认同，格林兄弟的努力也被视为这一形塑的组成部分。兄弟俩在大学毕业后埋头研究历史，后在德国浪漫派作家的影响下，开始搜集和整理民间童话，并于1814、1815、1822年陆续出版了三卷本的《儿童与家庭童话集》（*Kinder- und Hausmärchen*）。其中的大部分故事在后来的版本中又被兄弟两人进一步修改。这些故事是德国维兰德、赫德尔以及崇拜中世纪和民间诗歌的时代浪漫主义的产物。

正如他们收集的大量脚注所记载的那样，格林兄弟酷爱《一千零一夜》。后者对他们收集和整理童话均产生了巨大的影响。同时，他们也认为《一千零一夜》虚实相生，且规模宏大，并非真正意义上的童话故事集，“其中充满真实的历史人物和历史事件”。另一方面，他们同样意识到《一千零一夜》的故事并不完全忠实于口传，而是经历了不少职业作家、翻译家的艺术加工。而他们认为自己收集的那些故事“才是真正的童话故事”，保留了童话的内容和形式，并且每一个故事都淳朴美丽、楚楚动人。[1]

尽管格林兄弟对自己的童话故事与《一千零一夜》做了区分，但我们还是可以看到，其中的许多篇什与《一千零一夜》如出一辙。导致这种情况的可能性有二：一是《一千零一夜》的某些故事已经在欧洲流传，并产生了一些变体，从而成了德国乃至西方民间传说的组成部分；二是格林兄弟有意无意地借鉴了《一千零一夜》，从而使部分童话沾染了东方色彩。譬如《渔夫和他的妻子》(*Von dem Fischer un syner Fru*)、《六个人走遍天下》(*Sechse kommen durch die ganze Welt*)、《强盗新郎》(*Der Räuberbräutigam*)、《金山王》(*Der König vom goldenen Berg*)、《三只小鸟》(*De drei Vügelkens*)、《生命之水》(*Das Wasser des Lebens*)、《玻璃瓶中的妖怪》(*Der Geist im Glas*)等。就故事本身而言，有关学者对两者的相似性和传承性进行了对照研究或平行比较。此外，格林兄弟的某些故事框架也多少借鉴了《一千零一夜》。譬如《十二兄弟》(*Die zwölf Brüder*)就讲述了一名女孩与多名男孩之间的关系及其消除隔阂的方式。至于《阿里巴巴与四十大盗》，则几乎可以在他们的不少故事细节中窥见一斑。[2]

在收集故事时，格林兄弟声称他们选择的故事来自德国各地没有受过良好教育的农民，以此强调他们故事的本土性和天然性。但据厄文的观点，格林兄弟的所为和所言并不相符。他认为，二人依靠的故事叙述者其实少之又少，而且他们大多居住在卡塞尔，并且属于受过教育的中产阶级。格林兄弟对内容进行了加工，以增强其可读性和教化功能。此外，故事的“最佳”讲述者是两位有法国生活背景的卡塞尔人，他们记得童年时期听到过的加朗版故事，这或许可

1 参见 Marzolph and van Leeuwen(eds.), *The* Arabian Nights *Encyclopedia*, p.577。

2 参见 Irwin, The Arabian Nights*: A Companion*, pp.100–101。

以解释为格林兄弟的民间故事中有“阿拉丁”和“阿里巴巴”身影的原因。尽管人物已经变形，但影子依稀可辨。格林兄弟自己也视《一千零一夜》为其八个故事取之不尽的源泉。此外，《海兔》（*Das Meerhäschen*）的故事也有可能源自《一千零一日》中的“卡拉夫王子和中国公主的故事”。[1]

19世纪的另一位德国童话作家威廉·豪夫（Hauff, Wilhelm, 1802—1827）的创作也同样受惠于《一千零一夜》的滋养。豪夫是德国文学史上一个彗星式人物，去世时年仅25岁。乃父同样早逝，因此他是由母亲抚养成人的。他从小显示出非凡的文学才能，靠自学进入德国古典文学殿堂，弱冠之年开始当家庭教师，同时为孩子们写童话故事。他的作品大都是在他逝世前几年写成的，主要有长篇小说《列希登斯泰因》（*Lichtenstein: Romantische Saga aus der wuerttembergischen Geschichte*, 1826）、《艺术桥畔的女乞丐》（*Die Bettlerin vom Pont des Arts*,1826）、《不莱梅市政厅酒窖的幻想》（*Phantasien im Bremer Ratskeller*, 1827）等。在他的整个创作中，童话占重要地位，并使他举世闻名。他的童话被译成多种文字，在世界各地广为流传。豪夫才华横溢，著作甚丰，除童话和小说外，尚有诗集、散文等流传于世。他的全集卷帙浩繁（凡36卷），这就他短暂的生命历程而言简直是个天文数字。

《一千零一夜》被认为是威廉·豪夫的重要文学源泉。[2]同时，家庭教师的职业迫使他想象、搜集并创作大量的童话故事。像格林兄弟那样，他曾在德法两国游历，以便搜集民间传说。作家从1824年开始创作到1827年逝世，实际上只有短短的三年时间。但就在这三年当中，他却写了足以使他蜚声文坛的大量优秀作品。他的童话作品被译成多种文字，在世界各地广为流传。而《一千零一夜》始终是解

1 参见Irwin, The Arabian Nights*: A Companion*, pp.100–101。

2 Leila Bondavalli, “Wilhelm Hauff e le Mille e una note,” in *Il paese altro: Presenze orientali nella cultura tedesca moderna*, ed. Maria Enrica d’Agostini (Naples: Bibliopolis, 1983), pp. 127–150.

读威廉·豪夫的最好参照系，盖因豪夫童话充满了哈里发哈伦、辛巴达、辛迪巴德故事的影子，其中对皇亲国戚和达官贵人的贪婪与愚蠢的嘲讽和揶揄所在皆是，同时对劳动、诚实、友爱等美德的褒奖也俯拾即是。

不唯德国如此，《一千零一夜》的故事在意大利、法国、英国和西班牙等欧洲国家都产生了诸多影响，特别是在18、19世纪。早在18世纪，欧洲读者就有一种误解，认为《一千零一夜》反映的是真实的东方世界。而19世纪初的浪漫主义者也试图保存和延续这一“幻象”。他们沉迷于《一千零一夜》所提供的想象空间。到了浪漫主义成熟的19世纪上半叶，在《一千零一夜》流传最为广泛的英国和法国，众多文人对这部故事集的接受和化用是再正常不过的事情。

英国浪漫主义文学的奠基人柯勒律治（Coleridge, Samuel Taylor, 1772—1834）便是其中之一。他以长诗《古舟子咏》（*The Rime of the Ancient Mariner*，又译《古舟子之歌》）一举成名，其他诗作如《克里斯特贝尔》（*Christabel*）和《忽必烈汗》（*Kubla Khan*）也都脍炙人口，被认为是英国诗歌中的瑰宝。它们显示了柯勒律治的创作风格，即以自然、形象和环境的逼真表现超自然的、神圣的、浪漫的内容。他的文学评论集《文学传记》（*Biographia Literaria*）博大精深，其对想象（Imagination）与幻想（Fancy）的区别常为后人所援引。

而他的文学观念多少得益于他从小珍爱的《一千零一夜》。据说他六岁时读到这部故事集，曾为其所描述的诡异场景吓到。在东方故事中，他仿佛看到了黑暗本身。但喜爱也好，惧怕也罢，它同样都会有意无意地化入作者的创作，尤其是柯勒律治的早期代表作《古舟子咏》。作为其唯一完整的长诗，该诗凡六百余行，叙述了一个神秘而恐怖的浪漫故事：一名老水手向一位赴宴的客人讲述他自己的可怕经历，回忆他和同伴们驾船出海的种种遭遇。诗中描绘的满是风暴、射杀象征好运的信天翁、充满腐朽之物的海水，以及充满了幻象的船只和没有活物的死海等。其中许多幻象都明显有《辛巴达航海记》的影子。

在柯勒律治看来，东方是个“充满幻象和阴影的神秘所在，但有时却显得那么伟大和明确”[1]，“犹如昨日阳光雨露洒满的橡树枝叶”[2]。他曾在六岁时便读到了《一千零一夜》，有学者猜测这很可能是加朗的译本。而柯勒律治在自己的多部作品或是书信中也的确多次提到这部故事集。当他的《古舟子咏》受到读者质疑，言其太过于天马行空，缺乏合理性，也没有什么寓意时，他曾对此进行反驳，并引用《一千零一夜》中《魔鬼与三个老人的故事》，认为纯粹的想象作品也是文学的一种价值，而不必非得明显加入道德教化寓意。而如果要说他的《古舟子咏》有缺点，那唯一的缺点便是它加入了教化寓意的功用。[3]

此外，他还在另一封给朋友的书信中提到《一千零一夜》的奇崛幻想，认为国王的女儿和叛逆的精灵借各种魔法争斗的场面就像青年和成年初期人类心灵和大自然的对峙，它们都是伟大的魔术师。据柯勒律治本人所言，他正是在富于魔力的梦境之中受到灵感激发，创作了《忽必烈汗》这首诗，有学者认为其中对神秘宫殿的描述，以及女子在月色中哀叹魔鬼情郎的场面与《一千零一夜》中《第二个流浪汉》故事里女子与魔鬼的意象有一定类似。[4]尽管分析略显简单，但柯勒律治的创作或多或少受到《一千零一夜》的影响应是毋庸置疑的。

英国作家骚塞（Southey, Robert, 1774—1843）是湖畔派诗人。作为早期的浪漫主义者，他曾致力于民谣的复兴，并尝试创作无韵诗，故而是19世纪自由诗的先行者。代表作有《布伦海姆之战》（*After Blenheim*）、《因尺角之石》（*The Inchcape Rock*）、《来自西班牙的熙德之歌》（*Chronicle of the Cid, from the Spanish*）等。

1 Irwin, The Arabian Nights*: A Companion*, p.238.

2 John Livingstone Lowes, *The Road to Xanadu: A Study in the Ways of the Imagination* (Boston: Houghton Mifflin, 1927), p.416.

3 Jackson, HJ (ed.), *Samuel Taylor Coleridge* (Oxford University Press, 2009), p. 594.

4 Roohollah Roozbeh, “The Influence of *Thousand and One Nights* on Samel Taylor Coleridge,” in *Journal of Lyrical Literature Researches*, Volume 17, Issue 33, 2019, p. 141.

骚塞生于布里斯托一个商人家庭，年青时代思想激进，曾钟情于伏尔泰、卢梭等法国启蒙作家的著作，并因在威斯敏斯特学校学习时撰文反对校方体罚学生而被开除学籍；在牛津大学读书时创作了史诗《圣女贞德》(*Joan of Arc*)，后来还与柯勒律治计划在美洲兴建乌托邦社会。步入中年后，骚塞的政治态度却变得十分保守，还热衷于攀附权贵，因此获得“桂冠诗人”的称号。1821 年，他以桂冠诗人身份创作的颂诗《审判的幻景》(*A Vision of Judgement*)讴歌了去世不久的英王乔治三世(George III)，并且攻击拜伦(Byron, George Gordon, 1788—1824)、雪莱(Shelley, Percy Bysshe, 1792—1822)等浪漫派诗人。拜伦作同名长诗一首，以回击骚塞，并对乔治三世进行了批判。

受 18、19 世纪欧洲东方学和《一千零一夜》的影响，骚塞写过几首富有东方色彩和异国情调的叙事长诗，还创作了一些中古风格的歌谣以抒怀咏志。前者虽有浪漫主义情调，但总体上略显冗长拖沓，甚至不乏矫揉造作。其中，1801 年的长诗《莎拉巴》(*Thalaba*)明显是对《〈一千零一夜〉续编》的模仿。

骚塞另一件颇受后世诟病的“公案”是对女性的轻视。1836 年 12 月，年仅二十的夏洛蒂・勃朗特怀着惴惴不安的心情，把自己认为最好的几首诗寄给了当时大名鼎鼎的桂冠诗人骚塞，希望能得到她所崇敬的文学前辈的指点。第二年春天，骚塞在回信中对夏洛蒂说：“大自然中，小草和大树都是上帝的安排。放弃你可贵的徒劳吧！文学，不是女人的事业，而且也不应该是女人的事业。”但事实很快证明了骚塞的错误：夏洛蒂创作了划时代的《简・爱》(*Jane Eyre*, 1847)。于是，在这个故事中，骚塞成了被“战胜”或者说服的山鲁亚尔。

19 世纪，许多英国诗人在自己的诗歌中运用《一千零一夜》的元素，除了前面提到的柯勒律治之外，比较突出的还有 19 世纪初伟大的浪漫主义诗人拜伦。作为浪漫主义的代表诗人，拜伦在《恰尔德・哈罗德游记》(*Childe Harold's Pilgrimage, Cantos I & II*, 1812)、《唐璜》(*Don Juan*, 1825)等诗作中塑造了一批“拜伦式英雄”。

拜伦不仅是一位伟大的诗人，还是一个为理想战斗一生的勇士；

他积极而勇敢地投身革命，参加了希腊民族解放运动，并成为领导人之一。他孤傲、狂热、浪漫，却充满了反抗精神。和许多欧洲浪漫主义作家一样，拜伦有鲜明的东方情结。正因为如此，他十分推崇威廉·贝克福德的著名小说《瓦瑟克》，同时受《一千零一夜》的启发，创作了“东方叙事诗”，其中有一批侠骨柔肠的海盗、异教徒和流放者。这些人物大都桀骜不驯，与罪恶社会势不两立；他们常常孤军奋战，同命运抗争，尽管最后总是以失败告终。拜伦通过他们的斗争表现出对社会的不妥协和大无畏的反抗精神，同时宣泄内心的忧郁和孤独，一如《海盗》（*The Corsair*,1814）中的康拉德，《曼弗雷德》（*Manfred*,1817）中的主人公曼弗雷德，等等。

爱尔兰诗人叶芝（Yeats, William Butler, 1865—1939）也曾在《哈伦·拉希德的礼物》（*The Gift of Harun Al-Raschid*,1924）中描绘了东方，同时利用山鲁佐德的故事阐述自己的思想，间接表达了其对殖民侵略主义的质疑。这也是19世纪英译《一千零一夜》接受史上的一个新特点。随着工业化的发展和殖民进程的推进，英国的社会阶层裂痕加深，矛盾日益尖锐。新兴的中产阶级和传统贵族之间的关系如何处理，社会矛盾如何解决，这些都成为文人迫切需要思考的问题。许多文人甚至从《一千零一夜》中汲取灵感，认为哈里发哈伦·拉希德可以成为统治者效法的楷模，而中产阶级和上层统治者之间和谐而亲近的关系，都能成为英国解决当时社会矛盾的契机。文人们在《一千零一夜》中看到了商人强大的影响力，体味到了作品所透出的“独立从事商业”的价值，这些都激发了新兴中产阶级对这些故事的热爱和痴迷。[1]显然，虚构与现实在欧洲文人心目中混淆了，或谓被有意忽略了。他们为了实现自己的诉求、解决现实问题，更加愿意借鉴东方故事集的虚构与幻象，并将其化入自己的创作，以传递某些时人的内心音符。

另一位与《一千零一夜》颇有渊源的英国作家是狄更斯（Dickens,

1 أنظر محسن جاسم الموسوى، *الوقوع في دائرة السحر ــــ ألف ليلة و ليلة في النقد الأدبي الإنكليزي 1704 – 1910* ، الفصل الخامس.

Charles John Huffam, 1812—1870)。他出身于小职员家庭，少年时因生活窘迫而不得不辍学，并被迫到工场做童工。此后他相继在律师事务所和法庭当记录员，弱冠之年开始当报馆记者。1837年，他完成了第一部长篇小说《匹克威克外传》(*The Pickwick Papers*)，获得好评；而后接连出版了《雾都孤儿》(*Oliver Twist*)、《老古玩店》(*The Old Curiosity Shop*)、《董贝父子》(*Dombey and Son*)、《大卫·科波菲尔》(*David Copperfield*)、《艰难时世》(*Hard Times*)、《双城记》(*A Tale of Two Cities*)、《远大前程》(*Great Expectations*)等。狄更斯特别注意描写生活在英国社会底层的"小人物"的人生遭际，深刻反映了19世纪中叶维多利亚时代的社会生活。他的创作始终与时代同步，其现实主义笔法在揭露社会上层和资产阶级的虚伪、贪婪、卑琐、凶残方面入木三分。同时，他怀着深切的同情展示下层社会的悲惨生活，尤其关注弱势群体如妇女、儿童和老人的悲惨处境，并以严肃、慎重的态度描写逐渐觉醒的劳苦大众和无产阶级。与此同时，他还以理想主义和浪漫主义的豪情讴歌人性中的真、善、美，憧憬更合理的社会和更美好的人生。作为英国批判现实主义的杰出代表，狄更斯受到了马克思、恩格斯的赞赏。

狄更斯可能是在少年时期接触到了《一千零一夜》，并在其作品中不断提到这部东方奇谈。用评论家乔治·吉辛(Gissing, George)的话说，狄更斯似乎比同时代任何作家都更熟悉《一千零一夜》，并经常在作品中运用其典故。细心的读者不难发现，他现实主义的笔下时常流露出浪漫情怀，而《一千零一夜》正是这种浪漫情怀的重要来源。他不仅一次次提到《一千零一夜》，而且将它投射到泰晤士河畔的现实生活之中：在沉闷的生活中可以瞥见耀眼的东方寓言。它们甚至同残酷的现实交叉缠绕，折射出丰厚的神韵。[1]用阿克罗伊德(Ackroyd, Peter)的话说，"狄更斯与《一千零一夜》的关系恰好表达了他对幸

1 Michael C. Kotzin, *Dickens and the Fairy Tale* (Bowling Green, OH: Bowling Green University Popular Press, 1972), pp. 44-45.

福童年的怀念，同时也是对眼前的残酷现实的反衬”[1]。他从故事中得到了许多道德教诲，并于1855年创作了《一千零一个骗子》（“The Thousand and One Humbugs”）。但是，狄更斯虽然曾受到过《一千零一夜》的影响，却同时也认为东方文学过于感性。他甚至质疑道，为什么要翻译那么多的东方文学作品。不知道他的质疑是否也同样针对《一千零一夜》。

尽管那时的不列颠帝国存在一些对《一千零一夜》的质疑，但总体而言，随着工业革命的兴盛和印刷业的发展，19世纪的英国读者群迅速扩大，发散至英格兰以外的许多地区。这些新兴的中产阶级城市读者延续了18世纪对《一千零一夜》的喜爱，这是毋庸置疑的，特别是女性作家，如英国著名作家勃朗特姐妹（Brontë, Charlotte, 1816—1855 and Brontë, Emily, 1818—1848）便是其中的两位。

勃朗特姐妹俩生长在一个底层牧师家庭，母亲在孩子们还很年幼时就患病去世了，这使全家陷入了不幸。孩子们的童年十分凄凉。所幸父亲是个学识渊博的牧师，他亲自承担起教育孩子的任务，指导她们读书识字。由于生活的凄苦，勃朗特姐妹只能在慈善学校上学。学校条件恶劣，她们的两个姐姐先后罹病死去，这对她们造成了沉重打击。后来，夏洛蒂·勃朗特将这所学校搬进了《简·爱》，并且塑造了一个叫海伦·彭斯的可爱姑娘。此后，夏洛蒂和妹妹艾米莉·勃朗特回到家里，同弟弟勃兰威尔和妹妹安妮一起自学成才。

勃朗特姐妹从小接触了《一千零一夜》，并为之倾倒，在创作中兼容了浪漫主义和现实主义方法。尤其是夏洛蒂·勃朗特，她在《简·爱》中明确指涉女主人公年轻时阅读过《一千零一夜》，而且巧妙地将自己与山鲁佐德相提并论。这何啻是一种影响，谓之借鉴也未尝不可。

同样，艾米莉·勃朗特在《呼啸山庄》（*Wuthering Heights*,1847）中视《一千零一夜》为借镜，纳莉·丁恩有山鲁佐德的影子，而凯瑟

1 Peter Ackroyd, *Dickens* (London: SinclairStevenson, 1990), p.45.

琳和希斯克利夫之间那扭曲的爱情何尝不是山鲁佐德和国王的故事。凯瑟琳和希斯克利夫头上高悬着一个“死”字，而这居然是他们爱的前提和约定。用学者卡拉乔洛的话说，艾米莉 · 勃朗特“将《一千零一夜》多声部化了”[1]。

此外还有著名的英国女作家乔治 · 艾略特（Eliot, George, 1819—1880）。她原名玛丽 · 安 · 伊万斯（Evans, Mary Ann），主要作品有小说《亚当 · 比德》（*Adam Bede*）、《弗洛斯河上的磨坊》（*The Mill on the Floss*）、《织工马南传》（*Silas Marner*）、《罗慕拉》（*Romola*）、《费利克斯 · 霍尔特》（*Felix Holt, the Radical*）、《米德尔马契》（*Middlemarch*）、《丹尼尔 · 德龙达》（*Daniel Deronda*）等。

乔治 · 艾略特是维多利亚时代的著名女作家，在英国文学史上占有很重要的地位。她的最后一部长篇小说《丹尼尔 · 德龙达》于 1876 年分八期在刊物上连载，引起不小的震动。这部描写英国与欧洲社会及人生的小说，是作者唯一以其生活时代为背景的作品，却嵌入了“一夫二妻”主题，讲述了男主人公丹尼尔与两个女人的奇异故事。其中，丹尼尔与格温多兰的关系借鉴了莎士比亚悲剧《奥赛罗》（*Othello*），而他与米拉赫的关系却显然模仿了《一千零一夜》中的《盖麦尔 · 泽曼与宝石匠妻子》。[2]

而这个奇异的故事多少蕴含了作者人生轨迹的重要元素：她和有妇之夫同居的经历。且说乔治 · 艾略特三十几岁因翻译工作而开始文学生涯，并担任刊物编辑，在此期间认识了一生的挚爱刘易斯（Lewes, George Henri）。她明知后者已有妻室，但仍然罔顾现实和巨大压力，毅然与其同居。嗣后，为躲避刘易斯的合法妻子，两人一度迁居德国，但最终又因生活所迫回到英国。两人相依为命，直至刘易斯病逝。

---

1 Peter Caracciolo and Christin Hassenstab, The Arabian Nights *in English Literature* (New York: St. Martin's, 1988), p.25.

2 Alicia Carroll, "*Arabian Nights*: Make-Esoticism, and Desire in *Daniel Deronda*," *Journal of English and Germanic Philology*, Illinois, 98 (1999): 219−238.

其他喜爱并或多或少受到《一千零一夜》影响的英国文人还有诗人丁尼生(Tennyson, Alfred, 1809—1892)、作家斯蒂文森(Stevenson, Robert Louis, 1850—1894)等。前者的长诗《〈一千零一夜〉的回忆》(*Recollections of the* Arabian Nights)用音乐般的诗行将许多故事场景糅合在一起,并使自己置于其中,仿佛走在一片充满异域风情、风光旖旎的世界。他多次重复诗句"那正是好人哈伦·拉希德的黄金盛世",以表达自己对《一千零一夜》所展示或曰所代表的古代阿拉伯世界的向往。这一作品本身虽未达到他的最高水准,却因其名声而进入了现代东方学界的视域。

作家斯蒂文森生于爱丁堡的一个工程师家庭。父亲和祖父都是著名的灯塔设计师,他们喜爱海洋、富于冒险的性格对斯蒂文森影响巨大。斯蒂文森从母亲玛格丽特·巴尔福(Balfour, Margaret)那里染上了肺结核,因此冬天时常待在床上,而护士则须花很长的时间在床边替他念书。1861年,年满11岁的斯蒂文森身体明显好转,故而被父母送到爱丁堡读书,以便长大后进入爱丁堡大学。在此期间,斯蒂文森广泛阅读文学作品,除了英国古典文学,他特别喜欢《一千零一夜》。这为他后来的游历和创作奠定了基础。他的代表作有《金银岛》(*Treasure Island*)、《化身博士》(*Strange Case of Dr Jekyll and Mr Hyde*)、《绑架》(*Kidnapped*)等。此外,他还创作了短篇小说集《新天方夜谭》(*New Arabian Nights*)、《续新天方夜谭》(*More New Arabian Nights:The Dynamiter*)、《快乐的男人们及其他故事》(*The Merry Men and Other Tales and Fables*)、《海岛之夜娱乐记》(*Island Nights' Entertainments*)等。其中,《金银岛》是一部有关海盗与藏宝的冒险小说,曾被搬上银幕。这部作品让人联想到《阿里巴巴与四十大盗》等《一千零一夜》的传奇故事。

法国的情形也颇为相似。19世纪后期,法国浪漫主义作家亚历山大·仲马(即大仲马,Dumas, Alexandre, 1802—1870)创作了代表作《基督山伯爵》(*Le Comte de Monte-Cristo*)、《三个火枪手》(*Les Trois mousquetaires*)等。大仲马酷爱《一千零一夜》,这使他的小说情节曲折惊险、出人意料；结构清晰明朗，语言生动有力，对话灵活机智。

根据学者哈梅尔（Hamel, Nefissa）的观点，《基督山伯爵》明显受《一千零一夜》，尤其是《辛迪巴德》的启发。[1]它以真实的历史事件和历史人物为原型，并大胆虚构，竭尽夸张。《基督山伯爵》全书围绕水手埃德蒙·唐代斯的复仇冒险展开，直至复仇成功。作者往往只用一句话点出人物的精神面貌。譬如《基督山伯爵》开篇讲述唐代斯回到马赛，悲痛地向船主人老摩莱尔报告："我们失去了勇敢的船长黎克勒。"接下来一句是："货呢？"船主焦急地问。只用两个字就把老摩莱尔重物轻人的本性准确地表现出来。老摩莱尔虽然不失为良知尚存的"正面人物"，但他毕竟是资本家，有资本家的基本属性。这与稍后批判现实主义作家如巴尔扎克（Balzac, Honoré de, 1799—1850）对资本家的描写大相径庭。

法国浪漫主义诗人戈蒂埃是另一位热爱东方文化的法国文人，他青年时代便钟情东方文学，并以"土耳其人"自诩，长期穿戴东方服饰。作为"哈奇亲俱乐部"的重要成员，他和旨趣相投的青年艺术家经常在一起分享来自土耳其、阿拉伯、印度等东方国家的奇闻逸事。戈蒂埃曾几度前往中东，了解阿尔及利亚、埃及、土耳其等国的风土人情，并在作品中有意汲取东方元素。同时，他关注潜意识或半睡眠状态的精神活动。而这些都成了20世纪超现实主义的先声。

他鲜明的东方主义倾向使他对法老等古代传说充满兴趣，并循着《一千零一夜》创作了《第一千零二夜》（*La Mille et deuxième nuit*）等幻想作品。这些彰显了戈蒂埃的东方梦，以至于使他时常将自己等同于山鲁佐德，并自诩比后者更神秘、更浪漫。

除了法国和南欧其他地区，《一千零一夜》的故事还较早地传到了俄罗斯等东欧和中北亚国家，并受到文人和艺术家们的喜爱，如俄罗斯作曲家里姆斯基-柯萨科夫（Rimsky-Korsakov, Nikolai

1 Nefissa Hamel, "L'Horizon oriental de Monte-Cristo: lecture prismatiqu d'un roman d'aventures," *Configurations*, V.1, ed. Burgat (Paris: Edition du Centre National de la Recherche Scientifique, 1991), pp. 113–131.

Andreyevich, 1844—1908）等。后者曾是一名海军准尉，随舰访问英国、南北美洲、法国和意大利等。这不仅丰富了他的阅历，也为他大量阅读世界名著提供了机会。他大概就是在这期间读到《一千零一夜》并迷上了山鲁佐德的故事的。1889年，他的交响曲《山鲁佐德》（*Schéhérazade*）问世，获得巨大成功。该作品借鉴了不少东方元素，被认为是迄今为止《一千零一夜》在音乐世界最为成功的演绎之一。[1]

英国学者厄文认为，《一千零一夜》在19世纪之时对美国文学的影响不大，但仔细爬梳，我们会发现，在当时许多重要的美国文人身上，已经可以看出这部阿拉伯故事集的诸多痕迹了。其中欧文（Irving, Washington, 1783—1859）可谓首当其冲。作家欧文出生于纽约，幼年体弱多病，16岁辍学，先后在几个律师事务所工作，但对法律毫无兴趣。他的志向是写作，这可能是因为他从小喜欢《一千零一夜》、《鲁滨逊漂流记》（*Robinson Crusoe*）、《格列佛游记》（*Gulliver's Travels*）等冒险、传奇故事。

欧文的作品是19世纪美国东方主义的一个显证。他特别迷恋西班牙安达卢西亚地区，对阿拉伯统治时期的安达卢斯历史更是情有独钟。1829年，他对西班牙南方进行了为期三个月的访问，格拉纳达阿尔罕布拉宫令他叹为观止。回国以后，他接连创作了《征服格拉纳达》（*The Conquest of Granada*）和《阿尔罕布拉故事集》（*Tales of the Alhambra*）。在后一部作品中，他嵌入了一些源自《一千零一夜》的故事，如《艾哈迈德·盖马尔王子传奇》（"Legend of Prince Ahmed al-Kamel"）、《独臂州长与战士》（"Governor Manco and the Soldier"）、《两尊微型雕像的传说》（"Legend of the Two Discreet Statues"）、《摩尔星象师传说》（"Legend of the Moorish Astrologer"），其中的意境和护身符、飞马，以及一心要摆脱命运羁绊的王子等，均令人迁思《一千零一夜》。这也是欧文有意向这部来自天方的夜谭致敬。

美国作家爱伦·坡生于波士顿，幼年时父母双亡，被约翰和弗朗

1 Jean Michel Nectoux, "Sheherazade, danse, musiques...," *Romantisme* 22 (1992): 35–42.

西丝斯·爱伦夫妇收养。他在青年时期进入弗吉尼亚大学读书，不久辍学，之后从军；入伍后曾在西点军校学习，并因学识过人、擅写讽刺军官们的滑稽诗，从而在学员中颇有人望。后来他又故意违反纪律，以求离开军校，最终于1831年接受军事法庭审判并被开除。

爱伦·坡的写作生涯始于匿名诗集《帖木尔及其他》(*Tamerlane and Other Poems*)。他生性自由，我行我素，1835年曾与年仅13岁的表妹结婚。1838年，其长篇小说《阿瑟·戈登·皮姆的故事》(*The Narrative of Arthur Gordon Pym of Nantucket*)出版，并受到广泛关注。1839年，爱伦·坡进入《伯顿绅士杂志》(*Burton's Gentleman's Magazine*)当助理编辑，其间发表了不少随笔、小说和评论。同时，《怪异的阿拉伯式故事集》(*Tales of the Grotesque and Arabesque*，中译《怪异故事集》)上下卷出版。1845年，爱伦·坡发表诗歌《乌鸦》(*The Raven*)，更是声名鹊起。

爱伦·坡的主要作品包括短篇小说集、诗集和长篇小说，其中以短篇小说最为读者和评论界所称道。他的恐怖短篇小说系列大都具有浪漫主义色彩。综观爱伦·坡的恐怖小说创作，其故事大都揭示人类意识或潜意识中的阴暗面。这一点显然迥异于同时代其他浪漫主义作家作品。它们借奇特的想象、怪异的故事和恐怖的情节表现人性危机，可谓篇篇震撼心灵、发人深省。究其创作原则，“效果”最是关键。他常常选择“死亡”作为其文学创作的主题，认为作家必须给人惊愕，作品必须充满张力、使每个细节恰到好处，以便达到预期效果，并使读者“一口气读完”。

同时，他尝试过哥特式小说、侦探小说、科幻小说等不同形式。他还是一位极富幽默感的作家。他借鉴《一千零一夜》创作了《山鲁佐德的第一千零二夜》(“The Thousand-and-Second Tale of Scheherazade”)。这是一篇类似于科幻小说的作品，山鲁佐德让位于辛巴达，于是幻想周而复始，小说中还出现了计算机、电话等现代产品。这些19世纪的现代文明成果对山鲁亚尔来说实在穿越得有些荒谬。最终，山鲁亚尔下令处死山鲁佐德，在她赴死的那一刻，公平出现了：山鲁佐德失去了讲故事的机会，山鲁亚尔也失去了冒险体验。关注女权问题的东方学者法蒂玛·马尔尼斯（فاطمة المرنيسي, 1940—2015）敏锐地指出，爱伦·坡是较早关注《一千零一夜》女性人物的西方文人。她认为，在此之前，大多数西方文人比较关注故事中的男性人物，如辛巴达、阿拉丁、阿里巴巴等，“直到1845年爱伦·坡写了《山鲁佐德的第一千零二夜》，西方文人才开始真正关注女性人物”。[1]他是否真是近代以来最早关注《一千零一夜》中女性人物的西方文人呢？这一点还很难确定。法蒂玛所强调的，只是爱伦·坡从女权层面上对原故事集中女性人物的再塑造而已。不过，可以肯定的是，爱伦·坡确实对这部东方民间故事集有着异乎寻常的热忱。他的另一部作品《怪异故事集》对《一千零一夜》也多有借鉴，譬如1833年的《瓶中手稿》（“Manuscript Found in a Bottle”）、1844年的《凸凹山的故事》（“A Tale of the Ragged Mountains”）、1845年的《反常之魔》（“The Imp of the Perverse”）和1849年的《冯·肯佩伦和他的发现》（“Von Kempelen and His Discovery”）等。

麦尔维尔（Melville, Herman, 1819—1891）是19世纪美国著名作家、散文家和诗人，但生前没有引起应有的重视，及至20世纪20年代初声名鹊起，被誉为19世纪美国文学的经典作家。他出生在纽约市的名门望族。祖父参与了波士顿倾茶事件和美国独立战争。外祖父也是著名将领。麦尔维尔受到了良好的教育，从小博览群书，但因父亲早逝、家道中落而不得不辍学做工。他先后当过银行职员、农场工人、皮货店伙计和代课教师。为了摆脱穷困，年仅19岁的麦尔维尔到一艘驶向英国的货轮上当海员。航海开阔了麦尔维尔的视野。他发现海洋是一个崭新的世界。虽然海上生活异常艰苦、危险，但人与人之间却充满了友爱和平等。当轮船抵达英国工业城市利物浦时，麦尔维尔看到了肮脏的贫民窟和衣衫褴褛、面黄肌瘦的无产者。从英国返回后，麦尔维尔开始在捕鲸船“阿古希耐号”上当水手。1841

1 فاطمة المرنيسي، *شهرزاد ترحل إلى الغرب*، المركز الثقافي العربي، 2001، ص 81.

年初，他随船向太平洋航行。犹如辛巴达航海记，捕鲸船在海上漂泊了18个月，可谓历尽艰险。麦尔维尔无法继续忍受这样的生活，决定在南太平洋上的马克萨斯群岛上岸，并与土著泰皮人共同生活了一个月。为了返回家园，他搭上一艘澳大利亚货船，但因参与反抗船长的行动而被放逐至塔希提岛，后侥幸逃脱，登上了另一艘捕鲸船。数月后，捕鲸船在檀香山靠岸。此后，麦尔维尔在美国海军"合众国号"上服役。

数年的航海经历和《一千零一夜》被认为是麦尔维尔文学创作的两大重要资源。尤其是他的前期作品，曾深受《一千零一夜》的影响。他的代表作《白鲸》(*Moby-Dick*, 1851)可谓现代版的《辛巴达航海记》，作品借奇迹隐喻了麦尔维尔本人的政治主张和社会寓意。[1]

另一位喜爱《一千零一夜》的美国作家是马克・吐温(Twain, Mark, 1835—1910)。马克・吐温12岁时，父亲去世，他只好辍学到工厂当小工。他一路换了不少职业，做过排字工、水手、矿工、记者等。在担任记者的过程中，马克・吐温开始写作，他一生写下了大量作品，涉及小说、剧本、散文、诗歌等各种体裁。内容多以批判不合理现象或人性丑恶为主，表达了强烈的正义感和对社会底层的关怀。马克・吐温风格幽默，笔触辛辣，以讽刺见长，被誉为美国批判现实主义文学的奠基人。而《一千零一夜》作为他钟情的文学作品，不仅启发了长篇小说《汤姆・索亚历险记》(*The Adventures of Tom Sawyer*)和《哈克贝利・费恩历险记》(*Adventures of Huckleberry Finn*)，而且促使他于1867年远行至君士坦丁堡、叙利亚和耶路撒冷等地。他还对大马士革和《一千零一夜》进行了比较："法律命令所有夜间启程远行的人都要带灯笼，就像从前那样，阿拉伯之夜的英雄们都是打着灯笼夜行的。而魔毯就是从大马士革的街道飞向巴格达的。"[2]他创作《哈克贝

1 Irwin, The Arabian Nights*: A Companion*, pp.277－278.

2 Renate von Bardeleben, "The Thousand and Second Night in Nineteenth-century American Writing: Echoes in the Works of Irving, Poe, Twain, and Dreiser," in *Festgabe für Hans-Rudolf Singer*, ed. Martin Forstner (Frankfurt: Peter Lang, 1991), p. 879.

利·费恩历险记》的灵感可能来源于兹。此外，他还应邀创作了《第一千零二夜》（“The 1002nd Arabian Night”），但这篇小说因“少儿不宜”并未在他有生之年公开发表。作品模糊地写到了山鲁亚尔和山鲁佐德的爱情机巧，从而嘲讽了那些对《一千零一夜》心存偏见的保守人士。其主要内容是关于一匹被施了魔法的马（乌木马）、一个看不见的骑士，以及魔法、神兵、精灵（魔鬼）和独眼巨人等。

19世纪，除上述提到的诸多作家之外，丹麦文人也曾格外关注《一千零一夜》。比如欧伦施莱厄（Oehlenchsläeger, Adam Gottlob, 1779—1850），他是丹麦著名剧作家、诗人，1800年进入哥本哈根大学攻读法律和北欧历史及神话学，1802年开始发表作品。他取材于古代丹麦神话的长诗《黄金号角》（*Guldhornene*），被认为开了丹麦浪漫主义文学的先河。欧伦施莱厄善于选择古代历史、神话和传说为题材，并借鉴《一千零一夜》，创作了一系列历史剧和神话剧，从而推动了丹麦戏剧的发展。代表性作品有《帕尔那托克》（*Palnatoke*）、《斯特科德尔》（*Stærkodder*）、《玛格雷特女王》（*Væringerne i Miklagaard*）、《圣奥拉夫》（*Olaf den Hellige*）、《克努德大帝》（*Knud den Store*）等。他改编自《一千零一夜》的童话剧《阿拉丁与神灯》（*Aladdin eller den forunderlige lampe*）被译成多种文字，一度在欧洲引起巨大反响。此外，他的《渔夫及其女儿》（*Fiskeren og hans datter*）、《大马士革弟兄》（*Trillingebrødre fra Damaskus*）等也直接借用了《一千零一夜》的故事。

第三节　19世纪的研究

本章曾谈到，有学者认为爱德华·莱恩的译本使得19世纪对《一千零一夜》这部民间故事集的翻译由狂热走向了理性。与此同时，关于《一千零一夜》的研究也由此起步，并逐渐走向繁盛。众多东方学家开始尝试对这部民间故事集进行分析研究。当时最令学者们痴迷的问题便是《一千零一夜》的源头、母本以及各种手稿的真伪。

不得不说，在对《一千零一夜》手稿的爬梳甄别和研究方面，法国学者有着得天独厚的条件。一个多世纪前，他们在该故事集的翻译领域便已走在前列，对其开展研究自然也当仁不让。

首先值得一提的是著名学者希尔维斯特 · 德 · 塞西。他对近现代西方学术发展影响巨大。塞西出生于巴黎的一个天主教家庭，自接受教育起，便开始学习阿拉伯语、古叙利亚语和希伯来语等。据说他曾在 1787 至 1791 年间破译了萨珊王朝的巴列维铭文。他还担任过巴黎东方语言学校（École speciale des langues orientales vivantes）的阿拉伯语教授。在他的学生商博良（Champollion, Jean-François，1790—1832）成功解读罗塞塔石碑之前，塞西也曾做过尝试。当然，最终的成功者是他的学生。

萨义德在其代表作《东方学》中曾反复提到这位学者，并视其为"东方学的先驱"[1]。他认为塞西是欧洲第一位学院派伊斯兰、阿拉伯文学研究家，是现代东方学家的代表。[2]他并且说，塞西完成了东方文本的经典化过程，"这种经典的文本在学者中代代相传。但比这种文本经典更令人吃惊的是塞西遗留在他弟子们身上的活的遗产。几乎可以将 19 世纪欧洲所有著名阿拉伯专家的渊源都追溯到塞西。在法国、西班牙、挪威、瑞典、丹麦，特别是德国的大学和研究院中，随处可以碰到他的学生"。[3]此言不算夸张。塞西一生的确桃李满天下，许多著名的东方学家都曾受教于他，包括德国东方学家弗莱舍尔、前面提到的《一千零一夜》译者古斯塔夫 · 威尔以及哈比希特等。显而易见，萨义德将塞西的研究纳入带有"权力话语"色彩的东方学研究了。

无论如何，塞西对推动阿拉伯文学、文化研究的确贡献巨大。他的《阿拉伯文献》（*Chrestomathie Arabe*）对阿拉伯经典进行了系统梳理。他编撰的《阿拉伯语语法》（*Grammaire Arabe*）也曾在欧洲东方

1 萨义德：《东方学》，第 164 页。

2 同上，第 24 页。

3 同上，第 173 页。

学界广为流传。他还曾编撰过带注释的《哈里里玛卡梅》和《卡里来与笛木乃》。塞西对《一千零一夜》的重视和研读起步很早。学者麦克唐纳曾认为，他是第一位开始尝试梳理这部民间故事集源头和历史沿革的大学者。1814年，在塞西的推动下，加尔各答本《一千零一夜》问世。三年后，他在《知识分子杂志》(*Journal des savants*)上发表文章，对《一千零一夜》的印度和波斯渊源进行了梳理，并将叙利亚本上推到了13世纪，且确定了故事最终定型的手稿问世于1475年至1525年间。莱恩对这个时间界定也给予了认同。塞西对《一千零一夜》早期研究最重要的一个贡献还在于确认了这部故事集出自集体之手(口)，而并非某个作家。他对迈斯欧迪等人的"多源头"观点给予肯定。尽管后来莱恩曾提出《一千零一夜》的单作家之说，但学界经过考证、爬梳，确认塞西的观点是准确的。

法国东方学者赫尔曼·佐藤伯格是19世纪另一位研究家，其研究领域为包括《一千零一夜》在内的广义的阿拉伯学。他的主要学术贡献在于曾经于1867至1871年间将《塔伯里历史》(即塔伯里的《先知与列王记》[1])翻译成法语。他曾任法国国家图书馆总编，并在东方手稿部工作多年，其间梳理了《一千零一夜》的有关抄本和资料。正是在爬梳和整理过程中，他发现了加朗的存档日记，并从中得知加朗声称的手稿来自一位叙利亚阿勒颇的马龙派基督教徒。这份日记激发了佐藤伯格对《一千零一夜》故事源头的兴趣。此后，据说他还找到了两份《阿拉丁与神灯》故事的不同手稿，一份标记为1787年，出自居住在巴黎的叙利亚牧师多姆－丹尼斯－沙维斯(Dionysius-Shāwīsh)之手；另一份约为1805年至1808年的手稿，出自一位居住在阿卡的天主教徒米歇尔(Mikhāʾīl Ṣabbāgh)之手。他还因此将这两份手稿翻译成法语，于1889年出版。不过，后来有学者认为这两份手稿应该都是

1 塔伯里(838—923)是著名的阿拉伯古代历史学家，伊斯兰教经学家。他最知名的传世之作是其《先知与列王记》(تاريخ الرسل و الملوك, 也作《历代民族与帝王记》，或《塔伯里历史》)，该书凡11卷，记述了自古代传说至10世纪初的阿拉伯－伊斯兰历史，相对而言较为客观，是不可多得的研究资料。

赝品。但佐藤伯格为此付出的努力和锲而不舍的钻研是值得敬佩的。他的研究贡献还在于对至少22份手稿进行了整理。他确认《一千零一夜》分为两个体系，即“叙利亚系”和“埃及系”。前者主要是加朗所依据的手稿，后者有布拉克本和加尔各答本。同时，《一千零一夜》的许多故事大部分写于埃及，或者是汇聚于埃及。同时他还指出，许多18、19世纪的手稿极有可能是为了满足欧洲人猎取手稿的需求而“炮制”的。

在爬梳和查考的基础上，佐藤伯格还对埃及手稿和叙利亚手稿的叙事风格进行了简要分析，认为埃及手稿的故事主线大多较为简略，有些故事还有些杂乱无章，甚至索然寡味；而故事的引子无疑源自波斯，后在阿拉伯地区不断被演绎并汇入阿拉伯元素。如此等等。他还将埃及手稿进行勘定，形成了后来知名的“佐藤伯格埃及校订版”，也即著名的ZER本。后来的许多民俗学研究家在研究《一千零一夜》故事母体和原型时多参照ZER本的故事排序。

受法国研究之风的影响，比利时学者维克多·夏尔·肖文（Chauvin, Victor Charles, 1844—1913）也对东方文学，特别是阿拉伯文学产生了浓厚的兴趣。作为当时著名的东方学家，他曾在列日大学任阿拉伯-希伯来文学讲座教授（1874—1878），其间开始编纂《1810年至1885年欧洲基督教有关阿拉伯问题的文献目录》（*Bibliographie des ouvrages Arabes ou relatifs aux Arabes publies dans L'Europe chretienne de 1800 à 1885*）。该《目录》凡十二册，详尽地记录了19世纪西方国家有关阿拉伯世界的文献目录，被认为是东方学家们的必备参考书。其中有不少内容涉及《一千零一夜》。

具体说来，《目录》第四至第七册是有关《一千零一夜》的文献综述。第四册集中梳理了《一千零一夜》在欧洲的翻译、出版情况，以及不同译本的从出版本或抄本及其所蕴含的故事目录。第五至第七册是对《一千零一夜》各种手抄本、印行本及其故事的概述。此外，肖文将《卡里来和笛木乃》《辛迪巴德》等单列在先，并分别以第二册和第三册对其进行梳理。

1899年，肖文还出版了《埃及版〈一千零一夜〉修订》(*La Recension égyptienne des* Mille et une nuits)，认为该版本收入了一些犹太故事。这一观点并未为多数学者所接受。他的其他相关作品还有《荷马与〈一千零一夜〉》(*Homère et* Les Mille et une nuits)和关于乌木马等故事的评述。

如前所述，19世纪欧洲东方学者对于《一千零一夜》的研究焦点主要集中在手稿的爬梳整理和故事源头的探赜，这些研究为后来打下了夯实的基础。及至20世纪，随着民俗学、人类学研究的兴起，《一千零一夜》研究的范畴不断被拓宽、加深，也取得了更为丰硕的成果。

第四章 全球视野：20世纪

回顾19世纪，《一千零一夜》的接受和研究主要集中在西方世界，而那时的东方世界由于普遍发展迟缓，国事蜩螗，其文学研究基本处于沉寂状态，鲜有佳作传世，更遑论对这部民间故事集的关注。到了20世纪，这种情况发生了巨大变化：东方世界随着自身民族意识的复苏和民族解放运动的高涨，开始关注这部古老的民间故事集。特别是在阿拉伯世界，人们在师法西方学术和文学创作流派、方法的同时，开始寻根式反观民族文化遗产、挖掘古典文学精粹，用以滋养本民族文坛和建构本民族学苑。于是这部民间故事集终于在游历欧洲数个世纪后，完成了华丽的转身，回到了自身所从出的土壤，并得到了应有的重视。从此，《一千零一夜》的文学价值被不断发掘和呈现，至今仍是许多作家、学者关注的重心。有鉴于20世纪《一千零一夜》在西方和东方世界的影响面越来越广，本章拟从西方视域和回归东方两个角度，选择重要作家、学者的作品，来梳理该故事集在20世纪的接受和研究脉络，并从中国学者视角出发，将《一千零一夜》与中国单列一节，尽可能详尽地呈现中国对这部民间故事集的翻译与研究成果，以便于国内学者参考。

20世纪，随着美国在学术研究方面的崛起与成熟，学术中心开始由欧陆向美洲转移。《一千零一夜》的接受和研究重心也渐渐移至美洲，在“新大陆”催生出深广的维度。

第一节　西方视域

一、主要译本

与18、19世纪相比，20世纪的《一千零一夜》翻译更多了一分世界性和主观性，这显然是一对矛盾，却反而促进了有关作品的传播与研究。事实上，迄今为止，《一千零一夜》的各种全译本、节译本、精选本、插图本等不断翻新，并且不断走入各国作家的创作视域，成为世界文坛取之不尽用之不竭的灵感源泉。这也足以说明这部民间故事集历久弥新，魅力恒久。

20世纪上半叶较为知名的译本当数法国名医、翻译家马德鲁斯本。马德鲁斯也因为翻译了这部民间故事集而名垂青史。有学者认为，这是继加朗本之后的又一个影响深远的法文版《一千零一夜》，其首版时间为1899年至1904年。1926年至1932年，马德鲁斯版英译本面世。

马德鲁斯出生在开罗，少年时期在黎巴嫩学习，后移居巴黎，并进入法国公立医院行医，业余时间从事文学翻译，其间曾赴摩洛哥等阿拉伯国家旅行。1900年，马德鲁斯与小说家露西（Delarue-Mardrus, Lucie）结婚，但好景不长。据露西披露，马德鲁斯有同性恋倾向。多年以后，马德鲁斯同来自埃及的埃尔维拉（Buder, Elvira）相遇，她比他年轻了整整五十岁。二人同居期间适逢第二次世界大战爆发。

马德鲁斯本《一千零一夜》得到了普鲁斯特（Proust, Marcel, 1871—1922）、博尔赫斯等著名作家的重视。前者在《追忆似水年华》（*À la recherche du temps perdu*）中提到了它，后者在《〈一千零一夜〉的译者们》（“Los traductores de *Las mil y una noches*”）对它有过评骘。马德鲁斯在其译本中夹带了不少“私货”，有人据此认为他的翻译实为改写。其中的一些“私货”牵涉到马德鲁斯的同性恋倾向，还有一些堪称赤裸裸的添油加醋的色情描写。马德鲁斯称其译本从出于“突尼斯抄本”，但这个抄本之前和之后均未有人发现其确切踪迹，当然更非德国译者哈比希特依据的那个突尼斯手稿。

但正因为马德鲁斯夹带了“私货”，其译本畅销一时，并被先后翻译至多种语言，从而为20世纪方兴未艾的东方主义推波助澜。与此同时，一些学者和批评家对马德鲁斯本不以为然，故而讨伐不断。其中有非常严厉的批评者，如维克多・肖文[1]、米娅・葛哈德特（Gerhardt, Mia, 1918—1988）[2]等。他们认为马德鲁斯本是东拼西凑的产物，既未依据布拉克本，也没有忠实于布雷斯劳本，而他所谓的“突尼斯抄本”更是子虚乌有。他们还认为他的异国情调是伪东方主义，只能欺骗无知的读者。[3]

从某种意义上说，马德鲁斯几乎还原了口传文学方法，进而更加广泛地传递或演绎了《一千零一夜》。在他的版本中，第617夜至第700夜故事疏漏较多。其中，第679夜至第700夜故事阙如，而马德鲁斯对此自有其解释：由于山鲁佐德这段时间怀孕，并且替国王山鲁亚尔生下了一对双胞胎。如此云云。[4]

20世纪另外一个比较重要的德语译本出自德国东方学家、翻译家路德维希・理查德・艾诺・利特曼（Littmann, Ludwig Richard Enno, 1875—1958）之手。利特曼年轻时在柏林学习东方语言，熟练地掌握了阿拉伯语、希伯来语、古叙利亚语、波斯语等。1894年至1898年，他开始从事东方学研究；1899年至1906年，他将研究重心定位于叙利亚和巴勒斯坦，其间大量收集中东文献资料；1906年至

1　Victor Chaouvin, “*Les Mille et une nuits* de M. Mardrus,” *Revue des bibliothèques et archives de Belgique* (1905): 200–205.

2　Mia Gerhardt, *The Art of Storytelling: A Literary Study of the* Thousand and One Nights (Leiden: Brill, 1963), pp. 93–104.

3　Marzolph and van Leeuwen (eds.), *The* Arabian Nights *Encyclopedia*, pp. 637–638.

4　هيام أبو الحسين، شهرزاد و تطور الرواية الفرنسية من الكلاسيكية إلى الرمزية، *فصول*، المجلد الثالث عشر العدد الثاني، ص 266–276.

1914年，利特曼在斯特拉斯堡大学东方研究学院任教授，而后到波恩、哥廷根和图宾根访学、执教，曾任图宾根大学东方语言系教授。在此期间，他边撰写有关阿拉伯语言文学方面的论文，边编辑出版了一些零散的阿拉伯传说。利特曼同时还曾协同德国探险队在埃塞俄比亚进行考察，并破译过有关埃塞俄比亚古代遗迹的历史文献，也是一位埃塞俄比亚研究专家。

当然，使得他享誉德国的，主要还是其对《一千零一夜》的翻译和研究。1921年至1928年，利特曼根据加尔各答二本和布拉克本翻译出版了六卷本《一千零一夜》，并于1923年出版了专著《阿拉伯文学中的〈一千零一夜〉》(*Tausendundeine Nacht in Arabischer Literatur*)，后来还编著了一册关于《一千零一夜》的研究文集。利特曼凭借其语言学和东方学知识，并借鉴前人的成果，立志推出一部更具现代精神的经典译作。由是，他沿承的训诂传统使他的译本多少还原了阿拉伯传奇的神韵，受到有关学者的重视。[1]德国另一位东方学家弗里德里希·冯德雷恩(von der Leyen, Friedrich, 1873—1966)就曾在其著述中对利特曼的翻译给予了肯定。

此外，意大利的阿拉伯学家弗朗切斯科·加布里埃利也曾组织团队翻译《一千零一夜》，并据加尔各答二本和布拉克本将其译出，受到意大利读者的欢迎。不过，加布里埃利本人对这部民间故事集的评价并不很高。他的主要理由是《一千零一夜》过于魔幻离奇，许多故事缺乏内在逻辑并流于肤浅。

1929年至1933年，在高尔基(Gorky, Maxim, 1868—1936)的赞助下，俄罗斯也刊印了由莫斯科学院出版社出版的《一千零一夜》的俄译本。

尤其值得一提的是，经过近八个世纪针对阿拉伯人的"光复运动"及后来延绵几个世纪针对穆斯林和犹太人的排斥政策，西班牙现代主流文人在20世纪之前主张去阿拉伯化，有意淡化阿拉伯文化对伊比利亚半岛的影响，故而很少提及阿拉伯文学及其悠久的文化传统对西班

1 Irwin, The Arabian Nights*: A Companion*, p. 40.

牙本土文化的影响。不过20世纪上半叶，情形逐渐发生变化，西班牙终于也有一版较为重要的《一千零一夜》译本问世。该译本出自西班牙作家、学者、翻译家拉法埃尔·坎西诺斯-阿森斯（Cansinos-Asséns, Rafael, 1882—1964）之手。他生于深受阿拉伯文化影响的安达卢西亚，后随家迁至马德里。由于从小失去了父亲，他一直由母亲抚养长大，接受正统的天主教教育。他的两个姐姐都做了修女。但是，坎西诺斯-阿森斯明显具有东方血统。这使得他对伊斯兰-犹太文化格外关注。据调查，他认为自己的祖辈应该是1492年[1]前后的阿拉伯或犹太改宗者。

他的第一篇小说发表于1898年，从此一发而不可收，接连创作了《蛊惑女》（*La encantadora*）、《永恒的奇迹》（*El eterno milagro*）、《鲜花盛开的地方》（*En la tierra florida*）、《VP运动》（*El movimiento V.P.*）、《诗人罢工》（*La huelga de los poetas*）、《波希米亚》（*Bohemia*）等。同时，他还是西班牙现代主义思潮（"极端主义"）的发起人之一，撰写了大量学术专著和文集，有《死刑美学与色情》（*Estética y erotismo de la pena de muerte*）、《神圣的失败》（*El divino fracaso*）、《西班牙和西班牙犹太人》（*España y los judíos españoles*）、《文学中的莎乐美》（*Salomé en la literatura*）、《新文学》（*La nueva literatura*）、《文学题材及其阐释》（*Los temas literarios y su interpretación*）、《穆罕默德与〈古兰经〉》（*Mahoma y el Korán*）等。

然而，真正使他声名远播的是他的翻译。由于精通英语、德语、法语和阿拉伯语，他先后翻译了歌德、席勒、小仲马（Dumas, Alexandre, fils, 1824—1895）等人的作品，并转译了托尔斯泰（Tolstoy, Lev Nikolayevich, 1828—1910）、高尔基等俄苏作家的作品，还相继翻译了《古兰经》和《一千零一夜》（*Libro de las mil y una noches*）。在博尔赫斯看来，1955版坎西诺斯-阿森斯的译本是最好的，没有之一。[2]而坎

1 是年，天主教双王攻克阿拉伯人在西班牙的最后一个堡垒——格拉纳达，残留在西班牙的穆斯林和犹太人被迫改宗。

2 奇怪的是牛津版《〈一千零一夜〉大百科》（*The* Arabian Nights *Encyclopedia*, Oxford: ABC-CLIO, 2004）居然没有收录坎西诺斯-阿森斯，甚至连他的名字都没有提及。

西诺斯–阿森斯更是为他的译本写了洋洋数十万字序言。

20世纪,《一千零一夜》各种语言的译本层出不穷,且从出各异。这表明这部民间故事集变体甚多,而且其魅力经久不衰,但同时囿于各译本所参照的母本不同,也难免良莠不齐、真伪莫辨。有鉴于此,伊拉克学者侯赛因·哈达威(حسين حداوي)和穆赫辛·马赫迪依据14世纪叙利亚手稿和加朗译本进行比对,重新编辑校勘,于1990年起陆续出版了英语"定本"《一千零一夜》(由纽约诺顿出版社出版)。侯赛因是译者,穆赫辛负责校对。这个版本共收录了271个故事(夜晚),语言通俗易懂,被学者厄文认为是最贴近阿拉伯风格的。而侯赛因自己在对莱恩、佩恩、伯顿等人的英译本进行分析并指出这几种译本中的诸多不足后,也声称:他的英译本力求超越前人,最大程度地保留原作的审美价值,实现文学作品从一种语境到另一种语境的成功转化。[1]

二、接受举隅

尽管20世纪的西方文学创作已经由现实主义向现代主义,甚至后现代主义发展,简单的浪漫奇谲的想象不再能够满足作家和读者的需求,但《一千零一夜》仍以其独特的魅力润物细无声地浸淫于作家们的笔下,成为不同文学流派的重要借鉴。无论潮流如何更替,人类内心深处的想象、审美总有共同之处。用钱锺书先生的话说,"东海西海,心理攸同;南学北学,道术未裂"[2]。

在文学创作领域,20世纪早期的英国作家布拉玛(Bramah Smith, Ernest, 1868—1942)以其侦探小说闻名于世。主要作品有系列小说"大侦探马克斯·卡拉多斯"("Max Carrados", 1914—1934)。从其传记性处女作《英国农场和我为何开拓》(*English Farming and Why I Turned It Up*, 1894)中可以看出,他高中未毕业即辍学务农,

1 参见 Husain Haddawy, introduction to *The Arabian Nights*, trans. Husain Haddawy (New Deluxe Edition), https://archive.org/details/the-arabian-nights-new-deluxe-muhsin-mahdi-2e-5cj-6r/page/n5/mode/2up, 访问日期:2022年8月21日。

2 钱锺书:《谈艺录》上,北京:生活·读书·新知三联书店,2001,第1页。

而后为一家小报写通讯，再后来到伦敦当出版家杰罗姆・K. 杰罗姆(Jerome, Jerome K.)的私人秘书，并且最终成为杰罗姆旗下《今日》(*To-day*)周刊的编辑。杰罗姆去世后，布拉玛离开《今日》周刊，成为《牧师》(*The Minister*)杂志的主编。后者是一份面向神职人员的刊物。在主持刊物工作的同时，布拉玛创作了《盲侦探卡拉多斯》(*Max Carrados*)，开启了"大侦探马克斯・卡拉多斯"系列。他还创作了一部关于侦探凯・朗(Kai Lung)的系列小说《凯・朗的黄金时光》(*The Structure of Kai Lung's Golden Hours*, 1922)。凯・朗系列明显借鉴了《一千零一夜》，其中所涉中国和亚洲地理文化知识和东方传奇令人惊叹，作品的框架也足以说明他对《一千零一夜》和有关书籍的熟识程度。[1]

同样，著名的爱尔兰作家乔伊斯的文学创作也曾受惠于《一千零一夜》。乔伊斯生于都柏林，1920年起定居巴黎，此后颠沛流离，辗转于欧洲各地，靠教授英语和写作为生，晚年饱受眼疾之痛，直至双目失明。他被誉为意识流小说之父，其作品结构复杂，句式奇特，富有独创性。主要作品有短篇小说集《都柏林人》(*Dubliners*)，它描写底层市民的日常生活，展示现代社会对人性的压迫和毁灭；自传体小说《青年艺术家的画像》(*A Portrait of the Artist as a Young Man*)以大量内心独白描写人物心理及其生存环境；代表作长篇小说《尤利西斯》(*Ulysses*)则用意识流表现现代人的孤独与悲观，艺术触角直抵荷马史诗；后期作品《芬尼根的守灵夜》(*Finnegans Wake*)借梦境和跳跃性及臆造词汇表达生存危机与对命运的终极思考，语言晦涩难懂。

《一千零一夜》是乔伊斯创作灵感的重要来源之一。从少年时期开始，它一直是乔伊斯的枕边书之一，加朗本和伯顿本是他的主要读物，这多少造就了乔伊斯所持有的东方主义倾向。他的《尤利西斯》不仅有荷马史诗的基因，而且还有《一千零一夜》的染色体。三者在某些

1 Richard van Leeuwen, *De Wereld van Sjahrazaad* (Amsterdan: Univerij Bulaaq, 1999), pp. 210–220; *The* Arabian Nights *Encyclopedia*, p. 614.

方面惊人地相似，譬如，荷马（及其口中的奥德赛）与山鲁佐德（及其口中的辛巴达）仿佛注定生下乔伊斯（及其笔下的布鲁姆）。此外，《一千零一夜》是《尤利西斯》人物墨菲最喜欢的文学作品，而布鲁姆则被称作哈伦·拉希德，后者漫无目的地行走在都柏林（或巴格达）。在《芬尼根的守灵夜》中，《一千零一夜》的影响更为明显。小说创作于1922年至1939年之间。乔伊斯认为《尤利西斯》是"昼之书"，《芬尼根的守灵夜》则是"夜之书"。[1]一如《一千零一夜》，小说是无数个既关联又分散的"故事"，从形式到内容都几近无限，其中充斥着生造的语汇、器物、典故、双关语及性欲描写、概念阐释和内心独白。

同样，生于20世纪中叶的英国作家安杰拉·卡特（Carter, Angela, 1940—1992）从小痴迷于《一千零一夜》之类的幻想小说，成年后对其中的不少故事进行了重新演绎，成为著名的奇幻小说作家。主要作品有长篇小说《黑暗之舞》（*Shadow Dance*, 1966）、《魔术玩具店》（*The Magic Toyshop*, 1967）、《霍夫曼博士的魔鬼欲望机器》（*The Infernal Desire Machines of Doctor Hoffman*, 1972）、《马戏团之夜》（*Nights at the Circus*, 1984），短篇小说集《美国幽灵与旧世界奇观》（*American Ghosts and Old World Wonders*, 1993）、《焚舟纪》（*Burning Your Boats*, 1995）等。其中她的后现代主义兼具魔幻现实主义色彩的作品《马戏团之夜》明显体现出《一千零一夜》的元素。小说分为伦敦、圣彼得堡和西伯利亚三部分，讲述了长着天使般翅膀的女主人公飞飞和记者华尔斯的奇幻经历。飞飞充满掌控能力的叙事，让她所讲的故事层层铺叠，使得华尔斯慨叹自己就像面对着"不是一个，而是两个山鲁佐德的国王"，在听她通过叙事来构建自我的世界。也有学者认为，卡特在此是想让《马戏团之夜》成为《一千零一夜》的浓缩版。[2]前者的许多奇幻描写确实很容易让人联想到后者。

1 Irwin, The Arabian Nights*: A Companion*, pp.278-279.

2 Brian Finney, "Tall Tales and Brief Lives: Angela Carter's *Nights at the Circus*," https://home.csulb.edu/~bhfinney/carter.html, 访问日期：2024年12月12日。

法国作家普鲁斯特作为意识流小说的重要先驱，同样受惠于《一千零一夜》。他生于一个富有家庭，但自幼体质孱弱、生性敏感、富于幻想，这对他的文学禀赋起到了积极作用。他中学时开始写诗，并为报刊写专栏文章，后入巴黎大学和巴黎政治学院钻研修辞与哲学，对柏格森的直觉主义和弗洛伊德的潜意识理论颇有心得。代表作《追忆似水年华》是一部鸿篇巨制。根据多米尼克·朱利安的说法，普鲁斯特从内容到形式都借鉴了《一千零一夜》，确切地说是借鉴了加朗版和马德鲁斯版《一千零一夜》，或者说是以自己的方式重写了《一千零一夜》。小说不仅多次援引《一千零一夜》，而且借用了套盒式结构。[1]

另一位法国作家、艺术家和戏剧导演让·科克托（Cocteau, Jean, 1889—1963）也是因其1905年发表的诗集《阿拉丁的神灯》（*La Lampe d'Aladin*）而声名鹊起。此后，他结识了普鲁斯特、纪德（Gide, André）、阿波里奈尔（Apollinaire, Guillaume）、毕加索（Picasso, Pablo）等诸多名流和青年才俊。主要作品有诗集《阿拉丁的神灯》、《冷酷的王子》（*Le Prince frivole*）、《弗朗索瓦的玫瑰》（*La Rose de François*）等，小说《可怕的少儿》（*Les Enfants terribles*）、《骗子托马斯》（*Thomas l'imposteur*）和系列侦探小说《波托马克》（*Le Potomak*）等。

他曾与人合作创办《山鲁佐德》（*Shéhérazade*）杂志，并多次前往阿拉伯国家。可以说，阿拉伯世界和《一千零一夜》是他一生最重要的创作源泉。用学者艾哈迈德·约瑟夫（Youssef, Ahmed）的话说，“这是用女人祭坛上的鲜血铸就的东方主义。女人，山鲁佐德所代表的强大的女人，就是《一千零一夜》的东方主义；她标志着一种报复，即对古来被大男子主义所强迫的审美取向的报复。这种东方主义最终激发了一种情结，喜欢描绘自杀的父亲、痴迷于阉割的母亲，以及所有给他的生活带来幸福的情人。科克托身体力行，和山鲁佐德一

1　Dominique Jullien, *Proust et ses modèles:* Les Mille et une nuits *et les Mémoires de Saint Simon* (Paris: Corti, 1989), pp. 99–112.

起对抗那个现实的东方”[1]。用科克托自己的话说，《一千零一夜》“并不轻松，亦非逗人的娱乐作品。它结构缜密，既不重复自己，也从不轻易丢弃一条线索；仿佛长笛演奏者不惜一切代价模仿自然之声：须知一旦他停止演奏，眼镜蛇就会对他实施攻击。因此，最小的不和谐音符也会毁掉他的魔力。总之，它是关于拒绝睡眠、征服恐惧的艺术；反之，一切就会崩溃”[2]。

比他们稍晚一些的法国作家米歇尔·布托（Butor, Michel, 1926—2016）也深受《一千零一夜》的影响。他在一次访谈中说：“每一个作家都是山鲁佐德，每一个作家的内心都充满了死亡威胁……这是最自然不过的说法。”如是，他的作品中充斥着《一千零一夜》般的复杂情景，其中既有神奇的旅行，也有迷宫和阴暗的地下室。他的代表作之一《作为小猴子的艺术家肖像》（*Portrait de l'artiste en jeune singe*, 1967）明显是对《一千零一夜》的模仿：白天，主人公全力阅读，以增进学识；晚上，他耽于幻想。这样昼夜交替，象征着理性和感性、西方和东方的二元对立。他的其他作品如《商人和天才》（*Le Marchand et le genie*, 1998）、《一千零一道褶皱》（*Mille et un plis*, 1985）和《此地的天才》（*Le Génie du lieu*, 1958）也均以东方为背景，如埃及、土耳其，其对东方的向往和想象溢于言表。

在崇尚严谨和逻辑思辨的中北欧，《一千零一夜》对20世纪德国作家的启发或许没有英法等国家那么明显，但也并非无迹可寻。德国作家、思想家恩斯特·荣格尔（Jünger, Ernst, 1895—1998）便坦言自己的文学创作曾受到这部民间故事集的启发。他曾参加两次世界大战。早期作品大多具有美化战争、支持民族主义的倾向；后转向反希特勒法西斯主义阵营。

早在1939年，他的作品《在大理石的悬崖上》（*Auf den Marmorklippen*）就用山鲁佐德式的想象构建了暗杀希特勒、拯救德国和世界的寓言。

1　Ahmed Youssef, *Cocteau l'égyptien: la tentation orientale de Jean Cocteau* (Monaco: Rocher, 2001), p. 24.

2　同上，第31—32页。

这种强烈的东方主义表现，既躲过了纳粹的耳目，又表达了作者政治上改弦更张的愿景。他在晚年多次谈到来自《一千零一夜》的灵感，其短篇小说《阿拉丁问题》（“Aladins Problem”，1983）更是表现出超强的怀疑主义，认为生命和努力都只是痛苦的寓言。[1]正是因为其政治立场的变化和怀疑主义、东方主义倾向，荣格尔成为现当代德国文坛最具争议的作家之一。

胡戈 · 冯 · 霍夫曼斯塔尔（Hofmannsthal, Hugo von, 1874—1929）是19世纪末、20世纪初奥地利作家、诗人。他16岁开始发表作品，早期以诗歌创作为主，被誉为新浪漫主义神童。受唯美主义诗潮影响，他的早期作品追求艺术意象性和象征性，且语言优美，但内容脱离现实，多倾向于探究生与死、苦与乐等人类“永恒的主题”。此外，其诗作情调感伤、忧郁，表现出对世道人心和命运乖舛的悲观看法。

进入新世纪后，他放弃了唯美主义倾向。因为对资本主义社会感到厌恶和恐惧，他常常遁入玄想。而《一千零一夜》适时地进入了他的视域。他开始有意无意地借用山鲁佐德的方式以重新演绎欧洲文学和历史，尤其是古希腊悲剧、中世纪传奇、哥特式小说和巴罗克文学，试图重新唤醒逝去的人道主义传统和基督教“受难”精神。

他的主要剧作有《埃勒克特拉》（*Elektra*）、《玫瑰骑士》（*Der Rosenkavalier*）、《埃及的海伦娜》（*Die ägyptische Helena*）等。此外，他还有大量优秀的小说、散文等作品。其中小说《第六百七十二夜童话》（*Märchen der 672 Nacht*）明显戏仿《一千零一夜》，以描写现代唯美主义者的病态心理。这样的反讽过去比较少见，但在此后的《一千零一夜》学术史中越来越司空见惯。小说的主人公以王尔德为原型，作品在噩梦般的氛围中展开，体现了人物逃避生活、对生活充满恐惧的内心世界。

几乎与他同时代的另一位中东欧诗人、作家勃列斯瓦夫 · 莱斯米安（Lesmian, Boleslaw, 1877—1937）早在1913年便受加朗本《一千零

1 Rudolf Schlichter, *Tausendundeine Nacht: Federzeichnungen aus den Jahren 1940–1945* (Berlin: Hentrich, 1993), p. 7.

一夜》的启发，出版了短篇小说集《芝麻的故事》(*Klechdy sezamowe*)。莱斯米安是波兰作家，生于华沙，曾在基辅学习，大学毕业后前往德国和法国。在巴黎期间，他结识了一些法国作家，并将法国象征主义与俄国象征主义有机结合。1935年返回华沙，此时他已声名卓著，其作品包括诗歌、小说、短篇小说、戏剧和翻译。

1913年，他还出版了另一部戏仿《一千零一夜》的作品，《幻想小说：海员辛巴达历险记》(*The Adventures of Sindbad the Seafarer*)，用象征主义和新巴罗克风格展示了现代人与社会、社会现实与艺术幻想之间的诡谲关系，从而奠定了其在现代波兰文坛的地位。变形、怪诞、吊诡、反讽等使他的作品中充溢着现代主义（也被称为新浪漫主义）激情。[1]

20世纪，受惠于各种《一千零一夜》的译本，文学创作异常活跃的拉丁美洲地区也出现了许多受其启发而进行创作的作家。其中当然包括博尔赫斯、加西亚·马尔克斯和巴尔加斯·略萨（Vargas Llosa, Mario, 1936—　）等当代文坛巨擘。

先说阿根廷诗人、小说家、散文家和文献学家博尔赫斯。由于他毕生从事图书管理工作和文献爬梳，其创作源泉多为古代或前辈作家作品，故而被拉美左翼作家戏称为“作家们的作家”或“关于作家的作家”。

博尔赫斯生于布宜诺斯艾利斯一个英国裔律师家庭，有犹太血统。由于是早产子，他从小羸弱多病，而且遗传了父亲的眼疾。正因为身体原因，他九岁才背上书包上学，但又因身体不得不时常辍学。因此，他童年时期的学业基本上是由英籍家庭教师和父亲的图书馆承担的，故而英语阅读早于西班牙语。他在青少年时代随父亲赴欧洲治疗眼疾，先后在日内瓦、剑桥等地上学，后辗转法国、西班牙等国，熟练掌握英、西、法、德等多国文字。他从小博览群书，但《一千零一夜》是其最早接触并终生挚爱的文学作品，几乎没有

1　Marzolph and van Leeuwen (eds.), *The* Arabian Nights *Encyclopedia*, ed. cit., p. 622.

之一。据说博尔赫斯是躲在阁楼里（一说屋顶平台上）偷偷读完《一千零一夜》的。尽管那是个洁本，但时人敷衍出的译本中却夹杂了大量色情插图，而那些插图明显“少儿不宜”。不过，后来博尔赫斯否定了人们的推测和联想。他反复申明，是那些神奇故事打动了他。

和任何作家的自白一样，博尔赫斯的话不能全信。通常，他注重插图的程度令人震惊。比如，他在生命的不同时期经常谈到各种书籍及其版本的插图。直至晚年，令他激动不已的，除了文字，还有随着记忆逐渐模糊、发黄的插图，一如长城的辉煌、老虎的金黄。此外，博尔赫斯之所以钟情于《一千零一夜》，或许还因为乃父曾模仿过它，甚而写过一部仿作，尽管没有成功。而博尔赫斯自己儿时想象的两个伙伴“吉罗斯”和“风车”，也多少有山鲁佐德和国王山鲁亚尔（也或者是堂吉诃德和桑丘）的影子。后来，他的许多诗歌、散文和类小说同《一千零一夜》有关，甚至直接以《一千零一夜》为题。最奇妙的是使博尔赫斯由诗歌转向小说创作的一次事故：下楼梯时，他被一扇窗户撞破了脑袋。关于那次事故，博尔赫斯的母亲提供过一些细节。她说，那是圣诞节前夕，博尔赫斯下楼去迎接一位来访的姑娘。姑娘是应邀来和他们共进午餐的。[1]但是，博尔赫斯在自传和小说中都有意省略，或者说规避了这一细节。譬如，在博尔赫斯自认为最得意的小说《南方》（*El sur*）中，是这样演化那个细节的：首先，他把时间推后了几个月（可能是为了回避圣诞节）；其次，他把现实中的姑娘变成了《一千零一夜》。

> 1939 年 2 月下旬……一天下午，达尔曼买到了一册零散的德文版《一千零一夜》；他迫不及待，想看看这一新的收获，结果不等电梯下来，就匆匆上了楼；忽然什么东西碰了一下脑袋，可能是蝙蝠或者小鸟。替他开门的女人一脸惊诧地望着他，他伸手摸了

1 Emir Rodríguez Monegal, *Jorge Luis Borges: una biografía literaria* (México: Fondo de Cultura Económica, 1987), p. 308.

摸额头，发现自己正在流血。不知什么人给窗户上了油漆，却忘了关好，害他撞破了头。达尔曼那晚睡得不好，而且天不亮就醒了，只觉得嘴里苦涩。高烧折磨着他，《一千零一夜》中的画面化作了梦魇……[1]

据不完全统计，博尔赫斯涉及、模仿或重写《一千零一夜》，甚至直接以《一千零一夜》命名的作品有二十几种。其中最为人所知或称道的有小说《双梦记》(*Historia de los dos que soñaron*)、诗歌《一千零一夜》(*Las mil y una noches*)、散文《〈一千零一夜〉的译者们》、讲稿《〈一千零一夜〉之书》(“El libro de *Las mil y una noches*”)等。后者被认为是《一千零一夜》研究不可或缺的一环，迄今为止其引用率之高几乎无可比拟。他说，《一千零一夜》“是世界上最美的书名之一，我想它可以同我上次引用的另一本很不一样的《时间实验》(*An Experiment with Time*)[2]的书名相媲美。而这一本另有优美之处，我认为美就美在这个‘千’字上，它对我们来说几乎是‘无穷无尽’的同义词。说一千夜，就是无穷夜，很多很多夜，无数夜。说‘一千零一夜’则是无穷无尽加(+)。我们想一想英语的奇怪表达方式。有时，人们不说for ever如何，而是说forever and a day。在‘永远’后面加上一天。这一点令人迁思海涅给一位女士的信。他说：‘我将爱你至永远及其之后。’”他还说，《一千零一夜》“来源并不清晰。我们可以联想一下那些被极不准确地称为哥特式的大教堂，它们可是几代人创造的作品。但是，有一个根本性的区别，那就是建造大教堂的工匠们、艺术家们清楚地知道他们在干什么。而《一千零一夜》的产生却是神秘的，是由成千上万的作者共同完成的。谁也不知道自己在参与创作一部杰作。然而，它是所有文学中最伟大的作品之一。据我所知，它在西方的价值超越了东方”。他甚至说：“我们有它的年表、历史，但是它们都是西方人研究的结果。波斯文学史或者印度斯坦哲学史并没

1 转引自陈众议：《博尔赫斯》，北京：华夏出版社，2001，第93—94页。

2 作者为英国作家约翰·邓恩(Dunne, J. W., 1875—1949)，出版于1927年。

有记载。同样，中国缺乏文学史，因为人们不关心这些事情的沿承，因为他们相信文学或诗是永恒的过程。从本质上讲，我认为这是有道理的。比方说，《一千零一夜》（或者伯顿喜欢的《一千夜与一夜之书》），倘使这个书名是我们今天早上想出来的，那它简直美极了。它使我们想到美，而不仅仅是漂亮——卢贡内斯（Lugones, Leopoldo）的《花园黎明》（*Los crepúsculos del jardín*）可称为漂亮——它能激发我们的阅读欲。读者渴望迷失在《一千零一夜》之中。他知道，一旦进入，就会忘掉自己可怜的人生境遇；他可以进入另一个世界，这个世界由一些经典人物构成，后者既是原型，也是一个个鲜活的个体。"[1]（详见第二编）

哥伦比亚作家加西亚·马尔克斯是1982年诺贝尔文学奖获得者。多数研究者和加西亚·马尔克斯的家人认为，《百年孤独》（*Cien años de soledad*）的作者出生在外婆家。这样一来，外婆家的"大屋"也便成了加西亚·马尔克斯的"摇篮"。

"大屋"对于加西亚·马尔克斯是有着双重意义的。它不仅是母亲的娘家，而且是自己的故居。这故居是物质的，更是精神的、艺术的。据加西亚·马尔克斯回忆，为了纪念逝去的亲人，"大屋"的房间一直空着。那里成了他最大的"精神负担"，因为他想用文学"成就它"，一半为了忘却，一半为了纪念，或者套用鲁迅的话说是"为了忘却的纪念"。他后来多次提到的那部萌生于青少年时期的长篇小说，指的就是《大屋》——《百年孤独》的雏形。[2]

然而，除了"大屋"，加西亚·马尔克斯还有一个挥之不去的幽灵：童年时期读到的第一本书——《一千零一夜》。它缺失了封面，几乎散了架、发了黄。它该是西班牙作家布拉斯科·伊巴涅斯（Balsco Ibañez, Vicente）转译自法国人马德鲁斯的那个版本。笔者之所以这么笃定地认为它一定属于那个版本，首先是因为那是第一个西班牙语

1 Borges, *Siete noches*, pp. 57–74.

2 Dasso Saldivar, *Viaje a la semilla* (Madrid: Alfaguara, 1997), pp. 81–90. 转引自陈众议：《加西亚·马尔克斯评传》，杭州：浙江文艺出版社，1999。

译本，而且是在1916年出版的。此后的另一个西班牙语版本则一直要到1955年才面世，也即前面说到的坎西诺斯-阿森斯译本。

那是他一生中"最大的发现"。书是他在外公尼科拉斯·马尔克斯（Márquez, Nicolás）的一只旧箱子里找到的，但当时他并不知道它就是《一千零一夜》。他像往常那样在外公的办公室里翻箱倒柜以寻找"稀罕玩意儿"，无意中发现了这堆"黄纸"，便好奇地浏览起来。突然，他被其中的故事所吸引：

> 从前有个上了年纪的渔翁，每天靠打鱼谋生……一天正午……他把渔网从海底弄出来，打开一看，发现里面有个胆形的黄铜瓶，瓶口用锡封着，锡上打着苏里曼·本·达伍德[1]的印章……于是抽出佩在身边的小刀，慢慢撬去瓶口上的锡块……息了一会儿，瓶中冒出一股青烟，飘飘荡荡地升到空中，继而弥漫在大地上，逐渐凝成一团，最后变为一个魔鬼……[2]

这就是著名的《渔翁与魔鬼》中的一节。

加西亚·马尔克斯被这个故事深深地吸引，从而对那堆没有封面的"黄纸"爱不释手。它们用"魔鬼""神灯""飞毯""宝藏"等，演示着一个既熟悉又陌生的世界。那便是外婆的世界，并使他马上联想到：外婆的故事不但是可信的，而且是真实的。

从此以后，他将外婆和山鲁佐德联系在了一起。她们叙述故事时用的都是"现在时"，即便事情已经过去了几个世纪；而且总是那么镇定自若、有声有色，好像人物就在眼前，事情正在发生。[3]

加西亚·马尔克斯的《百年孤独》显然受惠于《一千零一夜》。加西亚·马尔克斯甚至毫不隐晦地在作品中证实了这一点。譬如，在

1 即大卫之子所罗门。

2 《一千零一夜》第1卷，纳训译，北京：人民文学出版社，1982，第25—27页。

3 Silvia Gálviz, *Los García Márquez* (México: Editorial del Mar, 1997), pp. 13-43. 转引自陈众议：《加西亚·马尔克斯评传》。

《百年孤独》中有这么两段描写，它们分别叙述了奥雷里亚诺第二和奥雷里亚诺·巴比伦在吉卜赛人梅尔基亚德斯曾经居住的房间里释读后者百年前用羊皮纸写下的“密码书”，其中一段是：

> 奥雷里亚诺第二沉浸在一本书里。这书缺了封面，哪儿都找不到书名，那孩子仍读得津津有味，诸如一个女人坐在桌旁用大头针专挑饭粒吃，一位渔夫向邻居借压渔网用的铅坠，后来作为报偿送的鱼腹中含有一颗钻石，此外还有能满足一切愿望的神灯的故事和飞毯的传奇。他惊奇地询问乌尔苏拉这些可都是真的，她回答说是，多年前吉卜赛人就曾给马孔多带来神灯和飞毯。[1]

在此，除了神灯和飞毯，加西亚·马尔克斯杜撰了一些细节。这些细节同《一千零一夜》的任何版本都没有任何关系，却又无不使人联想到后者。类似杜撰可能是有意为之，表现了《一千零一夜》变体众多的特质。同时，它也可能是无意的，甚至不可能是由加西亚·马尔克斯记忆误导的。因为后者的可能性不大。布拉斯科·伊巴涅斯版《一千零一夜》印数巨大，加西亚·马尔克斯要找一套去查证核实是十分容易的。

毫无疑问，奥雷里亚诺第二的那部缺了封面的书是《一千零一夜》。后来，奥雷里亚诺·巴比伦继承奥雷里亚诺第二的习性，“很长时间都没有走出梅尔基亚德斯的房间。他将那些散页书中的传奇怪谈，瘫子赫尔曼[2]的研究大要，鬼魔学的笔记，点金术的关钥，诺查丹玛斯[3]的《诸世纪》及其疾病研究，都一一烂熟于心，故此当他步入青年

---

1 加西亚·马尔克斯：《百年孤独》，范晔译，海口：南海出版公司，2011，第163页。

2 指法国东方学者赫尔曼·佐藤伯格。

3 诺查丹玛斯（Nostradamus, 1503—1566），原名米歇尔·德·诺特达姆（Nostredame, Michel de），法国犹太裔预言家，精通希伯来文和希腊文，留下以四行体诗写成的预言集《百诗集》（*Les Propheties*，1555年初版，也有人译作《诸世纪》）。

时期虽然仍对所处时代一无所知，但已具备一个中世纪人的基本学识”[1]。奥雷里亚诺·巴比伦研读的“那些散页书中的传奇怪谈”无疑属于《一千零一夜》。

巴尔加斯·略萨出生在秘鲁南部亚雷基帕省首府亚雷基帕市的一个富有家庭，目前拥有秘鲁与西班牙双重国籍。因注重技巧，他被誉为拉美“结构现实主义文学大师”，2010年获得诺贝尔文学奖，主要作品为长篇小说，如《城市与狗》（*La ciudad y los perros*）、《绿房子》（*La casa verde*）、《潘达雷昂上尉与劳军女郎》（*Pantaleón y las visitadoras*）、《胡莉娅姨妈与作家》（*La tía Julia y el escribidor*）、《继母颂》（*Elogio de la madastra*）、《情爱笔记》（*Los cuadernos de don Rigoberto*）、《英雄审慎》（*El héroe discreto*）等。他与《一千零一夜》渊源颇深，亏欠东方文学的旧债也于本世纪初开始偿还，即其创作的同名剧作《一千零一夜》（*Las mil y una noches*）。他自编自演，用自己的方式激活了《一千零一夜》。他从《一千零一夜》中“攫取了”一些鲜为人知，但又堪称经典的故事，讲述女人和男人、山鲁佐德和山鲁亚尔的悖论，以表征男人或谓野蛮是如何被女人或谓文明驯化的，其中文学扮演了至关重要的角色。它潜移默化、润物无声的功能在《一千零一夜》中发挥得淋漓尽致。奇妙的是，巴尔加斯·略萨和他的搭档们——导演奥耶（Ollé, Joan）和女主角桑切斯·希洪（Sánchez Gijón, Aitana）——“还原了《一千零一夜》”，[2]即它的口传形式。换言之，每一场演出，其内容均有变化，加之演员的即兴发挥，故而巴尔加斯·略萨的《一千零一夜》自2008年搬上舞台以来变体众多。

同理，美国心理学家布鲁诺·贝特尔海姆（Bettelheim, Bruno, 1903—1990）喜欢在其作品中援引《一千零一夜》，并从心理学角度看待这部作品。他生于奥地利，在维也纳大学获心理学和哲学博士学位后成为一名精神分析医生，对儿童孤独症、自闭症或抑郁症等心理障碍

1 马尔克斯：《百年孤独》，第307页。

2 Vargas Llosa, “Prólogo,” *Las mil y una noches* (Madrid: Alfaguara, 2009); Conf. García, Pilar, “*Las mil y una noches* de Mario Vargas Llosa,” *Hemeroteca*, 17/07/2008.

尤感兴趣。1943年，他发表了闻名世界的《极端情境中的个人和群体行为》（“Individual and Mass Behavior in Extreme Situations”），论述了集中营生活对人的摧残。1990年，在妻子因疾病去世的打击和挥之不去的关于达豪及布痕瓦尔德集中营的噩梦折磨下，他选择了自杀。[1]

贝特尔海姆的主要作品有《空虚的堡垒》（*The Empty Fortress: Infantile Autism and the Birth of the Self*, 1967）、《梦幻儿童》（*The Children of the Dream*, 1969）、《心灵之家》（*A Home for the Heart*, 1974）和《童话的魅力》（*The Use of Enchantment: The Meaning and Importance of Fairy Tales*, 1977），后者作为其代表作曾荣获美国国家图书奖和美国国家书评奖。也正是在这部作品中，贝特尔海姆援引并化用了《一千零一夜》的故事，包括《山鲁亚尔兄弟》《渔夫与魔鬼》《辛巴达航海记》等，并由之讨论“自我”、“超级自我”（Super Ego）和人格分裂等问题。譬如，他在化用的《辛巴达航海记》中表现了自我（Ego）和本我（Id）的分裂，前者代表务实和责任，后者则代表欲望和冒险。在《山鲁亚尔兄弟》中哥哥代表本我，弟弟代表自我或超级自我。而在《梦幻儿童》中，作者认为儿童教育未必一定要由亲生父母按照现实方式来进行，让孩子适当遁入梦幻异境何尝不可？这显然对奇情异想的《一千零一夜》有所指涉。

20世纪六七十年代，美国作家约翰·西蒙斯·巴斯（Barth, John Simmons）的创作进入了瓶颈期，当时他在纽约州立大学布法罗分校执教，并有幸结识了正在那里访学的阿根廷作家博尔赫斯。受后者影响，他逐渐改变了创作路径，形成了后现代风格。他的主要作品有短篇小说集《迷失在游乐场》（*Lost in the Funhouse: Fiction for Print, Tape, Live Voice*, 1968）、《十一夜》（*The Book of Ten Nights and a Night: Eleven Stories*, 2004），中篇小说集《奇美拉》（又译《客迈拉》，*Chimera*, 1972），长篇小说《书信集》（*Letters*, 1979）、《安息日传奇》（*Sabbatical: A Romance*, 1982）、《海上故事》（*The Tidewater Tales*,

1 参见林崇德、杨治良等编著：《心理学大辞典》上卷，上海：上海教育出版社，2003，第40页。

1987)、《水手某末航记》(*The Last Voyage of Somebody the Sailor*, 1991)、《曾经沧海:一出漂浮的歌剧》(*Once upon a Time: A Floating Opera*, 1994)、《即将发行》(*Coming Soon!!!*, 2001)、《奇思妙想》(*Every Third Thought: A Novel in Five Seasons*, 2011)。其中《奇美拉》《海上故事》《十一夜》《水手某末航记》明显借鉴了《一千零一夜》;而《奇思妙想》充斥着对《一千零一夜》的指涉和戏仿。有批评家明确指出,"这部小说延续了巴斯的后现代主义,展现了上一部小说人物的命运吊诡和生活嬗变,展示了《一千零一夜》山鲁佐德式的故事嵌套艺术"[1]。此外,他还于1984年发表了有关《一千零一夜》的文学评论《可以忽略:〈一千零一夜〉书名注疏》(*Don't Count on It: A Note on the Number of* The 1001 Nights),对一些传统说法和不当定谳提出了质疑,但基本上没有超越博尔赫斯的见解。[2]有关巴斯对《一千零一夜》的戏仿与评析,第二编中有详细论述。

20世纪,作为文学流播的延展,《一千零一夜》的影响也波及绘画、影视创作等视听艺术领域。譬如世纪早期的俄罗斯画家、场景和服装设计师列昂·巴克斯特(Bakst, Léon, 1866—1924),他曾就读于圣彼得堡科学院艺术专业,并兼职为出版社的一些图书绘制插画。1899年,他与人合作创办《艺术世界》(*Iskusstva*)期刊以发表自己的画作,结果一举成名。除了为一些名流画肖像外,他还善于取材东方,特别是取材于《一千零一夜》,为俄罗斯芭蕾舞团进行舞台设计,代表作有《埃及艳后》(*Cleopatra*, 1909)、《山鲁佐德》(*Schéhérazade*, 1910)、《东方》(*Les Oriantales*, 1910)、《莎乐美的悲剧》(*The Tragedy of Salome*, 1913)和《阿拉丁》(*Aladin*, 1919)等。而另一位出生于俄罗斯犹太家庭的画家夏加尔(Chagall, Marc, 1887—1985)也曾受到《一千零一夜》的启发,撷取其中的《山鲁亚尔兄弟》故事,创作了套

1 Henry L. Carrigan, "John Barth: *Every Third Thought*," *Library Journal* 137, 1 (2012): 88.

2 John Barth, *Don't Count on It: A Note on the Number of* The 1001 Nights (Northridge, CA: Lord John Press, 1984).

色版画“四夜系列”。荷兰画家齐斯·凡·东根（Dongen, Kees van, 1877—1968）青年时期曾在鹿特丹美术学院学习，弱冠之年定居巴黎。1905年，他结识法国先锋画家马蒂斯（Matisse, Henri），并积极投身后者领导的“野兽派”（又作“怪兽派”）活动，随后成为“野兽主义”的中坚分子。凡·东根具有潜在的表现主义天分，其气质和趣味上决定了他的野兽主义立场。他从图卢兹-劳特累克（Toulouse-Lautrec, Henride）那里学到了简练、强劲、准确的笔法，并以多变的长线条、强烈而率直的色彩、浓郁而感人的手法创作了令人目眩的作品。其中，他1918年为马德鲁斯版《一千零一夜》创作的插图便是他成熟时期的代表作，充满了艺术张力，被认为是野兽主义不可多得的艺术珍品。

此外，还有许多导演开始将《一千零一夜》的故事改编后搬上屏幕，譬如伊朗导演巴伊扎（Baiza'i, Bahram, 1938— ）。他生于德黑兰，毕业于德黑兰大学文学系，后从事电影编导，曾于1964年将《辛巴达第八次航海记》（*Sindbad's Eighth Voyage*）搬上银幕。此作对匈牙利导演安德拉斯·拉赫奈（Rajnai, András, 1934— ）1989年的《辛巴达第八次历险记》（*Szindbád nyolcadik utazása*）有启发。后者是一部带有奇幻色彩的阿拉伯风格电视剧，主要讲述辛巴达为拯救世界而历尽艰辛的故事。人物已经明显具有了个人英雄主义色彩。

特别值得一提的是，意大利剧作家、导演帕索里尼也曾在20世纪70年代取材于《一千零一夜》，推出了自己的电影作品“生命三部曲”，包括《一千零一夜》（*Il Fiore delle Mille e una Notte*）、《十日谈》和《坎特伯雷故事》。前两部影片中有大量性风俗描绘，后一部则相对抒情。在《一千零一夜》中，帕索里尼借古老的东方故事表现了尚属禁忌的同性恋题材。总体看来，“生命三部曲”以近乎“狂欢”的奇异景象和异国情调获得了惊人的票房，标志着帕索里尼达到了艺术探索的最高境界。同时，他的探索也给他招来了杀身之祸。1975年11月2日，帕索里尼在罗马附近的小镇旁被人杀害。当人们在罗马郊外的荒凉海滩上发现其尸体时，他已然面目全非。后来，年仅十七岁的男妓朱塞佩·佩罗西被指控为杀人凶手，但帕索里尼的真实死因至今仍是个谜。

随着电影、电视技术的成熟和发展，这部民间故事集中越来越多的故事被搬上银幕和屏幕，有关作品数不胜数。凡此种种无不表明《一千零一夜》是一个艺术宝藏，给无数作家、艺术家提供着创作灵感。

三、研究概述

前文提到，随着文学研究方法的多样化，特别是随着民俗学研究的兴起和发展，《一千零一夜》研究在20世纪也逐渐走向深入，且摆脱了19世纪热衷于爬梳手稿真伪和故事源头的做法。具体说来，学界开始对这部民间故事集的故事内涵、故事母题、创作手法、叙事方式乃至故事范式等展开了多维度的研究。

首先需要说明的是，20世纪的许多翻译者喜爱为译文撰写序言，有些译本的序言竟长达皇皇数十万字，这些序言本身就是对《一千零一夜》的评骘和研究。

譬如前文谈到的西班牙翻译家坎西诺斯－阿森斯。他在翻译过程中几乎遍索所有，写下了30余万字的导言。更为重要的是，他的《一千零一夜》是迄今为止唯一从阿拉伯原文翻译的西班牙语版本。他在导言中对《一千零一夜》的来源与故事类型、作者与译者译作进行了探赜索隐，对不同译本进行了分析比较，对故事的语言风格、结构框架和主要题材进行了条分缕析，对其中的时间与空间、诗歌与叙文、写实与虚构、大雅与大俗、道德说教与色情描写等进行了辨析，对不同人物及其爱恨情仇、喜怒哀乐进行了分门别类，可谓细致入微。以下摘录的是他关于《一千零一夜》的“译文絮语”片段，以使读者得以窥见其对这部民间故事集的主要看法：

> 《一千零一夜》是如此为世界所知，以至于不需要任何介绍，除非为了表示对读者的尊重而被迫顺从某种传统。[1]几乎没有人

1 这也是所有口传文学的传统。

不知道天才的山鲁佐德在遥远的古代波斯所讲述的匪夷所思的故事。她那是在受到暴君的威胁、命悬一线的情况下讲述故事的，这些故事犹如神奇的飞鸟，在她三寸不烂之舌的驱使下飞越千山万水，遍布世界各地。

山鲁佐德娓娓道来，带着诗的音韵、歌的旋律，最终战胜了暴君，挽救了自己，也挽救了成千上万的王国姐妹，并将这些故事传播到世界文坛。它们或口口相传，或手抄移译，进入了全世界所有语言，成为人们和而不同的梦。

它们年复一年，经过无数个世纪，来到我们的面前：通过清澈的拉丁语，优美的阿拉伯语和中国、日本的象形文字，再到神圣的斯拉夫语，等等，所有人为之倾倒。它们是那么奇妙，又那么深刻。即使在部分没有文字的不幸人群中，它们也得以通过特殊的方式流传、散布，因为先于文字的有音乐，先于书写的有口传。如此，它们成了人类传统的组成部分，无关乎不同文字。

在作家书写、翻译之前，它们是民间文学。而民间文学至今没有消亡，它是一切文学的母亲，而非女儿。

《一千零一夜》犹如《圣经》与荷马史诗，以及少数文学巨制（其中当有《堂吉诃德》），何啻是一部作品？！尽管以相对独立的面目出现，但它显然不是一个身段，更非一颗灵魂。它是如此丰富多彩，以至于汇集了人类的心智（事实如此），从而使我们忘却了它的作者、它的复杂的来源。它是人类智慧的结晶，是由全人类创造的。

由是，作者似乎成了多余，姓甚名谁更是无关紧要。他们只不过是抄写者，因为它的源头可以追溯到前文字、前书籍时代，就像人类产生于前历史时代。

恋爱中的山鲁佐德并非它的母亲，而是它的奶娘。她是虚构的产物，一如她传述的故事。山鲁佐德不曾有过（哭泣吧，诗人们！），就像《雅歌》（*The Song of Solomon*）中的人物或莎乐美、《牧童歌》（*Gita Govinda*）中的人物或茹阿达，她们都是想象的产物。她们天仙般的美丽不属于人类。因此，山鲁佐德不只是一个名字、一个回声，而是千万个名字、千万种声音的化身。为了不至于忘却，人们以她的名义传播这些作品。但它们绝对不是哪个人创作的，它们是许多人的作品。对于《一千零一夜》而言，山鲁佐德就是某些幻想建造金字塔的法老。

一、《一千零一夜》的可能源头

《一千零一夜》或可比作一条大河，当它接近大海时已是河水滔滔；或者比作一座古城，它的由来在时光中淡出。据说有人找到了尼罗河的源头，而《一千零一夜》的源头却一直不为人知。

来自西方的无数东方学者曾致力于探索《一千零一夜》的源头，但结果只是一些众所周知的猜想和可能……仅有一点是毋庸置疑的，那便是这些魔术般的故事最早出自头戴面纱、身穿长袍的阿拔斯阿拉伯人之口，而这些阿拉伯人精通波斯语，他们中有哈里发、宫廷诗人和作家、文豪等。他们用精美的阿拉伯语传承了那些古老而现代的故事。也是他们将这些故事传到了西方。于是，这些故事充满了穆斯林气息，因为他们始终认为"真主唯一"。正是他们，将印度的肉桂和波斯的玫瑰引入了欧洲。

然而，一旦深究起来，人们就会陷入困境，将源头变成一团乱麻。他们驻足于巴列维时代的波斯，也即琐罗亚斯德教产生之后用尊德语书写的神圣故事。他们将山鲁佐德定位于那个时代，从而认为那也是《一千零一夜》所从出的时代。后来，阿拉伯人在哈里发的率领下攻破了纳哈万德的城墙，波斯萨珊王朝宣告覆灭。这不仅意味着阿拉伯人占有了波斯广袤的领土，更是承袭了其丰厚的精神遗产。而《一千零一夜》便是后者的重要组成部分。但是，波斯人并非《一千零一夜》的原创者。他们和阿拉伯人一样，是处于东西方之间的完美的二传手。

对于西方，波斯可谓巧夺东方之先声。无论人种还是文化，波斯都与古老的印度文明有千丝万缕的联系。而印度有意识地记录了遥远的无意识时期的东方人、东方民族的神话传说。她能和古老的埃及、中国比谁更古老。在发现中国之前，印度一直是西方人眼中的远东。亚历山大大帝到达时，印度已经非常古老。这儿也是他率领队伍和诗人、大哲抵达的最为遥远的地方。追随他的希腊人正是从这里带回了大量财富：金银和书籍，哲学和传奇。他们目睹的天衣派信徒比第欧根尼（Diogenēs）走得更远。天衣派不需要衣服，一如第欧根尼不需要酒杯。当然，早在亚历山大大帝之前，波斯人已经近水楼台先得月了。因为地缘和血统的关系，波斯人从他们的雅利安兄弟那儿取走了很多东西。在相当长的一个历史时期，波斯人和印度人不分彼此，在印度半岛和平相处。残留于斯的波斯后裔几乎可与德黑兰人用波斯语交流。

琐罗亚斯德教的尊德语是梵文的近亲。在鲍普（Bopp, E. G.）的《比较语法》（*Comparative Grammar*）中，不仅波斯语和梵文是近亲，就连希伯来语也同它们十分接近……无论是向西还是向南，波斯人始终浸淫于古老的东方文化。随着居鲁士（Cyrus）大帝开创阿契美尼德王朝，波斯人和印度人依然联系紧密。同时，波斯人和古希腊人的关系也达到了胶着状态。只需读一读希罗多德，我们就会发现，古希腊文化中充满了波斯人名和器物。波斯人对于古希腊人，如同其对于后来的阿拉伯人。当然，他们在给予的同时，也吸收借鉴了别人。于是，《一千零一夜》被雅利安波斯化了，同时它又变成了阿拉伯语——安拉的语言。而这些阿拉伯人因为将它变成了自己的语言，也便有了把故事重新讲给他们的父辈和让后者倾听的权利。

正因为如此，我们很难明确界定《一千零一夜》的所来所往。因此，我们姑且将它看作东方——亚洲的创造。

二、《一千零一夜》的遥远过去

《一千零一夜》自然属于亚洲之夜。顾名思义，是“夜话”的结集。它们的来源同样如黑夜般难以厘清。与之不同的是，古希腊文学源自白天，赫利俄斯是太阳。而东方文学是在月光下产生的。

…………

夜晚恬静，微风吹拂，妇女们放下活计，围坐在院子里小憩，沐浴着芬芳，讲述各种各样的故事。同样，男人们汇聚在廊柱下、广场边和屋顶上，聚会交谈，叙说各种各样的经历和传闻。国王们放下繁杂的国务和家事，享受悬诗的美妙。大臣们也搁下政务，摇身成为行吟诗人。

…………

没有电台和电影，故事是唯一高雅的消遣。几乎所有东方君主都会有自己的御用文人，他们可以是诗人，也可以是史官。据说亚历山大大帝东征印度期间，身边一直带着一支特殊的队伍。他们的任务是用各种故事和奇闻逸事填充他的不眠之夜。也许《一千零一夜》中的某些故事曾经入他尊耳。谁知道呢？

…………

这正是那些古来文献、年鉴、史传的由来，也是《圣经》的由来。这当然也是《以斯帖记》(*Libro de Esther*)的由来。

有时，首相、大臣充当行吟诗人，或者他们本来就是行吟诗人。为讨君主欢心，或者委婉地劝善，他们会拿起寓言故事的武器。

由是，印度有了《五卷书》，13世纪的欧洲有了它的简本，是谓《卡里来和笛木乃》。后者奠定了西方中世纪晚期的民间传说。尔后是那些夜话和更多天真的童话。

《一千零一夜》的许多故事就是这样生成的。在它见诸文字之前，不少故事已经在欧洲口口相传。我们的很多史诗、传奇和骑士传说就是这么被催生的……一如特洛伊战争是《摩诃婆罗多》(*Mahabharata*)的遥远的回声。在此，行吟诗人起到了传播者的作用。

类似例子并不罕见。通过行吟诗人、商队和其他行者，一些古老的传说从这里播撒到那里。这些传说形成了丰富的口传文学，其中一部分转而成书。在中世纪西班牙，亚历山大大帝的故事被反复传颂，以至出现了《亚历山大之歌》(*Poema de Alejandro*)。

也是在中世纪，口传传统在欧洲复活。许多神奇的故事首先以口传的方式进入我们的文学，激活了我们的心灵、我们的文学想象。

在加朗本出现之前，《一千零一夜》同样以口传方式如酒神般来到了欧洲。它无名无姓，直至18世纪。

…………

威尼斯商人，连同印度的香料，给欧洲带来了许多令人亢奋的故事。一些故事进入了薄伽丘或者班戴洛(Bandello, Matteo)[1]的作品。之后，他们又间接影响了莎士比亚和卡尔德隆(Calderón de la Barca, Pedro)……

总之，自从欧洲有了成书，学者们才发现原来《一千零一夜》早已进入了我们的文学。信手拈来，蒂莫内达(Timoneda, Juan de)的《谎言》(*El patrañuelo*)、莎士比亚的《驯悍记》[2]、卡尔德隆的《人生如梦》(*La vida es sueño*)、阿里奥斯托的《疯狂的奥兰多》，等等，等等，均与《一千零一夜》有明显亲缘关系……[3]

当然，所有这些发现都是在加朗本《一千零一夜》出版之后。

1 16世纪意大利作家，《罗密欧与朱丽叶》(*Romeo e Giulietta*)的原作者。

2 莎士比亚的《驯悍记》可能来自14世纪胡安·曼努埃尔的《卢卡诺尔伯爵》，而后者则直接源于西班牙阿拉伯人的故事。

3 有些故事如《辛迪巴德》早在13世纪智者阿方索十世时期就有了拉丁俗语译本。而这个故事正是《一千零一夜》中的*The Craft and Malice of Woman, or the Tale of the King, His Son, His Concubine and the Seven Wazirs*，又称*The King and His Wazir's Wife*，李唯中译作《国王、太子与妃子》。该故事充满了厌女色彩，同《一千零一夜》开篇的题旨最为吻合。

三、加朗本《一千零一夜》

加朗本《一千零一夜》是西方对东方的一次重大的文学发现。此后，深受震撼的东方学家们围绕该书的来源开始了旷日持久的争鸣，且迄今未有定论。

加朗本催生的首先是震惊和困顿。译者轻描淡写地说明了该书的来历：叙利亚手稿。[1]而这引发人们的诸多猜疑，以为它是哪位阿拉伯作家的作品。此外，译本出版在法国启蒙运动的"光明世纪"，显然有些格格者不入时流。人们甚至不清楚加朗的所谓叙利亚手稿的真面目。也许他的确有这么一份来自叙利亚的手稿。而加朗本人也的确应法兰西尊敬的国王陛下的差遣在叙利亚逗留过，并且他的使命是为宫廷博物馆收集珍稀手稿和钱币。所有物件都是由商队直接运往巴黎的。然而，因为没有人看到过那部手稿，怀疑之声曾不绝于耳。

人们怀疑其译本的由来。有同时代学者甚至怀疑它是加朗冒充佚名阿拉伯人的伪作。[2]然而，加朗本获得了巨大成功，引发了阅读热潮。《一千零一夜》迅速成为18世纪法国人的枕边书。虽然它经过了修饰和净化，但大体上保留了神秘的东方色彩。于是，它不仅顺应了时尚，而且引领了时尚。

他激活、震撼了男性读者，却使一些女性读者产生了反感情绪。那些已经习惯了奉承和赞颂的夫人受不得故事对女性的歧视。于是，男人们多少有些沉溺于国王的权力，而他们的夫人却对山鲁佐德更为认同。问题是，无论激动还是反感，迷人的《一千零一夜》开始深入人心。

说到加朗的成功，诺迪埃（Nodier, Carlos）说过："从一开始，人们便倾心于这些故事中蕴含的民间智慧。它们与法国读者的文学观念是如此不同，以至于颠覆了人们对文学的认知……人们无不为之倾倒。作品所呈现的真实情感、画面艺术和丰富多彩的

1 原文"Qu'il a fallu faire venir de Syrie"。

2 塞万提斯关于《堂吉诃德》源自阿拉伯手稿之说众所周知。

奇思妙想令人爱不释手……”

人们固然在伦理层面上各有不同，却对《一千零一夜》的文学价值深信不疑。它顿时成了巴黎各色沙龙的首要话题。在短短几年间，加朗本就重印了数次。此后，一系列译本或改写本相继问世……

囿于伦理观或嫉妒心理，针对加朗的批评热潮也一浪高过一浪，及至法国大革命时期开始冷却。继而是众所周知的浪漫派时期和英、德等国的后来居上……[1]

此外，1990年将《一千零一夜》翻译成英文的巴格达学者侯赛因 · 哈达威，也曾在其译文前面撰写了十数万字的序言，堪称他对《一千零一夜》的手稿爬梳和研究心得。他不仅在序言中阐述自己翻译这部故事集的初衷，而且对嵌套叙事结构的功用进行了简要评析，认为其主要目的是为了制造悬念，而许多故事也是寓教于乐，有着明显的道德教化功用。同时，他对《一千零一夜》的成书和流传进行了简要梳理，认为故事在漫长的流传过程中越来越贴合阿拉伯，特别是埃及的习俗，且在伊斯兰文化的大氛围下，呈现出高度的同质性。哈达威还强调，他的翻译依据的是14世纪最接近原作的叙利亚手稿，由于该稿中《卡玛尔 · 宰曼的故事》是不完整的，因此他的译本未将其收入。而后来的手稿大多是从这个手稿中演化出来的，形成了叙利亚稿和埃及稿两大支派。晚期的许多手稿，尤其是18世纪至19世纪上半叶的手稿删除和修改太多，并且加入了太多的印度、土耳其的寓言和故事。相比而言，他认为叙利亚手稿虽然比较单薄，增添不多，却从另一个侧面保存了原故事的风貌。而埃及稿由于增添过多，反而于原作风格有损。哈达威特别提到《辛巴达航海记》和《阿拉丁与神灯》，认为它们并不属于原作。同时，他对加朗的译本、查维斯等人的“手稿”都进行了评骘和勘定，辨别真伪优劣，并说佩恩和伯顿的译本参考了这些伪手稿。

1　摘译自坎西诺斯-阿森斯《〈一千零一夜〉序言》[Cansinos-Assés, *Presentación a Las mil y una noches*, t.I (Madrid, Aguilar Editor, 1955), pp. 13-20]。

同时，哈达威对穆赫辛·马赫迪1984年的译本给予了肯定，认为这是“迄今为止最好的版本”。马赫迪整理了几乎所有可用的文本，对其进行校对、勘定，使其尽可能地接近原作。基于多年来的翻译、印刷，哈达威认为，这部民间故事集已经可以说“既是东方人的又是西方人的，是东西方共同的产物”。这也体现了哈达威认为东西方文化本就互相交融、本该互相促进、难以截然分割的观点。

除了译者序言之外，20世纪还有许多学者为研究《一千零一夜》倾尽心血，并取得卓越的成果。如前所述，这一世纪，研究的重心已从欧洲逐渐转向美洲。而邓肯·布莱克·麦克唐纳便是20世纪早期研究《一千零一夜》的杰出学者。

麦克唐纳是知名的美国学者，曾就读于柏林东方学院，并获得哈特福德神学院的任职机会，他还创办了美国第一所致力于促进中东穆斯林改宗的基督教学校。由于他的主要学术兴趣是穆斯林神学，他开始研究与伊斯兰教相关的神学文献，并出版了一些研究成果，诸如《穆斯林神学、法学和宪法理论》(*Development of Muslim Theology, Jurisprudence and Constitutional Theory*, 1903)和《伊斯兰教面面观》(*Aspects of Islam*)等。而他关注《一千零一夜》，也恰恰是因为在他看来，该作品是穆斯林世界文化历史与宗教精神的忠实反映，其中的许多故事揭示了穆斯林信众的宗教虔诚度，比如一切由安拉命定、服从安拉高于一切等。这是18、19世纪学者很少关注的。正是出于这种理解，他相信《一千零一夜》是抵达阿拉伯文化内核的最佳门径。这一观点成就了他的“东方主义”。[1]

除了关注《一千零一夜》中所体现的宗教思想外，他还潜心研究《一千零一夜》手稿，是继佐藤伯格之后第二个仔细爬梳《一千零一夜》手稿的西方学者。当他在牛津大学博德利图书馆发现《阿里巴巴与四十大盗》的阿拉伯语抄本时，简直喜出望外，但遗憾的是，经仔细勘定，他发现这部抄本是赝品。1910年，他将自己的抄本研究成果

1 Marzolph and van Leeuwen (eds.), *The* Arabian Nights *Encyclopedia*, p. 628.

《博德利手稿的阿拉伯语版〈阿里巴巴与四十大盗〉》(“‘Ali Baba and the Forty Thieves’ in Arabic from a Bodleia MS”)发表于《皇家亚洲学会杂志》(*Journal of the Royal Asiatic Society*, 1910, April)。他的另一贡献还在于确认了哈比希特的布雷斯劳本所依据的突尼斯手稿也是赝品，这在前文中已经谈到。据说麦克唐纳还曾计划依据加朗所从出的三卷手稿对加朗译本进行校勘，这项工作他并未完成。麦克唐纳的研究成果解决了当时尚未攻克的几个难题，推动了20世纪初叶的《一千零一夜》研究。

鉴于他在对阿拉伯穆斯林神学与西方基督教神学关系的研究方面的贡献，哈特福德神学院设立了麦克唐纳神学研究中心，以推动基督教与穆斯林关系研究。

《一千零一夜》20世纪德语版译本的译者利特曼除了为其译本写了详尽的序言，还曾编著《〈一千零一夜〉：研究与分析》一书。[1]该书并非利特曼一人所撰。诚如其序言所说，编纂者共有三人。除他之外，还有著名的美国学者麦克唐纳以及埃及学者艾哈迈德·哈桑·齐亚特(أحمد حسن الزيات, 1885—1968)。此三人也被誉为当时东方学家中的三大权威[2]。

这部著作分为序言和十个篇章。序言部分为麦克唐纳所撰，主要讲述了《一千零一夜》的发展历史，他还肯定了德·塞西的贡献，并对故事层进行了划分，指出其中一些明显具有印度-波斯风格。麦克唐纳还对“一千零一夜”这个名字的出现进行了分析，指出有学者认为这是因为阿拉伯人不喜欢偶数，而“一千”表示多，为避免偶数则使用了“一千零一”。但他本人对此观点提出了质疑，认为这缺乏科学依据，并指出中世纪阿拉伯的许多大诗人，其诗集都以千行诗来命

1 该书原文为德语，本人所依据的是1982年贝鲁特黎巴嫩书局(دار الكتاب اللبناني بيروت)所出版的阿拉伯语译本，译者为易卜拉欣·胡尔西德(ابراهيم خورشيد)、阿卜杜·哈米德·尤尼斯(عبد الحميد يونس)和哈桑·奥斯曼(حسن عثمان)。

2 ليتمان، *ألف ليلة وليلة: دراسة و تحليل*، ترجمة : إبراهيم زكي خورشيد ولخ، دار الكتاب اللبناني بيروت، 1982، ص 8.

名的，如《伊本·迈力克千行诗》(ألفية ابن مالك)[1]，而10世纪的故事讲述者哲合沙耶里也一度希望把自己的作品命名为《千夜谈》。事实上，关于"一千零一"这个数字的出现源头和时间，学界存在几种不同意见，但在它指涉"多"和"无穷尽"这一点上，学者们的看法是基本一致的。

该书的正文部分凡十章，分别由三人执笔。除了谈及阅读感受之外，其总体研究内容主要集中在几个层面：一是梳理了这部民间故事集的故事层，并详尽总结了自加朗以来的各个欧洲语言译本，以及该故事集的印刷史，同时对每个译本、印刷本的特点和优劣也给予了比较客观的评价。二是对故事的美学价值、语言价值、叙事结构进行了评骘，指出《一千零一夜》是民间故事的集大成，其创作风格明显有着不同时代的烙印和演变轨迹，但因为使用方言、俚语很多，一直不被正统文坛所重视。直到18世纪以降，随着对方言、民间歌谣研究的重视，该故事集才得到了学界的关注。当然，著作还特别提到了故事集的嵌套叙事结构，认为这种结构被中世纪意大利文人所借鉴，其中特别提到了塞坎比的作品和《疯狂的奥兰多》。研究者们认为《一千零一夜》故事的艺术价值很高，尤其是巴格达层故事，对人物描写精细，语言常用对偶，引用谚语是许多故事的一大特点。埃及故事层第一部分则效法巴格达层的风格，但第二部分使用了过多的俚语方言和庸俗的夸张。显然，研究者认为埃及层许多故事的艺术性不够强。三是该书的执笔者之一齐亚特还从哲学和宗教的层面分析了《一千零一夜》所蕴含的新柏拉图主义和伊斯兰精神，认为绝对命运、善恶有报、慷慨大方、维护尊严等不仅体现了伊斯兰教的命定观，而且也是阿拉伯民族特性的反映。此外，著作还就伊斯兰教几大支派在故事中的体现进行了简要分析。

该书的最后一部分还就故事的不同文学模型进行了分类，将故事分为神话、小说、传奇、寓言或训诫故事等，进而从故事功能和人物角

1 《伊本·迈力克千行诗》又称为《精要》(الخلاصة)，是13世纪阿拉伯文人伊本·迈力克的一部以诗歌形式阐释阿拉伯语法的千行诗专著。

色等角度进行了分析。这显然具有了故事形态学研究的特点，与当时的民俗学、民间文学研究形成了呼应。

可以说，20世纪的《一千零一夜》研究的确已经逐渐形成体系，许多文学史家也会将其专章论述，进而对这部民间故事集进行多方位探析。早期有德国著名东方学家弗里德里希·冯德雷恩。他曾在马尔堡、莱比锡和柏林的大学学习，1894年在卡尔-温霍尔德的指导下在柏林获得博士学位，论文是关于中世纪德国文学。1899年，他以一篇关于北欧神话的论文在慕尼黑路德维希-马克西米利安大学获得实习机会。从1920年到1937年退休，冯德雷恩在科隆大学担任德语语言学会主席。荣休后，冯德雷恩出版了《日耳曼人的诸神》(*Die Götter der Germanen*, 1938)，勾勒了日耳曼神话中的神祇谱系。他的许多作品都很关注神话人物和神话原型。除上述作品外，他还撰有《民间传说和诗歌：关于诗歌和生命起源的研究》(*Volkstum und Dichtung. Studien zum Ursprung und zum Leben der Dichtung*, 1933)、《神奇故事——一种尝试》(*Das Märchen. Ein Versuch*, 1911)[1]等著作。其中后者从神话功用、神话起源和神话故事结构与叙事方式等角度探讨了神话的叙事方法，这也可看作民间文学研究的早期成果。从第四章开始，冯德雷恩分地区研究了环地中海地区、印度、欧洲等地的神话故事，并用第六章“《一千零一夜》”和第八章“德国神话故事”进行了专题研讨。

在第六章中，冯德雷恩肯定了利特曼等人对《一千零一夜》在德国传播的贡献，然后回顾了它在欧洲被翻译的历程，并肯定利特曼的观点，认为从书名“一千零一夜”可以看出土耳其文化的影响。这一点后来也成为共识。总体而言，冯德雷恩的研究并未在前人的基础上有太大的推进，其观点主要集中在多源头（受印度、波斯、土耳其、巴比伦、叙利亚等影响）、流传久（自9世纪起）、集体创作、影响广泛等

1 该书首版于1911年，1958年再版。本著依据1973年由奈比拉·易卜拉欣(نبيلة ابراهيم)翻译、黎巴嫩贝鲁特笔社出版社(دار القلم بيروت - لبنان)出版的阿拉伯语译本，译为《神奇故事：生发-研究方法-艺术性》(*الحكاية الخرافية : نشأتها. مناهج دراستها. فنيتها*)。

几个方面。

其中他特别提到引子故事《背叛魔鬼五百七十次的女子》在很早时期就流传至俄罗斯北部地区。同时，他认为故事集也具有一定的现实价值：由于出现了各阶层的人物，上至王公贵族，下抵商贩侠盗，所以故事集受到各个阶层的喜爱，扩大了受众面，既可视为中产阶级文学，亦可看作民间大众文学，也反映了当时普通民众的生活面貌。

冯德雷恩还特别指出，《一千零一夜》的叙事方式与印度故事非常相似，并在后期故事中体现出许多《古兰经》的正统思想。这些观点也与其他学者合辙。

虽然冯德雷恩在研究广度和深度上没有太多进展，但他在自己的文学史写作中突出了《一千零一夜》的地位，这无疑加强了欧洲民众对这部东方故事集的进一步了解。这在20世纪早期也可谓是一种进步。在此之前，阿拉伯文学史研究对这部民间故事集的关注基本阙如，许多史书基本不会提及。冯德雷恩此举，也算是占了时代先机。后来的许多国家在撰写世界文学史时，也逐渐将这部故事集纳入视域，譬如俄罗斯高尔基世界文学研究所在1983年出版的《世界文学史》中就有对《一千零一夜》的专章论述。虽然篇幅并不算很长，但分析尚属中肯细致，客观公允。

今天，倘若我们不事深入的专题研究，那么英国学者罗伯特·厄文的《〈一千零一夜〉：导读》(The Arabian Nights: *A Companion*, 1994)可助人们对《一千零一夜》的成书历史、翻译过程和故事类型获得全面的了解。罗伯特·厄文出生于英国，曾在牛津大学攻读现代历史，后在圣安德鲁大学教授中世纪史，同时在伦敦大学、剑桥大学和牛津大学教授阿拉伯-中东史。他师从伯纳德·刘易斯(Lewis, Bernard, 1916—2018)[1]，对阿拉伯文学、文化非常痴迷，据说他还在读书期间改

1 英裔美国犹太史学者，东方学家。著有《伊斯兰教的政治语言》(*The Political Language of Islam*, 1988)、《穆斯林发现欧洲》(*The Muslim Discovery of Europe*, 2001)等书。

宗并终身信奉伊斯兰教。厄文是一位多产的文人，早期有学术著述，后来也从事文学创作，其文学作品大多与中东地区有关，如《阿拉伯梦魇》（*The Arabian Nightmare*, 1983）、《阿尔及尔的神秘面纱》（*The Mysteries of Algiers*, 1988）等。其他有关中东的主要研究作品有《中世纪时期的中东》（*The Middle East in the Middle Ages*, 1986）、《伊斯兰艺术》（*Islamic Art*, 1997）、《阿尔罕伯拉》（*The Alhambra*, 2004）等。此外，他还针对东方学著书立说，出版了《为了认知的欲望：东方主义者及其敌人》（*For Lust of Knowing: The Orientalists and Their Enemies*, 2006）并从自己的立场对萨义德的东方学提出了质疑。

《〈一千零一夜〉：导读》是厄文1994年出版的专著，由企鹅出版社出版，而后多次再版。这部著作全面梳理《一千零一夜》的成书过程。在序言中，厄文明言指出，当今西方对阿拉伯世界存有诸多偏见与误读。人们谈及阿拉伯世界时，首先会想到塔利班、自杀式袭击、因提法达起义[1]等极端表现，而游历这些地区也难免给人以落后、低效等负面印象。这些话不免使我们想起萨义德在《东方学》等诸多著述中想要澄清的一个向度：如今西方对东方的了解实在是片面而又简单。但一个丰富饱满、历史积淀深厚的东方又的确需要我们进行客观的再认识。“在西方任何一个像样的图书馆内，我们都会看到另一个中东，一个充满魅力、浪漫和神秘的地区。”[2]而这正是厄文研究东方并且写作这本书的初衷，他希望他的努力可以刷新欧洲人对阿拉伯世界的认知。他着力去意识形态化，避免为了某种意识形态而取法不理智的成见，因此，从多元角度去了解阿拉伯世界是非常必要的。而《一千零一夜》这样一部内涵丰富的作品正是对阿拉伯世界极佳的认知媒介。

厄文在引言和第一章中依旧首先梳理了该故事集的翻译、印刷历史，对各种译本的优劣给予了自洽的分析。从第二章起，他开始以文本考据方法详尽阐释这部故事集的源头，并总结前人的研究成果，分

1 也称大起义，指巴勒斯坦人针对以色列统治所发起的抵抗运动。

2 Irwin, The Arabian Nights*: A Companion*, p. 2.

析塞西、佐藤伯格、麦克唐纳等人对各种手稿(据厄文所言,共有22份)的爬梳,同时参照伊拉克学者穆赫辛·马赫迪的著述对手稿谱系进行了总结。

在故事组成方面,厄文更是巨细靡遗地推论了它们可能的源头,譬如印度的《佛本生故事》、《故事海》及其所包含的《五卷书》、《僵尸鬼故事二十五则》、《鹦鹉故事七十则》等,波斯的《希扎尔·艾夫萨乃》,乃至《圣经·以斯帖记》。他甚至探讨了《一千零一夜》故事与希腊故事的种种相似之处及其可能的渊源。尽管比较了诸多故事传说与《一千零一夜》的相似之处,厄文始终认为很难确定山鲁佐德的引子及其所蕴含的故事究竟是否源自印度,并经由波斯传到阿拉伯国家。在他看来,印度也有可能是传播并接受了该故事。这是他个人的观点,学界当然会有不同意见。但毫无疑问的是,无论起源如何,这部故事集在阿拉伯地区经历了漫长时代的扩充、增添,加入了大量的巴格达、埃及本地故事,这是毋庸置疑的,也是厄文在接下来的内容中所着力阐释的。他分别举例巴格达早期的故事说书人哲合沙耶里、古祖里、塔努赫等人的作品,展示了《一千零一夜》故事中的阿拉伯元素,特别是伊斯兰元素。

如此众多的故事,在中世纪时期就广为流传,特别是由于阿拉伯人与西班牙人的种种历史渊源,许多故事很早就开始在伊比利亚半岛和意大利某些地区传播,并对西班牙和意大利的早期世俗文学产生了影响。厄文对此也枚举了大量作品以示佐证,包括英国文学、意大利文学、德国文学等。这由本书前文的梳理亦可窥见一斑。

厄文在著述中还对《一千零一夜》所体现出的魔法和超自然奇迹等进行了研究,指出了魔法故事的功用。他认为,对魔法的偏爱在中世纪阿拉伯世界具有十分重要的功用,“竟然催生了一个特殊的文学流派:奇幻(*aja'ib*,奇迹)文学”。而许多奇迹故事后来又都被收进了《一千零一夜》。书中对于魔鬼、精灵、魔法、占星术等奇幻现象的分析以及对它们所蕴含的社会历史内涵的阐释,都很有几分新文化史和微历史研究的味道,令人迂思达恩顿(Darnton, Robert)的《屠猫记》(*The Great Cat Masscre and Other Episodes in French Cultural History*)、孔飞力的《叫魂》等著述，又与弗雷泽(Frazer, James)《金枝》(*The Golden Bough*)的某些内容近似。虽然厄文的研究没有他们那么精准、集中，原因在于厄文的关注重心并不在历史文化，但他更注重对《一千零一夜》自身逻辑的发掘。厄文也借此进一步指出魔法等内容中所蕴含的命定思想。这一点，之前的学者也曾多次提及。

借由《一千零一夜》的传播，厄文还分析了阿拉伯地区说书人口口相传的说书传统，并揭示了故事中所体现出的民俗娱乐、底层生活。他的特别之处还在于认为侠盗是中世纪阿拉伯世界生活的一群特殊人物，很能体现阿拉伯民族的个性特征。中世纪时期，阿拉伯世界的侠盗自成一体，有时甚至也担当某些社会“警察”的角色。而这些在《一千零一夜》中也有体现。这就好比我国一些学者在儒释道之外看重侠义文化的作用。

当然，作为著作的尾声，厄文依例也对这部民间故事集在欧洲的翻译传播情况进行了概述，并介绍了欧洲各国民俗学研究的发展情况。总体而言，厄文的著作聚焦《一千零一夜》，但又不局限于兹。入则细致入微，出则气势恢宏，既能让读者了解故事集的总体内容，又可借此窥探阿拉伯乃至印度等地的文学传统、民俗风貌和历史沿革，充分展示了作者本人深厚的学识素养和人文关怀。

除了该部专著外，厄文还于2010年出版了另一部著作《精灵的想象:〈一千零一夜〉的插画家》(*Visions of the Jinn: Illustrators of the* Arabian Nights)，该书收纳了18至20世纪以来各种西方版本《一千零一夜》内的插画，并对其进行了分析，是一部研究书籍插画历史的有趣著述。在现代研究中，学者们多认为图画是对文字内容的有趣补充，是另一种可视文本，甚至是隐性文本，在图画中出现的许多内容，或许会彰显作者的某些意图。当然，对于《一千零一夜》这样一部集体创作的故事集而言，其图画大部分为18世纪之后西方绘画者添加的，厄文认为，这些重要的视觉幻象其实也体现了某些东方主义范畴内的他者想象。厄文收集的插画，有些出自著名艺术家之手，如艾德蒙·杜拉克(Dulac, Edmund)[1],古斯塔夫·多雷(Doré, Gustave)[2]、弗兰克·布朗温(Brangwyn, Frank)[3]等。而有些画者,则名不见经传,但其所绘都是珍贵的图画资料。

无独有偶,2016年日本文人海野弘(Hiroshi Unno)也出版了一本插画集《〈一千零一夜〉:伊斯兰世界的民间艺术、文学、诗歌、时尚和书籍设计》(A Thousand and One Nights: *The Art of Folklore, Literature, Poetry, Fashion & Book Design of the Islamic World*),其中同样收入了大量的《一千零一夜》精美插画,也包含欧玛尔·海亚姆(عمر الخيام)《鲁拜集》(رباعيات)的插画,每幅插画附有题名和简要介绍。这部插画集与厄文的上述著作一东一西,遥相呼应,实在是绘画爱好者的饕餮珍品。此为题外话。

回到《一千零一夜》研究著述。除介绍性的著作外,20世纪欧美等西方世界还出版了许多专题性的研究著述,譬如大卫·皮诺(Pinault, David)的《〈一千零一夜〉的叙事技巧》(*Story-Telling Techniques in the* Arabian Nights)。该书1992年由布里尔出版社出版,凡五部分。第一部分为引子,照例梳理了《一千零一夜》的历史、口传特性和语言特点。但作者旁逸斜出,对部分故事的叙事技巧及其重复性——这一点很类似德里达(Derrida, Jacques, 1896—1970)所提出的符号"可重复性"观点——以及元叙事风格、主题与形式和戏剧性视觉效果进行了分析。重复性在《一千零一夜》中比比皆是,而元叙事风格却是传统解经学的惯用技巧。根据罗伯特·阿尔特(Alter, Robert)的解析,这种关于叙事的叙事对故事的

1 艾德蒙·杜拉克(1882—1953),法裔英国艺术家,为法、英等国杂志、书籍做插画,并曾设计邮票,著名的伊丽莎白二世系列邮票便是他所设计。

2 古斯塔夫·多雷(1832—1883),法国著名雕刻、绘画和插画艺术家,极具绘画天赋,一生痴迷于素描、木版和钢版画绘制。他曾为巴尔扎克、拉伯雷、弥尔顿等人的作品创作著名版画,所绘的《一千零一夜》插画也极具独特风格。

3 弗兰克·布朗温(1867—1956),英国著名画家、设计师,据传其一生绘画作品超过一万幅,尤以壁画和铜版画成果为著。

某些重要方面起到了强化作用。[1]皮诺认为有关技巧在《脚夫与三女子》等作品中经常使用，尽管事实上《一千零一夜》从山鲁佐德甫一登场，便开启了元叙事模式：为了说圆一个故事而衍生的其他故事，以及关于其他故事的故事。至于戏剧性视觉效果，则是一系列细节描写的结果，即通过具有“视觉”特征的叙事将逼真感传导给听众（或读者）。

该书的第二部分就“渔夫与魔鬼或魔幻王子”系列故事[2]，包括“王子（包括智者辛迪巴德）和王妃”的故事进行了条分缕析，认为有关故事曲尽其妙，传达了话语的魔法：如何借故事（叙事技巧）反败为胜。其中的以弱胜强无疑蕴含着弱者的诉求和智慧。在第三部分“哈里发的快乐”中，作者追溯阿拔斯王朝的历史，认为《三个苹果的故事》凸显了《一千零一夜》的独特叙事技巧。故事从巴格达的哈里发拉希德说起，由山鲁佐德（也可能是说书人）讲述拉希德闲来无事，带着宰相微服私访，路遇一个凄切哀叹的老人，进而引出一连串故事，连带一连串叙事者，而且是连环式环环相扣，迥异于《辛迪巴德》的平行叙事。[3]

第四部分“铜城故事”是专著的重心，也是最为精彩的一部分。作者围绕《铜城的故事》推敲叙事技巧。《铜城的故事》也是博尔赫斯钟爱的故事之一。大卫・皮诺爬梳布拉克本，以及巴黎手稿3118号、3651号、3668号和5725号等，对这个故事的不同版本进行对位比较，认为它们之间存在着很大的延异，甚至几可谓大相径庭：从一座无窗无门的神秘铜城，到一座藏有所罗门碑的秘宫，再到古罗马人塑有大量阿拉伯武士的古堡，不仅内容差异巨大，叙事风格也迥然有别。从目的学的角度看，大卫认为这样的变异（姑且称之为窑变）首先服从于

1 Robert Alter, *The Art of Biblical Narrative* (New York: Basic Books, 1981), p.92.

2 如辛迪巴德系列。

3 David Pinault, *Story-Telling Techniques in the* Arabian Nights (Leiden/New York/Köln: Brill, 1992), pp. 88–98.

源头学或逼真法的需要。当然，这是他从葛哈德特那里借来的。[1]同时，大卫援引哈默里（Hamori, Andras）等人的观点，认为这些窑变服从不同版本深层结构或美学原则的需要。[2]诸如此类，不一而足。

《〈一千零一夜〉的叙事技巧》一书是《一千零一夜》专题学术研究著作中比较出色的一部。20世纪，叙事学如火如荼，技术性较强，研究剖析也力求深入细致。大卫将其运用于《一千零一夜》研究，相较前人的综述与文本探析，无疑也是一种推进。

其他比较重要的西方研究成果还有埃娃·萨里斯（Sallis, Eva）的《镜子中的山鲁佐德：〈一千零一夜〉的窑变》（*Sheherazade Through the Looking Glass: The Metamorphosis of the* Thousand and One Nights, 1999），该书由洛克菲勒出版社出版。它在梳理了各个译本之后，集中分析了《一千零一夜》在传入西方后文本和意象上的扩增与变形。由于东西方文化的差异，欧洲在构建自我形象的同时，将《一千零一夜》纳入了浪漫主义发展和帝国扩张的需要，成为他们了解“他者”礼仪、习俗的重要依据。作者还认为，在翻译过程中，经过魔法镜（其实暗指西方中心主义意识形态）的变形，这部作品在某种程度上被丑化了。萨里斯的研究有助于读者从殖民主义和后殖民的角度重新审视文本变形背后所蕴含的意识局限。

毕业于康奈尔大学的印度裔美国学者阿拉瓦姆丹（Aravamudan, Srinivas, 1962—2016）曾任教于杜克大学英语文学系，并长期从事文学和人文学研究，在东方学方面也颇有造诣。1999年，他因《热带居民：殖民主义与社团》（*Tropicopolitans: Colonialism and Agency*）获得现代语言学会（MLA）奖。

此外，阿拉瓦姆丹发表过若干篇有关《一千零一夜》的论文，其中《时空冒险和东方他者》（“The Adventure Chronotope and the Oriental

1 Mia Gerhardt, *The Art of Story-Telling: A Literary Study of the* Thousand and One Nights (Leiden: Brill. 1963), pp. 208–233.

2 Andras Hamori, *On the Art of Medieval Arabic Literature* (Princeton: Princeton University Press, 1974), pp. 157–160.

Xenotrope”）原载《〈一千零一夜〉三百年纪念文集》（The Arabian Nights *after Three Hundred Years*），后被牛津大学《东西方历史语境中的〈一千零一夜〉》（The Arabian Nights *in Historical Context: Between East and West*）收录。该文评述了西方冒险家的东方“他者情结”。[1]

第二节 回归东方

本章开篇说过，20世纪是《一千零一夜》回归东方世界的重要时期。这种说法虽不完全准确，但也不算夸张。在一个多世纪的研究中，许多西方学者都意识到，这部受西方读者疯狂喜爱的阿拉伯民间故事集在它的本土阿拉伯世界并未得到应有的关注。有关原因前面进行了简要分析。一个事实是，早期许多阿拉伯学者撰写的有关阿拉伯文学史的著作中，《一千零一夜》几乎是阙如的，倘有涉及，所占篇幅也微乎其微。这种情形一直持续到20世纪，而且20世纪甫始仍没有太大的改观。以著名阿拉伯文学史家绍基·塔依夫（شوقي ضيف，1910—2005）的皇皇十卷本《阿拉伯文学史》（تاريخ الأدب العربي）为例，《一千零一夜》仅在第七卷有关埃及文学的叙述中有过寥寥无几（约一页篇幅，该卷册第488至第489页）的文字粗略谈及这部民间故事集的来源。更不用说许多文学简史了！当然，阿拉伯文学历史悠久，作品卷帙浩繁也是一个客观原因。但其根本原因在于《一千零一夜》不仅是道统意义上的“俗文学”，且非阿拉伯原产。如果套用王笛在《走进中国城市内部》中的观点，精英文化和大众文化从来都是一对既对立又难以割裂、彼此边界模糊的矛盾体。在古代阿拉伯，精英文人所器重的自然是“精英文学”“雅文学”，而对于源自民间的“大众文学”“俗文学”的轻忽由来已久。他们认为语言旖旎、对仗严谨、韵律工整的诗歌才是文学中的精华，而诸如《一千零一夜》这样的民间文

1 Saree Makdisi and Felicity Nussbaum (ed.), The Arabian Nights *in Historical Context: Between East and West* (Oxford: Oxford University Press, 2008), pp. 235-264.

学难免糟粕过多，何况12世纪之后，这部故事集在埃及流传时又被加入了更多的俚语俗言，其许多内容也非正统阿拉伯伊斯兰文人所能接受的。因此，在它漫长的流传过程中，阿拉伯本土对其鲜有关注，甚至可以说是多有忽视的，更遑论其他东方国家。

但舶出去之后，情形发生了逆转。20世纪中叶，这部原本不那么阿拉伯化的民间故事集，似乎变得尤其“阿拉伯化”了。许多阿拉伯文人甚至撰写专著，为其阿拉伯特性验明正身。个中原因固然较为复杂，但最主要的一点无疑是阿拉伯现代民族意识的觉醒。特别是在文学复兴时期，探寻本民族文学遗产、在世界范围内树立本民族文学经典，变得重要起来。与此同时，“西学东渐”气势如虹。《一千零一夜》既已在西方“当仁不让”地被经典化了，那么在阿拉伯世界怎么可能再无足轻重呢？于是，它不仅滋养了现代阿拉伯文人的创作，也逐渐成为许多阿拉伯学者的研究重心。同时，与阿拉伯世界经历相似的许多东方国家，也在19世纪末20世纪初相继开始了广泛接纳以西方文化为主的世界文化，并逐步走向现代化的进程。在这个阶段，这些国家对《一千零一夜》这部颇受西方文学青睐的阿拉伯故事集的态度也因各自现代化进程的特点不同，而呈现出不同的接受面向。本节拟选取两个不同的东方地区和国家对《一千零一夜》的接受稍作梳理总结，它们分别是：其文化属地阿拉伯世界，与中国毗邻但在接受特点上却与其他东方国家呈现出较大差异的日本。至于中国，鉴于其内容庞杂，以及对中国的文学爱好者、研究者具有非同一般的重要性，故单列一节，在本章第三节中专门阐释。

一、阿拉伯世界

（一）作家化

如果我们把民间文学和作家创作作为一个并立概念，并且把作家在创作中吸纳民间文学作品称为该作品的作家化过程，那么《一千零一夜》这部民间故事集在阿拉伯国家早期的经典化或曰作家化大抵发生于20世纪上半叶，较之西方整整延迟了一个半世纪。虽然早在19

世纪后半叶，黎巴嫩曾有文人尝试改写《一千零一夜》的某些故事，譬如将其改编为戏剧，在私人剧院上演，但并未引起什么反响。

1932年，埃及文人陶菲格·哈基姆（توفيق الحكيم, 1898—1987）创作了剧作《山鲁佐德》（شهرزاد, 出版于1934年），这是较早运用《一千零一夜》故事元素进行现代戏剧、小说创作的一个范例。陶菲格·哈基姆是埃及现代早期著名的小说家、戏剧家，曾留学法国，深受法国哲学思潮、文学特别是戏剧创作的影响。他的这部作品运用浪漫主义和象征主义手法，将山鲁佐德化身为民主、公正的代表，传达了作者对民主自由的向往以及对当时埃及社会状况的担忧。学者穆斯塔法·阿卜杜·加尼认为，哈基姆所塑造的山鲁佐德更接近于西方观念，其人物形象仿佛歌德笔下的浮士德。[1]哈基姆的山鲁佐德形象无论言辞还是意象的确偏于深奥，这也反映了哈基姆本人的哲学社会学观念，他所提出的是哲理层面的思考，从而规避了对具体的现实问题的关注。正如他本人所言：

> 我是一个民主作家吗？事实上，我的民主不是政治意义上的民主，我不愿意从属于任何一个政治体制或党派意义上的民主，思想和精神的自由是真正自由的思想家的全部灵魂，这使得他拒绝加入任何党派和体制，因为这个体制无论是对是错，都会要求他为捍卫其理念和利益而付出代价。我所主张的民主是基于人道原则而非政治体制的民主：个人心中的民主亦即人权，亦即自由，亦即人类的尊严。[2]

因而他作品中的山鲁佐德也是这样的人物，她拒绝加入任何政治派别。总而言之，《山鲁佐德》是哈基姆受西方戏剧创作影响的一次尝试，也是较早注意挖掘本民族文化遗产的一个案例。

与他类似却又有很大差异的是埃及作家、思想家、文艺批评家塔

1 مصطفى عبد الغني، *شهرزات في الفكر العربي الحديث*، دار الشروق، بيروت، 1985، ص 40.

2 同上，第118页。

哈·侯赛因（طه حسين, 1889—1973），他也曾创作过一部小说：《山鲁佐德之梦》（أحلام شهرزاد）。这部作品同样取材于《一千零一夜》的人物形象，却取法现实主义，表达了作者对埃及社会政治、现实的黑暗和腐败等具体问题的深切焦虑。

在近现代阿拉伯文学复兴的阶段，塔哈·侯赛因是当之无愧的文坛泰斗。他出生于尼罗河左岸小城马加加附近的一个村庄，父亲是制糖厂的小职员。由于家境贫寒，塔哈·侯赛因三岁时罹患眼疾后得不到有效治疗，最终双目失明，从此开始学习盲文。但疾病的打击挡不住他求学的欲望，聪明好学、对知识如饥似渴，使他养成了博闻强记的习惯。他十三岁时随兄长到开罗入爱资哈尔大学预备部学习，那里是埃及资产阶级改良主义运动时期新旧思想的交锋中心。为逃避政治斗争，塔哈·侯赛因离开爱资哈尔大学，进入创办不久的开罗大学。新的环境和新的学习内容给予他很大的鼓舞，特别是几位欧洲东方学家的课程对他启发很大。与此同时，他在夜校补习法语，以便能够听懂法语课。1914年，塔哈·侯赛因以阿拉伯盲人作家艾布·阿拉·麦阿里（أبو العلاء المعري）为对象撰写博士论文，获得埃及大学颁发的第一个博士学位，从此崭露头角。

同年，塔哈·侯赛因赴法国留学，主攻古希腊罗马史，同时学习古希腊文和拉丁文。五年后，他学成归国，在开罗大学讲授古希腊罗马史和法国近代文学，同时开始译介法国戏剧、创作小说。他的主要作品有长篇小说《日子》（الأيام）、《鹧鸪声声》（又译《鹬鸟声声》，دعاء الكروان）和《山鲁佐德之梦》等。塔哈·侯赛因深知《一千零一夜》的价值所在，他在1943年完成了仿写作品《山鲁佐德之梦》，以此延续了《一千零一夜》的故事，讲述山鲁亚尔在听完一千夜的故事后，内心发生改变，不再是那个嗜杀的国王，但他又有了新的焦虑。从第一千零九个夜晚开始，他总是会被噩梦惊醒，于是山鲁佐德便在接下来的数个夜晚给山鲁亚尔讲述了一个崭新的神话故事。作者借这个故事影射各种现实问题和阶级矛盾，阐释自己的政治主张和现实关怀，从而进一步激活了人们对《一千零一夜》这部世俗经典的兴趣。

在20世纪的阿拉伯国家，有许多文人曾以山鲁佐德这个人物形象为素材，创作了一系列文学作品，表达不同时代的政治诉求。关于这一点，加尼在其专著《阿拉伯现代思潮中的山鲁佐德》里有深入剖析。我们下文还将进一步详述。除此之外，许多作家还借用故事集的嵌套叙事结构进行文学创作，如巴勒斯坦作家伊米勒·哈比比（ايميل حبيبي, 1921—1996）就曾多次表示《一千零一夜》是其创作源泉。他的作品《食尸鬼之女萨拉娅》（سرايا بنت الغول）被认为是他的自传式小说，不仅借用了嵌套式故事结构，其魔幻内容也明显有《一千零一夜》的影响。

《一千零一夜》在受到阿拉伯本土作家的关注后，改写作品、续写作品不计其数。诸如阿尔及利亚小说家杰巴尔（Djebar, Assia, 1936—2015），其大部分的作品都指向妇女问题，显示了强烈的女权主义立场，因而被认为是北非地区最杰出和最有影响力的作家之一。杰巴尔著述颇丰，作品常以妇女为主要对象，内容涉及女性的独立人格、性生活、社交及家庭与两性关系，关注妇女的生活状况和生存困境，具有鲜明的女权主义倾向。她的主要作品几乎都直接用法文创作，其中包括著名的《远离麦地那》（*Loin de Médine*）、《阿尔及利亚之白》（*Le Blanc de l'Algérie*）、《苏丹的影子》（*Ombre sultane*）等。后者在结构和内容上均借鉴了《一千零一夜》，讲述一夫多妻制家庭（社会）里，山鲁佐德姐妹俩如何联手用广义的故事动之以情、晓之以理，最终改变丈夫（或夫权）专制，获得和谐相处的美满生活。

另一位阿尔及利亚作家布杰德拉（Boujedra, Rachid, 1941— ）也曾创作《一千零一年的怀旧》（*Les Mille et une années de la nostalgie*, 1979），它明显是对《一千零一夜》的致敬与戏仿。在布杰德拉看来，"《一千零一夜》是一部关于一切旅行的大书。它是关于传统和文化的空间巡旅，也是人体巡旅：既有化学反应，也有神秘变化……巴格达的大盗，辛巴达的冒险，蒙古的骑兵：这一切对北非而言，都是匪夷所思的"[1]。正因为如此，《一千零一夜》具有文化颠覆力量，"譬如女性的解

1 Giulana Toso-Rodinis, *Fable et Histoire dans* Les Mille et une années de la nostalgie *de Richid Boujedra* (Goldenberg: Heller, 1994), p. 8.

放，性欲和政治的等量齐观”[1]。

鉴于诸如此类的仿写、改写实在不胜枚举，此处从略，而仅再以纳吉布·马哈福兹为例，譬如他对《一千零一夜》的改写。作为个案，他与哈基姆、侯赛因等文学巨擘对应了不同时代。众所周知，马哈福兹创作手法多样，作品丰硕。他生于开罗，1988年因“通过大量细致入微的作品和洞察一切的现实主义，唤起人们树立信心、形成全人类所欣赏的阿拉伯语言艺术”而获得诺贝尔文学奖。

马哈福兹青年时代就读于开罗大学文学院哲学系，其间接触了来自西方的各种民主主义和社会主义思想，同时关注西方现代文学思潮。大学毕业后，他一边留校工作，一边为一些哲学杂志撰稿。此后又曾就职于埃及宗教基金部、文化指导部等政府部门，同时兼任文学艺术最高理事会理事、电影局局长和文化部顾问；1970年退休后，全心投入创作。

他的第一部小说发表于1939年。这部小说写的是发生在法老时期的故事。当时法鲁克国王统治的埃及实际上处于半殖民地状态。马哈福兹通过回顾埃及古老辉煌的文化以强调文化自信。20世纪50年代中期，马哈福兹转向现实题材。他以“三街”，即《宫间街》(بين القصرين)、《思宫街》(قصر الشوق)、《甘露街》(السكرية)成为埃及无可争议的杰出作家。这一以现代埃及为主题的三部曲也使他驰名世界。在这三部曲中，他以埃及商贾家庭三代人的生活为轴心，向世人展示了埃及现实生活的宏阔画卷。马哈福兹在这部巨作中塑造了若干个性鲜明、形象生动的典型人物，以令人惊叹的写实手法描绘了阿卜杜·杰瓦德与绍凯特两个家族几代人错综复杂的关系，这是一部有关现代埃及风土人情的百科全书式作品。三部曲的问世标志着阿拉伯现实主义小说的成熟，其影响扩展到阿拉伯半岛和北非，推动了阿拉伯现代小说的发展与繁荣，马哈福兹因此获埃及国家文学奖。

20世纪50年代末，马哈福兹掉转笔锋，重新回到历史，创作的《我

1 Marzolph and van Leeuwen (eds.), *The* Arabian Nights *Encyclopedia*, p. 508.

们街区的孩子们》(أولاد حارتنا)中出现了现代亚当、摩西、耶稣和穆罕默德。作品曾在埃及报刊连载，但因保守势力的阻挠不得不中途放弃，至今未有全本面世。倒是位于开罗的美国大学出版了一个英文版，而后又有书商在黎巴嫩印制了一个阿拉伯语盗版。

如果说1977年的《平民史诗》(ملحمة الحرافيش)已经明显撷取了《一千零一夜》的某些神秘意象，如梦境的启示、奇幻的信仰等，那么1982年的《千夜之夜》(又译《阿拉伯之夜与阿拉伯之昼》或《续天方夜谭》)，就直接延续了《一千零一夜》的风格和内容：作品围绕山鲁亚尔及其大臣、山鲁佐德及其妹妹的生活，揭示了一系列相互独立又彼此关联的主题和内容。其中既有宫廷腐败、社会积弊，也有类似于阿拉丁、辛巴达、官员、脚夫和匠人之类的故事，表达了作者对其"艺术象征主义"、"政治现实主义"和"形而上学思辨"的基本关切。作品凡13篇，并未沿用《一千零一夜》的嵌套式结构，而是采用串联式结构组成。这部作品被认为是马哈福兹后期创作的标志性成果，与早期有关法老时代的想象遥相呼应。

在这部《一千零一夜》的续篇中，马哈福兹收入了13个相互独立又彼此关联的故事，诸多方面模仿前者，但又明显增加了对政治和官场的影射与批判，并采用了线性而非嵌套式叙事结构。在小说的《序幕》中，作者安排了让《一千零一夜》的读者感到会心的大团圆：国王山鲁亚尔迎娶山鲁佐德为王后，人们无不欢欣鼓舞，赞颂国王从此不再暴戾，感佩山鲁佐德聪慧过人，用故事打动了国王。与此同时，小说交代了山鲁佐德的老师巴勒西长老的智慧。《商人萨纳尼的故事》讲述萨纳尼遇到善魔高姆高姆，后者要求萨纳尼杀掉恶贯满盈的地方执政官苏鲁利。为了保住性命和妻子、儿女，萨纳尼答应了善魔的要求。而苏鲁利早就看上了萨纳尼的女儿哈赛妮娅。萨纳尼趁苏鲁利提亲的机会杀死了后者，但之前因兽性发作杀死了一个女孩。萨纳尼被判处死刑。《贾姆沙的故事》接续了前者。因为贾姆沙是地方卫队长，他不仅逮捕了萨纳尼，而且将后者送上了断头台，因此怀疚于心。更为重要的是，他也暗暗爱上了死者的女儿。这时，另一个善魔辛加姆找到了他，要求他杀死新任执政官，因为后者贪赃枉法、私吞了萨纳尼的大部分家产。杀死执政官后，贾姆沙也被判处死刑。在接续的《脚夫阿卜杜拉的故事》里，贾姆沙被处死后，人物经善魔相助，变成了脚夫阿卜杜拉，并眼睁睁地看着妻子和女儿被赶出家门、流落到萨纳尼家人居住的旧房舍。这时，萨纳尼的儿子法德勒看上了贾姆沙的女儿阿克莱曼，同时撮合阿卜杜拉和拉斯米娅，而后者正是阿卜杜拉的前身——贾姆沙的妻子。然而，拉斯米娅谢绝了法德勒的好意，这使阿卜杜拉既欣慰又难过。这时，按照善魔辛加姆的要求，阿卜杜拉必须杀死执政官秘书白提谢。他刺杀成功后，当局陷入恐慌。山鲁亚尔震怒，要求尽快破案。于是，新任执政官和卫队长将矛头指向了持不同政见者，一场腥风血雨由此降临。阿卜杜拉不忍连累无辜，前去自首。他言之凿凿，说自己就是贾姆沙，结果被关进了疯人院，成了疯子贾姆沙。《努尔丁与敦娅佐德的故事》是一个以梦为轴心的插曲。话说山鲁佐德的妹妹敦娅佐德和卖香料的努尔丁同时做了一个美梦，二人在梦中相爱。这是恶魔撒赫拉布特和扎尔玛芭的恶作剧。梦醒后，努尔丁满心狐疑，一头雾水；而敦娅佐德却陷入了苦闷，因为她怀孕了。这时，富翁艾西勒通过国王向敦娅佐德求婚，国王同意了这桩婚事。恶魔们希望宰相自杀、敦娅佐德被杀或自杀，但事与愿违，努尔丁的故事一传十、十传百，已然家喻户晓。这时，疯子贾姆沙出手帮了努尔丁和敦娅佐德，使一对有情人终成眷属。用古董商赛哈鲁勒的话说，“谁掌握了梦，谁就掌握了明天”[1]。此话呼应了《平民史诗》中关于梦的意象，也可谓是对《一千零一夜》的最好注解之一。

此后，小说插入了《剃头匠阿基尔的故事》。话说阿基尔是个其貌不扬的中年男人，有一天忽然看到一个美丽的女子在朝他微笑。他从此着魔般地追随这个女人，结果这个女人的妹妹泽赫娅尔因为替姐姐赴约而在两人醉生梦死中稀里糊涂地被杀害了。阿基尔后来才知道，原来姐妹俩是青楼女子。可惜贪财的阿基尔慌乱中不忘捡了那女

1　马哈福兹：《千夜之夜》，李唯中译，北京：人民文学出版社，2018，第92页。

子的一串钻石项链。事发后，阿基尔为逃避追捕，便混迹街头与流浪汉为伍，但结果还是被执政官给抓了起来。原来，为整肃纲纪、追查接连发生的凶案，执政官下令逮捕所有流浪汉。在审讯过程中，流浪汉们的衣服被扒光了，而阿基尔正是因为那串钻石项链露了馅儿。正当执政官决定对阿基尔处以死刑时，国王派宰相一行赶到。根据疯子贾姆沙的情报，那对姐妹花本是执政官的胞妹，她们色诱男人为执政官牟利。真相大白后，执政官及有关人等遭到了应有的惩罚。而杀害泽赫娅尔的人也水落石出，原凶竟是她的姐姐。出于嫉妒，姐姐杀死了妹妹。

另一篇《艾妮丝的故事》同样戏仿《一千零一夜》，叙述男人们如何在恶魔和欲望的驱使下陷入淫乱，结果被艾妮丝以丈夫突然回来为由，关进了衣柜。继之，《古特的故事》也是对《一千零一夜》的模仿或续写，讲述一个叫古特的女子因为和执政官相爱，结果被执政官夫人和卫队长麻醉后装进木箱活活埋葬了。一俟真相大白，古特获救了，而国王革了执政官和卫队长的职，还鞭笞了执政官的妻子。但古特所爱的并非执政官的权力，她请求国王宽恕了执政官。

在《千夜之夜》中，阿拉丁就不再是那个传奇人物了。在以他名字命名的故事中，阿拉丁作为阿基尔的儿子一心向善，不仅拜长老巴勒西为师，而且虚心接受疯子的建议。最后，长老拒绝了卫队长的求亲，把自己的女儿祖贝黛嫁给了阿拉丁。但正所谓祸福相依，阿拉丁遭到卫队长的构陷，被当作持不同政见者投入大牢。

随后几个故事，如《真假国王》、《隐身帽》、《鞋匠马鲁夫》、《辛巴达》和《恸哭者》也都是由《一千零一夜》的相关故事演绎的，尤其是辛巴达的海上历险和恸哭者失乐园的故事几乎是对《一千零一夜》的照搬。诸如此类，难免让人联想到博尔赫斯和马克·吐温、爱伦·坡等人的做法。正所谓"阳光下没有新鲜事物"，文学又何尝不是后人对前人的继承、演绎、追随和翻新（或者有意无意的反动）呢？

作为具有民族自觉意识的作家，马哈福兹一直以来非常注重继承民族传统，并借传统讽喻现实，表达对现实乱象的思考。《一千零一夜》便是他所关注的丰饶民族遗产之一。20世纪90年代初，马哈福兹在接受《季节》采访时，就曾回忆起童年时期对这部故事集的喜爱，他说：

> 那时候，我常和伙伴们一起，带着一本《一千零一夜》，来到阿拔斯这个地方的田野（在阿拔斯，日子是田园式的），我们来到这片田野，坐在那里读《一千零一夜》的故事。坦白地说，在这样的年龄，《一千零一夜》最吸引我们的，当然是那些与性有关的故事。同样吸引我们的，还有那些适合我们年龄口味的故事。
>
> 然而那个时候，我还不知道《一千零一夜》的真正价值，直到我读到我们的一些作家和学者对它的评析。从这些评析中，我才明白《一千零一夜》是一部伟大的作品，西方世界对它极为重视。这时，我才再一次阅读这部作品，这个时候我已经步入成年。[1]

进入成年后，马哈福兹再次阅读《一千零一夜》，却是别有一番滋味，他逐渐意识到：

> 《一千零一夜》有自己的思想、自己的信仰、自己的想象和自己的梦境，所有这些再现了一个完整的世界。它的确是一部独一无二的作品，绝对可以位居人类伟大作品之列。[2]

他甚至认为，“《一千零一夜》就像是一部社会心理的‘百科全书’，它甚至还致力于包含各个层面的人性真理，揭露人类真实的维度，无论是隐蔽的还是显露的”。

在谈到为何会以《一千零一夜》为元素创作《千夜之夜》这么一部作品时，马哈福兹说：

---

1 نجيب محفوظ ،" ألف ليلة أحاطت بالحضارة الشرقية " ، *فصول* ، الجزء الثالث، العدد الثاني عشر، ص 378.

2 同上。

我想到《一千零一夜》是非常好的素材，可以借用它来创作小说，让我的小说尽量丰富、完满。为此，我再次阅读了《一千零一夜》，从中选出各式各样的"描写对象"，我发现它们似乎在呼唤我，让我描述它们。当然，并非所有经验都值得你去关注，去书写。但我总能在《一千零一夜》中发现值得书写的故事或元素。于是才有了我的《千夜之夜》。[1]

马哈福兹的这些话不仅表达了他作为一个文学创作者对《一千零一夜》的感性体会，也体现出他对《一千零一夜》文学价值的分析和肯定。

（二）研究发展

阿拉伯世界对《一千零一夜》的研究虽起步较晚，但成果却颇为丰富，且经历了一个由面到点、由浅入深的过程。需要指出的是，由于研究成果具有一定的相似性或时代性，且囿于篇幅所限，本著仅撷取相对重要的有关成果。

先说20世纪30年代，在塔哈・侯赛因的指引下，埃及女学者、评论家苏海勒・葛拉玛薇走上了研究这部民间故事集的漫漫长路，成为阿拉伯世界真正意义上的《一千零一夜》研究先驱。

葛拉玛薇出生在开罗的一个传统家庭，靠父亲的藏书自学成才。1919年埃及革命后，她得到一个机会进入开罗的美国女子学校学医，但她的兴趣却是文学，因而最终违背父亲的意愿投身于文学创作。她于1935年出版《姥姥的故事》(أحاديث جدتي)，并一举成名。这是现代埃及第一位女作家的第一部文学作品，包括八十多篇短篇小说，描写了埃及女性的日常生活，许多素材来自妇女的口头叙事。作者通过一位姥姥在外孙女床前用故事哄孩子睡觉的方式，演绎了埃及妇女的生存状态和她们如何借文学（故事）表达情感和诉求的悠久传统。它们很容易勾起我们的记忆、引起我们的共鸣：很久很久以前如何如何，"姥

1 نجيب محفوظ ،" ألف ليلة أحاطت بالحضارة الشرقية " ، *فصول* ، الجزء الثالث، العدد الثاني عشر، ص 379.

姥”总是将过去和现在糅合在一起。这部小说集充满了深刻的女权主义的信息。和20世纪30年代的其他埃及文学作品一样，葛拉玛薇的短篇小说从一个令人惊奇而又会心的角度提供埃及中产阶级社会的现实照影。此外，她作为开罗大学的第一批女研究生，在攻读博士学位期间曾赴巴黎求学，并于1941年获得文学博士学位，成为第一位获得博士学位的阿拉伯女性。当然，她也是埃及有史以来第一位女记者和大学文学系女性主任。后来，她先后担任埃及大学女子校友会主席和埃及妇女联盟主席，还出任过1960年世界妇女大会的执行主席。

葛拉玛薇有许多重要专著问世，除了下文将要重点分析的《〈一千零一夜〉研究》(*ألف ليلة و ليلة : دراسة*)外，还有《文学评论》(*في النقد الأدبي*)、《玩嗨的魔鬼》(*الشياطين تلهو*)、《追忆塔哈·侯赛因》(*ذكرى طه حسين*)等。她同时还翻译过赛珍珠（Buck, Pearl S., 1892—1973）所写的一些中国故事以及近十部莎士比亚的戏剧。1935年读博期间，葛拉玛薇开始其博士论文《〈一千零一夜〉研究》的写作，其指导老师便是塔哈·侯赛因。该博士论文正式出版于1943年，成为阿拉伯世界真正意义上的《一千零一夜》学术研究的开山之作。在序言中，塔哈·侯赛因对葛拉玛薇的选题和写作给予了充分肯定。他认为，《一千零一夜》中蕴含着无穷的宝藏，而葛拉玛薇的博士论文不仅毫不繁冗，而且通俗易懂，对《一千零一夜》历史脉络的梳理细致扎实，并从社会批评的角度深入浅出地剖析了这部阿拉伯民间故事集。他甚至夸奖她的论文是阿拉伯“文学史前进历程中的一大步”[1]。

这部专著分为三大部分，前两部分梳理《一千零一夜》在东西方的翻译历程和成书历史，第三部分凡八章，分别从神话（即超自然现象）、宗教、道德伦理、动物、社会生活、历史内涵、教育和女性等八个层面对这部阿拉伯民间故事集进行了分析。

对于前两部分，即翻译历程和成书史，葛拉玛薇也没有简单罗列史实，而是对许多西方学者和翻译家的贡献及其不足进行了较为公

1 سهير القلماوى، *ألف ليلة و ليلة*، دار المعارف بمصر، 1959، ص 321–322.

允和精准的分析。她谈到，1932年巴格达就曾举办过一次《一千零一夜》研讨会，但其讨论成果不算丰硕。对于众多译本，葛拉玛薇认为反而是英译本中影响不大的亨利·托伦斯（Torrens, Henry, 1806—1852）所译的诗文较好地体现了阿拉伯文学之美。[1]托伦斯翻译过故事集前五十夜。在介绍莱恩时，我们曾经谈到葛拉玛薇对莱恩等人局限性的批判。客观地说，这些观点是比较中肯的。同时，葛拉玛薇也简要回顾了之前西方同行的《一千零一夜》研究成果，她个人的观点是赞成迈斯欧迪最早提到的《一千个故事》单一作者完成说，只是在后来的演变中集合了群体的智慧。而对麦克唐纳关于《巴格达理发师》成书时间的研究，葛拉玛薇也提出了自己的不同看法。前者认为该故事大约形成于765年，而她则认为仅凭所罗门去世了多少多少年来推断故事时间是不准确的。因此，讲述哈里发哈伦·拉希德的故事，未必是写于阿拔斯时期的巴格达。不得不说，葛拉玛薇是有一定道理的。同样，她认为语言词汇的出现也不能作为故事形成时间的主要依据，因为不排除后来窜入的可能。这些观点都体现出葛拉玛薇严谨的思考和对《一千零一夜》研究的推进。

19世纪以来，民俗学的兴起无疑对《一千零一夜》的研究起到了推动作用。葛拉玛薇为研究这部民间故事集，也阅读了大量民俗学研究著述，并对从民俗角度研究《一千零一夜》的有关著作进行了梳理和总结。她援引《金枝》的作者弗雷泽的理论，对《一千零一夜》进行了人类学和民俗学意义上的考量，[2]并对其做出了类似于普罗普故事形态学意义上的归纳：首先是神幻和超自然现象，表现人们生活诉求或美好愿景的各种奇迹，其意义犹如神话，却用通俗、流行的故事加以展示，譬如关于所罗门、巨人、精灵的故事；同时还有预言、魔法、宝藏和神奇的器物等，这些都具有现实的功用。葛拉玛薇还指出，《一千零一夜》中的魔幻描写分为两类，一类本质上与一神教相悖，影响就很不明显，而另一类并不违背一神教，并且恰恰可以弥补宗教的某些间

1　سهير القلماوى، *ألف ليلة و ليلة*، دار المعارف بمصر، 1959، ص 9.

2　أنظر ابراهيم نبيلة، *سهير القلماوي* ، الهيئة المصرية العامة للكتاب، 1999.

隙，因此有时成为宗教信仰必不可少的补充。[1]其次是宗教内容。许多阿拉伯古代文人认为《一千零一夜》中存在许多有悖伊斯兰教义的描写，但葛拉玛薇却认为它曲尽其妙地体现出了伊斯兰教的主流思想。尽管故事中对各个宗教的描写都比较多，比如拜火、拜日等拜物教，以及基督教、犹太教、伊斯兰教等，但伊斯兰教无疑是真理的象征，贯穿这部故事集的始终。“即使是以古代中国为背景的故事，其氛围也都是伊斯兰教的。”[2]当然，《一千零一夜》中无疑也存在着民间宗教习俗，这主要体现于人物对世界和来世的看法，同时夹杂着教义、智慧和训诫主题。这些既是行吟诗人宗教信仰的流露，也是听众接受和践行伊斯兰教义的需要。对于故事中所传达的道德伦理，葛拉玛薇认为这是阿拉伯世界的“道德规范”。其中有工商阶层的货币观念和交易规则，也有普通民众出于传统或信仰的忠诚和荣誉，他们崇尚阿拉伯民族的慷慨和勇武，以及普遍意义上的善良。但鉴于阿拉伯游牧民族的习性，以及伊斯兰教对施舍的重视，慷慨和勇武永远是在善良之上的。因此我们能够发现在许多故事中，看起来不那么善良的人物，只要他是慷慨的、勇武的，那么不够善良这个小瑕疵就会忽略不计。当然，故事里自然少不了因果报应，即善有善报，恶有恶报。从本质上说，那些故事和故事讲述者皆服从某种特定的社会伦理，受众则从中获得熏陶和告诫。对于动物故事，葛拉玛薇指出，这些在梵语和古希腊文学中都时有出现，其寓言色彩极为浓厚，而且她回顾了古代埃及文学中的动物崇拜等悠远的传统。在社会生活方面，葛拉玛薇强调，《一千零一夜》中所描述的生活场景，无论来自印度还是波斯，也都被染上了伊斯兰阿拉伯色彩。语境使然，有些故事背叛了所从出的土壤。因此，一些故事充满了奇情异想，另一些则被植入了异国情调，但大多数故事显然属于这个（阿拉伯）世界。巴格达和开罗所在皆是。这是故事继承者的特权，他们的生活使许多故事改变了向度，从驼队到海关，阿拉伯文化元素俯拾即是。

1 سهير القلماوى، *ألف ليلة و ليلة*، ص 126.

2 同上，第169页。

此外，葛拉玛薇还指出，文学家司各特和大仲马都认为“正史”和“流行”（通俗）文化往往能取得平衡。二者并行不悖，各以自己的方式讲述英雄、历史和重大事件。她借此表明，《一千零一夜》作为“正统”之外的通俗文学（用我们的话说是演义），也是融历史真实与文学想象于一体的：不少故事虽有明确的历史背景，但人物却成了叙事者的木偶，而且较之于历史真实，文学想象似乎占了上风。时间和地点成为故事的道具，起决定作用的是人物及其情感历程或利益纠葛；但其所反映的历史真实也不容忽视，自有其社会和现实意义所在。其中寓教于乐是几乎所有故事的内核，它们假借故事以传播信息或传递智慧以引导听众，并在精英文化与大众文化之间建立起了某种平衡。

葛拉玛薇还特别指出，妇女在阿拉伯文化中是被界定者，她们常常是男人想象的产物，其中既有忠实的情人，也有狡猾的婢女；既有美丽如花的仙女，也有英武飒爽的女杰，或者狡黠奸诈的巫婆、老妪。但《一千零一夜》中的女性形象无论是温顺贤良，还是狡黠多变，都是按照男性意愿来塑造的。这多少体现了20世纪上半叶的女性主义批评向度。

总而言之，葛拉玛薇的贡献在于：第一，她敏锐地指出了《一千零一夜》在翻译、西传过程中所浸染的民族主义乃至殖民主义色彩。她曾指出，西方对《一千零一夜》的关注，是他们在经济和政治殖民东方之外所获得的意外奖励。[1]这个意外的奖励激励他们前往东方游历，撰写游记文学，了解东方生活习俗等。正是由于这部故事集，西方对东方的关注变得不仅仅是抽象的和纯政治经济利益，而是也有活生生的、感性的习俗。因而，对《一千零一夜》的翻译充溢着殖民主义色彩。这是意料之中的，比如伯顿的译本，葛拉玛薇便认为它具有浓厚的殖民主义倾向。第二，葛拉玛薇的研究体现了她的女性主义视角，并对作品的内容和形式进行了充满女性主义色彩的分析。女性主义是她学术研究的核心。在她所生活的年代，埃及现代革命如火

1 سهير القلماوى، *ألف ليلة و ليلة*، ص 53.

如荼，阿拉伯现代意义上的民族主义意识开始觉醒，各种社会思潮纷纷涌入。1919年，在萨阿德·扎格卢勒（سعد زغلول, 1858—1927）的号召和领导下，埃及大革命爆发，女性在以胡达·沙拉维（هدى الشعراوي, 1879—1947）为首的一批女性主义者的带领下参与革命游行，登上政治舞台。埃及女性运动由此兴起并经历了一段蓬勃发展时期，成长于这个时代的葛拉玛薇深受这两位革命者的影响，对女性主义理论产生了浓厚的兴趣，并在一生中践行其女性主义主张。同时，她将理论知识运用到文学研究，特别是对《一千零一夜》的研究之中。在该研究著作中，葛拉玛薇关于女性研究的一章篇幅很长，占了全书相当的比重，其分析细致入微、条理清晰严谨，为我们梳理了故事中的各种女性类型，并且表达了她自身的女性观。

她认为，从大的类型上来说，《一千零一夜》中的女性无疑有两种：一种来自说书人的日常生活；另一种出自人们的想象，而想象往往又会借助于现实并影响现实。这两类女性都会成为现实生活的折射，而按照人物身份或功能的不同，她又将故事中的女性细分为情爱关系中的女性形象、狡猾的女性形象、战斗的女性形象、学者型女性形象、女性精灵、老妇人，以及母亲形象等。对这些女性的差异，葛拉玛薇的概括十分精准，时常能注意到差异背后的原因。她首先指出，《一千零一夜》中的女性作为人物与一般文学评论中的“人物”概念有所不同，这些女性是一些类型，而非“这一个”。譬如狡黠的老太婆，穿着体面，耍着伎俩，她可能是任何一个老太婆——她是欧麦尔·努阿曼的故事中面目可怖的王太后，也是《纳阿姆与纳阿麦》中的假装虔诚、朝觐圣地的老妖婆，等等。对于同一类角色而言，此女性与彼女性在细节上都没有太大的差别。

同时，葛拉玛薇敏锐地意识到，故事中的女性并非以女性的眼光塑造而成。她们是男性眼中的女性。这里，套用马克思在《路易·波拿巴的雾月十八日》中的话，“他们无法表述自己，他们必须被别人表述”。当时的东方世界是如此，而东方世界的女性更是如此。数个世纪以来，她们几乎一直只能作为被表述者而表述。因此，真实的女性是怎样的，说书者们并不关心。他们只把女性作为自己塑造的工具，故事所自也。他们全然不顾社会现实。葛拉玛薇认为正是因为这个原因，才会有长篇累牍宣扬伊斯兰教法、上知天文下知地理的婢女泰瓦杜德出现；虽然女性巧于应对、工于诗赋在阿拉伯古代历史上并不罕见，但如此博闻强记显然是不符合事实的。她们只是说书人为了宣扬自己的宗教观点而随意附会的。

对于狡猾的女性，葛拉玛薇认为，这显然是受到了引子故事的影响，以及数代以来《古兰经》等宗教书籍所描绘的关于优素福(《优素福》中的若瑟)和女主人的故事给人们带来的普遍心理感受。这些使得许多男性认为女性是狡猾善变的。她从《古兰经》溯源，援引其中《优素福》一章里为我们描述的两种狡猾女性的典型：害得亚当被赶出天堂的夏娃；因为被优素福拒绝而驱逐他的女主人。她认为这两类女性在《一千零一夜》中都有体现，并且其形象更为鲜明、多变。为《一千零一夜》许多故事寻找伊斯兰教的根源，是葛拉玛薇研究的一个主要特点，也为后来许多阿拉伯学者所效法。这当然也是阿拉伯世界许多文学研究的一个鲜明做法。

葛拉玛薇赞扬并敬佩那些勇敢善战的女精灵，认为这些精灵身上体现出顺从(إسلام)而坚忍的伊斯兰属性。她并且认为，最贴近生活、能真实反映现实的女性形象便是《一千零一夜》中的母亲。她们总体上符合东方伊斯兰生活真实，特别是埃及生活真实。她这显然是在借分析作品以伸张自己的主张：埃及需创造新时代的新女性，她们天资聪颖，而且是富有教养、有智慧的现代女性。这些女性必须并且有能力对自己的生活和家庭负责。这些现代女性不仅能用她们的智慧和美德争取男女平等，而且努力承担起了重新教育男人的职责。在后来的有关时政和文学评论中，她一直恪守这样的理念。

作为其专著的尾声，葛拉玛薇总结道，她所研究的内容只是《一千零一夜》的一个方面，是为了打开更为广阔的研究领域：在她所处的时代，埃及的民间文学研究几乎一片空白，西方在这方面也只是刚刚起步而已。因此，她客观地说，希望自己的研究能够“促进埃及民间文学研究，尽管这一研究通常不会有研究鲜活的当代文学所能体会到的乐趣。但研究它，大有希望达到对这个民族心理的理解，因为它比我们已经做的其他研究更可信，也更深刻"[1]。应该说，她的研究在今天来看尚有许多不足之处，比如结论固多，但阐释不够。此外，她抓住了方兴未艾的女性主义批评，但对民俗学方面不够用力。然而，在那个百废待兴、一切都在蹒跚起步的年代，甚至直至今天，理论都不是最重要的，它只是研究的工具，却非研究的目的和初衷。研究者秉持的社会观照和学者情怀才是最为重要的，后者能为研究带来鲜活的生气。从这个角度看，葛拉玛薇的专著确实起到了抛砖引玉的作用。作为20世纪上半叶社会政治生活的参与者，她将文学研究与社会政治相结合，在《一千零一夜》研究方面，迈出了巨大的一步。

在葛拉玛薇之后，埃及文人艾哈迈德·哈桑·齐亚特是另一位从事《一千零一夜》研究的知名学者，他被视为与利特曼、麦克唐纳等人齐名的《一千零一夜》研究巨擘。齐亚特出身于中产阶层的知识分子家庭，12岁进入开罗爱资哈尔大学求学，其间表现出对文学研究的热爱，并受到多位埃及大文人、思想家如塔哈·侯赛因、马齐尼（المازني）、艾哈迈德·宰齐（أحمد زكي）的指点和帮助；1922年被聘为开罗美国大学阿拉伯语系主任，任职期间曾数次前往法国访学；1933年曾任埃及著名文化类杂志《书信》(الرسالة)的编辑。齐亚特既是一位作家，也是一位文学评论家、文学史家，著有《阿拉伯文学史》(تاريخ الأدب العربي)、《文学溯源》(في أصول الأدب)、《捍卫修辞》(دفاع عن البلاغة)等。

在《文学溯源》中，齐亚特用整整四十页，即该书近六分之一的篇幅，对《一千零一夜》进行了爬梳和研究。这其实是他在1932年于巴格达召开的《一千零一夜》研讨会上的发言内容，经整理收录在他的这部文学史作品中。该书的研究观点与葛拉玛薇相仿，但语言更加感性优美，像讲故事似的娓娓道来，从童年对《一千零一夜》的喜爱引出对这部古老故事集的分析和研究，并梳理了阿拉伯自伊斯兰时期以来

1 سهير القلماوى، *ألف ليلة و ليلة*،ص 321– 322.

的故事传统。他特别指出，《一千零一夜》的巴格达层故事主要为文字形式，而其埃及层故事大多为说书人和夜谈者的口头传诵。后者在公众场合讲述各种故事，并以此为生，因而需要不断扩充故事内容，并充分发挥想象力以增添故事的神奇色彩，从而吸引听众。[1]这一观点也为后来的研究者所接纳。齐亚特以此从《一千零一夜》出发，援引法国文学家费迪南·布吕纳介（Brunetière, Ferdinand, 1849—1906）关于小说等文学类型的观点，分析了阿拉伯小说的形成过程，并且认为正是埃及故事层使得《一千零一夜》的故事具有了小说的特点和容量，从而与阿拉伯小说雏形关系紧密。此外，在研究中，齐亚特还分析了这部故事集的语言特点和美学价值，并对19世纪以来东方学家们对《一千零一夜》研究的源头梳理、手稿甄别、翻译传播等工作的贡献进行了整理和分析。可以说，齐亚特的研究是将《一千零一夜》置于整个阿拉伯文学的范畴内进行的，纵向呈现了小说这种文学形式在阿拉伯世界发展的特殊历程。相较葛拉玛薇的本文分析来说，他的眼光更为广阔，其对这部古老故事集地位的把握也更为准确。他的研究成果有一部分被收录在德国学者利特曼的《〈一千零一夜〉：研究与分析》中。

此类相关研究还有法鲁克·萨阿德（فروق سعد）的开创性著作《〈一千零一夜〉的启示》（*من وحى ألف ليلة و ليلة*, 1962）。在这部专著中，他从影响学的角度爬梳了全世界（包括阿拉伯世界）对《一千零一夜》的接受情况，其中涉及艺术、音乐、戏剧、诗歌、短篇小说、长篇小说以及儿童文学等多个领域。他的研究和前人葛拉玛薇的著述一样，被视为有关《一千零一夜》的基础性研究成果。

1984年，莱顿布里尔出版社出版了穆赫辛·马赫迪的阿拉伯语版《一千零一夜》。前文谈到的哈达威所译英文版也受惠于马赫迪本。哈达威本人也对马赫迪的版本表达了敬佩。穆赫辛·马赫迪是伊拉克旅美学者，毕业于芝加哥大学，大学期间专修中世纪伊斯兰文化与

1 أحمد حسن الزيات ، *في أصول الأدب*، ص 47.

https://www.noor-book.com，访问日期：2021年11月16日。

历史哲学。大约在20世纪50年代中期，他和同事纳比娅·阿伯特一道，继承了由麦克唐纳率先提出的课题，着手对加朗的手稿进行校对，并试图重建《一千零一夜》的手稿原型图谱。马赫迪为此付出了卓绝的辛劳和努力，甚至逐字逐句地比对了阿拉伯语手稿，历经数十载，终于在1984年出版了他的阿拉伯语本《一千零一夜》。

在该版本序言中，他梳理了之前的几种经典翻译，如布雷斯劳本、布拉克本、加尔各答本等，随即强调自己运用现代语言学方法对前人手稿进行了校勘。他认为，加朗本所依据的手稿有282夜，这才是《一千零一夜》的核心。[1]而18、19世纪的一些手稿、抄本可能是赝品，多半是人为补充、扩展的。而这一点，莱恩也曾经指出过。马赫迪的观点当然也遭到了一些学者的质疑，他们认为口传文学变体众多是很正常的现象，不能因此而否认其他手稿的真实性。马赫迪则通过自己的爬梳，从故事内容、语言风格等角度着手，指出手稿存在叙利亚系和埃及系两大谱系，它们抑或有一个共同的母本。据他的观点，母本大约于13世纪或14世纪早期产生于叙利亚，而加朗的译本所依据的恰好距原型很近。他进而指出，这个母本也极有可能存在更早的源头，它或许来自伊拉克。但关于这一点，他没有做出更多的阐释。

马赫迪还将早期叙利亚本故事与佐藤伯格本（ZER）的故事进行对照，认为依据埃及手稿而成的ZER本不够准确，风格常常前后矛盾，故事略显杂乱。在马赫迪看来，所谓《一千零一夜》没有最初的作者、其结构随意变化，这其实是个陈旧的观点。之所以产生这种观点，只是因为当时的研究尚不够充分。

虽然马赫迪为研究手稿付出了艰苦卓绝的努力，但他的结论也引发了不少质疑。毕竟作为今人，用今人的研究方法来分析中世纪的作品本来就存在一定的误差。但是，我们不得不承认，他的译本无疑是较为经典和严谨的。

1 Heinz Grotzfeld, “The Age of the Galland Manuscript of the *Nights*: Numismatic Evidence for Dating a Manuscript?” , *Journal of Arabic and Islamic Studies,* I (1996–1997, Lancaster University): 50–64.

在前人的成果基础上，阿拉伯国家的《一千零一夜》研究逐渐体系化、成熟化。1986年，埃及文人艾哈迈德·穆罕默德·沙哈兹（أحمد محمد الشحاذ）出版了专著《〈一千零一夜〉中的政治面貌》（الملامح السياسية في حكايات ألف ليلة وليلة）。作者在序言中明确表示，《一千零一夜》一直以来并没有得到应有的重视，直至欧洲东方学家们推出大量译本和大批研究成果。及至20世纪三四十年代它才被纳入阿拉伯高等教育范畴，因而较之于西方，其在东方的研究滞后了一个多世纪。而他的这部研究著作则是为了从学理的角度探讨《一千零一夜》所反映出的阿拉伯社会历史、政治风貌。

该书分为两部分，第一部分共四章。作品首先从社会历史角度分析了自哈伦·拉希德到穆阿台迪德时期的伊斯兰哈里发制度，其时间跨度相当于阿拔斯时期到埃及马穆鲁克时期。接着，沙哈兹把《一千零一夜》置于历史作品和教化文学之间，从四大哈里发时期谈起，分别分析了伍麦叶时期、阿拔斯时期的众多哈里发形象，并且专章分析每一位哈里发，层层递进至宰相、总督、法官、侍卫等各级统治者的形象。他认为故事集所刻画的统治者形象大都符合历史真实，有些则过于美化或贬低，而美化和贬低都是历代说书者的美好愿景，其中的许多狮子、蛇等，被作者看作统治者或埃米尔的化身。沙哈兹指出，《一千零一夜》的作者们不仅通过讽刺故事来宣扬其政治观点，同时也对统治者提出了要求，呼吁其尽职尽责，重视、关爱百姓，公正廉明固然重要，但恪守宗教职责尤为必要。因而，有关哈里发，《一千零一夜》的故事大多强调其滴酒不沾的美德。谈及饮酒，沙哈兹着重指出，这部阿拉伯民间故事集虽然具有其他民族的文化元素，但它无疑更属于阿拉伯世界。这不仅在于其中蕴含了众多阿拉伯巴格达和埃及层故事，而且主人公大多是穆斯林，使用了许多阿拉伯的文言警句等。最重要的一点还在于，它的思想内涵具有明确的伊斯兰属性。沙哈兹之所以如此强调，是为了质疑某些学者提出的《一千零一夜》非阿拉伯属性的观点。关于这一点，沙哈兹在专著第二部分“介于舒欧比主义和欧拉比主义之间的夜”中还有进一步论述。

舒欧比主义意指多民族平等共存思想；欧拉比主义则与其对立，指阿拉伯民族至上的单民族主义。这两种不同的思想在阿拉伯古代历史上一直存在，并一直彼此争斗，此消彼长。沙哈兹在第二部分的开篇参考了《阿拉伯共产主义的历史根源》(*الجذور التاريخية للإشتراكية العربية*)一书，并对这两种主义的源头进行了梳理和介绍，随后指出，对于《一千零一夜》，既有学者认为它属于舒欧比主义，也有持相反观点的。对于这两种看法，沙哈兹都进行了分析。他认为，持欧拉比观点者依据的理由是：这部民间故事集处处夸大、褒奖哈伦・拉希德的人格，而贬低大臣出身的贾法尔，以及许多犹太人、基督教徒等，进而抬高阿拉伯民族属性，因此具有欧拉比属性。而另有一些学者，因为《一千零一夜》糅合了众多的民族文学遗产，认为它具有舒欧比属性；有的学者甚至因此而否认《一千零一夜》的阿拉伯属性，比如德黑兰大学文学和历史学教授阿里・艾斯阿尔・哈克迈(على أصغر حكمت)就曾试图证明，《一千零一夜》中的许多故事除了一小部分之外，都是非阿拉伯所属，它们是“东方各民族文学的集合”。[1]但更多学者，包括沙哈兹在内，都对此表示反对，认为不能仅凭名字、源头等因素判定故事的性质，《一千零一夜》经历了漫长的流传后，其主体无疑是阿拉伯的。沙哈兹还因此认为，这部民间故事集主要弘扬的也是阿拉伯民族至上的欧拉比主义，它站在欧拉比主义的立场上，加入了与舒欧比主义的对抗。他认为后者具有反阿拉伯伊斯兰文化特点，[2]甚至认为舒欧比主义有祆教徒意图弱化欧拉比主义的企图。不过作者同时也指出，尽管从宗教角度而言，《一千零一夜》很讨厌祆教徒，但其对波斯统治者还是有所称道的，譬如肯定他们的伟大。作者认为这也是故事集的适度包容性之所在。《一千零一夜》中的欧拉比色彩还表现在民族自豪感上，比如对征服安达卢斯的炫耀等。他还指出，这部民间故事集体现的是“阿拉伯精神、阿拉伯的环境和阿拉伯民族的目标”。[3]因此，尽管其故事源头有印度

---

1 أحمد محمد الشحاذ، *الملامح السياسية في حكايات ألف ليلة وليلة*،دار الشؤون الثقافية العامة، 1986، ص 266.

2 同上，第275页。

3 同上，第286页。

和波斯元素，但经阿拉伯人的移译传诵，并且历经了数个世纪的扩容和增添，其精髓无疑早已阿拉伯化了。沙哈兹的观点不能不说具有许多局限性，但体现了他作为阿拉伯学者所具备的民族情怀，可以给予批判性接受。

沙哈兹的这部专著还评析了《一千零一夜》中所宣扬的苦行禁欲等元素。除此之外，非常有趣的是他还专门谈及侠盗或游侠阶层。他指出，这个阶层出现于伊历3世纪（约公元9世纪）左右，其实真实的时间应该还会略早于此。随着商业的发展，机灵鬼、流浪汉和游侠人物越来越多。最初，他们类似于今天的"黑社会"，后来慢慢形成严格的组织纪律，并有了自己的经济和行为方式，成为后来所说的侠盗阶层。有些侠盗还担任官职，成为伊斯兰社会专门负责收取税费等的"城管"。沙哈兹举《一千零一夜》中有关哈里发拉希德的兄弟易卜拉欣·本·马赫迪以及侄子麦蒙的故事，指出侠盗故事在这部故事集中不在少数。这些故事往往险象环生。譬如麦蒙依靠呼罗珊的势力掌权回到巴格达后，作为他的反对者的易卜拉欣藏在一个侠盗家中。侠盗不顾风险毅然将他收留。故事中埃及和伊拉克的侠盗彼此间也常有往来，他们大多重情重义，反对官场腐败和社会黑暗，遵守道德伦理，体现了英雄主义精神。

此外，沙哈兹剔除了《一千零一夜》中的神话成分，并将其视为一部大容量反映社会历史现实的"现实主义"作品，挖掘出了许多未曾被留意到的面向。将文学文本研究与社会历史研究相结合，体现了研究者本人的现实主义情怀。

穆斯塔法·阿卜杜·加尼的《阿拉伯现代思潮中的山鲁佐德》在法鲁克·萨阿德的基础上，对《一千零一夜》这部故事集在20世纪80年代之前的发展状况做了进一步研究。

与沙哈兹的研究相似，穆斯塔法借民族主义视角，关注以山鲁佐德故事为代表的《一千零一夜》从走向西方再回到东方这个过程中的变异。他认为这种变异体现了诸多社会历史因素，同时与西方民俗学研究及各种西方理论的发展密切相关。他从自由、民主、公正的角度谈到山鲁佐德在阿拉伯政治文化思潮和伊斯兰思想中的变体，这种变体对阿拉伯民族意识觉醒也有积极作用。这是该书第一章着重谈及的内容，也是全书的核心。而在具体研究方面，穆斯塔法仍然依从前人的方法，梳理了这部故事集的成书历史和翻译进程。他同时指出，对于民间文学遗产，阿拉伯世界至今仍然缺乏全面研究，因此必须在文学创作中加以引申、借鉴，使其沉入民族意识，以更好地服务于时代。这些主张自然有助于了解和凸显民间文学的价值。

作为泛阿拉伯民族主义者，作者指出：在14至15世纪成书之后，山鲁佐德经历了漫长的迁徙，并通过埃及形象完成了它的东方形塑。而在18世纪（实则时间更早，作者自己也曾说明，早在11世纪十字军东征甚至更早的时候，《一千零一夜》的故事便以口传形式进入了君士坦丁堡、安达卢斯、西西里、法国南部等地）启蒙主义进入欧洲人的视野，《一千零一夜》披上了新的外衣，也便具备了一定的西方色彩。到了19世纪，东方开始呼吁山鲁佐德的回归。而“西方”山鲁佐德回到“东方”的过程异常痛苦，尽管东方对她敞开了怀抱。因为回到东方的山鲁佐德已经不是原来的山鲁佐德了，她在思想、语言以及阿拉伯伊斯兰特质上都更具有现代性，已然不再是中世纪的那个原始形象。

加尼甚至指出，早在《一千零一夜》回归东方之前，加朗的译本就已经赋予山鲁佐德明显的西方特质了，“加朗所塑造的山鲁佐德，简直是又一位美丽迷人的蓬帕杜夫人”。[1]加尼甚至用“蓬帕杜还是山鲁佐德？”作为其中一节的小标题，表明山鲁佐德在西方发生了转化。特别是在西方作者续写或改写的作品中，山鲁佐德变成了个性张扬的自由主义者。这也是葛拉玛薇所说的：《一千零一夜》创造的人物是这一类，而非这一个。但加尼认为，西方的《一千零一夜》突出了这一个，而非这一类。当然，他所指的大多是西方文人笔下塑造的山鲁佐德。

1 مصطفى عبد الغني، *شهرزاد في الفكر العربي الحديث*، دار الشروق، بيروت، 1985، ص 25.

他同时指出，在19世纪末和20世纪初，阿拉伯世界主要有两种思潮，一种是抵抗西方文化、保护本民族特质，即较为极端的伊斯兰思想，而另一种则持开放态度。后者的代表人物有20世纪初的卡西姆·艾敏、塔哈·侯赛因、扎格卢勒等。这一拨人物主要为改良派，其中也不乏革命者，他们愿意借鉴西方思想和西方科技。在他们笔下，《一千零一夜》的人物兼具了西方思想和东方智慧。

加尼还着重分析了故事集中的美学思想，进一步强调了西式山鲁佐德具有的个人主义特质。而这种特质契合了阿拉伯民族解放运动和现代化过程中的民族觉醒诉求。这种诉求一方面体现为其对西学的重视，另一方面突显于追寻自我的精神解放。他先以陶菲格·哈基姆的《山鲁佐德》和塔哈·侯赛因的《山鲁佐德之梦》为例，分析了二者笔下的西式山鲁佐德：追求民主、公正、自由、尊重个性等。但他也不忘指出，哈基姆和侯赛因二人的山鲁佐德也有着明显的不同。哈基姆的剧作深奥抽象，反映了人类普遍的哲理和思辨，并从思辨的层面进行思考、提出质疑，故而更具象征主义色彩，对现实的痛苦与差异表现得不甚具体。是故，他笔下的山鲁佐德充满神秘色彩。而侯赛因则更多地将西方的象征意象与"东方土地的痛苦梦幻相结合"[1]，作品"反映了埃及社会政治现实，是在浪漫主义框架内揭露现实问题"[2]，其笔下的人物形象因而更加坚实有力。总之，作者认为二者一个更为浪漫，一个更为现实。

加尼还以20世纪50年代到70年代诸多阿拉伯文人的作品为例，分析了《一千零一夜》中主要人物在现代作家笔下所承载的政治、历史使命及其衍变轨迹。其中包括阿齐兹·阿巴扎（عزيز أباظة）的《山鲁亚尔》（شهريار）、阿卜杜·拉赫曼·朱贝尔（عبد الرحمن جبير）的《女王山鲁佐德》（شهرزاد ملكة）、福阿德·苏莱曼（فؤاد سليمان）的《神奇的魔法师》

---

1 مصطفى عبد الغني، *شهرزاد في الفكر العربي الحديث*، دار الشروق، بيروت، 1985، ص 46.

2 Heinz Grotzfeld, "The Age of the Galland Manuscript of the *Nights*: Numismatic Evidence for Dating a Manuscript?", *Journal of Arabic and Islamic Studies,* I (1996–1997): 50–64.

（الساحرة العجيبة）、法特哈·加尼姆（فتحي غانم）的《山鲁佐德与魔法师》（شهرزاد و الساحر）、阿卜杜·拉赫曼·欧麦尔（عبد الرحيم عمر）的《山鲁佐德之死》（كيف ماتت شهرزاد）等。他指出，山鲁佐德在后来的阿拉伯文人笔下承载了越来越多的现实功能，这些功能已非简单的西方思潮影响，而是自觉融合了阿拉伯时代的政治现实。比如人物有时会站在被压迫民族立场上有所付出，甚至自我牺牲（如《山鲁佐德之死》），或成为时代良知的化身（如《山鲁佐德与魔法师》）。在加尼看来，五六十年代《一千零一夜》在阿拉伯世界的改写，主要体现了伊斯兰调和中庸思想，并伸张了对民主、公正的追求，以期建构光辉的未来。

作者还回顾了现代阿拉伯社会不同文化思潮和政治局势的发展。他指出，许多文人假借民间故事人物，特别是山鲁佐德，来宣扬阿拉伯正统思想。这也是一种改写潮流。在大马士革－巴格达－开罗这个文化三角地带，维护阿拉伯民族意识的各种阿拉伯思潮竞相发声，其中也包括正统的伊斯兰思想。例如在阿里·艾哈迈德·巴克斯尔（على أحمد باكثير）的作品《山鲁佐德的秘密》（سر شهرزاد）中，作者借山鲁佐德等人物的对白，给出了治愈山鲁亚尔症结的伊斯兰准则。而在巴以冲突之后，山鲁佐德又成为替巴勒斯坦人民发声的代言人，作家们赋予她或其他故事人物，如宰相、国王等诸多功能，以批判现实、探索巴勒斯坦的未来。

总之，《阿拉伯现代思潮中的山鲁佐德》这部著作以《一千零一夜》中的主要人物如山鲁佐德等在“出口转内销”后的演变，进而分析阿拉伯作家与西方思潮的亲疏关系，同时结合阿拉伯现代社会思潮，探讨人物形象在承载和宣扬社会思想方面的现实功用。

应该说，上述著作丰富了《一千零一夜》的研究维度，其关注阿拉伯社会的现实取向契合了当时阿拉伯社会的发展诉求。20世纪60年代，阿拉伯民族意识面临巨大的危机和挑战，几次阿以战争的失利以及亲西方思潮的此起彼伏，使得阿拉伯社会思想激荡，文学创作、文学研究不再满足于文本本身。现实关怀不断擢升，《一千零一夜》研究也不例外。同时，还有一部分原因在于前人对其手稿和源头的爬梳已经相当详尽，在缺乏更多实证考据的情况下，要想有所推进实属不易。这些原因都使得该领域研究出现了新的方向和新的方法。多元发散渐成趋势。

1987年，埃及图书总局出版了穆赫辛·贾斯姆·穆萨维的《陷入魔幻圈——英国文学批评视野中的〈一千零一夜〉(1704—1910)》。穆赫辛是位伊拉克学者，曾在巴格达、突尼斯、萨那、约旦安曼等大学工作，近年来就职于沙迦美国大学。他关注古代阿拉伯文学遗产，曾出版数部专著，如《中世纪阿拉伯的叙事学》(سرديات العصر العربي الوسيط)、《现代阿拉伯叙事》(فن السرد العربي الحديث)、《阿拉伯思想中的东方主义》(الاستشراق في الفكر العربي)，以及《陷入魔幻圈》等。他还曾获得2000年至2001年第七届苏丹·本·阿里·阿维斯文化奖。

《陷入魔幻圈》是他在加拿大达尔豪斯大学的博士论文，完成于1978年，最初以英文出版，1987年经修订后出版了阿拉伯文版，其时穆赫辛已任职于巴格达大学文学院欧洲语言学系。他的这部专著分六章，外加一篇序言。除梳理《一千零一夜》成书历史、手稿爬梳和翻译史之外，还分别探讨了英国在18和19世纪对这部故事集的接受特点和变化趋势，特别就维多利亚时期英国文学界对《一千零一夜》复杂而又矛盾的态度及其原因进行了分析。

穆赫辛首先借用英国学者玛莎·贝克·柯南特(Conant, Martha Beck)的观点，指出山鲁佐德的故事对18世纪英国小说的发展起到了极大的推动作用，因为这些故事满足和迎合了文学家及其受众的基本愿望，即它所具有的浪漫主义倾向和冒险精神都是当时英国所迫切需要的。[1]该学者还认为《一千零一夜》是英国小说的精神之母，此言虽不无夸张成分，但的确说明这部民间故事集对英国小说发展的影响不可小觑。

随后，穆赫辛分析了18世纪山鲁佐德的故事对英国文学走向和文学创作、鉴赏品位产生的作用。他指出，同法国情形相似，当时的

1 محسن الجاسم الموسوي، *الوقوع في دائرة السحر- ألف ليلة وليلة في النقد الأدبي الإنجليزي 1704 –1910*، ص 17.

英国文学也急需突破新古典文学的限制。受众不再满足于新古典文学的僵化，他们更喜欢感性、生动的故事，《一千零一夜》便恰好提供了这种新的文化元素。因此，1706年以降，格拉布街的文人们陆续根据法语本翻译了这些故事，尽管译文质量不算上乘，但这些故事被反复重印，成为折射文学趣味的一面镜子，并在知识分子阶层中产生了深远的影响。与此同时，评论界对《一千零一夜》的批评也非常普遍。譬如，有学者曾认为《一千零一夜》的故事过于无聊平庸、简单重复，这样的文学创作可以轻松复制，其了无边界的想象会降低文学创作的品位和创造力。此外，有批评家还认为，《一千零一夜》是新古典主义文学的敌人，其东方想象不利于男性气概的培养。许多文人还基于道德因素，反对作品中的情色描写。这些都表达了一部分批评家的担忧。但是，《一千零一夜》在读者中的欢迎程度丝毫未受学术界负面看法的影响。尤其是随着19世纪英国的扩张，东方学日渐兴盛，虚构东方俨然成为一种潮流，所有关于东方的作品无论虚实，都受到重视。许多浪漫主义文人更是对《一千零一夜》青睐有加，认为它建立了一个魔幻的循环，为他们开辟了一个全新的美学、幻想和冒险的艺术世界。穆赫辛甚至引用一些英国学者的观点，认为那时候《一千零一夜》的故事逐渐渗透到英国文化核心，其重要程度仿佛使其融入了英国文化遗产。[1]

到维多利亚时期，英国人对《一千零一夜》的态度由简单的喜爱慢慢转向严谨的叙事研究，对其中的内容也越来越客观理性，秉持现实主义态度更不待言。穆赫辛分别讨论了这些故事对华兹华斯、狄更斯、柯勒律治、济慈、丁尼生等一系列英国文人的影响，认为他们对《一千零一夜》的态度既有喜爱也有矛盾，一方面痴迷，另一方面又担心受其影响，从而对自己的创作产生消极作用。总之，穆赫辛认为18至19世纪英国读者普遍有一种错误观念，认为《一千零一夜》反映的是真实的东方世界。这在上两个世纪的《一千零一夜》接受史上几可

1 محسن الجاسم الموسوى، *الوقوع في دائرة السحر - ألف ليلة وليلة في النقد الأدبي الإنجليزي 1704 –1910*، ص 75.

谓常态。

穆赫辛对英国社会喜爱《一千零一夜》的原因也进行了分析。他援引汉特的观点，认为这部故事集之所以受到欢迎，不是因为它描写感官享乐，而是因为它让人看到了苦难中人有无尽的翻盘机会。[1]这让当时的中产阶级十分兴奋，特别是在19世纪，中产阶级日益壮大。工业社会带来的分割、分裂造成社会和人的异化，给中产阶级带来了巨大的政治经济和道德伦理问题，以及较之上流社会和底层百姓更为敏感的社会压力。如何解决生存困境和与传统英国贵族之间的矛盾，成为困扰中产阶级的突出问题。穆赫辛提到了斯蒂文森、叶芝等19世纪后半期作家，认为他们的许多作品借助山鲁佐德的叙事技巧表达了现实冲突。一方面，故事中的山鲁佐德成了他们的避风港，可以给他们带来阅读的愉悦；另一方面，这些故事也为他们解决心理和现实困境提供了想象的空间：中产阶层理应能够像《一千零一夜》中所描述的商人那样，同统治阶级建立起更加亲近甚至平等的关系。在他们看来，《一千零一夜》中的人物享有更多的自由，与不同阶层的联系相对宽松，其弹性超乎英国人的想象。因此，对城市生活的大量描述也是这部故事集能在英国如此受欢迎的原因之一，许多学者正是在莱恩本中找到了解决阶级矛盾的办法：他们通过比较伊斯兰世界和英国社会，认为在东方社会中商人和中产阶级很有能力和影响力。当然，我们知道，真实的情况并非如此，中世纪以来阿拉伯世界的等级或阶级差异始终存在，只是英国的受众将《一千零一夜》的理想化倾向与阿拉伯现实世界混为一谈了，并借此攫取摆脱心理困境的安慰剂。

穆赫辛还分析了18、19世纪英国评论家眼中《一千零一夜》的美学价值，认为当时许多评论家也会参考这些故事，因为它们俨然成了考量那个时代英国小说创作的一个参照系。譬如1818年《英国评论》（*British Review*）就曾赞扬山鲁佐德故事的叙事技巧，认为沃尔特·司

1 Heinz Grotzfeld, "The Age of the Galland Manuscript of the *Nights*: Numismatic Evidence for Dating a Manuscript?", *Journal of Arabic and Islamic Studies,* I (1996–1997): 97.

各特《我房东的故事》(*Tales of My Landlord*)[1]之所以成功便是因为借鉴了这种叙事技巧。[2]还有一些英国学者肯定了《一千零一夜》的道德训诫作用,称其为“东方《圣经》”,[3]并对铜城故事中的道德意涵进行了不遗余力的挖掘和思考。

19世纪上半叶莱恩本问世后,穆赫辛认为这反映了英国维多利亚时期现实主义的发展和需求。莱恩将《一千零一夜》视为一部东方社会学文本,而不是单纯的浪漫作品,因此人们需要以基督教的严谨态度对其进行研究。大抵是从那时候起,英伦对于这部民间故事集的研究渐成气候。因此,穆赫辛的观点得到了英国学者罗伯特·厄文的支持。他还举例说,沃尔特·白芝浩(Bagehot, Walter)曾对《一千零一夜》中的百姓形象进行过研究,并在杂志上刊发系列论文,以辨析其中的空想与想象的区别,同时表现出对人物、故事社会背景的研究兴趣。从现实主义的研究角度出发,英国文人深刻挖掘了故事中所展示的东方生活图景,特别是契合其殖民侵略和扩张的宗教因素,如1877年基根(Keegan, P. Q.)在《新每月杂志》(*New Monthly Magazine*)上的论文。后者分析了基督教和伊斯兰教的优劣。当时,英国民族优越感日益呈现,许多学者拒绝承认东方有诸如此类(山鲁佐德式)的创造力,故而认为故事一定具有希腊根源,尚未开化的东方人不可能创造出这样的作品。[4]

除此之外,穆赫辛还将莱恩本与伯顿本进行了比较,分析二者的异同。在第六章也即最后一章中,穆赫辛还通过总结19世纪的研究,探寻了《一千零一夜》研究的新趋势,对20世纪初的一些重要进展进行了回顾。他的这部专著聚焦于维多利亚时期及前后一段时间的英国,分析了《一千零一夜》在该国的接受、传播和研究,有关总结较为

1　司各特的系列小说之一,后收入《威弗利》中。

2　محسن الجاسم الموسوى، *الوقوع في دائرة السحر- ألف ليلة وليلة في النقد الأدبي الإنجليزي 1704 –1910*، ص 143.

3　Heinz Grotzfeld, “The Age of the Galland Manuscript of the *Nights*: Numismatic Evidence for Dating a Manuscript?” , *Journal of Arabic and Islamic Studies,* I (1996–1997): 145.

4　同上,第227—228页。

全面，分析也相对客观，对后来相关领域的研究具有借鉴价值。他的研究成果受到了不少阿拉伯同行的推崇。

受西方叙事学的影响，伊拉克学者法利雅尔·嘉博里·嘉佐莉（فريال جبوري غزول）分别于20世纪80和90年代出版了两部《一千零一夜》研究专著。其一是《〈一千零一夜〉的结构分析》（The Arabian Nights: *A Structural Analysis*, 1980），另一部是《夜间诗学：比较语境下的〈一千零一夜〉》（*Nocturnal Poetics:* The Arabian Nights *in Comparative Context*, 1996），均为英语专著。嘉佐莉任职于开罗美国大学，被认为是努力运用西方批评理论研究《一千零一夜》的学者之一。这两部著作不仅运用中世纪阿拉伯美学和诗学理论，并且大量借鉴西方现代批评方法，如神话学和民俗学、寓言学和喜剧学、英美新批评和结构主义、后结构主义和故事形态学等，以阐释《一千零一夜》的独特魅力。嘉佐莉考察了它的故事形态，揭示了框架故事和循环叙事的辩证关系，并对各种叙事形式——史诗、动物寓言、辛巴达航海和恶魔故事等——进行分析，将其与印度、欧洲和美洲的叙事作品进行比较，揭示了《一千零一夜》对世界文学的影响。

除上述作品外，还有一些从历史角度或是民族关系角度研究《一千零一夜》的专著，如1981年问世的阿卜杜·阿尼·麦拉哈（عبد الغني الملاح）的《〈一千零一夜〉之旅》（*رحلة في ألف ليلة وليلة*），探讨了中世纪阿拉伯与周边民族关系，特别是十字军东征在故事集中的映射。此外，学者穆罕默德·阿卜杜·拉赫曼·尤尼斯（محمد عبد الرحمن يونس）还分别于1995年和1998年出版了两部相关研究专著。前者由黎巴嫩贝鲁特文学宝藏书局出版，名为《〈一千零一夜〉对当代阿拉伯戏剧的影响和其他戏剧研究》（*تأثير ألف ليلة وليلة في المسرح العربي المعاصر الحديث و دراسات مسرحية أخرى*），该专著以剧作家萨阿德·拉·瓦努斯（سعد الله ونوس）的剧作《国王就是国王》（*الملك هو الملك*）为典型范例，探讨了《一千零一夜》对阿拉伯现代戏剧的影响，同时指出《国王就是国王》从文化遗产中汲取力量，蕴含着深刻的政治现实关怀。1998年，黎巴嫩贝鲁特阿拉伯传播出版社又出版了该学者的《〈一千零一夜〉中的性与权力》（*الجنس و السلطة في ألف ليلة وليلة*）

一书，书中通过分析表明，阿拉伯世界男性对性的掌握实则为至高权力的某种层面的体现，探讨了这部民间故事集中所体现出的控制与反控制纠葛关系，在此不再赘述。

当然，除了阿拉伯国家之外，《一千零一夜》在回归东方的过程中对东亚、东南亚、伊朗、土耳其等地区和国家都产生过或多或少的影响，尤其是这些地区和国家本来就同这部民间故事集有着千丝万缕的联系。以东南亚为例，有学者认为，自1870年起，《一千零一夜》中的许多故事和片段就被翻译成了马来语和爪哇语，在巴达维亚、三宝垄、新加坡等地还出版过单行本，并在报刊上连载。我们相信这个时间应该可以向前追溯，譬如它进入东南亚地区的皇家歌舞（譬如泰国）和戏剧应该是19世纪的事情。[1]囿于资料和语言的限制，也由于本著的轻重缓急，以上主要梳理阿拉伯地区对这部民间故事集的再利用和再研究。

二、在日本

首先要说明的是，日本作为亚洲国家，它对《一千零一夜》的接受却呈现出与东南亚国家和中国明显不同的特质，盖因许多东南亚国家与伊斯兰教或多或少有着联系，而中国也因为历史和宗教等原因，自古以来便与阿拉伯世界过从颇密。但日本却不同，阿拉伯世界对它而言，更像是一个遥远的虚幻想象中的存在，若非由于明治维新，日本将目光转向西方，他们对阿拉伯文学的关注，恐怕要晚之又晚了。而正是因为受明治维新影响，日本接受《一千零一夜》不仅远早于我国，而且在亚洲东部开了风气之先。以下有关日本接受方面的内容资料主要来自《〈一千零一夜〉与东方主义：东方与西方视角》（The Arabian Nights *and Orientalism: Perspectives from East and West*）中的部分论

1　参见Matthew Isaac Cohen, "*Thousand and One Nights* at the Komedie Stamboel: Popular Theatre and Travelling Stories in Colonial Southeast Asia," in *New Perspectives on* Arabian Nights, ed. Wen-chin Ouyang and Geert Jan van Gelder (Routledge, London and New York, 2005), pp. 103–114。

文，[1]但此处对人名和作品译名等进行了规范统一。

《一千零一夜》进入日本大约是在19世纪70至80年代。在其后的半个多世纪中，曾有多种节译本或全译本问世，但大部分都是从英语或其他欧洲语种转译的。1875年，日本学者永峰秀树（Nagamine Hideki, 1848—1927）翻译了《一千零一夜》的部分故事内容，译名为《暴夜物语》（*Arabiya monogatari*），副标题“kaikan kyōki”，汉字谓“開卷驚奇”，明显模仿了1823年至1835年间的通俗小说《开卷惊奇侠客传》（*Kaikan Kyōki kyōkakuden*），或是凌濛初的《拍案惊奇》。这也从一个侧面看出中国明朝故事集在日本的流行程度。Arabiya是英文Arabian的拼音写法，字面意思为“暴雨之夜”，日本学者杉田英明（Sugita Hideaki）认为，永峰这样做是暗示故事内容与航海冒险和沉船灾难有关。

永峰的译本依据的是乔治·菲勒·汤森德（Townsend, George F.）所编撰的英语本《一千零一夜》，这个版本是对乔纳森·斯科特（Scott, Jonathan）英语本的节选和改写。有学者认为这本书还多少参照了莱恩译本，因为其中有大约四幅插图出自莱恩本。[2]1874年日本东京第一家私人印刷公司龙国街社成立，它刊印了永峰译本中的一幅平版画，题名为“第二个老人和两条狗”，所依据的便是威廉·哈维（Harvey, William）木版画“溺水被救的第二个老人”。如前所述，永峰的译本是节译本，从介绍部分开始，一共包括《一千零一夜》的前十个故事，以《黑岛上年轻国王的故事》结束。其篇幅大约只有汤森德译本的百分之六。永峰的译文并不平铺直叙，而是颇具文采，许多人名采用中文翻译，譬如山鲁亚尔和山鲁佐德分别被译为“须加里阿”和“助边良是土”。永峰直言其翻译目的是为了道德教化。在译本前言中，他曾说自己的翻译是“为了让读者明白赏善罚恶的道理，同时也

1 Yuriko Yamanaka and Tetsuo Nishio (eds.), *The* Arabian Nights *and Orientalism: Perspectives from East and West* (London and New York: I.B.Tauis, 2006).

2 Hideaki Sugita, “The *Arabian Nights* in Modern Japan: A Brief Historical Sketch,” in *The* Arabin Nights *and Orientalism: Perspectives from East and West*.

为了给读者展示世界上其他民族的礼仪风俗”[1]。他的初衷与汤森德吻合，但他并未表现出对阿拉伯或中东世界的兴趣。这后来也成为日本对《一千零一夜》接受的一个明显特点：他们对这部民间故事集的看法，更多是受了欧洲、美国等西方国家的文化影响，因为许多文人将其视为欧洲文明的一部分，却不太会关注故事集背后所折射出的中东或伊斯兰世界。那时，中东或者伊斯兰世界对他们而言，更像是一个遥远而虚幻的“欧洲的东方”概念。换句话说，日本接受的更多是欧洲东方主义视角下的《一千零一夜》。[2]

作为首部从英文翻译的《一千零一夜》，永峰的译本因为出版风格老旧，并未受到日本读者的广泛喜爱。真正在日本产生广泛影响并深受读者喜爱的，是井上勤（Inoue Tsutomu, 1850—1928）所推出的全译本。该译本在整个明治时期广为流传。井上勤是位多产的译者，也是位东方学家，他所翻译的文学作品除《一千零一夜》之外，还有威廉·莎士比亚的《威尼斯商人》，丹尼尔·笛福的《鲁滨逊漂流记》以及托马斯·莫尔的《乌托邦》，等等。他为近现代日本了解欧洲文学做出了不小的贡献。

井上勤的《一千零一夜》题名为《全世界第一大奇书》（*Zensekai Ichidai Kisho*, 1886），最初分十部分出版。全部付梓的两年后，又合为一卷本。书名显然凸显了所参照的英文译本《阿拉伯之夜的娱乐》（*Arabian Nights' Entertainments*），其娱乐和审美功能准确把握住了《一千零一夜》的文学本质。此外，《全世界第一大奇书》似乎还是对“中国四大奇书”的戏仿，并且强调前者比后者更为离奇诡谲。

井上勤所依据的英译本出自何人之手尚无定论，大约为1865年爱丁堡出版的带有英国画家格罗夫斯（Groves, S. J., 1845—1880）木版

1　转引自Hideaki Sugita, “The *Arabian Nights* in Modern Japan: A Brief Historical Sketch,” in *The* Arabian Nights *and Orientalism: Perspectives from East and West*, p. 119。

2　有关这一陈述，参见Tetsuo Nishio, “The *Arabian Nights* and Orientalism from a Japanese Perspective,” in *The* Arabian Nights *and Orientalism: Perspectives from East and West*, pp. 154–167。

插图的英译本。有学者猜测其母本为佩恩译本。但日本学者倾向于认为它源自英国格拉布街的杂译本。井上勤不仅在其译本中采用了格罗夫斯的四幅插图，还借鉴了古斯塔夫·威尔德语译本中的一些插画，且多达24幅。井上勤的插画显然是东西方审美的糅合产物，且更具有日本特色。譬如《脚夫与三女子》故事的插画，人物虽然服饰带有异域元素，但面孔更具东亚特点。其中的脚夫无论是面部特征还是表情都颇具日本浪人的特质，这是日本《一千零一夜》译本中插画的一个突出特点，非常有趣。

在故事内容方面，井上勤的译本依然是一部节译本。故事从引子开始，到辛巴达第二次航海便草草收场了。他在1888年为自己的译本加了后记，总体算下来，故事体量大约为原著的六分之一。与永峰的译本相比，井上的译本风格华美，文采飞扬，在其认为有必要说明处还添加了注释和描述，可被视为注疏本。譬如他会指出何处运用了文字游戏（kakekotoba），何处具有双关含义（engo），等等。尤其需要指出的是，井上为了使自己的译作更受欢迎，还借用了当时日本读者最喜欢的小说家曲亭马琴（Kyokutei Bakin, 1767—1848）的语言风格，并采用了七五音律。举例来说，关于国王山鲁亚尔的引子故事中处死背叛王后的情节，英译本对处决的过程描述非常简略，但井上却添加了许多详细的内容。不仅如此，其日语采用的正是七五音律，读起来朗朗上口。更有甚者，这段描述借鉴的恰是马琴非常著名的小说《八犬传》（*Nansō Satomi Hakkenden*, 1814—1842）[1]中领主里美吉实处死背叛女人的场景。[2]井上勤这么做是为了将日本经典文学作品与自己的译作结合起来，一方面是尊重传统诗人的语言实践，另一方面也可以提高其译作在日本读者中的接受度，故而文风继承了江户时代的文学传统。正因为如此，他的《一千零一夜》对明治时期新生代诗人和文

---

1 全名《南総里見八犬伝》，曲亭马琴的代表作，历时28年才得以完成。

2 相关内容参见Hideaki Sugita, "The *Arabian Nights* in Modern Japan: A Brief Historical Sketch," in *The* Arabian Nights *and Orientalism: Perspectives from East and West*, p.124。

艺家产生了深远影响。譬如木下木太郎(Kinoshita Mokutaro, 1885—1945)便曾依据井上的译本,在1910年将其中的《尤南国王和医师杜班》故事改编成独幕剧搬上了舞台。他认为这个故事再现了生命幽默和讽刺的真相,其剧本还插入了井上译本中医师杜班的头颅肖像画,而后者又取自俄罗斯插画家弗里德里希·格罗斯(Friedrich Gross, 1822—1897)的作品。

继永峰秀树和井上勤之后,日本明治时代还有许多其他《一千零一夜》译本问世,有的是单独成书,有的是见诸报刊的系列译文。比较著名的有矢野龙溪(Ryūkei Yano, 1850—1931)的《新波斯故事一则:巾帼不让须眉》(*Perusia Shinsetsu Retsujo No Homare*, 1887)和《西藏商人的故事》(*Shibetto Shonin monogatari*, 1887),以及横山峰一(Yokoyama Mineichi)的《波斯奇闻故事一则:巧遇三美女》(*Hashi kidan kigū yumemonogatari*, 1888)。前两个故事分别译自英语本的《阿里巴巴与四十大盗》和《清醒的梦中人》。第三个故事严格来说是《嫉妒妹妹的两个姐姐》(取自《脚夫与三女子》故事)德译本的改写。

除此之外,一些日本文人还翻译过《绳索匠哈桑》《阿拉丁神灯》等《一千零一夜》故事,刊登在1887年的《通俗学艺志林》(*Tsūzoku gakugei shirin*)杂志上,并附有许多插画,人物均着欧式或美式服饰,要么是西方人面孔,要么就是本地化日本式面孔。单看插画,与《一千零一夜》的阿拉伯风格相去甚远,读者很难将其与阿拉伯伊斯兰世界联系在一起。这也充分证明了永峰秀树的观点,即明治时代的日本民众更倾向于将这部作品视为欧洲文明的一部分,甚至隶属于英国或法国文学。这种看法在很长一段时间内普遍存在于日本社会。

随着西方民俗学研究的发展,19世纪末20世纪初,日本对世界民间文学以及童话故事的关注也越来越多,各类故事大全相继问世。1899年至1908年,日本学者、小说家岩谷小波(Iwaya Sazanami, 1870—1933)陆续出版了《世界童话故事系列》(*Sekai Otogibanashi*)凡一百卷,后又于1908年至1915年陆续出版了《世界童话故事文库》

（*Sekai Otogibunko*）五十卷。其中1900年卷收录了《阿拉丁与神灯》和《乌木马》等故事，1909年卷收录了《魔瓶中的魔鬼》故事。这些故事极有可能译自保罗·本多夫（Benndorf, Paul）德译本的相应故事，并附有后者的很多插图。岩谷的努力有助于日本民众开始将《一千零一夜》视为儿童文学作品，这也契合了欧洲19世纪时期对其的认知。这在某种程度上弱化了意识形态领域对这部故事集的形塑，但也从文学的层面加深了其启迪、教化和娱乐儿童的功用。

可以说，到19世纪末，大部分加朗本《一千零一夜》故事都被翻译成了日语。日本读者越来越熟悉其中的故事内容，也越来越迫切地渴望读到更为精准的全译本，以了解这部故事集的全貌。因此，在1910至1920年代，依据莱恩和伯顿英译本的三种全译本相继在日本问世。这几种译本质量上乘，文风轻松，配有各种精美插图，更适合儿童或青少年阅读。

首先值得一提的是两卷本《〈一千零一夜〉新译》（*Shin'yaku Arabiyan Naito*, 1915—1916），它由日本文人杉谷代水（Sugitani Daisui, 1874—1915）翻译，主要依据安德鲁·朗（Lang, Andrew）的英译本。后者又主要依从加朗本。安德鲁译本中配有亨利·福特（Ford, Henry）和艾德蒙·杜拉克的精美彩色插画，而且画质细腻，具有前拉斐尔风格。特别是艾德蒙的蓝色系插画，极具艺术特色，海野弘曾在他的《〈一千零一夜〉：伊斯兰世界的民间艺术、文学、诗歌、时尚和书籍设计》一书中收录了许多精美插图，其中就包括艾德蒙·杜拉克的作品。这些插画的黑白复制版也出现在杉谷代水的译本中，这使得其译本因精美的插画和散文诗式的语言而受到了大正时期中高年级学生的喜爱。时至今日，它也依然受到日本诸多文人的欢迎。

另外值得一提的译本是由中岛孤岛（Nakajima Kotō, 1878—1946）翻译的《一千零一夜》（*Arabiyan Naito*, 1929），[1]其中也配有各具特色的插画。这也是日本各种译本的一个普遍特色，它们有时会从原本中

1　中岛孤岛还曾于1927年至1929年编撰过《神话传说大系01卷——埃及卷》，由日本近代社出版。

撷取插画，有时则由日本画家执笔。大多由日本画家执笔的插画都不可避免地带有许多日本绘画特征和审美特色。中岛的译本据说是三岛由纪夫童年最为喜爱的作品之一。

在大正时代末期，还有两版依据莱恩本译出的，它们几乎同时独立出版：一是小说家森田草平（Morita Sōhei, 1881—1949）的四卷本《一千零一夜的故事》（*Sen'ichiya monogatari*, 1925—1928），作为《世界名作大观》（*Sekai meisaku taikan*）中的一部分。另一部是诗人、学者日夏耿之介（Hinatsu Kōnosuke, 1890—1971）的三卷本《一千零一夜谭》（*Issen'ichi yatan*, 1925—1927），收在《世界童话故事汇编》（*Sekai dōwa taikei*）系列中。前者偏重学术，译本保留了大部分莱恩的注释。而后者更自由、更诗性，且基本没有注释。从整体看，这两个译本的翻译不啻是为了面向青年一代，同时也非常关注了民俗学家和文学学者的阅读兴趣。

森田在他的译本前言中指出，尽管他意识到伯顿本的价值，但还是被迫选择了莱恩本。这是因为伯顿本在当时的日本不具备存在条件。同时他补充道，莱恩是一位道德人士，删除了一些不雅的段落，因而他的译本可以在任何地位高尚的女士面前毫无顾忌地朗诵出来，从而不必担心审查问题。[1]森田草平和日夏耿之介都相信，在他们的译本问世之时，日本读者已经对这部故事集的原始文本风格比较熟悉了。

森田和日夏之所以这样认为，是因为在日本的大正末期和昭和早期，马德鲁斯本和伯顿本《一千零一夜》已经被移译至日本，而这使得许多日本读者越来越将其视为一部情色作品。1927年，日本出版了署名为酒井清（Sakai Kiyoshi, 1895—1952）的藏书家翻译的单卷插图本《世界著名经典爱情故事》。该书依据马德鲁斯译本，但因其内容过于露骨，很快就被查禁了。随后，在1929年至1930年，日本作家、记者大宅壮一（Sōichi Ōya, 1900—1970）和他的一些同仁依据伯顿英译本

1 转引自Hideaki Sugita, "The *Arabian Nights* in Modern Japan: A Brief Historical Sketch," in *The* Arabian Nights *and Orientalism: Perspectives from East and West*, p. 136。

翻译出版了12卷册《一千零一夜》，但这个译本删除了几乎所有伯顿的注释，还存在大量误译、漏译，并因报刊审查被迫删掉了大量内容，因而其价值非常有限。审查后被建议删除的内容都以"×××"来代替。但讽刺的是，这反而引起了读者的好奇心。

据说昭和时代日本著名小说家谷崎润一郎（Tanizaki Junichiro, 1886—1965）童年时期就很喜欢《一千零一夜》。他在其作品《食蓼之虫》（*Tade kuu mushi*, 1929）中就借鉴运用了伯顿本《一千零一夜》中的元素，并且在这部小说的第六章中对该译本的来历做了一番描述：刚自上海回来的朋友送给主人公斯波一整套伯顿本《一千零一夜》作为礼物。朋友还特意强调他是如何费劲艰难在上海的别发洋行（Kelly & Walsh Ltd.）（1870年成立于上海的第一家外国书店）淘到这本书的。斯波的儿子很好奇这套伯顿本《一千零一夜》和作为儿童文学的这部故事集究竟有什么分别。阅读后他才恍然大悟，这部故事集本就具有儿童文学和艳情文学的双重属性。在第八章中，谷崎也描述了主人公斯波偷偷阅读伯顿本《一千零一夜》的情境，特别是读到伯顿那些充满现代人类学特质的注释时所获得的喜悦。而谷崎也正因为想在一定程度上突破当时日本的传统氛围，尝试描绘一种尽管古怪，却具有现代意义的夫妻关系。

小说中主人公的经历其实是谷崎润一郎自己经历的再现。1925年，谷崎的朋友土屋计左右（Keizo Tsuchiya, 1888—1973）托人从上海给他带回了一套伯顿本《一千零一夜》。此外，谷崎润一郎的另一位朋友，日本著名小说家芥川龙之介（Ryūnosuke Akutagawa, 1892—1927）曾于1921年旅居上海，他也在上海找到了伯顿的完整译本，并于1923年将其买了下来。1924年，芥川曾给日本杂志《书物往来》（*Shomotsu ōrai*）撰写《论伯顿的〈一千零一夜〉翻译》（"Richādo Baaton yaku '*Issen'ichiya monogatari*' ni tsuite"），对伯顿本的文学价值给予了很高评价；其序言还引用了伯顿的文字，并认为伯顿的翻译很好地将阿拉伯语表达方式译成了英语。但学者山田英明曾将伯顿本和阿拉伯语本进行了严格比对，发现芥川所看到的伯顿译文许多内容都是自己的增添，在阿拉伯语布拉克本和加尔各答二本中并不存在，且这种情况并非偶然。[1]无论怎样，两位日本知名作家对伯顿本都评价甚高，这至少从一个侧面说明当时伯顿本在现代化快速进程中的日本文坛还是颇受欢迎的。

由于伯顿的译本包含大量的补遗和注释，这些内容固然体现了伯顿过多的个人偏好甚至是偏见，但曾契合英帝国了解东方、建构东方想象的需要，也因之受到日本的重视。后者在现代化进程中，一方面极力效法欧洲，重视一切西方舶来品；另一方面也需要在效法中寻找自身的定位，作为对立的镜像面寻求其对东方的新认知。伯顿本提供了一个日本自认为可以摆脱幻想，了解真实东方的渠道。基于此，二战之后，日本文人大场正史（Ōba Masafumi, 1914—1969）将伯顿本《一千零一夜》连同其补遗和注释完整地进行了翻译，凡21卷，由角川书店（Kadokawa Shoten）出版。此外，丰岛与志雄（Toyoshima Yoshio, 1890—1955）也再次编译了马德鲁斯版《一千零一夜》，于1940年至1959年由岩波书店（Iwanami Shoten）以26卷册的形式出版。

遗憾的是，日本第一版直接译自阿拉伯语的《一千零一夜》一直要到1985年才完整问世，这个版本由前岛信次（Maejima Shinji, 1903—1983）和池田修（Ikeda Osamu, 1933— ）联袂翻译，从1966年到1981年陆续出版了18卷册[2]，1985年出版的别卷的翻译者实为坂本勉。

除了林林总总的各种译本之外，《一千零一夜》的许多故事很早就登上了日本的舞台，进入其戏剧或后来的电影创作领域。1870年，《阿拉丁与神灯》的故事在其译本问世之前就作为当年横滨地区欢乐剧场（Gaiety Theatre）的首映节目演出，不过当时的观众大多为外国人，日本民众多少对这种极具异域色彩的舞台演出感到有些陌生。后来，越来越多的故事相继在日本上演，比较受欢迎的有《阿里巴巴与四十大

1 Hideaki Sugita, "*The Arabian Nights* in Modern Japan: A Brief Historical Sketch," in The Arabian Nights *and Orientalism: Perspectives from East and West*, p. 142.

2 另有一种说法是全19卷。

盗》《巴格达的医生》《飞毯》等。电影问世之后，日本也成为率先引进《一千零一夜》相关电影的国家。譬如20世纪20至30年代，引入日本的《一千零一夜》电影还有《巴格达小偷》《艾哈迈德王子历险记》等。特别是《巴格达的小偷》，它对日本本土电影或者说动画电影的发展起到了一定的启发作用。艺术家大藤信郎（Noburō Ōfuji, 1900—1961）获得灵感后，于1926年制作了日本第一部动画影片《马具田城的盗贼》（*Bagudajō no tōzoku*）。他按照日本观众的审美对原作进行了改编，并将其背景设置为中世纪的日本。巴格达因此被赋予了一个半日本地名：Baguda（马具田）。大藤的创作只是一种最初的尝试，但无疑是日本动画电影史上的重要一笔，对后来彩色动画电影的发展产生了巨大影响。

总之，《一千零一夜》对日本文学、视觉艺术等的发展的影响是毋庸置疑的。但有一点我们需格外注意，那便是日本对这部故事集的接受受到了欧美等西方世界的深刻影响，以至于在相当长的一个时期内，日本是将其视为欧洲文学作品加以接受的。20世纪中叶，虽然《一千零一夜》进入日本已有近百年的历史，但由于地缘关系，日本对同样作为东方世界的伊斯兰世界的认知欲望始终不是很高。在建构自己的东方世界概念方面，日本也受到了欧洲东方主义的诸多影响。阿拉伯世界，或者至少说是《一千零一夜》中的阿拉伯伊斯兰世界，对日本而言更像是一座虚幻的楼阁，作为奇幻想象的点缀。

及至20世纪中叶以来，特别是由于20世纪末的海湾战争和21世纪初的“9 · 11”事件等，日本对伊斯兰世界的学术关注才陡然增高。用学者羽田正的话说，“在日本，直到20世纪30年代之前，‘伊斯兰世界’的空间概念尚未为人所知”[1]。40年代左右，日本学者大久保幸次开始对有关概念产生兴趣。自此往后，日本对阿拉伯国家以及伊斯兰世界的学术研究成果才越来越多，比较突出的有加藤森、小杉泰、中田考和羽田正等人的著述，他们多从史学、政治学、经济学、宗教学等方面

1　羽田正：《“伊斯兰世界”概念的形成》，刘丽娇、朱莉丽译，上海：上海古籍出版社，2012，第179页。

探讨伊斯兰世界的形成及其特征。阿拉伯伊斯兰世界作为一个不断衍变的历史及意识形态概念，逐渐从虚幻的楼阁中走出，来到现实舞台的前沿；而曾为日本学人、民众所关注的《一千零一夜》作为奇幻世界中遥远伊斯兰国度的文学产物，反而逐渐淡出，成为一抹虚幻的背景。

第三节 《一千零一夜》在中国

众所周知，中华民族拥有悠久的历史，中华文明是世界上唯一没有中断的古老文明，但中华民族也向来善于学习和借鉴，善于吸收和融合外来文化。早在两千年前，我国人民就与中亚和西亚各国开始了文化交流。这对于丰富和发展中华文化起到了积极作用。而佛教的传入是中外文化交流史上的第一座里程碑。佛典的翻译素以严谨著称，它的巨大成就在世界文化交流史上堪称典范（数量可观的佛典因之在我国得以保存，而其中相当一部分在印度本国却已散佚）。然而，倘使随佛教、景教、伊斯兰教等进入我国的某些外国文学元素可以暂且忽略不计，那么我国的外国文学翻译和研究史大抵仅有120多年。[1] 这是因为外国文学的真正进入是我国知识分子面对帝国主义坚船利炮的一次伟大的觉醒，即主动地拿来，鲁迅称之为“拿来主义”。如是，严格地说，《巴黎茶花女遗事》是我国自主引进的第一部外国文学作品，适值1898年“百日维新”。[2]是年，林纾开始在友人的帮助下翻译或者说是转述外国文学名著。

据有关前辈同行考证，《一千零一夜》在我国首次被提及是在1900年左右。郅溥浩先生和丁淑红女士在《中外文学交流史：中

1 在这之前，唯有班扬（Bunyan, John, 1628—1688）的《天路历程》（厦门本，1853）。它是由在华传教士主导翻译的，用以传播基督教文化。

2 《当代中国外国文学研究》，陈众议主编，北京：中国社会科学出版社，2011，第1—5页。

国-阿拉伯卷》中辟专章介绍了《一千零一夜》在我国的翻译、研究情况，[1]本著以此为据，谨概述如下：

一、《一千零一夜》在中国的译介

20世纪伊始，《一千零一夜》开始传入中国，最早的译法据称是严复的《天方夜谭》。严复于1900年在上海开始翻译《穆勒名学》(*A System of Logic*)，于1902年译完了前半部。但也有学者认为严复可能并非第一个提到《天方夜谭》的中国学者。譬如葛铁鹰先生认为，由于严复因故于1905年才译完《穆勒名学》，所以不能因为严复翻译《穆勒名学》时提到《天方夜谭》就认定他是第一个提到《天方夜谭》的人。在1905年严复出版《穆勒名学》时，至少已有两位译者使用过《天方夜谭》这个译名了。首先是《大陆报》1903年5月6日刊载的几则故事。虽然译者佚名，而且其正式采用的译名为《一千一夜》，但他在序言中说："故名其书曰《一千一夜》或曰《天方夜谈》……"至于那位佚名译者究竟是谁，现已无从查考。不过葛铁鹰先生也指出，存在一种假设，即这个佚名译者很可能就是严复本人；如果这种假设成立，那么便可以说严复是"第一个'天方夜谭'这一绝妙组合用作该书书名的人，而且也是中国第二个翻译《一千零一夜》的人"[2]。其次，《绣像小说》自1903年10月20日起连载过《天方夜谭》的一些故事，据李长林先生考证其译者为奚若。[3]此外，葛铁鹰在后来的一篇文章中还提到，1903年5月20日，文明书局出版的《海上述奇》是辛巴达航海的故事，译者为钱楷。这应该是我国翻译出版的第一个《一千零一夜》单行本，尽管故事只有一个。

此外，还有另一种说法，即杜渐所说的周桂笙。这位周桂笙在其

1 郅溥浩、丁淑红、宗笑飞：《中外文学交流史：中国-阿拉伯卷》，济南：山东教育出版社，2015，第257—312页。

2 葛铁鹰：《天方书话——纵谈阿拉伯文学在中国》，北京：首都师范大学出版社，2007年，第258页。

3 同上，第256页。

1900(或1903)年出版的《新庵谐译》一书中收录了两篇《一千零一夜》故事。[1]据不完全统计,《一千零一夜》于20世纪初清朝末年开始介绍到中国以来,至今累计出现了六百多种规模不等的译本。不少译本附有前言后记,它们无疑是我国《一千零一夜》学术史的组成部分。

(一)最初的译介

1904年8月11日,周作人以萍云女士为笔名开始在《女子世界》连载《侠女奴》(即《阿里巴巴与四十大盗》)。周作人说,1901年秋他在江南水师学堂学习时偶然见到一本英文版插图本《一千零一夜》,顿时被那些优美的插图和引人入胜的故事所吸引。"《天方夜谈》是我在学堂里看到的唯一的新书……我想我该喜欢它的。我认识了这一本书,觉得在学堂里混过的几年也不算白费。"他后来还回忆说:"我是偶然得到了一册英文本的《天方夜谈》,引起了我对于外国文学的兴趣,做了我无言的教师……中间篇幅顶长的有水手辛八自讲的故事。中国最早有了译本,记得叫作《海上述奇》的便是。我看了不禁觉得技痒,便拿了《阿利巴巴和四十个强盗》来做试验,这是世界上有名的故事,我看了觉得很有趣味,陆续把它译了出来,虽说是译,当然是古文,而且带着许多误译和删节……我就将译文寄到那里去(苏州出版的《女子世界》),署上一个萍云的女子名字,不久居然分期登出,而且后来又印成单行本,书名是《侠女奴》……是我在学堂里学了英文的成绩,这就很值得纪念了。时为乙巳(1905)年的初头。"[2]

未几,周作人又以会稽碧罗女士为笔名,在《女子世界》第12期发表了《选侠女原本》的长诗,极力赞美这个故事和其中的女主人公。有诗为证:

金钱费得唤缝尸,
敌计虽深那得知。
……

1 杜渐:《书海夜航》,转引自《中外文学交流史:中国-阿拉伯卷》,第260页。

2 《周作人回忆录》,转引自《中外文学交流史:中国-阿拉伯卷》,第261页。

一误何堪再误来，
朱门红粉费疑猜。
……
请君入瓮已堪伤，
灌顶醍醐那可当。
三十七人齐并命，
殉财千古吊金伥。
……
羯鼓冬冬声忽断，
筵前血洒杜鹃红。
行踪隐约似神龙，
红线而今已绝踪。
多少神州冠带客，
负恩愧此女英雄。

周作人将《阿里巴巴与四十大盗》的女主人公比作红线女，表达了他的赞美。

1905年5月，《侠女奴》单行本出版，卷首附有译者说明，谓："有曼绮那者(即女主人公马尔佳娜)，波斯之一女奴也，机警有急智。其主人偶入盗穴为所杀，盗复迹至其家，曼绮那以计悉歼之，其英勇之气概颇与中国红线女侠类。沉沉奴隶海，乃有此奇物，亟从欧文移译之，以告世之奴骨天成者。"周作人还将《一千零一夜》与中国的《西游记》《封神榜》《白蛇传》等相提并论，并认为《一千零一夜》与《聊斋志异》有些近似，故事多来自民间。[1]

1917年1月，中华书局出版了严桢注释本《海客谈瀛录》(即《水手辛巴达的故事》)。同年9月，商务印书馆复又推出周越然的英文本《天方夜谭》(附中文释义)。

1 孟昭毅：《丝路驿花》，转引自《中外文学交流史：中国-阿拉伯卷》，第262页。

1930年4月，亚东图书馆出版了汪原放翻译的《一千零一夜》。该译本从出的是1915年美国印行的莱恩英译本，全书440页，由楔子和20篇故事组成。卷首有原英译者序，书后有中译后记。这被认为是第一个以"一千零一夜"命名的译本。汪原放在译后记中写道："这书的名字普通都译做《天方夜谈》，因为我用来译的本子和已有的译本都不同，所以使用了这书原有的两个名字里不常用的一个。"他说："（莱恩在原序中说）读这些有名的故事的人，如果不懂得'阿利伯伯和四十个强盗'[1]，不懂得'海客圣德彼得'[2]，不懂得'阿那丁和奇灯'[3]，不懂得'异马'[4]等篇，他真不得是一个会读这些故事的读者。怎样才算'懂得'呢？我想来（它们）无一篇不充满了最可宝贵的冒险的精神。这种精神正是我们所需要的，尤其是规行矩步的在'孔孟之道'高压之下的少年朋友们所最需要的。"他还说："我决用莱恩本来译的原因亦见于原序，现在且把它分条列录在此地吧：1. 为了要求适合于学校里做课本的需要，我立意精选一些最好最有名的编成这删节本；2. 我这个本子自信是一个比较实用的本子；3. 但在我这个本子里，是用现代的文体写成的……如果在高小或初中的少年朋友们以这部包含二十多个有趣的故事的集子为补充的读物，我认为时间与精力或不致有过大的浪费与损失。"[5]

1930年4月，王云五主编的"万有文库"收奚若译本二册，由商务印书馆初版。该书于1939年12月简编印行。这是商务印书馆根据1906年本（4册，共50个故事，约35万字）改编的。而1906年本在清末民初流传颇广，影响甚大，曾多次重印。

奚若本为文言文，其1930年版的最大特点是叶圣陶先生写于1924年的序。该序开宗明义，谓："《天方夜谭》又名《一千零一夜》，

1　即《阿里巴巴与四十大盗〉。

2　即《辛巴达航海记》。

3　即《阿拉丁与神灯》。

4　即《乌木马》。

5　转引自《中外文学交流史：中国–阿拉伯卷》，第263页。

是一种玫奇的书，世界上无数的天趣丰富的儿童，嗜好故事与文学的成人，以及考古家、历史家，都喜欢吸纳它的蕴藏。我们中国，在此十八年前（1906年），奚若先生这部译本也出世了。也有把它做蓝本来编成童话的，如商务印书馆的《能言鸟》《橄榄案》等等。”随后，叶序比较详细地介绍了该书的产生情况：“我们虽然知道《天方夜谭》最初的本子从什么地方来的，用什么文字写的，可是不能够就说全部的故事都产生于那个地方，那些故事在它写定以前辗转述告，已经难以知道最初产生的时地。写定之后，不知经过传抄者几回的增损才成最后的模样。还是说这是一部东方各国民间故事的总集来得确当切实得多。”“在这部书的许多故事里，除了神话之外，又含有蜜恋的情史，巧妙的传奇，讽世的叙述，冒险的经历等等。我们不能知道写这些故事的是谁某，但是看了书中有这样妙美的理想与浓艳的情绪，就不能不出惊地赞誉这位（确切一点应说这几位）无名的文学家了。”“像这样一部大书中，包含着这许多故事。编集者手腕的精妙，已很是惊奇了。而尤可注意的，则是全部书的结构。这部书虽是一部故事的总集，编集者却不肯让它们一篇篇自为起讫，成个平常的式样。他把全集来讲成个大故事，许多的故事则包含在这里边。那些故事的情节如其是平凡一点的，中间又联串些小故事，以见兴趣。这样，本来不相关涉的许多故事组合起来而成个有机体了。这是个非常聪明的办法。”“虽然全集是一个大故事，但是我们若截头弃尾，单单取中间包蕴着的最小的一个故事来看，也觉得完整妙美，足以满意。这譬如一池澄净的水，酌取一勺，一样会尝到美甘的清味。”

同时，叶序对用文言文翻译外国文学作品发表了自己的看法，他说：“所谓正统的古文，揭示得很明显的是挂起‘载道’的招牌。质料必取有关治道之大，圣功之深的，于是所谓里巷委琐，人情婉曲，都在摒弃之列了。偶然有几个人作古文逸出了规范，就被认为小说家言了。这‘小说家言’四个字含着多少瞧不起的意思！其实他们的罪状只在材料属于圣功治道之外，写法超乎简约浑朴以上，表现得描写得比较真切入情罢了。由我们看来，古文定要与小说家言分家，这是使它不能成为很好的文学的一个原因。一种外籍的译人，对于国人的思想上会发生影响，那是不待说的；就是对于固有的文体上，也会促起若干蜕变。自梵书译入而后，有些文句便‘梵化’了，就是一个例子。古文翻译了小说，古文的质料增得丰富了，形式转成繁复了，这便是一种蜕变。胡适作《五十年来中国之文学》中有关论述林纾用古文翻译小说的话，这里正可以借用。他说：‘林纾译小仲马的《茶花女》用古文叙事写情，也可以算是一种尝试。《茶花女》的成绩，遂替古文开辟一个新殖民地。林纾用古文做翻译小说的试验，总算是很有成绩的了……但这种成绩终归于失败；这实在不是林纾一般人的错处，乃是古文本身的毛病。古文是可以译小说的，但古文究竟是已死的文字，无论你怎样做得好，究竟只够供少数人的赏玩，不能行远，不能普及。’”诚然，叶序却认为“这是（就）文艺的效用上着想而说的……简约拘常的古文当然不及丰富解放的古文。所以我们如其说欣赏古文与其选取某家的古文选集，还不如读几部用古文而且译得很好的翻译小说”。

叶序接下来对奚若译《天方夜谭》作了评述，指出：“这个译本运用古文，非常纯熟而不流于迂腐，气韵渊雅，造句时有新铸而不觉生硬，止见爽利。我们认为是一种很好的翻译小说。”他以《理发匠六兄弟》中六弟遇见慈善家巴米息特的一段对话，来说明译文如何“明白干净”，而又“富于情趣”，令读者发生快感。叶序最后指出：“书中偶有运用典故来修辞的地方，但像‘楚囚’之类不太适切的却很少。所以我们若不抱着传统的宗派的观念，要一点古文的东西，像这个译本应是很好的材料。”[1]

1948年11月，新潮出版社出版了季诺翻译的《脚夫艳行记》（即《脚夫和巴格达三个女郎》）和《神灯》，二者均为《天方夜谭》中的故事。新潮出版社欲推出的是一套规模宏大的《天方夜谭》译本。它所依从的是伯顿译本。《脚夫艳行记》所列（两辑）的十个故事分别是：《脚夫艳行记》《神灯》《丑夫·美妻》《小天方夜谭》《海底联姻记》《怪

1　转引自《中外文学交流史：中国－阿拉伯卷》，第263—265页。

指环》《颜如玉》《四十大盗》《海中奇遇》《奇中奇》，但实际只出了前两个。编者在总序中说："《一千零一夜故事集》……这书是什么人，在什么时候和什么地方写作的，到现在还未能正确地知道。然而，要比这更多的，人底天真的幻想，犹如实际存在的那样的世界，由着各种形式而产生出来的故事集，却是时不分古今，地不问东西，可以说一句除此之外，便别无他书的存在了。如果以反实在的超自然主义底立场来说，我们底《西游记》，或者还勉强可以和这一比，但是，《西游记》却并不是纯粹的故事集。"总序还说："这里使用的原本……不同的是没有分夜，而以每一故事为单位，那因为我们另有翻译全译本的计划，这里不过将里面特殊优美的故事，选译出来，印成单行本，供给仅欲购某一故事的读者阅读而已。除去分夜之外，全文还是一句不删地译述出来的。"总序还强调说，过去出版的几种《天方夜谭》所依据的版本，"都是以儿童和青年为对象。现在我们所依据的这个译本，想引起一般读者的注意，知道《天方夜谭》并不止于儿童的读物，它在文学上有崇高的地位，是文学研究者必读的一部文学作品，而产生探讨与研究的兴趣，我们这微弱的愿望，算是获得充分的满足了"。季诺在译后记中还指出了莱恩和伯顿两种译本的差异，以及不同的文学价值。对于《天方夜谭》中数量巨大的诗歌，他也谈了自己的看法，谓"《一千零一夜》底故事里面，有着许多诗篇，总数有万行之多，独特地放射出异彩，原译者波顿（伯顿）对于东方语言以及东方文学，修有深邃的造诣，这泛溢在他底寸言片语的译文之中，所以对原著底浪漫底色彩，由了诗的音韵的表现，毫无遗漏地发挥了出来，完全造成了绘画的效果，也把阿拉伯人任何场合都以诗歌来表达内心的风习，充分地传达出来了。真可以说一句，没有诗的《千夜一夜》，就是等于没有太阳的白天。这一点，在这篇《脚夫艳行记》中，虽是经过译者的重译，与方块字的简陋的再现，不完全失却原诗的情调，但在读者，我想总多少还可以触摸到一些它底原来的风韵吧？"[1]

1 转引自《中外文学交流史：中国-阿拉伯卷》，第265—266页。

（二）1949年以降

1958年8月，人民文学出版社出版了纳训本《一千零一夜》。在相当长的一段时期中，这是中国最流行的一个译本，及至十年浩劫，一切文学翻译几归于零。

1981年4月，河南人民出版社出版了萧波伦译本《天方夜谈》。此译本依据的是一本专为青少年阅读的英文版洁本，仅13万字，但印数却达200余万册。译者概要介绍了《一千零一夜》的成书情况、神奇魅力，并强调指出，虽然该书是一部神话故事，却每每反映出当时的一些制度、风俗、宗教、心理状况等，以及几百年前阿拉伯上至宫廷下到平民的思想和生活情况。这些情况不仅触及种种社会现象，而且有深刻的解剖，并显示出意味深长的幽默感。书中理发匠讲他兄弟的两个故事，便是很好的例证……[1]

1982年2月，云南人民出版社出版了丁岐江据俄文翻译的《天方夜谭续篇》。编者在内容提要中称："两年前，我社出版了《天方夜谭》一书……此次，我们根据俄文版《一千零一夜新篇》补译了前书中尚未介绍过的五篇故事，编成《天方夜谭续篇》以飨读者。"译者又补充说："该文集选择的五卷故事，系根据苏联东方文学出版社1961年俄文版《一千零一夜新篇》所译。俄译者莫·阿·萨里埃是根据早期流失在俄国的阿拉伯文手稿译出的。为忠实于原稿的格调、特色以及语言上的独到之处，俄译者尽到了最大的努力……应该指出，在我国历史上，自唐朝始，伊斯兰教已传入中国，特别在元朝一百年间，数量可观的一批信仰伊斯兰教的色目人（包括阿拉伯人、波斯人、突厥语族人等）迁来中国，随之带来了阿拉伯文化。在伊玛目（阿訇）传经布道时，除宣讲《古兰经》外，为活跃单调乏味的气氛，则辅讲俗称《小儿经》中的一些片段。这《小儿经》中许多优美的传奇性故事，与《天方夜谭》中的不少片段在结构和情节上颇为类似，所以说《天方夜谭》在中国的传播，绝非近百年之事，而至少可以追溯到14世纪吧。不过，这

1 《中外文学交流史：中国－阿拉伯卷》，第267页。

些故事只限于在中国的穆斯林中交口相传，在广泛度上还有一定的局限性，而且也没有汉文字的译本。”[1]

1982年7月至1984年11月，人民文学出版社陆续出版了纳训先生从阿拉伯语翻译的《一千零一夜》(共6卷，约230万字)，这是一个全译本，尽管删去了“不雅的文字”。此译本替所依从的阿拉伯语本增加了两个故事：《阿里巴巴与四十大盗》《阿拉丁与神灯》。这两个故事最早出现在加朗本《一千零一夜》中。

纳训本附有长篇译后记，其中说到《一千零一夜》是他在埃及留学期间(20世纪30年代末、40年代初)开始翻译的。他说：“当时，我翻译此书的动机很单纯，只打算拿它给学习阿拉伯文的中国学生当作课外读物。于是，我仅凭天真和勇气，毫无顾虑地动手翻译，结果译出了《天方夜谭》五册，每册十万至十二万字，由上海商务印书馆出版。”

1947年回国时，商务印书馆给了他几百元稿酬；但当时伪币贬值，这笔稿酬还不够买一张公共汽车票。他一气之下，拂袖而去，并且决意从此不再做翻译工作。1954年，纳训先生应邀参加中国作家协会在首都召开的翻译工作会议，和全国翻译界同仁共聚一堂，精神极为振奋，欣然接受了人民文学出版社之约，把丢弃了十多年的翻译工作重新拾起来。1957年至1958年，三卷本《一千零一夜》选集出版。

1960年，纳训调入人民文学出版社编译所，任务是翻译《一千零一夜》全译本。他随即拟订计划：继三卷集之后，将其他的故事按序分为五卷，每卷25万至30万字，新译的五卷同三卷集衔接起来，共为八卷。然而，正在他译完四、五、六三卷时，“文革”开始了。他受到了批判，被送进“五七”干校劳动改造。《一千零一夜》从此变成了“大毒草”。

“文革”结束后，纳训回到人民文学出版社，开始从头翻译、校改《一千零一夜》，认为最先的三卷集是选本，其中一部分故事的次序与原著不一致，而全译本的故事须按原著的次序编排，所以决定将三

1　转引自《中外文学交流史：中国－阿拉伯卷》，第267页。

卷集里的故事拆开，按原著次序编入全译本内，还它本来面目。[1]纳训译六卷本《一千零一夜》出版，是中国翻译界的一件大事。该译本长期以来广受欢迎，不仅在国内一版再版，还远播泰国、缅甸、老挝等国。“尤其是泰国、缅甸的穆斯林读者，对其酷爱尤甚，曾把它作为了解阿拉伯中古时代历史、宗教、民情风俗的教科书。”[2]其实何止是这些国家的穆斯林，中国的广大读者也从它获得了许多关于古代阿拉伯的知识。在许多学者、研究生、博士生写的研究论文、文章中，诸如关于《一千零一夜》中所反映出的阿拉伯古代“妇女问题”、“价值观问题”、“商贸和商人问题”、“宗教问题”以及“中世纪阿拉伯民间文学的故事母题和类型问题”……比比皆是。[3]

郅溥浩先生在谈到纳训先生时充满了感激之情，这是后辈对前人的应有尊重，值得我等学习。

1988年1月，漓江出版社推出了由郅溥浩主编，仲跻昆、郅溥浩等翻译的《天方夜谭》单行本，凡80万字，卷首有数十幅精美的彩色插图。这些插图选自英、法、德等文版《一千零一夜》。书中也附有数十幅与内容相关的插图。此后，郅溥浩先生等又以不同规模出版过其他译本。他在有关序言中概述了《一千零一夜》的成书过程和作品蕴含的丰富内容。这些内容主要包括：一、歌颂男女主人公纯真的爱情。无论是平民百姓，还是王子公主，他们对美好爱情的热烈向往和执着追求，始终受到赞美和歌颂。这里有人与人的爱情，有人与神的爱情。无论是哪一种，最终的幸福皆在人间。不少爱情故事中还塑造了女奴的光辉形象。二、探奇冒险的精神。《一千零一夜》中大致有以下几种冒险：旅行——如航海旅行——冒险，为爱情所经历的冒险，为获取某种宝物所进行的冒险，探求未知世界的冒险及其他种种冒险。在这些冒险和探奇故事中，人不仅产生出丰富的想象力，而且表现出勇敢无畏、百折不挠的精神。正是这种精神，激励着主人公们去创造出更

1 《中外文学交流史：中国-阿拉伯卷》，第268—270页。

2 锁昕翔：《纳训评传》，转引自《中外文学交流史：中国-阿拉伯卷》，第270页。

3 同上。

加美好的未来，激励着他们更加奋发有为、积极向上。也正是这种精神，引起历代听众和读者的共鸣，焕发出永恒的魅力。三、表现了正义战胜邪恶，歌颂真善美，摈斥假丑恶。四、表现了人民群众的智慧和勇敢。人的这种智慧和勇敢，产生于他们与人、与恶势力、与自然的斗争中。序文还对《一千零一夜》的艺术特色做了精当的概括，如“故事套故事的框架结构，是本书的一大艺术特色；诗文并茂，语言大众化；朴素的现实主义和神奇的浪漫主义的有机结合。现实生活的土壤，绽放了人民群众用以寄托理想、追求希望和表达感情的想象之花。二者彼此交融，相得益彰。在这里，艺术虚构发挥到最大限度，丰富的想象在广阔的空间自由驰骋”。[1]序文还就《一千零一夜》对世界的影响，及其与中国的关系做了简要介绍。

1997年4月，河北少年儿童出版社出版了葛铁鹰先生等翻译的八卷本《一千零一夜》。这是中国首部以夜为单位译出的全集，依从1835年埃及布拉克本。除依阿拉伯原著未包含《阿里巴巴与四十大盗》和《阿拉丁与神灯》外，译本还考虑到青少年读者这个接受主体，对原书中“少数直露的性描写和十分粗鄙的措辞做了适当处理”。本书译者众多，有葛铁鹰、周烈、翟隽、叶文楼，杨言洪、张洪仪、齐明敏和高有帧。

葛铁鹰先生表示：“我们应该感谢在不同时期将这部巨著或多或少地译介给中国读者的前辈翻译家们。正是他们的引见，才使我们中国几代人从孩提时期就结识了阿拉丁、阿里巴巴和辛巴德等‘童话小鬼’，从他们身上看到并学到聪明、机智和勇敢。如果今天这些人物，能够同白雪公主、爱丽丝、匹诺曹和卖火柴的小女孩乃至米老鼠、唐老鸭等明星聚会一起，他们非但不必有任何自卑的心理，而且可以拍着胸脯说自己是‘老一辈童话活动家’。也正是前辈翻译家的辛勤耕耘，才使我们在长大成人之后，能够在世界文学这块百花争艳的园地

1 郅溥浩：《一千零一夜 · 译序》，载《一千零一夜》，郅溥浩等译，南京：译林出版社，2017，第3—6页。

中，更成熟、更深刻地欣赏这朵阿拉伯文学的奇葩。”[1]

此言与郅溥浩先生有关言论异曲同工。此外，葛先生对《一千零一夜》包罗万象的丰富内容进行了提纲挈领的评介，指出：“望着这逼真地勾勒出中古时代东方世俗生活的‘清明上河图’……它又是一部广博的百科全书……森罗万象，无所不包，令我们切身感到从8世纪到13世纪这一历史时期，阿拉伯人是全世界文化和文明之源泉的主要担当者。”同时认为，按“夜”为单位译出本书，“不仅可以使中国读者从本世纪初开始领略这部名著的局部风采后，终于在本世纪结束前欣赏到它的全部丰姿，而且也为不可能阅读阿拉伯语原文的众多学者的比较文学研究，尤其是与中国章回体小说比较，提供了可靠的素材和依据”。[2]

1998年6月，花山文艺出版社出版了李唯中本《一千零一夜》，凡八册，且封面印有“善本全译”四字。该书装帧美观，插图众多，比较引人瞩目。该书仍按传统的以故事为单位的译法，卷首有李唯中先生撰写的长篇序言。序言云，这部全译本有如下特点：一、根据被公认为原文印本中的善本，即1835年开罗发行的官方订正本布拉克本全文译出，不加任何删节。二、布拉克本没有故事标题，没有标点符号，不分故事、段落，为了方便读者阅读，特参照贝鲁特人民书局版加大标题，又考虑到中国读者阅读的习惯，每三千至四千字分出一个小标题。三、《一千零一夜》的阿拉伯原文版本多不胜数，分“夜”法各不相同，多是删节、净化本，唯独布拉克本中的信息量最大，但也没有包括所有以阿拉伯文为母本的故事。该译本中的《睡着与醒着》由贝鲁特人民书局版补入，而脍炙人口的《阿里巴巴与四十大盗》和《阿拉丁与神灯》则是由阿拉伯文单行本补入的。鉴于《一千零一夜》有一个匠心独具的引子和一个漂亮动人的结尾，正是这一首一尾，才将这么多故事包容在一个大故事内。这样，本来互不相关涉的许多故事组合起来而成个有机体了。这是个非常聪明的办法。因此，将这三个故事嵌入其他故事之中，以保持《一千零一夜》的完整和完美。译者沿袭了纳

1 转引自《中外文学交流史：中国－阿拉伯卷》，第271页。

2 同上。

训的做法。四、该译本中的个别故事系第一次译出。五、原文中诗歌一千四百余首，现全部译出，约一万五千多行，意在保留《一千零一夜》诗文并茂的特色；因为“没有诗的《一千零一夜》，就等于没有太阳的白天”。六、译文中最长的故事近四十万字，而最短的故事不足三百字。鉴于故事虽短，却能独立成章，故也单立标题。七、该书中的彩色插图选自英文版《阿拉伯之夜》(1935)、英文版《乌木马》(1938)，以及法文版、德文版译本等；黑白插图选自英文版伯顿译本《一千零一夜》(1885—1888)。[1]

译序介绍了《一千零一夜》的成书过程及其世界性影响，认为它之所以神奇，乃是因为：一、悬念纵贯全书；二、妖魔鬼怪出没；三、景色曼妙奇幻；四、神器魔法众多；五、诗文并茂，以诗抒情，以诗传情。此外，李先生还认为《一千零一夜》是一部好书，总体上洋溢着引人积极进取、奋发图强的精神；热烈歌颂男女之间的纯真爱情，斥责不正当的男女关系；赞美女性的聪明才智，驳斥关于诬蔑妇女的谬论；揭露帝王的残暴及宫闱生活的淫乱；反映劳苦大众的疾苦和悲惨处境；扬善抑恶，抒发平民百姓对美好生活的憧憬与向往。[2]

2000年5月，社会科学文献出版社分类出版了郅溥浩主编的《一千零一夜》系列故事，共5册，每册15万字。它们分别是《爱情故事》《神魔故事》《冒险故事》《机智故事》《寓言故事》，由郅溥浩、张洪仪、马瑞瑜、刘光敏、李唯中等担纲主译。

2005年8月，长江文艺出版社出版了仲跻昆、刘光敏翻译的四十余万字本《一千零一夜》。译者在导语中依此对《一千零一夜》进行了解读：一、故事脉络；二、成书过程；三、内容取材；四、艺术特色；五、流传情况；六、中国接受；七、关于本书。译者借助丰富的阿拉伯文学学识，对《一千零一夜》的成书过程、内容取材、艺术特色等做了详细而富有见地的介绍，认为《一千零一夜》的故事集中地产生

1 转引自《中外文学交流史：中国-阿拉伯卷》，第271—272页。

2 李唯中：《一千零一夜 · 译序》，载《一千零一夜》，李唯中译，石家庄：花山文艺出版社，1998，“译序”第7—10页。

于印度、波斯、伊拉克和埃及。这些地区有人类最古老的文明——古埃及文明、两河流域文明、古印度文明和古波斯文明——的积淀，而且由于伊斯兰初期的开疆拓土和阿拉伯帝国的建立，作品充满了战争、混居、通婚、商贸等内容，并四处传播、译介，从而汇集了阿拉伯、印度、波斯、希腊-罗马、希伯来、柏柏尔乃至中国等民族国家的文化习俗和美妙传说，以及印度教、祆教、犹太教、基督教等各种宗教的碰撞化合。译者同时指出："自阿拔斯朝后期开始出现的文学作品，有向文野两个方向发展的趋势，在这一时期相得益彰。那些雕词凿句的高雅诗文很难为普通百姓所接受，倒是市井文学让市民感到亲切，马木鲁克王朝的统治者也很喜欢通俗的市井文学。这样，兴起在阿拔斯王朝初期伊拉克的市井文学，在马木鲁克朝的埃及再次繁荣。《一千零一夜》在此时此地又注入新的血液而最后定型，也就不难理解了。……应当指出，那些有关酒色的描述，正是当时社会现实的反映。作为市井文学，为吸引听众，有些色情的描述和词语，也不难理解，文学本来就是人学。《一千零一夜》的人文思想的反映，可以认为是欧洲文艺复兴运动提倡的人文主义的先声。"[1]

其他较为重要的译本还有：杨言洪，北京十月文艺出版社1988年本；王瑞琴，人民文学出版社1988年本；解传广、王红，中国少年儿童出版社1995年本；薛庆国、陆孝修、朱梦魁、郅溥浩、李玉侠，大众文艺出版社2001年本；朱凯、邹兰芳、王复、解传广、丁淑红、陆孝修，世界知识出版社2002年本；杨乃贵，浙江少年儿童出版社2006年本；方平等，中国对外翻译出版公司2009年本；等等。以上还不包括维语本、台湾本，以及众多的改编本和盗版本。

二、《一千零一夜》研究在中国

前面说过，《一千零一夜》在我国的研究起始于20世纪初。最早是伴随翻译的前言后记，稍后才有论文和专著出现。然而，相较于大

1　仲跻昆、刘光敏：《一千零一夜・序言》，载《一千零一夜》，仲跻昆、刘光敏译，长江文艺出版社，2013，"序言" 第1—19页。

量的译本和几近天文数字的印行盛况，我们的研究实在显得有点薄弱。据丁淑红教授统计，迄今为止，国内仅有一两部研究专著和百余篇学术论文。即或如此，有关同行的研究涉及领域却颇为广泛。

（一）平行比较

除却林林总总的《外国文学史》、《东方文学史》和《阿拉伯文学史》辟专章介绍和评骘《一千零一夜》外，我国已有多篇论文指向《一千零一夜》与我国文学的关系。

没有文字记载的交往姑且不论，可以肯定的是，自公元前139年张骞出塞打开中国与中亚的联系之后，丝绸之路逐渐形成，文化交流也便自然而然地随之展开。当然，由于缺乏实证，这里只能根据同道的平行比较复述一二。

1. 魔法女王与《板桥三娘子》

《一千零一夜》中有一篇名为《巴西睦太子和赵赫兰公主》的故事，叙述一个波斯王子巴西睦为追求某国公主赵赫兰，启程远航，经历了各种各样的磨难后与公主完婚。本篇充满了各色各样奇异的魔法。巴西睦漂泊到一座城池，城中女王懂得魔法，常将人变成牲畜和小鸟，结果被一老者识破，教巴西睦反其道而行之。

在中国文学中，也有一则相似的故事：唐朝孙頠《幻异志》中的《板桥三娘子》。此类魔法或谓怪诞故事对中国文学影响巨大。蒲松龄的《聊斋志异》中的《种梨》《造畜》等都是这类故事。

2.《商人阿里 · 密斯里的故事》与《苏遏》

《一千零一夜》中有一则《商人阿里 · 密斯里的故事》，说的是埃及有个富商，死后给儿子阿里 · 密斯里留下一笔遗产，但儿子很快将钱财挥霍一空。眼看子女嗷嗷待哺，阿里 · 密斯里只好外出碰碰运气。他谎称自己是个大商人，不幸路遇大盗，以博取他人同情。果然，有人把他安排在一所大房子里。人们告诉他，这房子闹鬼，无人敢住，所以一直空着。阿里 · 密斯里出于好奇，同时也想一死了之，于是当晚就住进了这栋鬼屋。当他正要睡着时，突然听见一个声音对他说："哈桑之子阿里呀，你要不要我把金子撒给你？" 阿里问道："你要撒的金子在哪儿?”刚一问完,无数的黄金就像弹丸般不停地落下来,撒满整个大厅。原来,这里有一个魔鬼看守着古人留下的金子。每当这里有人来住的时候,它总是要问客人“哈桑之子阿里”要不要金子。可客人都被这问声吓坏,丧了性命。今天,魔鬼总算找到了应该得到黄金的主人阿里·密斯里。魔鬼撒完金子后,又答应阿里的要求,把他的妻儿从埃及接来团聚。阿里在市井开了一家商店,不久成了巴格达最有钱的商人。

我国文学中也有一则与此十分相似的故事:唐谷神子著《博异志》中苏遏的故事。两则故事确有相似之处。因此,有学者认为,《苏遏》的故事很可能随长安的传说一道传至阿拉伯地区,而后进入《一千零一夜》也未可知。[1]

3.《终身不笑者的故事》与《妙音》

《一千零一夜》中有一则《终身不笑者的故事》,植于《国王、太子与妃子》。这则故事包含约二十个小故事。这些小故事是七位大臣与一位妃子在国王面前讲述太子是否有罪。《终身不笑者的故事》系第五位大臣所述。话说一个年轻人受雇于一位老人。和老人居住在一起的还有另外十个老人。年轻人发现这些老人平时总是伤心、哭泣,从来不曾笑过。十二年过去了,十个老人先后去世。剩下的这个也将不久于人世了。年轻人终于忍不住询问老人缘何不笑。老人这才告诉他:旁边有一道禁门,千万不可开启,否则会死去。言毕,老人瞑目长逝。青年一连呆坐了七天。第八天,他终于按捺不住好奇,打开了那道禁门。门内出现一条通道,一只大鹰将他抓到一座孤岛。当他走投无路时,海面漂来一艘小船,船上坐着十个美丽的姑娘。她们对他说:“你是我们国王的新郎啊!”说罢就将他载到一个去处。这里树木茂盛,流水潺潺,鸟儿鸣啭,人们安居乐业。远处矗立着一座宫殿。他被带进宫廷,晋谒国王。国王是一位美若天仙的女郎。原来在这个王国里,女子执掌国家事务,男子纺织耕种,到处欢乐祥和。

1 刘守华:《民间故事学》,转引自《中外文学交流史:中国-阿拉伯卷》,第286—288页。

女王与年轻人结为夫妻。大婚后夫妻恩爱，美满幸福。女王将一切财产、婢仆悉数交给夫君，并告诫他：那里有一扇房门，千万不可开启，否则追悔莫及。一晃七年过去。一天，他走过那扇房门，禁不住好奇心起，便想打开看个究竟，不料门甫一开启，一只大鹰就将他轻轻抓起带回了原先的海滩。他呆坐在海滩上观望了两个月，遂知再也无法回到女王的身边了，只好失望地返回老人们留下的房子。他这才想到了老人们伤心哭泣、终身不笑的原因。如今，他步其后尘，再也笑不出来了。

我国文学中也有相似的作品：南朝宋刘义庆《幽明录》中的《妙音》。事实上，类似《妙音》的故事《搜神记》中也有。

4.《侍卫和泼妇》与《巧脱》

《一千零一夜》中有两则和中国文学几乎完全相同的故事。首先是《国王、太子与妃子》中第二位大臣讲述的《侍卫和泼妇》。该故事讲述一位国王的侍卫官与一个妇人私通。一天，他派仆人前去给妇人送信，告诉她一会儿前来和她幽会。仆人来到妇人家中，不想被妇人的姿色迷住了，而妇人见了这年轻人也喜不自胜。二人当即如胶似漆，拥成一团。不想这时侍卫官来了，妇人赶紧将仆人藏进阁楼。侍卫官和妇人随即上床尽云雨之欢。恰巧这时妇人的丈夫回来了。妇人听见敲门声，知是丈夫回来了，慌忙下床，告诉侍卫官必须如此这般……妇人开门将丈夫迎进屋来。侍卫官把拔出的宝剑收好，边走边骂出了门。丈夫忙问妻子是怎么回事。那妇人说：她正独自在家，一个年轻人慌忙跑来，说一个军官把他当作坏人想要杀他，求她救他一命。她心一软，就把他藏在阁楼上了。果然，这个军官举着宝剑闯了进来，问那年轻人是否藏在这儿。她当然矢口否认，他就怒气冲冲地用宝剑指着她，幸亏丈夫及时回来了。丈夫听后，觉得妻子做得对，便夸奖了一番。随后，妇人将那年轻仆人喊出来，让他逃命去了。

薄伽丘《十日谈》第七天的第六个故事与上述故事几乎完全相同。中国文学中也有一则与此几乎完全相同的故事：清朝慵讷居士《咫闻录》卷九的《巧脱》。

此外,《一千零一夜》中《马师伦与高尔宾的故事》讲马师伦与高尔宾商议,无论哈里发奖赏高尔宾什么,高尔宾都只能获取三分之一,其余三分之二留给马师伦。高尔宾讲笑话引不起哈里发兴趣,被哈里发用皮鞭抽打。这时高尔宾高声喊叫,说他与马师伦有协议,让马师伦来承受三分之二的抽打……这也类似于我国的民间故事《八百鞭子》。

同样,《一千零一夜》中《三个女郎》的公主与魔鬼变形、斗法的情节,与我国《西游记》中孙悟空与二郎神变形、斗法的描写十分相似。

5. 其他故事

《一千零一夜》中有关蛇的故事、羽衣姑娘的故事、人变动物的故事、猴魔的故事、宝藏的故事等,在我国《搜神记》、《搜神后记》及有关民间文学中多有相似作品。然而,文学比较不能仅按先后界定影响、由来。对此,学界同行多有共识。

（二）其他研究

除上述平行比较外,我国前辈、同行还就《一千零一夜》的神话与现实、故事类型、艺术特色、人物形象等进行了多角度的分析研究。必须强调的是,郅溥浩先生的专著《神话与现实——〈一千零一夜〉论》(社会科学文献出版社,1997)作为我国第一部关于《一千零一夜》的研究著作,对这部阿拉伯奇谭的成书过程、丰富内涵、奇妙结构等进行了多维度的概括和探讨,结集了作者对阿拉伯文学与社会、历史、文化的多年深耕积累。作者的"故事母题"说和"故事类型"说均让人联想到20世纪的重要文学理论,如"原型批评"和普罗普的故事形态学。

同样,仲跻昆先生在《阿拉伯文学通史》等著述中对《一千零一夜》的成书过程、思想内容、艺术特点、版本与影响等进行了深入细致的评析。作者认为,"《一千零一夜》同《卡里来和笛木乃》一样,是多种文化撞击、融合的结果;都是具有承前启后、贯通东西特点的阿拉伯-伊斯兰文化的代表作。两者的区别仅在于文野、雅俗不同。《卡里来和笛木乃》是雅文学的代表作,《一千零一夜》则是俗文学的代表作”[1]。

此外，值得一提的还有赵建国先生的《〈一千零一夜〉：从文学到艺术》。它从另一个角度介绍了《一千零一夜》在戏剧、音乐、影视、舞蹈、雕塑、绘画、工艺美术等视觉、听觉等艺术领域的改编或再创作情况，拓宽了《一千零一夜》在文学范畴内传播的研究梳理，可谓角度新奇。可以看出，作者颇费心力，不仅收集了大量的文献资料，而且对《一千零一夜》中的某些主题和意象进行了分析，并特别将《一千零一夜》与《一千零一日》对应，进行比较，尝试探讨二者之间的关系，并就“白天”和“黑夜”这两个意象之于阿拉伯人和阿拉伯文学的意义提出了自己的看法；他认为，以男性为中心的《一千零一夜》是“黑夜”，以女性为中心的《一千零一日》则是“白天”，隐喻了具有文化意味的两性抗争。[2]此外，作者还对《一千零一夜》与《伊索寓言》的关系进行了比较研究。

我们知道，此前国内学界对于《一千零一夜》的研究多为中国的阿拉伯学者从文学的角度所进行的探析，而这部专著虽略显简单，但涉及艺术领域宽泛，很多为国内学者之前未曾涉及的领域，对于了解该故事集在纯艺术领域的传播和影响，具有一定的资料借鉴意义，其学术价值值得肯定。

至于近年来林林总总的随笔、评骘和硕博论文则不一一在此赘述。重要观点、方法或在本著的有关专题研究中注疏、援引。

1 仲跻昆：《阿拉伯文学通史》上卷，南京：译林出版社，2010，第548页。

2 参见赵建国：《〈一千零一夜〉：从文学到艺术》，北京：北京时代华文书局，2016，第193页。

第五章 进入新世纪

进入21世纪以来，有关这部古老的民间故事集的研究、仿写或反书写仍在继续，这使得这部作品不断延长其艺术生命。有些研究和上个世纪略有重复，此章不再梳理。

2000年，叙利亚阿拉伯作家联盟出版社出版了当代文人达伍德·苏莱曼·沙维里（داود سلمان الشويلي）的《〈一千零一夜〉与阿拉伯魔幻叙事》（*ألف ليلة وليلة و سحر السردية العربية*），这是一部比较新颖的研究专著，完成于1993年。达伍德本人早年曾获得工程学学士学位，后转向人文学术研究，特别是民间故事研究，1986年曾出版《从形态学看伊拉克民间故事》（*القصص الشعبي العراقي في ضوء المنهج المورفولوجي*），并创作了多部小说，迄今共出版专著五十余部。

在序言中，达伍德称此专著是以《一千零一夜》为范本来研究阿拉伯小说的叙事模态，特别是魔幻叙事模态。他首先说明了这部阿拉伯故事集对人类的贡献，并且强调了一点：尽管《一千零一夜》在成书过程中受到许多其他文明的影响，但其无疑是百分之百的阿拉伯文学经典。无独有偶，他的观点与《〈一千零一夜〉中的政治面貌》的作者艾哈迈德·穆罕默德·沙哈兹合辙。所不同的是，达伍德是从其文学特质来强调其阿拉伯属性的，而后者则是从思想特质肯定了它的作用。19世纪下半叶，有相当一批学者，特别是西方或非阿拉伯世界的学者，对《一千零一夜》的阿拉伯属性提出了质疑，甚至认为这部故事集应当属于波斯或其他东方文化的产物，盖因其在成书伊始就吸纳了许多波斯、印度的文学故事。但《一千零一夜》在漫长的成书过程中，无疑加入了更多的阿拉伯民族文化遗产和故事元素，包括巴格达和后来阿拉伯人统治下的埃及马穆鲁克王朝的文学遗产。这一点毋庸置疑。而达伍德和沙哈兹便是对这一时期有关否定性观点进行了回应和反诘。

专著篇幅不大，凡四章。第一章分析了这部故事集的创作结构，对其艺术形式进行了评点。第二章至第四章分别以《哈希布・卡里姆・丁》、《阿尼姆・本・艾尤卜》和《渔夫焦代尔》为个案，从叙事技巧、时间形态学以及心理分析学的角度，论述这部故事集的叙事模式及其对阿拉伯叙事模式的影响和意义。

达伍德的主要贡献在于，他明确提出框架故事结构是《一千零一夜》为阿拉伯世界带来的一个重要的艺术新范式。在他看来，这是一种伟大的创造。当然，我们知道，这种结构实则源自印度，只不过《一千零一夜》延长了其艺术生命，拓展了其传播经纬。但达伍德将其和阿拉伯说书人联系在一起，这一点是准确的。他认为阿拉伯传统的历史书籍、疑问故事和玛卡梅中都没有这种形式。其次，他把山鲁佐德为了推迟死刑每天夜里讲故事直至早晨的这个框架称为“开放性故事结构”（حكاية المفتتح），意指这种结构是开放性的，方便说书者根据需要无限扩充。这种结构又恰似一串葡萄，主干的框架故事下又有“被包含的其他故事”（تضمين），其他故事中又含有“枝蔓故事”（حكايات خارج السياق），因为后者对框架故事没有直接补益，而只是对包含的故事有所增益。枝蔓故事内容固有随意性，然可满足说书人娱乐大众、教化社会的需要。关于这一点，他特别列举《脚夫与三女子》《驼背的故事》《渔夫与魔鬼》等，对框架结构中枝蔓故事的功用进行了细致分析。他认为，除了开放性特点之外，后三层的所有故事又是对开放性故事的补充，都具有拉长开放性故事的时空效果。[1]

1 داود سلمان الشويلي، *ألف ليلة وليلة وسحر السردية العربية*، اتحاد الكتاب العرب، دمشق، 2000، ص11.

达伍德还对《一千零一夜》的故事结构和叙事方式进行了归纳总结,认为许多故事具有极高的相似性或重复性,比如《尼阿姆与尼阿迈》《阿齐兹与阿奇宰》等。此外,故事会产生许多变体,有引申和增添。许多故事中的小故事被增添后可能成为另一些故事的主干,这其实还是一种重复和铺衍。而在故事集中,达伍德对《沙赫尔曼国王的儿子卡玛尔·宰曼》的结构赞赏有加,他用树形结构图对其进行分析,认为它由三个有机部分组成,故事虽长,但并未包含插入的枝蔓故事,且每个部分的人物都具有鲜明特色,与其他故事存在差异。达伍德认为该故事的讲述者在结构方面已经具备了一种文学创作的自觉意识。

《努埃曼国王和儿子舒尔康的故事》也是达伍德研究的一个重点。这个故事篇幅冗长,从第59夜一直讲到第174夜,包含人物众多,内容涉及战争、历史、宗教等内容。这些一直为许多《一千零一夜》研究者所关注,比如之前谈到的埃及学者葛拉玛薇。而达伍德着重分析叙事结构,认为该故事的讲述者有能力对事件进行艺术分割,合理安排整体环境,同时人物有始有终,基本都有结局。

对于叙事方式,他认为《一千零一夜》中存在两种交叉叙事,一种是在开放性故事、框架故事、枝蔓故事中植入一个或多个故事插入性交替叙事(تداخل السرد التضميني),或谓串联式插入;而另一种是由多个故事或是相互关联的事件堆砌,构成一个整体故事、拼贴重叠叙事结构(تداخل السرد التراكمي),或谓并联式结构。他以《哈希布·卡里姆·丁》为例,分析了故事中存在的这两种叙事方式,它如何从第472夜延续到第560夜。作者认为这个故事集主要有两种叙事方式,而且合二为一,即既有串联式的插入,也有并联式的窜入,多个事件相互依赖,互为补充,进而形成一个有机整体。

《一千零一夜》中的时间形态是达伍德较前人研究成果有所推进的重要一点。他以《阿尼姆·本·艾尤卜》为例,分析了这部民间故事集中的时间形态和结构。作者认为,在此叙事元素从文本构造转变为时间构造。其要旨在于对故事事件发生的时间和讲述者(说书人)构建的时间有所区别,而时间往往掺杂了讲述者的美学体验和艺术感受。《一千零一夜》中的时间无疑分为两类，一类是故事中所涉及的时间，有年月日的跨度；另一类是文本中可以用故事本身，甚至页码来衡量的时间。达伍德甚至不厌其烦，用表格的方式分析了《一千零一夜》中的时间节奏。[1]他用这种研究得出总结：根据篇幅推断，一年之中山鲁佐德每晚讲故事的时间平均为五至八分钟，并非整晚，因而国王山鲁亚尔与妻子才能在三年中生下三个孩子。

对于故事中的时间，达伍德以《阿尼姆·本·艾尤卜》为例，分析了其中的23个片段，故事地点不断变换，涉及大马士革、巴格达等许多城市。他指出，故事的时间感较为混乱，其主要原因是口头流传早于文字记述，时间逻辑比较模糊。手稿抄录者在记录山鲁佐德以过去时讲述的故事时又会被一系列不同层级的过去时所打断，形成一种时间交叉网。晚近的过去和遥远的过去相互叠加，过去被包含在无数故事的不同过去之中，这是《一千零一夜》时间结构的一个独特效果。

此外，达伍德一直认为，这部民间故事集不仅是一部娱乐之书，也传达了许多文学技巧和社会思想，比如古代社会对情侣忠贞与背叛关系的处理。他尤其指出，《一千零一夜》通过描述山鲁佐德的胜利，来说明其胜利不仅是针对山鲁亚尔的，而且是针对所有厌恶女性的男性的，认为女性水性杨花的成见显然来自男性话语。他特别运用弗洛伊德心理学分析法，以渔夫焦代尔的故事为例，指出许多故事还反映了忠贞与背叛之外的心理学问题，比如成长过程中的内心困顿等。在“焦代尔的束缚与摆脱母亲控制”一章中，达伍德就分析了这类特定故事中的寓意，认为这个故事以现实和梦境中的世界指代两个对应的面向，从宏观层面折射出人类普遍存在的生存困境，同时从微观角度反映阿拉伯社会生活中各色人等的心理问题。譬如故事中存在着有血有肉的人物和飘忽不定、时隐时现的影子人物，他们的外在形态没有任何区别。后者犹如隐秘幽灵，其目的是阻止或杀死焦代尔，不让他获取宝藏。这在心理层面上可以解读为现实人物的潜意识总受到

1 داود سلمان الشويلي، *ألف ليلة وليلة وسحر السردية العربية*، اتحاد الكتاب العرب، دمشق، 2000، ص51.

有意无意的阻挠，而故事中狮子、骑士等幽灵的出现则意味着真实生活中强势人物对其他人物的牵制与倾轧，其共同目的都是妨碍个体自由，或谓用集体意识阻碍个体意识的壮大。

母亲的幽灵出现在地宫最后一层也具有特殊意义。达伍德认为，这个意象指代男性在成长过程中需要突破的最后一重也是最艰难的一重障碍。通过焦代尔和母亲关系的描述，也通过焦代尔最终杀掉后者的影子，指喻焦代尔终于摆脱对母亲的依赖，这是他进入成人男性层级的必经考验。通过进一步分析，达伍德指出，由于阿拉伯社会特殊的生活模式，男性在现实生活中与两种女性形象都有着母子般的亲密关系，即母亲和妻子。在男性的幼年时期，由于母亲几乎足不出户，因此她们对孩子的管控格外紧密。成年之后，男性还要受到妻子的控制，至少是情感控制。山鲁佐德是妻子，而她后来又成了三个孩子的母亲，有一天还会为儿子寻找另一位女性——儿媳妇。男性幼年时期在母亲的照拂或控制之下，甚至在结婚后还仍然不能完全摆脱这种控制。争取解放是必须的，而这需要心理准备，以至于最终杀掉阴影、摆脱母亲和妻子的情感控制。故事中，焦代尔只要打败母亲的影子，就意味着闯过了最后一关，意味着得到宝藏。虽然最终财富、宝藏等有形物质交给了马格里布人，但焦代尔却因此获得了心理上的宝藏：独立人格和男子气概。“这宝藏就等于生活，男人气概和独立人格。”[1]

达伍德将这个故事视为俄狄浦斯情结故事的另一面，俄狄浦斯是弑父娶母，而焦代尔要做的却是杀死母亲。但这两个面向反映的都是需要通过摆脱控制而成为真正意义上的男子汉。达伍德还谈到埃斯库罗斯的《阿伽门农》，并将焦代尔的故事与马哈福兹的作品《蜃景》（السراب）对位比照，认为焦代尔情结（由依恋母亲转向摆脱母亲）是阿拉伯现代文学的典型模式之一，需要通过心理分析来进行解读。不得不说，这种分析视角是比较新颖的。

总之，通过对弗洛伊德主义的反向解读，达伍德得出了这类叙事

1 داود سلمان الشويلي، *ألف ليلة وليلة وسحر السردية العربية*، اتحاد الكتاب العرب، دمشق، 2000، ص85.

模式所传递的有趣意象，并认为古代文学中提出的问题一直延续到了当代，甚至还将继续延续。通过对它们进行剥洋葱式的层层剖析或可一定程度上给出解决当代问题的答案。这正是从当代视角解读《一千零一夜》的积极意义。

2004年，沙特学者阿里·沙达维（علي الشدوي）的研究专著《奇迹和陌生的美学：〈一千零一夜〉入门》（جماليات العجيب و الغريبت ـ مدخل الى ألف ليلة وليلة）问世，评论家欧贝德·苏海米（عبيد السهيمي）认为该书是少见的一部专门聚焦奇迹和奇幻故事的著述。该书一共分为六章。作者阿里在进入正题之前，首先对《一千零一夜》的“奇迹”（عجيب）与“陌生”（غريب）两个词进行了分析，着重阐释这两类故事给听众的心理带来的影响，认为正是其美学效应使得这些故事在漫长的三年时间里吸引故事中的听者（指山鲁亚尔）持续迷恋。阿里认为，夜谈是与这类故事紧密相连的一个因素，并且极度契合框架结构的需要。从心理学来说，好奇心使得人们对远方发生的、陌生的、未知的人或事产生好奇，这种好奇造成了美妙的美学效应，赋予山鲁佐德以神奇的能力，也迫使山鲁亚尔和山鲁佐德从双向角度接受了暴力游戏。

在专著中，阿里将山鲁佐德丰富的讲述能力譬喻为蜜蜂制造蜂巢的本能，使其展示其诗性、史学、天文学、魔法炼金术知识，并将其化为斗争的武器，来治愈山鲁亚尔的疾病。山鲁亚尔之所以每晚被山鲁佐德吸引，正是源于其带来的奇异感和陌生感。

这是一部从美学角度研究故事所带来心理效能的专著，正如朱光潜在《谈美》中提到的那样，距离产生美感，陌生的事物总是和读者或是听众有距离的，这种距离产生的间离感会强化某些美学体验，故事的魅力也源于此。

2007年，前文论及的伊拉克学者穆赫辛·贾斯姆·穆萨维又出版了一部新专著《〈一千零一夜〉的社会》（مجتمع ألف ليلة وليلة），该书共分为七章，开章题为“加朗打开的魔瓶”，照例梳理了欧洲对这部民间故事集的接受，探讨了故事的起源，并着重论述了中世纪叙事特色、女性与社会关系、各种空间场域的特殊蕴意等。在接下来的内容中，穆赫辛进一步结合西方叙事学理论，对话语体系、女性叙事、符咒意象等分别进行专章分析，并在最后一章中对山鲁佐德的新面向进行探讨，分析了《一千零一夜》中辛巴达、小偷、城市、旅行、讲述等多种人物形象和意象以及叙事元素在新理论下的可阐释空间。

美国学者戴维·达姆罗什（Damrosch, David, 1953— ）一直关注世界文学研究，对于《一千零一夜》也有自己的评价。

达姆罗什于1980年获耶鲁大学比较文学博士学位，随后曾在哥伦比亚大学比较文学系执教三十年，1996年至1999年任哥伦比亚大学比较文学系主任；后转至哈佛大学任厄内斯特·伯恩鲍姆讲席教授，2009年至2012年任哈佛大学比较文学系主任。他也曾担任美国比较文学学会会长（2001—2003），主要作品有《什么是世界文学》（*What Is World Literature*, 2003）、《如何阅读世界文学》（*How to Read World Literature*, 2009）等。

他在《世界文学是跨文化理解之桥》[1]中从跨文化的角度对《一千零一夜》的部分译本进行了回顾，继而指出：

> 1935年，博尔赫斯在一篇题为《〈一千零一夜〉的译者们》的文章中赞扬了伯顿和他的法国当代传人马德鲁斯的“有创造性的忠实”[2]，批评了加朗和莱恩的“令人反感的端庄”[3]。达乌德和哈德威在性描写上与伯顿同样直白，但在语言风格上却端庄得体。他们的译文清新易懂，而伯顿的翻译则显得冗长啰唆，将我们拒之门外。由于《一千零一夜》独特的可变性，读两三个译本会比单独读一个译本要好。当我们阅读这部最混杂的作品时，如果我们

1 达姆罗什：《世界文学是跨文化理解之桥》，李庆本译，《山东社会科学》2012年3期。为统一起见，个别译名有所改动。

2 Jorge Luis Borges, “The Translators of the *Thousand and One Nights*,” in *Selected Non-Fictions*, trans. Eliot Weinberger, Esther Allen, and Suzanne Jill Levine (New York: Viking, 1999, Penguin 2000), p. 97.

3 同上，第105页。

只读一个故事或者一种翻译，我们可能就会像山鲁佐德本人那样不可避免地危及我们的体验。

在我们这个新媒体时代，《一千零一夜》会继续产生新的版本。从迪士尼电影、芭比娃娃到科威特喜剧，再到巴勒斯坦表演艺术家艾米丽·贾西尔的博物馆造型艺术，都在这个题目上大做文章。贾西尔2008年的造型艺术作品《电影素材》，其悲伤的灵感来自早年巴勒斯坦激进主义作家祖艾特被暗杀。据以色列的说法，祖艾特涉嫌在慕尼黑奥运会杀害了以色列运动员（他的支持者却否认此事）。以色列情报和特殊使命局在一座宾馆的大堂中射杀了他；在他的尸体上发现了一本《阿拉伯之夜》——这本书被一颗杀死祖艾特的子弹穿了一个孔。贾西尔得到了这本书，结果她创作了一件艺术作品和一部电影。她首先制作了一千本空白的书，一支以色列情报和特殊使命局使用的手枪。她用这支手枪射穿了一千本空白书的每一本。然后，她制作了一个小房间（2008年安置在纽约惠特尼博物馆），用线将这一千本被子弹穿透的书穿起来，表示祖艾特将永远不可能活着来写这些书了。在这个小房间的入口附近，有一面墙展示着《阿拉伯之夜》这本书被子弹穿过的每一页纸的照片。这一造型因而成了一个突然中止的生命——以及对于今天仍有生命的《一千零一夜》——的感人的追悼词，一名当代的山鲁佐德赋予了这一造型以一种新的主题，即抗议政治暴力。

在我们这一新媒体时代，《一千零一夜》无疑还具有很强的生命力。作为文学研究者，让我们共同期望我们的文学作品可以促进相互理解和欣赏。这样的相互理解和欣赏实际上在一千零一年之前已经激励着巴格达的作家们翻译了《希扎尔·艾夫萨乃》，也激励着法国和英国作家一再翻译《阿拉伯之夜》，以对抗欧洲帝国主义鼎盛时期文化理解的缺乏。也是这种相互理解和欣赏，使贾西尔创作了她的移动造型作品，向我们当代这一多灾多难的世界中的文化和政治冲突发言。我们这些学者的山鲁佐德也已经找到适合于我们做的工作：我们今天有一千零一本新书要写，我们要为勾画一个真正全球性的世界文学坐标和建立跨越今天世界文化的错误界限的桥梁发挥我们应有的作用。[1]

2007年，理查德·凡·莱文（Leeuwen, Richard van）出版了研究专著《〈一千零一夜〉：空间、旅行与转变》（The Thousand and One Nights: *Space, Travel and Transformation*）。作为阿姆斯特丹大学宗教研究系的伊斯兰教研究专家，他同样也是《〈一千零一夜〉百科全书》的编者之一。莱文的这部专著从空间和旅行这两个主题出发，探讨了它们在故事叙事中的作用，认为空间和旅行不仅作为故事的发生背景和媒介，并且推动着故事的进展，也影响了故事的起承转合和最终结局。

在序言中，作者指出了他选择旅行主题作为研究对象的原因。在他看来，旅行是人类文化中主要的隐喻复合体：它影响人类对生活、事物和行为的看法。同时，在旅行过程中，随着空间的位移，事物的转化契机往往会随之出现。现实空间如此，但虚构作品中的空间概念显然更加复杂，尽管同样具有相似的特点。特别是在《一千零一夜》中，主角往往希望自己能借助魔法以实现梦想，或完成宿命。这使得旅行主题成为爱情、魔法和冒险等故事的叙述主轴。《一千零一夜》中几乎每个故事都和这一主题有关，对此，莱文选取了《阿吉布和艾里布》《辛巴达航海记》《蛇女王》等作为范例，研究了旅行故事的特点，以及转变发生的规律，认为在许多故事中旅行扮演了通往权力的门径。此外，他还从“夜”与“昼”的双面隐喻含义，探讨了人性的不同面向，这在有关哈伦·拉希德的故事中体现得尤为明显。

除了将空间和旅行两个主题作为研究出发点之外，莱文的这部著作还以三位学者的理论为依据，统领全书的研究。在全书的第一部分，他运用米歇尔·德·赛托（Certeau, Michel de）的理论，特别是借鉴其《日常生活实践》（*The Practice of Everyday Life*）一书中的观点，

1 详见《〈一千零一夜〉研究文集》。

对山鲁亚尔的行为进行分析，认为他的行为是对时空统一性的破坏，而山鲁佐德要做的就是通过不断讲述故事来创造一个统一性，重塑时间和空间的和谐。那么在此，莱文援引赛托，认为故事讲述作为口传实践，是日常生活实践的一部分，可被视为赋权的一种方式，是对权力失衡的再调整和对权力的公正化。他认为，语言无界限，讲述故事的功能比故事内容本身更重要。赛托的理论确立了故事讲述与时间空间的关系，这对于山鲁亚尔和山鲁佐德的故事十分适用。同时，第三章中，作者分析山鲁亚尔的迷恋是位移造成的。他迷恋于不依赖时间和其他力量（比如女性的力量）来修复他的权威，建立恢复权威的制度。这是一种策略，用赛托的话来说，就是一种战略行动，使用力量和权威这种行动来强加一种秩序。但这种秩序派生出了一种内在逻辑，使得自我的碎片化和女性作为生活和社会有机组成部分而存在。

山鲁亚尔代表的是建立一种权威，将女性排除出去，并且要对之加以控制甚至消除，认为她们是造成权力不统一的原因，是不和谐因素。而山鲁佐德则通过来到另一个别人拥有主权的地方，来建立权力系统的平衡。她搬到了别人的地方，通过讲故事这种策略在空间中又创建了一个空间。她并没有直接突破山鲁亚尔的逻辑，而是通过加入自己的进程，从而将强制性的权力调整为一种日常实践。如此一来，原压迫性政权并未受到致命打击，具体的实践（这里面就包括讲故事）只是通过填充新的内容而架空原政权。

莱文还指出，山鲁佐德不是独自来到另外这个空间的，而是带来了其他空间、时间和人们生活的许多故事，故事又用自己的各种逻辑连贯性进入山鲁亚尔的空间。山鲁佐德将他人的空间插入山鲁亚尔的空间，从而将单维空间改为多维空间。空间交叉，起到了改变山鲁亚尔空间和权力之需的作用。同时，山鲁佐德讲故事也是为了再次建立时间的影响。

莱文还运用赛托的理论指出，叙事的主要魅力在于通过讲故事等行为，在一维秩序和现实生活的多面性之间建立新的平衡。在故事中，通过重新引入时间因素，用新的意义填充，将外部元素插入封闭的内部，将地点组合转化为空间。阿拉伯文学和其他文学一样，讲故事都有上述这个基本功能。在夜的一些故事中，讲故事都变成一种实现变革的手段。依照赛托的理论，山鲁亚尔与其说是病态或精神异常的，倒不如说这是他用以塑造现实的一种力量，是构建其权力的必要组成部分。

该书第二部分运用的是齐泽克（Žižek, Slavoj）的大众文化的观点，以此来分析《一千零一夜》的叙事结构。莱文认为齐泽克对于大众文化的分析主要基于“现实”和“真实”（Real，或曰现实界）之间的对抗张力。山鲁亚尔关于现实和自己权威的看法部分也是构造出来的现实，亦即“真实”，为了掩盖基本的混乱和无政府状态。他发现了妻子的通奸行为，这可以看作对“现实界”的对抗。特别是由于山鲁亚尔的权威其实早已远不如其父，后者统治一个完整的国度，而前者只是和弟弟分而治之，因而山鲁亚尔由于势力趋弱，反而更加在意权威。因此，王后与奴隶的背叛，也同时带来另一种恐惧：被奴隶占据了权威。此外兄弟二人还意识到，是女性掌控着他们的权威，将他们的灵魂一分为二，而为了掌控，他们必须控制女性，杀死女性。女性使他们看到了另一个自我，使其被压抑的欲望得以彰显。

莱文还指出，《一千零一夜》的故事阐释了现实的虚幻性。“现实界”是一种不可控的力量，破坏了它的建构，表明了符号秩序之外的虚幻和恐怖。构造出来的“现实界”没有任何意义，只有匮乏，体现了欲望不可能满足，同时也体现了对获得满足的恐惧，它超出了人类的理解范畴。山鲁亚尔想做的是将女性现实抹去，从而构建一个没有女性现实的“现实界”。女性是欲望的对象，一旦得到，就要尽快将其摧毁，以免她们破坏象征秩序。

最后，莱文在认识领域，运用德里达作品中对事物空间性的观点，亦即将其视为巴别塔的隐喻，以此来研究《一千零一夜》叙事中的空间结构，对山鲁佐德和山鲁亚尔的内在和外在空间进行了分析。同时，莱文还客观地指出，由于《一千零一夜》不是一个连贯的整体，所以不能从单一的角度或是在单一框架内进行研究。也很难对整体作品做出整体结论,学者应当做的,只能是针对某些具体问题,某一个故事,或是某一类故事进行具体分析。这是非常准确的。

总体来说,莱文的这部专著是从叙事功能的角度出发展开研究的,不仅理论性较强,而且不乏令人感叹的新见。

2009年,《陷入魔幻圈》的作者穆赫辛又推出了自己的另一部《一千零一夜》研究著作:《伊斯兰语境下的〈一千零一夜〉》(*The Islamic Context of* The Thousand and One Nights)。该书为英文专著。在序言中,穆赫辛指出,《一千零一夜》体现了鲜明的历史标记:追忆哈伦·拉希德时期帝国盛世的情结,并体现了一以贯之的伊斯兰教法元素。该专著主要从伊斯兰宗教视角出发,研究这部民间故事集所蕴含的宗教思想。

《一千零一夜》是一部文学宝库,新世纪的学者们持续不断地从各个角度对其进行解读与剖析,常析常新,延长了这部作品的学术生命。而如前几章所述,它也不断滋养着文学创作者们,赋予他们新的创作灵感。基于此,理查德·凡·莱文在2018年又推出了自己的研究新作《〈一千零一夜〉与20世纪虚构作品:跨文本阅读》(The Thousand and One Nights *and Twentieth-Century Fiction: Intertextual Readings*)。该专著所涵盖的时间跨度其实不只是到20世纪,而是涉及19到21世纪共46位不同国家的文人,譬如雨果、安德烈·纪德、加西亚·马尔克斯、阿拉伯文人伊利亚斯·扈里、美国作家纳博科夫、土耳其作家帕慕克,乃至日本作家村上春树等,分析其小说作品对《一千零一夜》的借鉴与化用,特别强调了后者在催生20世纪末乃至21世纪初新的叙事流派、叙事技巧方面的积极作用。整体来说,莱文的分析较为详尽,对文本间互文性的解读细致入微,虽然偶尔有牵强之嫌,但其对《一千零一夜》在当代世界文学中的影响和化用的研究无疑是有积极作用的,而且也体现了这部阿拉伯民间故事集在新世纪文人笔下不断延续其艺术生命的事实。

尾　声

不得不说,《一千零一夜》研究除了有诸多专著问世外,还有浩如烟海的优秀论文,它们或如明珠般散落在各类杂志之内,或被收录进若干论文集中。这些论文集有一个明显的特点,便是文章的作者后来大多都出版了相关研究专著,其论文便是在撰写专著过程中灵光一现的积累。由于论文集不是本学术史梳理的重点,在此仅对重要论文集稍作点评,以期提供些许索引,使对此领域感兴趣的学人们有迹可寻。有些经典论文经选译之后,另收入研究文集中。

1994年,埃德加·韦伯(Weber, Edgard)编辑出版了论文集《〈一千零一夜〉:故事无国界》(Les Mille et une nuits: *Contes sans frontière*),其中收录了许多法语论文,涉及对英译本的分析,对其故事中小说元素及历史元素的探析,阿拉伯的劳伦斯与《一千零一夜》意象的关系,《一千零一夜》对法国中世纪文学的影响,以及从精神分析的角度对故事人物的解读,等等。

除了上述重要著述,明显的例证是牛津大学出版社于2004年和2008年相继出版的论文集《东西方历史语境中的〈一千零一夜〉》[1]、《〈一千零一夜〉新视角》(*New Perspectives on* Arabian Nights)等。此

1　Saree Makdisi and Felicity Nussbaum (eds.), The Arabian Nights *in Historical Context: Between East and West* (Oxford: Oxford University Press, 2008).

外，更为重要的是文学批评方法开始在多元发散的基础上趋于综合与相对平衡。这在美国学者文森特·里奇（Leitch, Vincent B.）《21世纪的文学批评：理论的复兴》（*Literary Criticism in the 21st Century: Theory Renaissance*, 2014）的大杂烩中可见一斑。

2004年，英国牛津大学出版了《〈一千零一夜〉百科全书》（*The* Arabian Nights *Encyclopedia*）[1]，其编撰者为乌尔里希·马尔佐夫（Marzolph, Ulrich）和理查德·凡·莱文。该书凡两大卷，共920余页。它的意义在于终结了《一千零一夜》研究者无从下手的难堪局面，从内容到影响，可谓无微不至。其中第一卷是关于《一千零一夜》本身的，包含了所有篇目及其重要人物。第二卷涉及《一千零一夜》的影响和版本，其中主要是影响。当然，尽管是“全书”，却也只是相对而言，一些《一千零一夜》的重要译者和研究家如布拉斯科·伊巴涅斯、坎西诺斯-阿森斯等均未被提及，一些受惠于《一千零一夜》的重要作家如加西亚·马尔克斯、重要研究者如厄文也未被列入。但这毕竟是一部汇聚之作，特别是书第二卷后半部分，对各个译本中故事选译的差别进行列表综述，一目了然，为今后的译本研究提供了便捷，也足见编撰者耗费了大量的心思。此外，除了参与该百科全书的编撰工作，乌尔里希·马尔佐夫还于2006年出版了论文集《〈一千零一夜〉读者》（*The* Arabian Nights *Reader*），由底特律韦恩州立大学出版社出版。该论文集收集了15篇论文，主要从故事形态学、叙事学、影响学、女权主义、暴力伦理等角度对这部故事集进行再解读。紧接着的2007年，乌尔里希又一鼓作气，出版了其第三部有关《一千零一夜》的论文集《跨国视域下的〈一千零一夜〉》（*The* Arabian Nights *in Transnational Perspective*），仍由韦恩州立大学出版社出版。更多的学者参与其中，分别从跨文化、故事发生学、影响学、结构学，以及其现实政治思想等领域，多角度地不断对这部故事集深入解读。在《一千零一夜》的研究方面，乌尔里希可谓专注持恒，其贡献不容置疑。

1 Marzolph and Leeuwen (eds.), *The* Arabian Nights *Encyclopedia*.

2006年，在加朗译本问世大约三百年之际，伦敦I. B.Tauris出版公司出版了日本阿拉伯学者山中由里子（Yuriko Yamanaka）和西尾哲夫（Nishio Tetsuo）编辑的论文集《〈一千零一夜〉与东方主义：东方与西方视角》，将其视为对加朗译本的纪念。该论文集收录了众多西方和日本学者的论文，结合西方与东方的不同观点，从跨文化视角呈现了不同视域下《一千零一夜》研究的新观点、新面向，论文主要集中在三个领域，涉及叙事风格和主题研究、比较文学研究和文本与图像表现张力的研究，是一部聚焦东方学者眼中东方学问题的论文集，值得关注。其中比较突出的有编者山中由里子和西尾哲夫所写的《导言：想象的他者和自我的映现》（"Introduction: The Imagined Other and the Reflected Self"），其中明确将加朗的译本誉为"一个划时代的事件，它引发了欧洲人对东方主义的迷恋，从而催生了今天被称为'东方学'的现象"[1]。此言并非过度夸张。此外还有《〈一千零一夜〉百科全书》的编撰者乌尔里希·马尔佐夫撰写的《〈一千零一夜〉与民间叙事比较研究》（"The *Arabian Nights* and Comparative Folk Narrative Research"），阿拉伯学者哈桑·沙米（Hasan El Shamy）从神话学角度撰写的论文《〈一千零一夜〉中的神话元素》（"Mythological Constituents in *Alf layla wa layla*"），以及日本学者杉田英明、编撰者山中由里子和西尾哲夫等学者的论文，分别聚焦在现代日本视角下的《一千零一夜》以及其插图衍变，关注其艺术史传播，等等。特别值得一提的是，编者西尾哲夫是日本著名的阿拉伯学者，他曾将罗伯特·厄文的《〈一千零一夜〉：导读》、加朗本《一千零一夜》翻译至日文，并曾撰写《〈一千零一夜〉——一个诞生于文明之间的故事》（『アラビアンナイト—文明のはざまに生まれた物語』，2007）、《世界历史上的〈一千零一夜〉》（『世界史の中のアラビアンナイト』，2011）、《从语言解读文化：〈一千零一夜〉的语言世界》（『言葉から文化を読む アラビアンナイトの言語世界』，2015）等多部专著。而另一撰

1 Yuriko Yamanaka and Tetsuo Nishio, *The* Arabian Nights *and Orientalism: Perspectives from East and West*, xv.

写者杉田英明也有过多部关于中东文化、文学的专著问世，还曾获得2015年阿拉伯谢赫·扎耶德图书奖，这是对其在研究中东文化、文明和文学上的贡献的肯定。

同年，英国劳特利奇出版社出版了由学者欧阳文津和格特·简·凡·戴尔德（Geert Jan van Delder）主编的《〈一千零一夜〉新视角》，该论文集是二位学者“流派意识形态和叙事转换”研究项目的成果之一，收录了十篇较新的研究成果。在前言中，欧阳文津还对流派、意识形态、流派意识形态和叙事转换等概念进行了阐释，并对处在多元文化文本中的《一千零一夜》传播及其变体进行了回溯和简析，所收录论文主要内容则涉及后殖民研究和比较文学方法，同时也涉及对《一千零一夜》在东南亚等国流传脉络的梳理。

2008年，英国牛津大学出版了由学者萨里·马克迪斯（Saree Makdisi）和费莉希蒂·努斯鲍姆（Felicity Nussbaum）主编的论文集《东西方历史语境中的〈一千零一夜〉》。该论文集虽然仅仅收录了12篇论文，却展示了当今东西方《一千零一夜》研究界的代表性成果。这些论文从翻译学、文化传播、宗教关系等领域对这部故事集展开研究，虽然其研究结论并非无懈可击，譬如部分论文所涉内容过于偏狭，鲜有社会历史批评方法或实证研究可资借鉴，但无论如何，这是新世纪《一千零一夜》研究越来越受到关注和重视的又一显证。

2012年，瓦尔·拉巴迪（Rabadi, Waël）与伊莎贝尔·贝尔纳（Bernard, Isabelle）合编了论文集《〈一千零一夜〉的全球和跨学科接受》（*La Réception mondiale et transdisciplinaire des* Mille et une nuits），由法国亚眠中世纪研究中心出版社出版。该论文集卷帙浩繁，收集了30多篇法语论文，既有宏观论述，探讨全球和跨文化视野下的《一千零一夜》传播，也有微观分析，从动画电影、具体文本、具体人物形象和具体作家等角度出发，对这部民间故事集进行再解读。其微观论述可谓涵盖全面，比如涉及故事人物有山鲁佐德、山鲁亚尔，涉及具体作家有乔叟、安德烈·纪德、普鲁斯特等。论文集运用多学科多种研究途径和方法，呈现了这部民间故事集在文学接受、翻译、批评、改编和影响等领域内的独特魅力，及其在音乐、戏剧、电影、动漫等视觉艺术范畴内的衍变。

2015年，印度新德里印度国际中心出版了由里斯瓦努尔·拉赫曼（Rahman, Risvanur）和赛义德·阿赫塔尔·侯赛因（Syed Akhtar Husain）编辑的《〈一千零一夜〉文集》（*Essays on* The Arabian Nights）。该论文集汇集了近20篇论文，主要撰写者大部分为印度学者，文章分别探讨了《一千零一夜》这部故事集在马来语、梵语、乌尔都语、泰米尔语、土耳其语等语种中的翻译、传播和流变情况，有些文章则聚焦意象分析和宗教研究等。

20世纪末，特别是进入21世纪以来，全球范围内发表和出版的《一千零一夜》研究论文可谓汗牛充栋，这一方面揭示出该领域的研究热度居高不下，但另一方面也呈现出重复过多、难脱窠臼的现象，相关论文良莠不齐，还需要后学者仔细甄别并有所超越。

诚然，正如百科全书无法巨细靡遗，由此及彼，囿于时间和篇幅及能力所限，本书的梳理也无法做到包罗万象，语种的阙如，以及20世纪从形式主义到社会主义现实主义、现代主义到后现代主义、结构主义到后结构主义、女性主义到文化批评、叙事学到伦理批评，可谓潮起潮落，其在《一千零一夜》的学术史中多少都有呈现。本著只能择善而从，不能面面俱到。类似的阙如一定还有很多，遑论理论创新。好在这只是一个粗陋的开始，惟祈学界同仁不吝赐教、予我进益。

第二编

《一千零一夜》学术史研究

第一章

加朗与《一千零一夜》

在加朗之前,《一千零一夜》像一捧珍珠散落于世。而加朗正是那个首次将这些珍珠汇聚起来串成精美项链,并传至西方世界的人。因此,他是《一千零一夜》口传/抄本时代和印刷/出版时代的分水岭。由于他的努力,《一千零一夜》率先在西方发行,并引起轰动;继而又牵动东方文学的神经。本文意在梳理加朗译本及其产生前后东西方文坛奇妙的互文效应,而这理应成为新全球化时代关注的一个焦点。

第一节　加朗及其翻译

早在加朗翻译《一千零一夜》之前,西方已经流传着《卡里来和笛木乃》、《辛迪巴德》(或《辛迪巴德之书》)等零散故事。20世纪中叶以来,这些故事的西传一直为学界所津津乐道。其中,《卡里来和笛木乃》自印度到西方的漫长传播过程被称为故事迁徙或“东学西渐”的一个范例。同样,《辛迪巴德》早在13世纪便进入了西班牙文坛。然而,它们终究是散落的珍珠,无法与《一千零一夜》“整体”及其复杂的生成过程同日而语。而法国学者加朗无疑是《一千零一夜》生成过程至关重要、不可或缺的一环。没有他,《一千零一夜》的历史将被改写,世界文学的历史也将被改写。

加朗，法国学者、翻译家。他出身贫寒，但好学上进，自小研习希伯来语、拉丁语、希腊语和阿拉伯语。1670年至1675年，他随法国大使外驻奥斯曼帝国君士坦丁堡（今伊斯坦布尔），其间深入学习阿拉伯语、波斯语和土耳其语，致力于搜集伊斯兰典籍，并著有中东游记一部。1679年，加朗出任法国宫廷古物收藏官，专职收集东方古币和古代文稿。嗣后，他历时数年，首次将《古兰经》译成法文，还于1704年开始推出《一千零一夜》法译本：*Mille et une nuits*。自此至1715年，12卷本《一千零一夜》陆续在法国出版发行。

加朗的《一千零一夜》主要依据叙利亚抄本，但其中的《阿拉丁与神灯》和《阿里巴巴与四十大盗》迄今没有找到从出的原始手稿。它在出版后被誉为《马可·波罗游记》之后最重要的“东方奇谭”。而加朗本身也是个传奇人物，其父在他四岁时去世了，家道于是中落。然而，这个外省孩子还是靠自己的双手赢得了接受教育的机会，并于1661年离开故乡到巴黎研究东方语言。1670年，应他请求，法国新任大使携他同往伊斯坦布尔履职。这是加朗第一次远离祖国。他一去就是五年，此后又分别于1675年至1676年、1679年至1688年两度来到东方。加朗的足迹因此遍及叙利亚、巴勒斯坦和埃及等地。回到法国后，加朗参与了法国东方学学科的建立，并与欧洲一些有志于东方研究的学者建立了联系。他与人联合创办的“东方图书馆”（Bibliothéque orientale）被认为是欧洲最早、最具影响力的东方学出版工程。他还亲自撰写了几部有关东方文化的学术著作，1709年被任命为法兰西学院阿拉伯语教授。

在地中海东部地区那段时间，加朗除了完成本职工作，始终痴迷于阿拉伯和波斯文学。早在1700年之前，加朗就已经获得了《辛巴达航海记》的阿拉伯语手稿。然而，在决定翻译《辛巴达航海记》时，他又开始对这个故事产生了疑惑，因为他发现了一座更大的金矿——阿拉伯人称之为“一千零一夜”，而辛巴达的故事很可能只是其中的一小部分。因此，他请滞留在叙利亚的同人把它的一部手抄本带回法国。翌年，他收到了那部抄本，共三大卷。但同时他听说手稿原为四卷，遗憾的是第四卷散佚了。其实，迄今无人知道那手稿的确切卷帙。加朗便以已有三卷为依据，开始翻译《一千零一夜》。译本第一卷于1704年出版。此后又陆续出版了11卷，其中最后两卷是在他去世那年问世的。

鉴于手稿残缺，加朗从一开始就知道他面前的阿拉伯手抄本是不完整的。除了来历不明的《阿拉丁与神灯》和《阿里巴巴与四十大盗》，他的手稿只有282个故事，故而他毅然决然地加入了辛巴达的故事（手稿现藏巴黎国家图书馆）。而差不多同时现身（16至17世纪）的其他抄本至少还有六份。其中一份现藏于曼彻斯特图书馆，它从第252个故事开始。可能经过加朗之手的另一个抄本现藏于梵蒂冈图书馆。现藏于开塞利的手稿虽然以夜为单位，但并不齐全，其产生时间也应为16世纪。马耶手抄本是法国外交官伯努瓦·德·马耶（Maillet, Benoit de）于1702年在埃及获得的，1738年入藏法国皇家图书馆，其中包括《卡里来和笛木乃》。被称为巴黎藏本的第823至第1000夜则是17世纪末、18世纪初的抄本，而图宾根抄本则仅有第283至第542夜。以上是迄今为止发现的加朗时期或之前《一千零一夜》的主要手稿或抄本。之后又有几乎同样数量的手稿或抄本现世。至于《阿拉丁与神灯》和《阿里巴巴与四十大盗》，同时期的抄本和稍后的印本中都是阙如的。这也为后人怀疑和指摘加朗的忠实性提供了口实。我们不妨设想以下两种可能：其一是加朗曾经拥有这两个系列故事的手稿，后不慎遗失；其二是它们可能始终没有形成文字，而是他从阿拉伯说书人那儿听来的。

总之，加朗没有把所有故事的从出原原本本地告知读者。这一做法使他的译作具有一定的神秘色彩，同时它符合口传文学的基本特征。荷马将希腊神话传说用记忆和韵律汇集起来，并请人（或由人）据此诉诸文字，那些神话传说也便成了荷马史诗。同理，加朗译本是加朗的《一千零一夜》。当然，它更是东方的《一千零一夜》。我们不必要求加朗是个匠人式（或机器人式）的当代译者，其实他更像我们的林纾，所不同的是他通晓阿拉伯语。因此，加朗本既有归化，也有异化。首先，加朗的译文去掉了不少阿拉伯人特有的宗教色彩和色情描写，甚至掺杂了个人的阐述和编辑，从而使得故事（文本）更符合法国及欧洲读者的口味。这也正是加朗版《一千零一夜》得以在法国和欧洲风靡的重要原因。其次，在语言方面，加朗本同样采取了归化策略，即淡化了阿拉伯（或古印度/波斯）原有故事的通俗（甚至“粗俗”）倾向，尤其是有意剔除了某些充斥着方言俚语的歌谣和对白。这样一来，那些神奇的故事也便贴近了法国宫廷文化的标准。然而，《一千零一夜》毕竟是“天方夜谭”，抑或由阿拉伯人演绎的东方传奇，终究不能消除与生俱来的基因，况且以加朗对东方，特别是阿拉伯文化的热爱，尽可能保持“原著”风貌亦可谓顺理成章、不言而喻。事实上，随着加朗本的出版发行，新一股“东方热”迅速升温，以至于原本对东方心向往之的启蒙作家如伏尔泰、狄德罗等欢欣鼓舞。他们对《一千零一夜》大为推崇，从而使其影响遍及整个欧洲文坛，并对稍后兴起的浪漫主义产生了一定的催化作用。据统计，从加朗开始到19世纪初，仅仅一个世纪的时间，《一千零一夜》的英语译本就达到近80种。此外，阿拉伯语本、德语本、孟加拉语本、荷兰语本、丹麦语本、希腊语本、希伯来语本、意大利语本、波兰语本、俄语本、西班牙语本、瑞典语本、土耳其语本、乌尔都语本，乃至意第绪语本等相继问世。可见加朗本的成功不仅影响了西方，而且反过来影响了东方世界，尤其是阿拉伯世界对《一千零一夜》的关注。各种手稿和抄本相继被发现，埃及也于19世纪上半叶出版了《一千零一夜》第一个印刷本，是为布拉克本，这些都极大地推动了东方文学，特别是阿拉伯文学的发展。

第二节　加朗版《一千零一夜》的影响

20世纪，随着世界各地难以计数的译本相继涌现，以及多语种电子书在一些西方高等学府的学术网站公开亮相，加之大量舞台和影视改编,《一千零一夜》已然成为家喻户晓的畅销读物。它那丰富多彩的奇幻故事,真真假假、假假真真,吸引了亿万读者,同时也对当代文学产生了化学作用。毋庸讳言,拉丁美洲的幻想文学和魔幻现实主义多少与其有关。试想,无论博尔赫斯还是加西亚·马尔克斯,其童年的枕边书竟都是《一千零一夜》。这显然不是什么巧合,而是《一千零一夜》的魔力使然。

即便如此,加朗也是个捷足先登的机敏使者。他以敏锐的艺术触角捕获了18世纪法国乃至欧洲读者的好奇心。1704年第一卷问世以后,狂热的读者追随加朗和稍后蜂拥而至的导演、画家和设计师争先恐后地登上"一千零一夜"之舟,开始了漫无边际的冒险。一如东方香料、咖啡、沙发,以及我国的"四大发明"和丝绸、瓷器等征服欧洲,加朗同法国学者和探险家在叙利亚发现《一千零一夜》手稿后,立刻爱不释手,恨不得拜倒在山鲁佐德的石榴裙下。这自然也是大多数欧洲读者的姿态。于是,《一千零一夜》在法国一版再版,而它的英译本于1723年主宰了英国文坛:它连载445期,以每周3期的速度,满足了英国读者的好奇心,并迅速蔓延至整个欧洲,以至成为俄罗斯芭蕾舞团的保留剧目。人们对它的特殊偏好也终不免让迪士尼几度将阿拉丁和辛巴达的故事变成动画。

然而,这还得归功于加朗。加朗本《一千零一夜》的一个重要特点是基本凑齐了"一千零一个"故事。这在西班牙学者坎西诺斯-阿森斯看来是一个重大贡献,因为加朗没有遵循整整一千个故事的波斯抄本。坎西诺斯-阿森斯认为,较之于偶数,阿拉伯人更喜欢奇数。此外,一千是一个完整而完满的数字,再加一个则暗示着周而复始、无穷无尽。也正因为如此,伯顿本的译名换成了《一千与一夜之书》(*The Book of the Thousand Nights and a Night*)。

另一个重要开端是"夜"。从一开始,"夜"本身就在西方文坛引起了复杂的反应。其中既有惊恐和好奇,也有居高临下的同情和怜悯。笑声是免不了的。这也符合市民文化的需要。文艺复兴运动以降,笑(或幽默、讽刺)是文学的核心内容之一。此外,由于《一千零一夜》的第一批狂热读者多为女性，山鲁佐德也便成了她们潜意识的偶像。而女人是被男权社会遮蔽的阴面，仿佛男人的影子，"因而黑夜对她们有天然的吸引力"。同样，在西方话语偏见和森林法则中，东方本身就被归入"夜"的范畴。

然而，在《一千零一夜》中，夜晚却被轻松对待，甚至被善待。一如我们的先人"围炉夜话"，人们用故事消解白天的劳累，甚至阶级之分、男女之别。积淀在心灵深处的集体无意识通过"山鲁佐德"之口倾泻出来，带着原始的色彩和文学固有的魅力。理性的藩篱被最大限度地解除，而这固然表面上与启蒙主义构成了矛盾，但实则为"天赋人权"说提供了另一个维度、另一种基调、另一层依据。

从这个意义上说，加朗开创了一个时代，即文学疗法的时代：任何读者都可以借助东方魔法抵达想象的彼岸。阿拉丁与神灯、阿里巴巴与芝麻开门，以及乌木马和飞毯、魔瓶和神药等，有些极有可能是加朗的添油加醋。那些无法核准的、手稿"散佚"的故事证明了这种猜想。但口传文学的奇妙恰恰在于每一个人都是故事的接受者，同时也是创造者。这正是《一千零一夜》有众多变体的主要原因。

于是，那些流散的"孤儿"故事堂而皇之地进驻《一千零一夜》的殿堂。而迄今为止发现的最早手稿已经无法证明加朗的"遗传"。倒是后来的阿拉伯语等东方版本反过来参考了加朗的译本（譬如加尔各答二本）。这一现象实在令人叹为观止。它可能是文化互鉴、互文的一个不可多得的范例，以至于1948年版意大利译本不得不就阿拉丁的"奇怪由来"作一番说明。同样取法的有三卷本企鹅版译本。后者甚至增加了阿里巴巴的学术史概要。从内容上看，阿里巴巴的故事和灰姑娘的故事如出一辙。它们非常符合人们的童话心理（也可以说是童心）。

这样的天方夜谭，其流布与影响是一个复杂的文化现象，很难简单界定和厘清。即使用爱德华·萨义德的东方主义理论，也很难说清楚其中的复杂关系和文化因缘。这中间既有特定社会历史条件下东西方文化的碰撞，也有"东海西海，心理攸同；南学北学，道术未裂"

(或谓一定语境下的“人同此心,心同此理”),难以概而述之。当然,另一方面,萨义德理论的确在后冷战时代激起了涟漪,从而扩大了东方学的内涵外延。

回到加朗,由于他的努力,莱恩、佩恩、伯顿、马德鲁斯等相继推出了他们的版本。此后仍不断有新版本问世,其中值得一提的便是那个企鹅版,它由老翻译家赖昂斯夫妇担纲。这是一个惊人的事实,它企图以“纯粹的阿拉伯来源”取代影响了三百年的加朗本。但是,除了前面提到的“孤儿”现象,还有飞毯之类的充满浪漫色彩的想象,均可能是杂糅了东西方文学想象的混血儿。

当然,在莱恩和伯顿试图用“夜”为单位编织故事时,东方文学的神话色彩得到了强化。在此,我们还要强调一下西班牙翻译家坎西诺斯-阿森斯的贡献。他的译本被博尔赫斯认为是最好的。诚如博尔赫斯所言,夜晚确实更能吸引读者。对此,牛津版研究文集中来自世界各地的14位著名批评家给出了不少可资借鉴的判断。

此外,较之于明显带有西方中心主义偏见的所谓“西方为昼”“东方为夜”的说法,我们宁愿回到前加朗时代,譬如有案可稽的《辛迪巴德》及《卡里来和笛木乃》。尤其是前者的西传,经历了不少的沉浮,衍生了不少的变体。

第二章 《一千零一夜》西渐举隅

《一千零一夜》作为阿拉伯文学的瑰宝和最耀眼的明珠，可谓家喻户晓；其对世界文学的巨大影响也早已世所公认。但是，在阿拉伯人曾经统治近八百年的西班牙，这个事实却一直被忽略，以至于20世纪以前鲜有学者提及这部作品，遑论它与有关作家作品的关联与瓜葛。20世纪二三十年代以降，情况发生了变化，尤其是20世纪50年代以后，西班牙学者对《一千零一夜》的关注与时俱增，后者与西班牙古典文学的渊源之谈也逐渐夺人眼球。如今，《一千零一夜》几成显学。而本文采取较为客观的平行比较方法，以展示这部阿拉伯文学名著与西班牙古典文学这一个案的某些渊源。

第一节 《一千零一夜》的由来和传播

众所周知，《一千零一夜》的一些故事发轫于古印度和波斯，8世纪后逐渐被阿拉伯人接受并汇入阿拉伯传说，尤其是以巴格达为中心的阿拔斯王朝的民间故事。嗣后，《一千零一夜》再经与源自埃及马穆鲁克王朝的奇谈趣闻交融化合，形成了目前的规模。我国也曾将其译作《天方夜谭》。而这个“天方”正是我们古人心目中的阿拉伯世界。

本文不妨从两个方面来廓清它的译传与成书过程。

一、18至19世纪初《一千零一夜》印刷本及主要西方语种译本一览表

序号	年代	语种	刊印地	特　点
1	1704—1717	法语	法国	该版本为《一千零一夜》第一个印刷本，为法国的东方学者安托万·加朗所译。版本主要依从叙利亚手稿。译文风格大胆灵活，对原文多有改动。其中《阿拉丁与神灯》和《阿里巴巴与四十大盗》并未存在于叙利亚手稿中。
2	1814—1818	阿拉伯语	印度加尔各答	主要由威廉堡学院出版。亦称"加尔各答一本"，其编者是该学院的一名阿拉伯语教授。该译本同样以叙利亚手稿为底本，并添加了不少"新故事""新传说"。
3	1823	德语	德国	脱胎于加朗版，由冯·汉莫-波格斯托翻译。
4	1824—1843	阿拉伯语	波兰布雷斯劳	该版本凡12册，主要依从叙利亚手稿和包含了大量近代叙事故事的埃及手稿。基本凑足了"一千零一夜"，但因版本来自两个不同手稿，风格参差不齐，传奇色彩也有所降低。
5	1835	阿拉伯语	埃及布拉克	此为第三个"足本"或曰"善本"。
6	1839—1841	英语	英国	爱德华·威廉·莱恩根据布拉克本从阿拉伯语原文直接翻译。
7	1839—1842	阿拉伯语	印度加尔各答	主要依据埃及手稿，并参照之前的加尔各答本和布雷斯劳本，出版了第四版《一千零一夜》，也即通常所谓的"加尔各答二本"。

续 表

序号	年代	语种	刊印地	特　　点
8	1884	英语	英国	由英国著名东方学者伯顿爵士翻译，号称是全16册的“全译本”，主要参照“布拉克本”和“加尔各答二本”，特点是突出了较为露骨的情色故事和冒险传奇，与当时英国的保守状况形成了强烈的反差。
9	1888	德语	德国	此为费迪南德·凯勒的插画本，文字内容与1823年的德语译本相差不大，但因插图和装帧而赢得好评。
10	1888—1890	阿拉伯语	黎巴嫩贝鲁特	是位天主教神父（其名不详）根据“布拉克再版本”印行了一个“洁本”。它剔除了色情故事和“不雅描写”，因而内容并不十分完整。
11	1898—1904	法语	法国	由法国学者马德鲁斯翻译，共四册，并配有插图。该版本大大扩充了《一千零一夜》的内容，不仅所收故事数量远远超过加朗本，而且保留了所有情色故事，故也以“足译本”自诩。

二、《一千零一夜》西传

迄今为止，西方学界大抵认为《一千零一夜》的最早西传时间是在15世纪末、16世纪初，也即这部名著完全定型之际。这是因为他们有意无意地忽略了西班牙和意大利这两个特殊的存在。早在《一千零一夜》定型之前，它的一些故事便以不同形式率先进入了阿拉伯人统治的地中海西岸，并对西班牙和意大利早期叙事文学产生了影响。然而，从学术史的角度看，西班牙人和意大利人对《一千零一夜》的翻译和研究却是相当滞后的。

目前流行的观点是:《一千零一夜》首次印行是在法国,用的是法文,而非阿拉伯原文。该版本是法国东方学家安托万·加朗于1704年至1717年间陆续翻译出版的。加朗版主要依从叙利亚手稿,但他林纾似的编译,以符合法国读者的口味与标准。加朗版甫一问世,便在欧洲引发了传播和翻译浪潮,各种转译和改写本纷纷出台。由于加朗版较为完整地保留了《阿拉丁与神灯》和《阿里巴巴与四十大盗》这两个有名的故事,而它们在叙利亚抄本中却是阙如的,这就引起了一些学者的疑惑。后人根据加朗的说法,认定他是经由阿拉伯改宗者的口授才得以翻译整理的。加朗版问世后,有人声称发现了《阿拉丁与神灯》的原文手稿,但经后世专家检验,证实那是从加朗的法文版"反译"至阿拉伯文的赝品。

在阿拉伯世界,《一千零一夜》一直口口相传。即令有不少手抄本产生,那也是各取所需,内容不尽相同。首个印行的两卷本阿拉伯文版《一千零一夜》一直要到1814年至1818年方才面世,由加尔各答威廉堡学院出版发行,故素有"加尔各答一本"之称,其编者是该学院的一名阿拉伯语教授。后者以叙利亚手稿为底本,并添加了不少"新故事""新传说"。

1824年起,第二个版本在布雷斯劳,即今波兰弗罗茨瓦夫经年出版,凡12册。该版本一直到1843年才完全出齐。它不仅基于叙利亚手稿,而且还吸纳了埃及手稿。后者包含了大量近代叙事。布雷斯劳本虽然凑足了"一千零一夜",但因版本来自两个不同手稿,风格参差不齐自不待言,传奇色彩也有所降低。

在此基础上,1835年,埃及布拉克的一家出版社推出了第三个"足本"或"善本"。1839年至1842年,又有人根据埃及手稿的一个抄本,并参照之前的加尔各答本和布雷斯劳本,在加尔各答出版了第四版《一千零一夜》,也即通常所谓的"加尔各答二本"。

1888年至1890年,有位天主教神父在贝鲁特根据"布拉克再版本"印行了一个洁本。它剔除了其中的色情故事("不雅描写")。这个版本虽凑齐了一千零一夜,然内容并不完整,因为法国东方学者佐藤伯格由巴格达的一个手抄本于1889年在巴黎发表的《阿拉丁与神灯》的故事和另一位东方学者麦克唐纳据另一手抄本于1910年发表的《阿里巴巴与四十大盗》的故事均未包含在内。

由于“布拉克本”和“加尔各答二本”所收故事最多,百余年来世界各地的译家大都依从了这两个版本。19世纪较为著名的西方译本,如英国翻译家伯顿爵士的16册“全译本”便是依据上述两个版本移译的,尽管他所萃取的大抵是夺人眼球的情色故事和冒险传奇,从而与当时英国的保守状况形成了强烈的反差(此人在印度生活过很长一段时间,并且多次前往麦加)。此外,爱德华·威廉·莱恩于1840年秘密出版过一个简本,约翰·佩恩也于1881年出版过一个译本,但二者影响不大;就学术价值而论,则更与伯顿版相去甚远。此外,最早的英文版本可以追溯到1706年,是为《阿拉伯夜谭》。当然那只是个改写本。

19世纪末、20世纪初,在法国象征派诗人马拉美的鼓励下,法国学者马德鲁斯重新翻译《一千零一夜》,于1898年推出第一册,1904年出齐,精装四册,并配有插图。该版本大大扩充了《一千零一夜》的内容,不仅所收故事数量远远超过加朗本,而且保留了所有情色故事和相关描写,故素以“足译本”自诩。

最早的德语版本脱胎于加朗版,由冯·汉莫-波格斯托于1823年出版。半个多世纪之后又有费迪南德·凯勒的插画本(1888)面世。后者虽然没有增加多少文字内容,但因精美的插图和装帧赢得了好评。

西班牙和意大利在《一千零一夜》的翻译史上固然落后于英、法、德等国,但是凭借它们与阿拉伯世界的联系,早已近水楼台先得月。前者被阿拉伯人统治达近八个世纪之久,而后者的西西里岛也曾被阿拉伯人占领。有关学者已就薄伽丘的《十日谈》与《一千零一夜》的关系有过不少论述,大抵认为前者模仿了后者,即以“套盒方式”描写了1348年佛罗伦萨瘟疫蔓延时十个青年男女在郊外避疫时于十日内讲述的一百个故事,故名《十日谈》。薄伽丘把这一百个故事镶嵌在一起，使其既各自独立成篇，又互相连贯，无论内容还是形式似乎皆受惠于《一千零一夜》。[1]同样，阿辛·帕拉西奥斯的《但丁与伊斯兰》论证了《神曲》和阿拉伯文学的关系。

西班牙固然与阿拉伯世界有过剪不断理还乱的“亲缘”关系，却始终不能正视阿拉伯文学的影响，其对《一千零一夜》的翻译和研究自然也是姗姗来迟。然而，有关故事在西班牙的最早表现可以追溯到12世纪。当时出现的《辛迪巴德》（原手稿为拉丁语，又名《骗术书》），取材于《一千零一夜》的《国王、太子与妃子》，说的是某国王手下有位哲学家，名为辛迪巴德，任太子傅。国王的一位妃子因爱慕太子而不得，心生怨艾，并最终设计陷害太子。国王不明就里，决定处死太子。为劝国王取消成命，大臣们纷纷进谏，讲述各种故事。稍后出版的卡斯蒂利亚语本沿袭了拉丁语本，内容基本相同。该书穿插的种种骗术也与《一千零一夜》相仿，这充分说明，早在12世纪，《一千零一夜》（至少是部分故事）就已经在西班牙流传了。

至于后来的种种影响，且容后文禀述。

第二节　《一千零一夜》与西班牙古典文学

迄今为止，有关资料所能验证的最早西班牙语版本（这里指的是印刷本：*Las mil y una noches*）一直要到20世纪初（具体说来是1916年）方始出现，而且还是从马德鲁斯版法译本转译的，译者是著名作家伊巴涅斯，正可谓千呼万唤始出来！所谓千呼万唤，首先在于此前已有不少西班牙学者提到这部文学名著；其次是指西班牙文学古来受惠于这部作品，而且获益匪浅。后者正是本文的重点所在。当然，囿于历史语境和资料所限，本文只能采取平行比较方法，难有西班牙作家“夫子自道”的“真凭实据”。

1　Irwin, The Arabian Nights*: A Companion*, pp. 96–99.

一、翻译与评骘

先说早在1848年，西班牙学者帕斯瓜尔·德·加扬戈斯（Gayangos, Pascual de）就曾明确无误地提到了《一千零一夜》。他说："迄今为止，在有关公共图书馆所见到的四个西班牙语版本[1]中，无论是印刷品还是手稿，没有两种是完全相同的。奇怪的是，即或阿拉伯手稿之间也相差甚远，不特风格有别，故事数量和结构方式也大相径庭。其原因是显而易见的：《一千零一夜》的形成方式非常复杂。它属于一个庞大的群体，来自大马士革和开罗、亚历山大和巴格达。那里人口众多，文化丰饶，并饱受印度与波斯的影响。而作品中的故事又是口口相传的产物，人们在街道、桌旁、广场和其他公共场所传讲故事。这样就难免催生各种各样的变体……"[2]

稍后，吉列尔莫·德·斯莱格（Sleg, Guillermo de）也曾撰文评骘《一千零一夜》，认为它资源庞杂、内容丰富，既有古印度和波斯之源，又有阿拉伯之流，实在是气象万千、包罗万象。[3]

其中自然少不了梅嫩德斯·伊·佩拉约（Menéndez y Pelayo, M.）、梅嫩德斯·佩拉埃斯（Menéndez Peláez, A.）等文史学家的究诘，直到1916年伊巴涅斯译本面世。

1916年，西语版《一千零一夜》甫一面世，就引起了巨大轰动，那些既熟悉又陌生的故事令无数读者爱不释手。但此时学术界尚未注意到《一千零一夜》与西班牙文学剪不断理还乱的复杂关联。即使到了1928年，西班牙学者安东尼奥·贡萨莱斯·帕伦西亚（González

1 迄今为止，笔者只查到了两个手抄本，其中一个在科尔多瓦哈里发图书馆，另一个在马德里国家图书馆（与法国国家图书馆抄本基本相同）。加扬戈斯所说的另两个版本或许是《辛迪巴德》的拉丁文本和卡斯蒂利亚语本。

2 转引自梅嫩德斯·伊·佩拉约《梅嫩德斯·伊·佩拉约全集》第1卷［Menéndez y Pelayo, *Obras completas*, Vol.I (Santander: CSIC., 1940)］，第221页。据梅嫩德斯·伊·佩拉约称，当时加扬戈斯正着手翻译《一千零一夜》，但终究未及完成，留下了无尽的遗憾。

3 同上，第224—225页。

Palencia, Antonio）仍不无偏见地妄言："这些来自印度、波斯和希腊的故事……即所谓的《一千零一夜》太不可信。"[1]他让人不由得想起中世纪末期宗教僧侣的有关酷评，譬如圣彼得·帕斯瓜尔大主教（St. Peter Paschal）曾公开提醒基督徒对风靡一时的阿拉伯寓言和诸如此类的传说保持警惕："朋友们，别再把宝贵的时间浪费在这些劳什子上。难道你们真的相信这些胡说八道吗？什么女人有害啦，小鸟说话啦……小鸟现在不会说话，过去也从来不曾说过话……这些谎言有害身心啊！"[2]

于是，《一千零一夜》被当作消遣读物在西班牙和西班牙语国家流传，直至1936年西班牙内战前夕，随着一大批左翼作家登上历史舞台，阿拉伯文化开始得到正视。前面提到的梅嫩德斯·伊·佩拉约便是其中较为温和，却又相当睿智的一位。他一度计划接受阿辛·帕拉西奥斯[3]的衣钵，对《一千零一夜》与《堂吉诃德》展开一番探究，只可惜世事多变：西班牙内战惊醒了无数西班牙人的美梦。由于众所周知的原因，西班牙共和国面对德意法西斯军队和佛朗哥长枪党人几乎毫无还手之力，就连不惜慷慨赴死、誓与西班牙共和国共存亡的国际纵队也败下阵来。

一晃几十年过去，《一千零一夜》依然受到读者的欢迎，明证之一是仅西班牙就在2005年至2008年先后推出了三个全译本，尽管它们都是从英语和法语本转译的；不同的是学术界的态度：近一个时期以来，有关《一千零一夜》与《辛迪巴德》等安达卢斯文学的关系研究被提上了议事日程。而这里所要展示的，只是《一千零一夜》与西班牙早期叙事文学渊源关系的冰山一角。

1　Luis Estepa Pinilla, "Sobre recientes publicaciones de *Las mil y una noches*", *Culturas Populares*, Revista Electrónica 7 (julio-diciembre 2008): 5.

2　转引自何塞·阿莱马尼（Alemani, José）编译的《五卷书故事集：寓教于乐·序》["Prólogo a *Hitopadesa o provechosa enseñanza: colección de fábulas, cuentos y apólogos*", traducida del sánscrito por José Alemany y Bolufer (Granada: Vda. Sabatel, 1895)]，第4页。

3　此翁曾就但丁与阿拉伯文学的关系进行了旷日持久的比较。

二、影响和借鉴

在被称为“黄金世纪”文学的15至17世纪西班牙文学当中，最重要的作品无疑是《塞莱斯蒂娜》(*La Celestina*)、《小癞子》(*Lazarillo de Tormes*)与《堂吉诃德》，而洛佩·德·维加和卡尔德隆·德·拉·巴尔卡(Calderón de la Barca, P.)则是时人眼里的文坛泰斗。这是因为，19世纪以前，塞万提斯并未跻身于大作家的行列，而《堂吉诃德》也只是一部类似于“天方夜谭”的“逗笑”之作。[1]同样，《塞莱斯蒂娜》和《小癞子》也是在后世被逐渐重视并花香墙外、率先在国外(尤其是德国)走红的。洛佩和卡尔德隆则不同，他们在有生之年就光环满身。因此，他们的创作取向更能说明《一千零一夜》的存在与影响。

(一)《少女特奥多尔》与《一千零一夜》

《少女特奥多尔》是洛佩的一部重要作品。费利克斯·洛佩·德·维加·伊·卡尔皮奥于1562年11月25日生于马德里，是文艺复兴时期西班牙黄金世纪最重要的诗人和剧作家，有“西班牙戏剧之父”、“天才中的凤凰”以及“大自然的精灵”之称。直到今天，他的作品一直在西班牙久演不衰，这些作品代表了西班牙文学和艺术的最高成就。就连塞万提斯也对其表示羡慕，毕竟塞万提斯有生之年穷困落魄，而洛佩却在那时风生水起、独占鳌头，让塞万提斯不由得妒羡。《少女特奥多尔》固然是一部应时喜剧，但内容却与《一千零一夜》第436至第439夜完全吻合，说的是有个名叫哈桑的老人晚来得子，去世后儿子小哈桑大尽孝道，但日子一久，终不免受人蛊惑，开始花天酒地、挥金如土。很快，父亲留给他的万贯家产被挥霍一空，唯有年轻的女奴忠心耿耿、不离不弃。那女奴窈窕美丽、聪颖过人。见少爷穷困潦倒、闷闷不乐，女奴遂建议道：“少爷，您何不将我卖给哈里发呢？您跟他要一万金。他若嫌贵，您就对他说：‘我这个婢女才貌双全，无人可及。她是最适合侍奉陛下的，陛下如若不信，可以请饱学之士当面

1　参见陈众议：《塞万提斯学术史研究》，南京：译林出版社，2011，第3—41页。

验考。'"小哈桑于是依计行事。哈里发见女奴举止不凡、仪态大方，果真请来了宫中的饱学之士与她切磋学问，殊不知那女奴上知天文，下识地理，面对众学士的提问，竟应答如流。哈里发见小哈桑所言不虚，不仅重重地赏赐了他，而且答应了女奴随原主人小哈桑一同回家的请求。从此，哈桑和女奴结为夫妻，恩爱度日。这个故事在纳训译本中唤作《陶望督督和学者答辩的故事》(在李唯中译本中名为《婢女泰沃杜德答学者问》。该故事洋洋洒洒有六万余字，主要借聪慧的婢女之口讲述了宗教礼仪的细节、正道信仰的方式，以及有关医学、天文学、哲学、文学等方面的知识)。

虽然这个故事以不同的抄本(迄今为止至少发现了四个15世纪的抄本[1])流传于西班牙，但大作家洛佩却并未完全照搬。在《少女特奥多尔》(1610—1612)中，他只撷取了故事的梗概，"女奴的故事"只占了三分之一左右的篇幅，并且女奴也不再是女奴，而是卡斯蒂利亚首都托莱多的一位美丽少女。这位少女颠沛流离，先到意大利，再到君士坦丁堡，可谓历尽艰险，最终因在波斯宫廷中舌战众学士并大获全胜而得到苏丹的犒赏和赐婚。这样，她终于嫁给了一直帮助她、爱慕她的意中人，幸福地回到了托莱多。

洛佩笔下的美少女舌战"群儒"固然不像陶望督督的经历那么精彩纷呈，但其中的机巧如出一辙。即令洛佩没有照单全收，《一千零一夜》的故事显然也进入了他的视域(或听域)。

(二)《人生如梦》与《一千零一夜》

《人生如梦》是卡尔德隆的代表作。卡尔德隆出身名门，大学时学习的是法律、宗教和神学，但酷爱文学。1635年洛佩去世，是年，他创作了代表作《人生如梦》。

卡尔德隆一生的主要成就是戏剧创作。他的戏剧悲剧多于喜剧，内容多为世俗题材，其宫廷历史剧、反映战争的复仇剧、荣誉剧以及哲理剧等都流传久远，为他赢得了西班牙黄金世纪最富盛名的剧作家之

1 Juan Vicente Ginés, Las mil y una noches *y su influenxia en la novelística medieval* (Barcelona: Real Academia de Buenas Letras, 1959), pp. 5−29.

声誉。至于《人生如梦》，主人公是波兰王子西吉斯蒙达。国王从天象中得知王子将是一个喜怒无常之人，故将他囚禁在边塞的一座古塔之中，过着半人半兽的生活。一天，国王将他麻醉后接回宫中，想看看天象是否灵验：等王子醒来，许以权力，试其如何自处。西吉斯蒙达醒来后果然“原形毕露”，开始咆哮宫廷、殴打朝臣。国王于是又命人将他麻醉，而后送回古塔。王子再次醒来，想起前事，认为那只不过是一场梦，人生也不过是一场梦，从此性情大变。不久，国内爆发动乱，义军攻入宫中，国王就擒，西吉斯蒙达被救出牢笼、登上宝座。但是，他一边施行仁政，一边又将王权还给了父亲。西吉斯蒙达自然是一个象征性的人物，作者借以表达世事无常、人生如梦。显然，作品取材于《一千零一夜》第389夜中的“迷醉之人”，是对“迷醉之人”的一次更具戏剧性的演绎。类似的故事还有《两个人做梦的故事》（第351夜）等“天方夜谭”、似梦非梦的情节。说到《两个人做梦的故事》，直到20世纪竟还有作家将其“占为己有”，那便是博尔赫斯（《双梦记》）[1]和科埃略（Coelho de Souza, Paulo）[《牧羊少年奇幻之旅》（*O Alquimista*），又译《炼金术士》，1988]。前者几乎一字不差地奉行“拿来主义”；而后者也只是在细节上有所增删，主干基本相同。

如果说洛佩和卡尔德隆的上述剧本与《一千零一夜》或有巧合（鉴于后者早有抄本在西班牙流传，不可能毫无瓜葛），那么《堂吉诃德》的作者塞万提斯却是委婉地留下“夫子自道”。后者在《堂吉诃德》中曾以戏谑方式表达了他对阿拉伯文学的敬意：“作者是阿拉伯历史学家熙德·阿梅德·贝南黑利”。这里他甚至还临时改用第一人称说：“有一天，我正在托雷都的阿尔咖那市场。有个孩子跑来，拿着些旧抄本和旧手稿向一个丝绸商人兜售。我爱看书，连街上的破字纸都不放过。因此我从那孩子出卖的故纸堆里抽一本看看，识出上面写的是阿拉伯文。我虽然认得出，却看不懂，所以想就近找个通晓西班牙文的摩尔人来替我译读。要找这种翻译并不困难，即使要翻译更好

1　此外，博尔赫斯的《存放雕像的房间》（*La cámara de las estatuas*, 1935）也直接借用了《一千零一夜》第272夜的故事。

更古的文字也找得到人。我可巧找到一个。我讲明自己的要求，把本子交给他。他从半中间翻开，读了一段就笑起来。我问他笑什么，他说：笑旁边加的一个批语。我叫他讲给我听；他一面笑一面说：'书页边上有这么一句批语：据说，故事里时常提起的这个杜尔西内娅·台尔·托波索是腌猪肉的第一把手，村子里的女人没一个及得她。'我听他提起杜尔西内娅·台尔·托波索这个名字，不胜惊讶；立刻猜测到这些抄本里有堂吉诃德的故事。我心上这么想，就直催他把开头一段翻给我听。他依言把阿拉伯文随口译成西班牙文，说这是《堂吉诃德·台·拉·曼却传》，作者是阿拉伯历史学家熙德·阿梅德·贝南黑利。我听到这个书名，真是十二分的乖觉才没把快活露在脸上。我从丝绸商人手里抢下这笔买卖，花半个瑞尔收买了那孩子的全部手稿和抄本。如果他是个机灵的小子，看透我多么急切，为这笔交易尽可以讨价六个瑞尔以上，稳稳的可以成交。我马上带着摩尔人走出市场，跑到大教堂的走廊里。我请他把抄本里讲到堂吉诃德的部分全翻成西班牙文，不得增删；随他要多少代价我都愿意。他要两个阿罗巴[1]的葡萄干，两个法内加[2]的小麦，答应一定翻得又好、又忠实、又迅速。我为了工作方便，又要把这么名贵的稿本留在手边，就把他请到家里。一个半月后，他全部翻完。以下都是他的译文。"[3]如此云云。

此外，《堂吉诃德》"无端"插入了两个故事，一个是第一部第33至第34章的"无事生非的故事"，另一个是第一部第39至第41章的"战俘的故事"。这两个故事几与《堂吉诃德》毫无关系，因此笔者认为它们很有可能是受了《一千零一夜》的影响。要说塞万提斯是剧作家出身，剧作最忌多线并列、齐头并进；而小说则不同，它可以是套盒式、多线条的。

其次是《堂吉诃德》中的那匹瘦马和公主（意中人）、魔法（魔法师）、冒险（遥远的城堡）和比武（决斗）等，皆与《一千零一夜》中第

1 阿罗巴合11.5公斤。——杨绛译本注

2 法内加合55.5公斤。——杨绛译本注

3 《堂吉诃德》第一部第九章，转引自杨绛译本（人民文学出版社，1985，第49页）。

357至第371夜中的乌木马的故事十分相似。

（三）《塞莱斯蒂娜》与《一千零一夜》

有关《塞莱斯蒂娜》的体裁属性，学术界一直争论不休。然而，无论是剧作，还是小说，《塞莱斯蒂娜》无疑是西班牙文学的瑰宝之一。作品说的是青年骑士卡利斯托在追寻猎鹰时偶然见到了贵族少女梅丽贝娅，便深深地爱上了她。无奈小姐身居闺阁，卡利斯托难与之谋面。于是，在仆人的撺掇下，卡利斯托纡尊降贵，找到老媒婆塞莱斯蒂娜并许以重金，请她玉成。塞莱斯蒂娜果然巧妙周旋，将卡利斯托带进了梅家、见到了小姐。但是，塞莱斯蒂娜因贪恋金钱遭到卡利斯托仆人的杀害。塞莱斯蒂娜的女仆告发了正在梅丽贝娅闺房的卡利斯托，后者仓皇逃离时不慎坠梯而亡。梅丽贝娅见情人已逝，也殉情而死。这部作品至少有几处难与《一千零一夜》撇清关系。

首先是塞莱斯蒂娜这个人物。媒婆在西班牙文学史上虽非首次出现，但得到如此"戏份"的却是头一回。在此之前，已有西班牙学者就老虔婆这一形象与阿拉伯安达卢斯的关系进行过探究，其中费尔南多·托罗-加兰特的《〈塞莱斯蒂娜〉与〈一千零一夜〉》和路易斯·埃斯特帕的《论〈一千零一夜〉诸新译本》[1]或多或少讨论了塞莱斯蒂娜与《一千零一夜》的关系。尤其是前者，除了回溯阿拉伯文学在西班牙的历史印迹，还着重就老虔婆（Trotaconvetos）这个形象进行了比较，认为她与《一千零一夜》中的一些人物颇有渊源。事实如此，在《一千零一夜》第28至第31夜的故事中，也有一个老虔婆，她巧舌如簧，替一位公子哥儿说服一个大家闺秀。不同的是《一千零一夜》中出现了一名理发师，此人喋喋不休，还在关键时刻阻止了年轻人的幽会。结果公子哥儿不慎摔断了腿，而理发师却沾沾自喜，逢人便说是他救了那个年轻人。其中，老虔婆的说辞异常精彩，她先是单刀直入、直截了当，见姑娘不从，又大谈公子哥儿如何才貌双全、人品了得，

1　Toro-Garland, "*Celestina* en *Las mil y una noches*," *Atlas* II (1965): 227–234; Estepa, "Sobre recientes publicaciones de *Las mil y una noches*," *Revista de Dialectología y Tradiciones Populares*, II (2008, vol. LXIII): 267–274.

又如何相思成疾、危在旦夕,可谓天花乱坠。

其次是《塞莱斯蒂娜》中的男女主人公的身世和经历也与《一千零一夜》里第130至第137夜中的王子和公主相同。故事都是讲述大国王子对岛国公主心仪已久,而公主却完全不知王子的存在。在正式求婚失败之后,王子乔装改扮,千里迢迢,亲自来到公主所在的岛国,在那里开店经商,等待时机。故事的转折归功于公主的乳娘(一个热心的业余媒婆),她偶然在市场上见到了王子,便从中牵线搭桥,玉成了一桩好事。

(四)《小癞子》与《一千零一夜》

《小癞子》与玛卡梅小说的关系已有不少评述,但令人惊奇的是它同《一千零一夜》的关联却罕有人提起。其实,在《一千零一夜》中接连有三个关于流浪汉的故事,谓《第一个流浪汉的故事》、《第二个流浪汉的故事》和《第三个流浪汉的故事》,所不同的是这里的流浪汉均系落魄王子,而小癞子却出身寒门。从这个意义上说,《一千零一夜》要的是奇谲,《小癞子》则分明取法现实。正因为如此,后者在宗教裁判所白色恐怖笼罩下的西班牙几度遭禁自是在所难免。

以上是笔者粗略爬梳文献、阅读西班牙文学经典所得,恐怕只是西班牙早期文学与《一千零一夜》深厚渊源的冰山一角,但这冰山一角已足以说明西班牙与阿拉伯文学千丝万缕的复杂关系。

(五)《堂吉诃德》与《一千零一夜》

洛佩斯-巴拉尔特的《西班牙文学中的伊斯兰元素》[1]从微观的角度给出了一枚钱币的两面,即西班牙是如何接受东方文明成果,同时又如何将播种者一脚踢开的,以至于塞万提斯不得不用极其隐晦的方式在其作品中表现闪族人悲戚命运的同时,向后者致以委婉的敬意。譬如,他的代表作《堂吉诃德》以描写主人公的书籍和食谱开篇:堂吉诃德——当然也指塞万提斯——生活在一个痴迷于“荒唐传奇”和“污秽食物”的国度;洛佩斯-巴拉尔特提醒我们,只有了解这一点,才

1 López-Baralt, *El Islam en la literatura española* (Madrid: Hiperion, 1985); *Islam in Spanish Literature*, trans. Andrew Hurley (Leiden-New York-Koln: Brill, 1992).

能对这一文学瑰宝进行准确而充分的解读。但没有深厚的阿拉伯-伊斯兰文化底蕴，我们是无法感知其中奥秘的。在洛佩斯-巴拉尔特看来，这种痴迷会使人立刻意识到西班牙人（堂吉诃德）的闪族特征。塞万提斯也是这样告诉我们的：堂吉诃德吃着煎腌肉摊鸡蛋（duelos y quebrantos，字面意思为“悲苦与破碎”）。心有灵犀的读者便会明白，这是一种戏谑：暗喻堂吉诃德新近改宗（从伊斯兰教被迫改信天主教，因为“duelos y quebrantos”是改宗者们给火腿与鸡蛋所起的别名，对新基督徒来说，这食物确确实实难以下咽）。在西班牙，牲畜的头、尾、爪、心及内脏等也统称为“duelos y quebrantos”（转意为“杂碎”）。但在拉·曼却地区，它却专指煎腌肉摊鸡蛋。因为腌肉火腿是猪肉，所以对穆斯林或改宗者而言，吃这道菜不啻为悲苦。此外，乡下人（老基督徒）桑丘·潘沙一遍又一遍地念叨着他的“老基督教徒七指厚肥膘”，自嘲地把自己的臃肿比作猪猡——这对改宗者而言，也是十分恶心的。洛佩斯-巴拉尔特还提醒我们留意塞万提斯的另一个戏谑式暗喻：堂吉诃德，这个聪明睿智、异想天开、行为叛逆的人，首先是位书呆子，他的诸多言行都体现了改宗者的特征。同时，具有讽刺意味的是，文盲桑丘·潘沙却是“纯洁”基督教徒的代言人，他们的血液中没有掺杂一滴异族血液。此外，人物阿尔东莎·洛伦索（Aldonza Lorenzo）的出现也颇为有趣：摩尔人翻译了阿梅德·贝南黑利的阿拉伯语手稿，即《堂吉诃德》，他在读到“这位杜尔西内娅·台尔·托波索是腌猪肉的第一把好手”时，不禁哈哈大笑。幸亏洛佩斯-巴拉尔特稍作解释，否则我们便不会觉得这有什么可笑之处。首先，她使我们明白，女主人公（堂吉诃德美其名曰杜尔西内娅）的名字前面有个“Al”（Aldonza），这就意味着后者是摩尔人。这是隐藏在这个名字背后的信息。更妙的是，杜尔西内娅还会做腌猪肉，这是她竭力扮演基督徒以掩盖自己的摩尔血统而矫枉过正犹恐不及的有力证据。唯其如此，那个翻译了《堂吉诃德》的摩尔人（当然也是改宗了的，否则无法继续在西班牙安身立命）必得是隐藏得很深的穆斯林，否则不会精通阿拉伯语，也不会有能力将《堂吉诃德》从阿拉伯语译出。当时，这种语言在西班牙已被禁止数十载。而他如此会心地大笑(或许还掺杂着些许苦涩),当是因为同病相怜。他一定是在杜尔西内娅的表演中看到了自己的处境。毋庸讳言,他一定也是在自嘲,同时嘲笑那个社会。适值西班牙宗教裁判所白色恐怖肆虐,塞万提斯堪称最为敏锐、犀利的作家之一,其丰富性、深刻性由此可见一斑。此外,塞万提斯虽然没有具体指涉哪一种阿拉伯文学,但其中的许多魔法、魔洞、冒险和乌木马的故事明显具有《一千零一夜》的烙印。而他口口声声抨击的骑士小说更是深受阿拉伯文学的影响。[1]

1 宗笑飞:《西班牙骑士文学中的阿拉伯元素》,《国外文学》2012年第2期,第42—49页。

第三章

博尔赫斯与《一千零一夜》

博尔赫斯被称为“作家们的作家”。这个“美誉”最初是拉美左翼知识分子对他的批评；他们认为博尔赫斯脱离现实，其所著所述无非是关于其他作家、其他书本的主观阐释。的确，博尔赫斯一生与书为伍，是个名副其实的职业作家兼图书管理员，或者反过来说，他因为钟情于书而成了作家。《一千零一夜》无疑是他童年时期读到的第一部文学名著，也是他毕生最钟爱的文学名著，几乎没有之一。他的许多作品与《一千零一夜》有关，有的甚至直接以《一千零一夜》命名。而他的接受与阐释方法，多少改变了《一千零一夜》的学术史向度。

第一节　童年的阅读

博尔赫斯从小博览群书，《一千零一夜》是他最早接触并终生挚爱的文学作品。据说博尔赫斯是躲在阁楼里（一说屋顶上）偷偷读完《一千零一夜》的。尽管那是个洁本，但时人敷衍出的却是译本中夹杂了大量色情插图，而那些插图明显“少儿不宜”。这也是《一千零一夜》在流传伊始的一个特点，初到欧洲时，无论是在法国，还是英国，它的绘图总是学者们关注的一个重心。据说有英国学者认为《一千零一夜》诲淫诲盗，他们曾建议将其和许多东方绘本一起烧毁。[1]而阿拉伯学者也一直就《一千零一夜》中的插图展开讨论。[2]不过，后来博尔赫斯否定了人们的推测和联想。他反复申明，是那些神奇故事打动了他。

和任何作家的自白一样，博尔赫斯的话不可不信，也未可全信。通常，他注重插图的程度令人震惊。比如，他在生命的不同时期经常谈到各种书籍及其版本的插图。直至晚年，令他激动不已的，除了文字，还有随着记忆逐渐模糊、发黄的插图，一如老虎的金黄。此外，博尔赫斯之所以钟情于《一千零一夜》，或许还因为乃父曾模仿过它，甚而写过一部仿作，尽管没有成功。而博尔赫斯自己儿时想象的两个伙伴“吉罗斯”和“风车”，也多少有山鲁佐德和国王山鲁亚尔（也或者是堂吉诃德和桑丘）的影子。后来，他的许多诗歌、散文和类小说同《一千零一夜》有关，甚至直接以《一千零一夜》为题。最奇妙的是使博尔赫斯由诗歌转向小说创作的一次事故：他在下楼梯时撞破了脑袋。关于那次事故，博尔赫斯的母亲提供过一些细节。她说，那是圣诞节前夕，博尔赫斯下楼去迎接一位来访的姑娘。姑娘是应邀来和他们共进午餐的。[3]但是，博尔赫斯在自传和小说中都有意省略，或者说规避了这一细节。譬如，在博尔赫斯自认为最得意的小说《南方》中，是这样演化那个细节的：首先，他把时间推后了几个月（可能是为了回避圣诞节）；其次，他把现实中的姑娘变成了《一千零一夜》。

> 1939年2月下旬……一天下午，达尔曼买到了一册零散的德文版《一千零一夜》；他迫不及待，想看看这一新的收获，结果不等电梯下来，就匆匆上了楼；忽然什么东西碰了一下脑袋，可能是蝙蝠或者小鸟。替他开门的女人一脸惊诧地望着他，他伸手摸了摸额头，发现自己正在流血。不知什么人给窗户上了油漆，却忘

1 فاطمة موسى، ألف ليلة و كتب الرحلات في القرن التاسع عشر، *فصول*، المجلد الثالث عشر، العدد الثاني، صيف 1994 ، ص 230.

2 أنظر مصطفى الرزاز، الفنان الإسلامي و خيالات ألف ليلة، المرجع السابق، ص 217–228.

3 Emir Rodríguez Monegal, *Jorge Luis Borges: una biografía literaria*, p. 308.

了关好，害他撞破了头。达尔曼那晚睡得不好，而且天不亮就醒了，只觉得嘴里苦涩。高烧折磨着他，《一千零一夜》中的画面化作了噩梦魇……[1]

博尔赫斯于20世纪初开始文学创作，20年代开始发表诗集，是拉美幻想派文学的杰出代表，其影响波及欧美和亚非拉，并为我国的先锋派作家所推崇。命运一方面赐予他百万册图书，另一方面也给了他早至的黑暗。博尔赫斯晚年双目失明，但仍以非凡的毅力坚持创作和听人读书。同时，他始终视图书馆为终极归宿，他总在暗暗思量，觉得天堂该是图书馆的模样。正因为热衷于想象，博尔赫斯无视前人有关《一千零一夜》的稽考，而是另辟蹊径，直接用想象阐释之、模仿之。

第二节　独特的阐释

博尔赫斯认为《一千零一夜》包含了世界文学的一切基因，尤其是东方文学的基因，其中既有来自印度和波斯等文明古国的神奇传说，也有阿拉伯帝国的奇思妙想。他最早接触的《一千零一夜》是父亲书柜上的1840年伦敦版莱恩译本。[2]博尔赫斯对它爱不释手，甚至达到了痴迷的地步。当然，随着年龄的增长，他读到了其他译本，发现莱恩本其实是开罗版从出的一个洁本。莱恩去过埃及，曾受到开罗穆斯林朋友的热情款待。他学会了阿拉伯语，翻译了《一千零一夜》。据莱恩推测，阿拉伯人出于对偶数的忌讳，遂将《一千夜》添加成了《一千零一夜》。

后来，他不断发现新的译本，既有伯顿的英文版，也有西班牙文版和法文版。于是，《一千零一夜》伴随了博尔赫斯一生，成为他创作的主要源泉之一。所谓“作家们的作家”固然是拉美左翼批评家对他的

1　转引自陈众议：《博尔赫斯》，第93—94页。

2　博尔赫斯自己说是伯顿版17卷。

批评，但作为职业图书管理员，书的确是他的主要创作源泉。据不完全统计，博尔赫斯涉及、模仿或重写《一千零一夜》，甚至直接以《一千零一夜》命名的作品有二十几种。其中最为人所知或称道的有小说《双梦记》、诗歌《一千零一夜》、散文《〈一千零一夜〉的译者们》、讲稿《〈一千零一夜〉之书》等。后者被认为是《一千零一夜》研究不可或缺的一环，迄今为止其引用率之高几乎无可比拟，在此不妨辑录一二：

> 在《一千零一夜》的书名中有一点很重要，它会暗示你，让你觉得它是一部了无止境的书。事实上也是如此。阿拉伯人说谁也读不到《一千零一夜》的结尾。那并不是厌烦的表示，而是因为他们觉得它没有尽头。
>
> 我家里有伯顿翻译的17卷本。我知道我永远也读不完；但同时我心里明白，那些夜晚在等待着我。我的生活会有缺憾，但是那17卷书却不会消失。它们就在那里；《一千零一夜》那永恒的东方之夜就在那里。
>
> 那么如何界定东方呢？它并不指向其真实的地理位置。我要说，东方和西方的概念是极其笼统的，故而谁也不觉得自己是东方人。比方说，一个人觉得自己是波斯人，是印度人，是马来西亚人，但并不觉得他是东方人。同样，谁也不觉得自己是拉丁美洲人。我们只会说自己是阿根廷人、智利人、岸东人（乌拉圭人）。没关系，概念而已。那又是因为什么呢？首先，那是因为这个世界是二元对立的，人分幸福与不幸、富有与贫穷。这是一个王权统治的世界，王者无须解释其所作所为。我们要说，这些王者像上帝一样，是不负责任的。
>
> 此外是宝藏的概念。谁都可能发现这些宝藏。还有魔法，这非常重要。魔法是什么呢？魔法是一种不同寻常的因果关系。假设一下，除却我们了解的因果关系，还有另一种因果关系。这种关系可能来自某一巧合，某一枚戒指，某一盏灯。当我们擦拭一枚戒指或一盏灯，妖怪出现了。这个妖怪既是无能

的，也是万能的，它取决于我们的意志。于是，什么情况都可能发生。

我们不妨回顾一下渔夫和魔鬼的故事。渔夫有四个子女，生活穷困。他每天早上到某海边撒网捕鱼。某海域本身就充满了魔力，它置我们于一个不确定的空间。渔夫不是来到大海，而是来到某个海域，并在那里撒网捕鱼。一天早上，他三次撒网，三次收网，结果打捞出一头死驴，还有一些破罐旧瓶。总之，打捞出来的都是些无用之物。他第四次撒了网（每次他都朗诵一首诗），这回收网时觉得很沉。他期待满网皆鱼，可捞上来的只是一个黄色的铜罐。罐上盖有所罗门的封印。他打开铜罐，顿时冒出一缕青烟。他想可以把铜罐卖给五金商人，但是青烟升到天上，并浓缩成了魔鬼的形象。

这是什么鬼怪？它们是亚当之前的创造。它们生成于亚当之前，比人类低了一等，却长成了巨人。据穆斯林说，这些鬼怪生活在任何地方，却看不见、摸不着。

魔鬼感叹道："可敬的上帝和他的使徒所罗门啊！"渔夫问它为什么要提所罗门，所罗门死了那么多年了，现在他的使徒是穆罕默德；又问它为什么被关在铜罐里。它说它是当年反抗所罗门的魔鬼之一，因此所罗门将它关进了铜罐，密封后抛入了海底。四百年过去了，魔鬼发誓要把世界上所有的黄金送给解救它的人，但是什么也没有发生。它又许诺谁解救它就让他学会鸟鸣。又过了几个世纪，许诺成倍上升。到最后，它终于发誓要杀掉解救它的人。"现在我必须履行自己的诺言，你准备去死吧，哦，我的救命恩人！"很奇怪，它发怒的样子倒使它变得有些像人了，也许还有点可爱。

渔夫吓得毛骨悚然，却佯装不相信它的故事，对它说："你讲的都不是事实。你头顶蓝天、脚踩大地，怎么可能装进这么一个小小的容器呢？"魔鬼回答说："你真是少见多怪，你瞧！"说罢，它缩小身体，一缕烟钻进了铜罐。渔夫立刻将铜罐盖紧，并威胁说：

“你完了。”

这故事并未结束。接下来主人公不再是渔夫，而是一位国王。后来说他是内格拉斯岛岛主，到最后万宗归一。这种情况在《一千零一夜》中很典型。我们可以想见，那些中国套球，大球套小球，层层叠叠；或者那些俄罗斯套娃。类似情况在《堂吉诃德》中也曾出现，但没有一部作品像《一千零一夜》那样达到了极致。而且，一切都是在众所周知的同心圆式的故事中展开的：一位苏丹被自己的女人欺骗，为了避免悲剧重演，他决定每天晚上和一位姑娘结婚，并在第二天早上将她杀死。直到山鲁佐德为了拯救其他女子，用没完没了的故事吸引住他。于是，他俩度过了一千零一夜，她还替他生下了一个儿子。

用故事套故事的方式讲故事，所产生的奇怪效果便是没完没了、令人眩晕。这一点被不少后世作者所模仿。于是，卡罗尔（Carroll, Lewis）的《爱丽丝漫游奇境记》（*Alice's Adventures in Wonderland*），或者《西尔维和布鲁诺》（*Sylvie and Bruno*）等，就是这样一类梦中有梦、枝繁叶茂的作品。

梦是《一千零一夜》特别偏爱的主题。两个人做梦的故事令人叹为观止：一个开罗人在睡梦中被告知，波斯的伊斯法罕有一个宝藏等他去取。于是，他历尽千辛万苦，赶到伊斯法罕时已是精疲力竭，便躺在一座清真寺院内休息了一会儿，岂知误与盗贼为伍，结果被抓了起来。一位卡迪（法官）审问了他，问他从何而来、意欲何为。这个埃及人就一五一十全说了出来。卡迪听后哈哈大笑，笑得露出了大牙。他对埃及人说：“你这个没有头脑的家伙啊，怎么能相信梦呢？我三次梦见开罗有一座宅子，宅子里面有一个院子，院子里面有一座日晷，日晷旁边有一汪泉水和一棵无花果树。泉水池下藏着宝贝。我从来没有相信过这样的美梦，半点都不信。我再也不想在伊斯法罕见到你了。拿着这点盘缠，赶快走吧。”

追梦人回到了开罗，他认出自己的家就是卡迪梦中的那个地方,便在泉水下面找到了宝藏。[1]

《一千零一夜》中也有西方的回音。譬如我们发现了尤利西斯的冒险,只不过这里的尤利西斯叫辛巴达。有时,甚至连冒险的内容都如出一辙(波吕斐摩斯也在这里)。为了建构《一千零一夜》这座大厦,数代人付出了辛劳。这些人造福我们,因为给我们留下了这部难以穷尽的鸿篇巨制。它是如此丰富多彩,以至于变幻莫测。它的第一个版本,是加朗本。它相当简单,却也许是最迷人的一本。它用不着读者费力劳神。正如伯顿爵士所说的那样,倘使没有这个开始,后来的版本是不可能完成的。

加朗本第一卷出版于1704年。该版甫一问世,就引起了轰动,使路易十四治下理性的法国人着了迷。人们在谈论浪漫主义运动时,通常认为是很后来很遥远的事了,而我们足可说浪漫主义运动开始于诺曼底或巴黎,因为有人在那里读到了《一千零一夜》。从那一刻起,人们离开了布瓦洛统治的文坛,进入了自由浪漫的时代。

后来又发生了一些事情。勒萨日(Lesage, Alain-René)开启了法国流浪汉小说,1750年左右珀西(Shelley, Percy Bysshe)[2]发表了苏格兰和英格兰民谣;到了1798年,柯勒律治开启了英国的浪漫主义运动,他梦见了忽必烈汗——马可·波罗(Polo, Marco)的保护神。这里我们可以看到世界是多么神奇,事物总是交叉缠绕的。

接下来又有几个译本。莱恩的译本附有百科式穆斯林风俗简介。伯顿的译本有人类学视角和淫秽内容;而且语言也有点古怪,部分是14世纪英语,因此是古今杂呈。后者虽不乏美感,但读来颇费气力。接下来又是个淫秽本,真正意义上的淫秽本,是由马德鲁斯博士翻译的。还有一个德国直译本,它没有丝毫的文

1 博尔赫斯几乎逐字逐句地复述了这个故事,是谓《双梦记》(*Historia de los dos que soñaron*)。李唯中译本作《一梦成富翁》。

2 即雪莱。

采，是由利特曼翻译的。现在我们很庆幸，有了一个西班牙语版本，它是我的老师拉法埃尔·坎西诺斯-阿森斯翻译的注疏本。书在墨西哥出版，也许是所有版本中最好的一种。

《一千零一夜》中最有名的故事在阿拉伯原著中是阙如的。它就是《阿拉丁与神灯》。它出现在加朗的版本中，伯顿在阿拉伯和波斯文本中都没有找到。曾有人怀疑加朗伪造了故事。我认为用"伪造"一词是不公正而且有害的。加朗完全有权像那些职业说书人那样创造一个故事。为什么不能设想，在翻译了那么多故事以后，创造一个新的故事呢？

历史并未驻足于加朗。德·昆西（De Quincey, Thomas）在自传中说过，《一千零一夜》中有一个故事高于所有其他的故事。这个无与伦比的故事就是阿拉丁的故事。它说的是马格里布的一名魔术师，他赶赴中国，因为他知道唯一能够找出这盏神灯的人就在那里。加朗告诉我们，那名魔术师是个星象师，星星提示他必须去中国寻找那个人。德·昆西创造性的记忆力令人钦佩，盖因他的故事完全不同。据他所言，魔术师把耳朵贴在地面上，听到无数的脚步声，他于是从中分辨出了命中注定要找出神灯的那个孩子的脚步声。德·昆西说，他的这个想法有赖于世界充满了对应关系，譬如魔镜，小事物身上往往会有揭示大事物的密码。所谓马格里布魔术师把耳朵贴在地上，并且发现了阿拉丁脚步声的说法，没有哪个本子有过这样的记载。那是梦境或者记忆带给德·昆西的。《一千零一夜》并没有终结。《一千零一夜》漫无边际的时间继续延绵。及至18世纪初，它被翻译成书。19世纪初或18世纪末又有了德·昆西的记忆。不同的译者加入了不同的注释，每一个译者给出了不同的版本。我们几乎可以说，有许多部《一千零一夜》。有两个法文本，出自加朗和马德鲁斯之手；三个英文本，分别由伯顿、莱恩和佩恩所创；还有三个德文本，分别属于亨宁（Henning, Max）、利特曼和威尔；甚至一个西班牙文版[1]，是坎西诺斯-阿森斯的。它们各不相同，因为阿拉伯之夜还在继续，或者说还在再造。令人赞叹的斯蒂文森在其令人赞叹的《新天方夜谭》(*New Arabian Nights*)中，重新以乔装改扮的王子为题，让这个王子在大臣的陪伴下走遍整座城市，从而生发出种种稀奇古怪的冒险故事。是的，斯蒂文森创造了一位王子，即波希米亚的佛罗里塞尔和他的副官赫拉迪内上校，并让他们走遍伦敦。但是，那不是真实的伦敦，而是一个类似于巴格达的虚拟伦敦。当然，所谓类似，也即它同样不是现实的巴格达，而是《一千零一夜》的巴格达。

还有一位作家，我们大家都要感谢他的作品，那就是切斯特顿(Chesterton, Gilbert Keith)，他是斯蒂文森的继承人。在一个想象的伦敦发生了布朗神甫和小伙子"星期四"的一系列冒险故事。如果他没有读过斯蒂文森，那么"星期四"这个人物是不可能出现的。而斯蒂文森如果没有读过《一千零一夜》，也就写不出他的《新天方夜谭》了。正因为如此，《一千零一夜》并没有终结。[2]它是那么丰富而亲切，以至于无须通读。盖因它是我们前记忆的组成部分，也是今夜的组成部分。[3]

博尔赫斯对《一千零一夜》的钟爱是无条件的。他对这部作品的评价之高也无人可及。如今，学界讨论《一千零一夜》时，鲜有不以博尔赫斯为参照的。他的视角和方法如此独特，让他成为当代《一千零一夜》研究的真正开创者，也没有之一。而且，他认为每一个读者都渴

1 博尔赫斯没有包括1916年著名作家布拉斯科·伊巴涅斯(Blasco Ibañez, Vicente)从马德鲁斯法文本转译的版本和1964年的贝内特(Benet, Juan)本、1965年的古铁雷斯/马丁内斯(Gutiérrez-Larraya, Juan Antonio y Martínez, Leonor)本。之后，在博尔赫斯离世后的2005年至2008年几乎又同时出现了三个西班牙文本。

2 博尔赫斯这是在暗示自己的《爱玛·宗兹》以同样的方式演绎了现代版山鲁佐德和国王的故事。

3 Borges, *Siete noches*, pp. 57–74.

望进驻其中，因为“他知道，一旦进入，他就会忘掉自己可怜的人生境遇；他可以进入另一个世界，这个世界由一些经典人物构成，后者既是原型，也是个体”。如此，他假借想象颠覆了前人的稽考，认为想象就是想象，譬如一个梦或一则神话。而所有的阅读和研究只不过是对《一千零一夜》的赓续，盖因想象是无法用稽考和实证阐释的。

第三节 “影响的焦虑”

随着《一千零一夜》研究的深入，博尔赫斯的影响持续扩大。有关博尔赫斯与《一千零一夜》的研究方兴未艾。成果中可资借鉴者固然不少，但也有一些简单套用各种主义，甚至牵强附会。比如，有西方学者反复讨论博尔赫斯小说的嵌套结构和性元素等。对此，笔者实在无法苟同。首先，博尔赫斯的作品大都短小精悍，而且颇具散文（随笔）色彩，并未明显使用嵌套式结构。其次，因身体、信仰（须知他出生于清教徒家庭）等方面原因，博尔赫斯很少在作品中谈论到性；即或偶有涉及，也无关乎《一千零一夜》。他倒是对《一千零一夜》的第602夜故事格外关注，认为它是作品的中心：山鲁佐德便是在那一夜“周而复始”的。当然，他指的是伯顿、佩恩和莱恩等版本中的第602夜。有西方学者从叙事技巧或谋篇布局的角度看《交叉小径的花园》（*El jardín de los senderos que se bifurcan*）、《阿莱夫》（*El Aleph*）、《布罗迪的报告》（*El informe de Brodie*）、《沙之书》（*El libro de arena*）和《爱玛·宗兹》（*Emma Zunz*），认为它们均采用了“中心闪回”或“中心开花”的写法，[1]其实也不尽然。要说模仿，《爱玛·宗兹》勉强可以算作现代版山鲁佐德与国王的故事。然与不然，读者一看便知；篇幅所限，在此恕不赘述。总之，与其说他模仿，毋宁说他几乎一生都在直截了当地重写或续写《一千零一夜》。

1 Evelyn Fishburn, “Traces of the *Thousand and One Nights* in Borges,” *Variaciones Borges*, 17 (University of Pittsburgh, 2004): 143–156.

值得注意的是，博尔赫斯的确写下了不少与《一千零一夜》有关的文章和诗篇，文章大抵遵循艺术感悟，而非接受美学或阐释学理论；其长诗（对博尔赫斯来说算是长诗）《〈一千零一夜〉的比喻》是这样概括或者复述《一千零一夜》的：

第一个比喻是河流。
水滔滔。晶体鲜活
洋溢着可爱的奇迹
来自你们伊斯兰国
而今却属于我。万能
附身符同时也是婢奴；
巨人被锁进了小铜罐
上有所罗门王的封印；
山鲁亚尔立下的誓言
每一个王后只活一夜
利剑、月亮，还有个她；
用灰烬洗涤双手；
辛巴达，那个奥德赛
急于去航海冒险，
不受上帝的惩罚；神灯；
征兆告诉罗德里戈
西班牙被阿拉伯人
占领；迹象说明，
有个人在下象棋；
身患麻风病的国王；
古老的商队；帆船
撞击磁石山沉没；
总督和羚羊；星球流动
似云团变幻，命运使然

或纯属巧合,没有差别:
乞丐可成天使
宝藏密码芝麻。
第二个比喻是机巧
一张飞毯,夺人眼球
色彩和线条混沌
难以究诘,巧合和眩晕,
但有秘密逻辑统摄。
譬如那个别梦,宇宙,
夜之书已然存在
神佑的数字和风俗:
七个兄弟和七次航行,
三个法官与三种诉求
有人望着黑**夜之夜**,
那是恋爱着的黑发
恋人看到三夜重叠,
三位大臣和三种惩罚,
一切之上是那个第一,
那是真主之数;唯一。
第三个比喻是梦境
穆斯林和波斯人梦
遥远隐秘的东方门廊
或已成为尘埃的花园
人们继续做梦
直至一切终结。
犹如埃利亚人悖论,
一梦进入另一个梦
另一梦再入他梦,缠绕
逍遥于逍遥迷宫。

书在书中。不知不觉，
王后给国王讲述
两个人的遗忘故事。全神贯注
过去的神奇犹乱，
不知何人。
继续做梦。
第四个比喻是地图
空间无法确定，**时间**，
由阴影逐渐界定
似象牙不断磨蚀
人类代代繁衍。
一切。声音与回声，目光所及
双头人的面孔，
殷红的金银世界，
久久失眠的星辰。
阿拉伯人说过
无人可以读完**夜之书**。
夜即**时间**，永远无眠。
黑夜已逝，阅读继续
山鲁佐德为你讲述你的故事。[1]

此外，博尔赫斯几乎逐字逐句地重写过《一千零一夜》的一些故事，其中就有《双梦记》。在此，博尔赫斯对故事进行了浓缩，大意如下：据可靠人士说，开罗有个富翁，他仗义疏财，最终家产散尽，不得不干活糊口。一天夜里，他在他自己院子里的无花果树下睡着了，梦见一个浑身湿透的人从嘴里掏出一枚金币，对他说："你的好运在波斯的伊斯法罕，赶紧找去吧。"第二天一早，他便踏上了漫长的旅程，经受

1 Jorge Luis Borges, "Metáfora de *Las mil y una noches*," *Historia de la noche* (Buenos Aires: Emecé Editores, 1976).

了沙漠、海洋、河流、森林的折磨，历尽千难万险，终于到达伊斯法罕。他是在黄昏时分进城的，便就近躺在一座清真寺的天井里歇息了。夜里，一伙强盗借道清真寺，准备对附近民居实施抢劫。开罗人被喧闹声吵醒。这时，巡夜的士兵赶来捉拿强盗。强盗们翻墙逃跑，士兵们抓住了开罗人，用竹杖将他暴打一顿。两天后，他在监狱里苏醒过来，并被带到长官处审问。长官问他姓甚名谁、来自何方，他一一作答，还说有人托梦给他，叫他来伊斯法罕寻找好运。那长官听了这番话，哈哈大笑起来，末了对开罗人说："轻信的年轻人啊，我三次梦见开罗有一栋房子，房子后面有个日晷，日晷后面有一棵无花果树，无花果树后面有一眼喷泉，喷泉底下埋着宝藏。可我根本不信那一套。而你这个傻瓜啊，居然会相信一个梦！赶紧走吧，别让我再见到你！"开罗人拿了长官给他的几文钱，回到家乡，在自家院子的喷泉下挖出了宝藏。

这个故事纯属虚构，而且不是一般的虚构，故而或可称之为"梦呓"。稍有神话想象力的人，都会觉得《双梦记》比《渔翁与魔鬼》还要离奇，而博尔赫斯却认为它是完美的。每一个民族都有神话想象，都有自己的魔鬼，但并非每一个民族都会拿梦说事，且说的又是人事。这也是博尔赫斯喜欢《庄周梦蝶》的原因。它在博尔赫斯的许多作品中得到了印证，譬如《博尔赫斯与我》(*Borges y yo*)、《敌人的故事》(*Episodio del enemigo*)、《圆形废墟》(*Las ruinas circulares*)及一系列诗作，皆以梦或似梦非梦的情景为主题或题材。这些都受益于他钟爱的《一千零一夜》，并由此及彼，将视野拓展至一切幻想。也正因为如此，后现代主义作家约翰·巴斯等定他于一尊，视他为典型的、无视历史语境的文本至上论者。[1]

这不由得让人想起埃及的葛拉玛薇。她于1935年发表的成名作《姥姥的故事》便是对《一千零一夜》的模仿或续写。同样，她反对拿《一千零一夜》作研究阿拉伯或穆斯林世界的佐证，认为那是西方世界

1 Henry L. Carrigan, "John Barth: Every Third Thought," *Library Journal* 137, 1(2012): 88.

的一大偏见。[1]同样，在涉及《一千零一夜》时，马哈福兹放弃了他介入现实的一贯姿态，展开了想象的翅膀。在其《千夜之夜》中，山鲁亚尔及其大臣、山鲁佐德及其妹妹的生活，揭示了一系列相互独立又彼此关联的主题和内容。这部作品被认为是马哈福兹后期创作的标志性成果，与早期有关法老时代的想象遥相呼应。

陈众议先生考究过20世纪60年代初的一批美学家。他们试图在现实主义框架外建立一个“幻想美学”，却最终无疾而终，因为幻想是无论如何都不能摆脱现实的，它充其量只是现实的影子或窑变。[2]但是，他们所留下的成果有二：一是将幻想分门别类，二是发现、翻译并将博尔赫斯传至欧洲。正因为凯卢瓦等“幻想美学家”的推崇，博尔赫斯于1961年和贝克特获得了首届福门托文学奖。从此，博尔赫斯及其关于《一千零一夜》的阐释开始受到关注。而本文所展示和阐释的，也许只是博尔赫斯与《一千零一夜》因缘的冰山一角。及至双目失明，无法直接阅读任何字纸，他依然坚定地默诵着《一千零一夜》：

我已无缘再见闪烁的星辰，
无缘再见神秘蓝天上飞翔的鸟儿，
无缘再见别人
用字母串联组合的文章，
无缘再见我浑浊的双眼
分辨那轮廓庄重的大理石墙垣，
无缘再见已然对我隐身的玫瑰，
无缘再见已然因我消散的霞光，
但是，《一千零一夜》依然伴我漫漫长夜……[3]

1 Nabîla Ibrâhîm, *Suhayr al-Qalamâwî* (Cairo: al-Hay’a al-misriyya al’âmma li’lkitâb, 1999), pp. 17-19.

2 参见陈众议：《博尔赫斯》，第124—184页。

3 Jorge Luis Borges, *El oro de los tigres* (Buenos Aires: Emecé, 1972). 参见陈众议：《博尔赫斯》，第181—182页。

第四章 《百年孤独》与《一千零一夜》

加西亚·马尔克斯的《百年孤独》作为拉美“文学爆炸”的标志、我国“寻根文学”的《圣经》，在当代世界文坛享有崇高声誉。国际上有关它的研究汗牛充栋，但迄今为止鲜有学者将它与阿拉伯民间故事集《一千零一夜》联系在一起，即使2004年牛津大学的权威版本《〈一千零一夜〉百科全书》也没有就加西亚·马尔克斯及其作品提供片言只语。有鉴于此，本著试图从加西亚·马尔克斯的童年阅读切入，对《百年孤独》与《一千零一夜》的近似和神似进行实证性比较研究。

本著在学术史部分已经说到，多数研究者和加西亚·马尔克斯的家人均认为，《百年孤独》的作者出生在哥伦比亚滨海小镇阿拉卡塔卡的外婆家，阿拉伯经典《一千零一夜》则是他童年时期的第一本读物。[1]问题是，他的代表作缘何处处散发着《一千零一夜》的芳香，却又每每不为人们所关注。本着大胆假设、小心求证的态度，笔者认为加西亚·马尔克斯至少在以下三个方面对《一千零一夜》进行过有意无意的借鉴或神交，而且有关因缘还不止于《百年孤独》。

1 Silvia Gálviz, *Los García Márquez* (México: Editorial del Mar, 1997), pp. 2–5.

第一节　童年的邂逅

加西亚·马尔克斯出生在外婆家。《一千零一夜》是他童年，甚至一生“最大的发现”。书是他在外公尼科拉斯·马尔克斯的一只旧箱子里找到的，但当时他并不知道它就是《一千零一夜》。他像往常那样在外公的办公室里翻箱倒柜寻找“稀罕玩意儿”，无意中发现了这堆“黄纸”，便好奇地浏览起来。突然，他被其中的故事所吸引。

> 从前有个上了年纪的渔翁，每天靠打鱼谋生……一天正午……他把渔网从海底弄出来，打开一看，发现里面有个胆形的黄铜瓶，瓶口用锡封着，锡上打着苏里曼·本·达伍德的印章……于是抽出佩在身边的小刀，慢慢撬去瓶口上的锡块……息了一会儿，瓶中冒出一股青烟，飘飘荡荡地升到空中，继而弥漫在大地上，逐渐凝成一团，最后变为一个魔鬼……[1]

这就是著名的《渔翁与魔鬼》中的一节。

加西亚·马尔克斯被这个故事深深地吸引，从而对那堆没有封面的“黄纸”爱不释手。它们用“魔鬼”“神灯”“飞毯”“宝藏”等，演示着一个既熟悉又陌生的世界，那便是外婆的世界，并使他马上联想到：外婆的故事不但是可信的，而且是存在的。

从此以后，他将外婆和山鲁佐德连在了一起。她们叙述故事时用的都是“现在时”，即便事情已经过去了几个世纪；而且总是那么镇定自若、有声有色，好像人物就在眼前，事情正在发生。[2]

加西亚·马尔克斯的《百年孤独》显然受惠于《一千零一夜》。

---

1 《一千零一夜》第1卷，纳训译，第25—27页。

2 Silvia Gálviz, *Los García Márquez*, pp. 13-43. 转引自陈众议：《加西亚·马尔克斯评传》。

加西亚·马尔克斯甚至毫不隐晦地在作品中证实了这一点。譬如,在《百年孤独》中有这么两段描写,它们分别叙述了奥雷里亚诺第二和奥雷里亚诺·巴比伦在吉卜赛人梅尔基亚德斯曾经居住的房间里释读后者百年前用羊皮纸写下的“密码书”:

> 奥雷里亚诺第二沉浸在一本书里。这书缺了封面,哪儿都找不到书名,那孩子仍读得津津有味,诸如一个女人坐在桌旁用大头针专挑饭粒吃,一位渔夫向邻居借压渔网用的铅坠,后来作为报偿送去的鱼腹中含有一颗钻石,此外还有能满足一切愿望的神灯的故事和飞毯的传奇。他惊奇地询问乌尔苏拉这些可都是真的,她回答说是,多年前吉卜赛人就曾给马孔多带来神灯和飞毯。[1]

在此,除了神灯和飞毯,加西亚·马尔克斯杜撰了一些细节。这些细节同《一千零一夜》的任何版本都没有丝毫关系,却又无不使人联想到后者。类似杜撰可能是有意为之,表现了《一千零一夜》口传时期变体众多的特质。同时,它也可能是无意的,是由加西亚·马尔克斯记忆误导的。但后者的可能性不大。布拉斯科·伊巴涅斯版《一千零一夜》印数巨大,加西亚·马尔克斯要找一套去查证核实一下是十分容易的。

毫无疑问,奥雷里亚诺第二面对的那部缺了封面的书是《一千零一夜》。后来,奥雷里亚诺·巴比伦继承了奥雷里亚诺第二的习性:

> (他)很长时间都没有走出梅尔基亚德斯的房间。他将那些散页书中的传奇怪谈,瘫子赫尔曼的研究大要,鬼魔学的笔记,点金术的关钥,诺查丹玛斯的《诸世纪》及其疾病研究,都一一烂熟于心,故此当他步入青年时期虽然仍对所处时代一无所知,但已具备一个中世纪人的基本学识。[2]

1 加西亚·马尔克斯:《百年孤独》,第163页。

2 同上,第307页。

不仅奥雷里亚诺·巴比伦研读的"那些散页书中的传奇怪谈"属于《一千零一夜》,尽人皆知的赫尔曼·佐藤伯格的"研究大要"更是明确指向了《一千零一夜》。用巴尔加斯·略萨的话说,《百年孤独》的故事"其实应该以乌尔苏拉讲述的故事为开端,同时并行的便是奥雷里亚诺第二和作者自己与《一千零一夜》的遭遇"[1]。20世纪60年代末至70年代中叶,巴尔加斯·略萨曾是加西亚·马尔克斯的莫逆之交,其博士论文《加夫列尔·加西亚·马尔克斯:弑神者的历史》(*Gabriel García Márquez: Historia de un deicidio*)中近三分之一的篇幅是对后者生平和阅读的记述。这些记述是加西亚·马尔克斯研究界公认的权威资料,甚至可以说是信史。

由此可见,《百年孤独》与《一千零一夜》的关系不仅是隐性的,而且是显性的。加西亚·马尔克斯用他特有的方式对后者表达了由衷的敬意。

第二节　借鉴的亏欠

然而,加西亚·马尔克斯欠《一千零一夜》太多。《一千零一夜》是一部幻想故事集,《百年孤独》则被称作拉丁美洲魔幻现实主义的杰作,但同时它们又显然分别记述了一个民族,甚至一种文明的历史:从远古走来,止当所止。有关前者,学术界已经有过许多讨论,譬如它如何从古印度到古波斯再到阿拉伯阿拔斯王朝。因此,加西亚·马尔克斯欠《一千零一夜》的远不止前面说到的幻想,有些影响或许随着最初的惊恐感和诱惑力、后来的熟悉化和史诗般的想象力潜入了他的无意识,在此不妨列举一二。

首先,阿拉伯人对于数字的某种艺术感悟进入了加西亚·马尔克斯的血脉。借用博尔赫斯之谓,《一千零一夜》是世上最美的书名之

1　Vargas Llosa, *Gabriel García Márquez: Historia de un deicidio* (Barcelona: Barral Editor, 1971), p. 183. 转引自陈众议:《加西亚·马尔克斯评传》。

一，美就美在这个“千”字上，它对我们来说几乎是“无穷无尽”的同义词。说一千夜，就是无穷夜，很多很多夜，无数夜。说“一千零一夜”则是无穷无尽加(+)。[1]因此，它不仅是阿拉伯世界的百科全书，而且是古代东方世界和世界文学的百科全书。

加西亚·马尔克斯的《百年孤独》何尝不是如此？布恩迪亚家族整整六代，又何啻一百年？关键是，《百年孤独》森罗万象，它不仅是布恩迪亚的家族史，而且也是对哥伦比亚民族史、拉丁美洲地域史和世界(人类社会)史的艺术概括。这正是巴尔加斯·略萨博士论文的“书眼”：布恩迪亚家族演绎了人类社会的四个重要历史时期，即从原始公社到资本主义社会。[2]第一个阶段为原始氏族公社末期，即公社内部实行族外联姻，禁止同一血缘亲族内部通婚；同时实行生产资料公有制，共同劳动、平均分配。但是，由于老布恩迪亚和近亲乌尔苏拉因为爱情打破了同族不能结婚的禁忌，不得不带着良心的不安和二十来户人家迁徙到荒无人烟的马孔多。从此，老布恩迪亚像年轻的族长，教大家如何播种、如何教养孩子、如何饲养家畜，他和大伙儿一起劳动，为全村造福。他是村里最公正、最有权威和事业心的人；他指挥建造的房屋，每家的主人到河边取水都同样方便；他合理设计的街道，使每座住房白天最热的时候都得到同样的阳光……

第二个阶段是奴隶社会。随着土地的私有化，马孔多出现了两个阶级，即以老布恩迪亚为代表的奴隶主阶级和以印第安人为代表的奴隶阶级。与此同时，金属工具的大量使用和剩余产品的交换也使货币的产生成为可能。这时，老布恩迪亚和伙伴们发现马孔多四面被海水包围。鬼知道他们和后来的吉卜赛人、印第安人是怎么来到这个地方的！当然，他们在一个高高的山坡上发现了一大堆远古的船骸。

第三个阶段是封建社会。老布恩迪亚的大儿子成了远近闻名的

1 Borges, “El libro de Las mil y una noches,” in *Siete noches*, pp. 57–74.

2 Vargas Llosa, *Gabriel García Márquez: Historia de un deicidio*, pp. 277–389.转引自陈众议：《加西亚·马尔克斯评传》。

大地主，他把土地租赁给佃农们，自己坐享其成。同时，政府派来了镇长，教会派来了神父。

第四个阶段是资本主义社会。老布恩迪亚的二儿子奥雷里亚诺成了自由党上校，率军对保守党政府发起了进攻。战争使人联想到法国大革命，但结果是资本的横行：为了跨国资本的涌入，马孔多兴建了铁路和工厂，于是火车、汽车、轮船和电灯、电话接踵而至。马孔多还开设了电影院和红灯区。最后是大罢工和大镇压，及至马孔多被洪水一扫而光。

其次，这中间充满了从阿拉卡塔卡到哥伦比亚、拉丁美洲和整个美洲大陆历史和现实生活的无数细节。奇妙的是，作家在作品中的不少想象居然反过来成为拉美历史研究的契机，甚至为史学家所援引。

第三节 魔幻的互文

《一千零一夜》以其特有的神奇启发了加西亚·马尔克斯的魔幻，尽管他总说，和孤独一样，魔幻是拉丁美洲的本质属性；[1]有关学者也倾向于认为魔幻是拉丁美洲集体无意识的艺术呈现。[2]诚哉斯言！但凡事须看多面，也就是说与此同时，山鲁佐德的故事也明显魔法似的化作了《百年孤独》的神奇。譬如，和《一千零一夜》一样，《百年孤独》有一位山鲁佐德似的全知全能叙述者。这在现代派或先锋派风起云涌、结构现实主义如火如荼的20世纪60年代是不可思议的。但是，《百年孤独》天启式的结构又十分契合弗莱（Frye, Northrop）关于神话原型的观点。它使人串联起一个自荷马到奥维德再到乔伊斯和卡夫卡的庞大家族，或者《创世记》的极限想象：食禁果、失乐园、男人的汗水和女人的痛苦，并最终遭受洪水的扫荡。

1　加西亚·马尔克斯：《拉丁美洲的孤独》，张永泰译，载吕同六编选《20世纪末世界文学作品精选·散文卷》，长春：时代文艺出版社，1995。

2　见陈众议：《加西亚·马尔克斯评传》。

在原型批评家们看来，文学并非新批评家眼里的孤独文本，而是整个人类原始思维的有机组成部分或永久传承，它同古老的神话传说、宗教信仰乃至巫术等有着密不可分的血缘关系。正因为如此，原型批评把文学叙述视为一种重复出现的象征交际活动，或者说是“一种仪式”［弗莱：《批评的解剖》（*Anatomy of Criticism*）］、一种“集体无意识”［荣格：《原型与集体无意识》（*The Archetypes and the Collective Unconscious*）］。

前面说过，何·阿·布恩迪亚和表妹乌尔苏拉因为一时冲动，不顾部落的禁忌、预言的忠告结为夫妻（**原罪**），最终不得不离乡背井（失乐园）。他们在荒无人烟的沼泽地里流浪了无数个月，直至一天夜里老布恩迪亚做了个梦，梦见他们所在的地方叫马孔多（**福地**）。布恩迪亚当即决定在这里安家，从此不分白天黑夜地辛勤劳作（**男人的汗水**）。不久，乌尔苏拉生下了第二个健全的孩子（**女人的痛苦**）。布恩迪亚不再担心“猪尾儿”的传说了，打算同外界恢复联系，结果却惊奇地发现，这个潮湿寂寞的地方犹如原罪以前的蛮荒世界，周围都是沼泽，再向外是浩瀚的大海。鬼知道他们当初是怎么来到这里的。他们绝望地用大砍刀胡乱地劈打血红色的百合和蝾螈，远古的回忆使他们感到压抑。老布恩迪亚的一切幻想都破灭了：马孔多被海水围住了！这显然是对美洲人由来的指涉：随着白令海峡冰架桥的消失，美洲也就成了“孤岛”。此后，马孔多魔幻不断：神父为使人信奉上帝，不惜动用魔法——喝一杯巧克力茶，便能离地悬置；小丫头被称为爱情的天使，有一天竟披着床单飞上天去；吉卜赛人就不用说了，他们的头人可以死后复生……最后，布恩迪亚的第六代子孙奥雷里亚诺·巴比伦发现他的情妇阿玛兰姐·乌尔苏拉并非他的表姐，而是他的姨妈；于是家族生出了神话中的怪物：长着猪尾巴的孩子。凡此种种，不胜枚举。这些无不令人迁思《一千零一夜》。更为显性的是，这个吉卜赛头人居然用本族的文字**梵文**预言了布恩迪亚家族的历史，然后又将这些文字译成密码诗……我们完全可以将所谓的奥古斯都大帝的私人密码和斯巴达克的军用密码想象成**波斯文**和**阿拉伯文**。

总之，和源自古印度，且不断提到希伯来先人的《一千零一夜》一样，《百年孤独》同样从远古走来，徜徉在《旧约》"圣音"的回响之中，其间夹杂着难以掩饰的神奇幻想。譬如吉卜赛人，他们仿佛自天而降。领头的叫梅尔基亚德斯，他带来了世界"第八大奇迹"——一块巨大的磁铁。马孔多人被它的魔力所震慑，尽其所有换取了这件宝贝——"世上最大的钻石"，并指望用它吸出地下的金银财宝。这与《一千零一夜》中船员奇遇那座一会儿呈白色，一会儿呈黑色的魔幻小岛（磁礁）如出一辙。再譬如马孔多西边的辽阔的水域里栖息着一种鱼状生物，这类生物皮肤细嫩，头和躯干都像女子，宽大、迷人的胸脯能毁掉最不轻信的航海家。而在马孔多的另一端，在远离大海的内陆，奥雷里亚诺上校发现了十多年前他父亲见到过的那堆船骸。那时他才相信，这整个故事并不是他父亲虚构的，于是向自己提了个问题："船怎么会深入陆地这么远呢？"莫非它就是挪亚的方舟？这些自然不免让人想起《辛巴达航海记》中的奇幻景象。类似例证多多，在此难以一一比照。

再次，《百年孤独》与《一千零一夜》中的色情描写如出一辙，而且大都指向不乏原始色彩的乱伦，在此不妨援引一二。譬如奥雷里亚诺第二和姑姑阿玛兰妲：

> 奥雷里亚诺·何塞在几近窒息中惊醒，感觉她的手指像滚烫的虫子在焦灼地向他的腹部蠕动。他装作熟睡未醒，调整姿势为她除去一切障碍，随即感到那只未缠黑纱的手宛如失明的软体动物在他饥渴的水藻间潜游。两人都装作不知道双方心知肚明的事实，都装作不知道对方已知情……她亲手将他抚养大，未曾想到他有朝一日会成为宽慰自己孤独的良药。他们不仅赤身露体睡在一起，彼此爱抚到精疲力竭，还在家中各个角落互相追逐，随时随刻关在卧室里，沉浸于持久的兴奋中。[1]

1 加西亚·马尔克斯：《百年孤独》，第127页。

再譬如奥雷里亚诺·巴比伦和姨妈阿玛兰妲·乌尔苏拉：

> 突然间，近乎玩耍或又一次恶作剧，阿玛兰妲·乌尔苏拉放松了防御，但当她被自己造成的后果吓住并试图应对的时候已经迟了。一种异乎寻常的震撼将她定在原处动弹不得，她的反抗意志被不可抵御的热切欲望压倒，她想要知道那些在死亡彼岸等待她的橙色呼啸和隐形球体究竟是什么。她只来得及伸出手臂摸索到毛巾用牙齿咬住……[1]

博尔赫斯在《沙之书》和《〈吉诃德〉的作者皮埃尔·梅纳尔》等诸多作品中传达了以下理念：一是所有的书都是同一本书；二是每个作家都在重写经典；三是从甲书到乙书无穷无尽，并最终回到甲书。这有点像同心圆意象。的确，几乎所有作家都有意无意地将这种意象变作意念诉诸笔端。有的顺势而为，如续写《一千零一夜》的爱伦·坡、马克·吐温等（《一千零二夜》[2]），或者如我们衷情于《红楼梦》前传后续的前辈同道；有的“反其道而行之”颠覆经典，如翻转《鲁滨逊漂流记》的图尼埃（《礼拜五》）；有的幸运者如加西亚·马尔克斯集经典之大成。有心的读者可以在他的作品中轻易窥见自《圣经》到《一千零一夜》无数经典正幽灵似的徘徊。而他对《一千零一夜》的青睐，使《百年孤独》达到了可能连他也自己也不曾预见的奇妙境界：文学，尤其是口传文学的本真。由是，《百年孤独》关于大屠杀遇难人数等细节的叙述固随心所欲，却居然记入了哥伦比亚正史，一如18世纪初的法国加朗本《一千零一夜》一定程度上转而成了阿拉伯本土布拉克本或加尔各答本的依据。

此外，加西亚·马尔克斯书写了文明迁徙的某种轨迹：《一千零一夜》从印度到波斯，再从波斯到阿拉伯世界，然后由阿拉伯人传至西方

1　加西亚·马尔克斯：《百年孤独》，第342—343页。

2　抑或佚名《一千零一日》《一百零一夜》等。

及其美洲殖民地。在这个过程中,《一千零一夜》不断丰富、窑变。有时是加朗式的发现(或增添),有时是博尔赫斯、科埃略式的演绎,有时也可能是凡尔纳、马克·吐温、爱伦·坡或加西亚·马尔克斯式的赓续。譬如"布恩迪亚和他的子孙"完全可以是"努阿曼国王家族",而加西亚·马尔克斯的早期幻想小说和后期幻想小说——《蓝宝石般的眼睛》(*Ojos de perro azul*, 1958)、《奇怪的朝圣者》(*Doce cuentos peregrinos*, 1992)、《关于爱和其他恶魔的故事》(*Del amor y otros demonios*, 1994)、《苦妓回忆录》(*Memoria de mis putas tristes*, 2004)等——也完全可以是《一千零一夜》中的故事。

如此,《百年孤独》又何尝不是美洲版《一千零一夜》或《一千零一夜》的组成部分呢?

第五章 《一千零一夜》的结构及其他

关于《一千零一夜》的套盒式或嵌套式框架结构人们已经说得很多，但就这种结构的来历却大多止于民间传说的泛泛而论。一般认为，《一千零一夜》的框架结构受印度《五卷书》[1]影响很大，其实它同时也是《罗摩衍那》(*Rāmāyaṇa*)的重要结构方式。

敦煌学者仁欠卓玛在《敦煌古藏文本〈罗摩衍那〉的框架式叙述结构分析》一文中指出："敦煌古藏文本《罗摩衍那》属于纵向发展式结构，但也有其特殊之处。纵观全文，以罗摩和悉多故事为框架，其中穿插了鸟国的故事、猴国的故事和罗波那的故事，形成了纵向发展的框架式叙述结构。"[2]而敦煌古藏文本《罗摩衍那》作为印度史诗《罗摩衍那》的早期中译本，不仅内容丰富、故事动人，并且在我国境内流传了一千三百多年。[3]

1 后汇入《故事海》(*Katha Sarit Sagara*)。除《五卷书》外，《故事海》中的其他故事也大多使用框架结构。后者成书于11世纪，但其口传期可追溯至7世纪前。参见黄宝生：《故事海选 · 译本序》，载月天《故事海选》，黄宝生、郭良鋆、蒋忠新译，北京：人民文学出版社，2001，"译本序"第1页。

2 仁欠卓玛：《敦煌古藏文本〈罗摩衍那〉的框架式叙述结构分析》，《北方文学》2016年第6期，第211页。

3 同上。

先说《罗摩衍那》的框架结构，它以罗摩的英雄事迹以及罗摩与悉多的情感纠葛为主线，串联起一系列与之相关的故事。这些故事不仅对人物的性格塑造产生影响，而且起到了推动情节、烘托气氛的作用。《罗摩衍那》由七篇组成。第一篇是楔子，虽内容庞杂、线索众多，但关键部分却无疑是大神毗湿奴化为罗摩下凡，以及随着罗摩诞生、成长所衍生的其他故事。而在这些故事中，悉多的诞生以及罗摩与她结为夫妻无疑至关重要，可谓故事的主线。季羡林先生在分析《罗摩衍那》时认为，“这一篇是后来窜入的”[1]。同样，季先生谓最后一篇（第七篇）也“是后来窜入的”[2]。和第一篇类似，最后一篇主要包括两方面内容：一是罗刹的起源，以及罗波那和哈奴曼的故事；二是罗摩与悉多的第二次离合。在此，罗摩的性格几乎完全改变。他听到一些风言风语，竟然派人将身怀六甲的悉多遗弃在荒山野林之中。幸好蚁垤仙人救了悉多，使她得以平安生下罗摩的一对孪生儿子。母子三人在仙人的照拂下度过了十几年。后来，仙人带着两个孩子来到罗摩宫中，让他们当着满朝文武朗诵《罗摩衍那》。罗摩终于明白，眼前的两个少年就是自己的儿子。罗摩于是请蚁垤将悉多带来。众神也于此时降临。悉多当众向诸神发誓，如果自己是贞洁的，那么就请地母不弃。这时，大地忽然裂开，悉多纵身跃入地母怀抱，随即消失得无影无踪。罗摩追悔莫及，遂传位于儿子，自己复化为毗湿奴升入天堂。

从罗摩和悉多的主干故事来说，第二篇至第六篇的确构成了史诗《罗摩衍那》的主要情节；但若从叙事结构来看，那么第一篇和第七篇却是至关重要的。尤其是第七篇，作为框架结构的枢纽，借那一对孪生兄弟（恰似《一千零一夜》中的山鲁佐德、敦娅佐德姐妹），起到了贯穿作品的作用。从这个意义上说，《罗摩衍那》的首尾两篇很可能是文人窜入的，从而结束了作品的口传时代，擢升了史诗的艺术表现方式。所谓散为千珠，聚则一贯，无论是《一千零一夜》《罗摩衍那》，还

1　季羡林：《罗摩衍那・童年篇・前言》，载蚁垤《罗摩衍那・童年篇》，季羡林译，北京：人民文学出版社，1980，“前言”第2页。

2　同上，第4页。

是《五卷书》,它们的框架结构都是聚起千珠的金丝银线。

如果我国的传统载道论与西方的模仿说异多同少,那么较多因承老庄学说的《文心雕龙》与西方形式美学的关系则似乎恰好相反。后者皆侧重于形式(风格)与想象(神思),所谓“八体虽殊,会通合数,得其环中,则辐辏相成”(《文心雕龙 · 体性》);或“形在江海之上,心存魏阙之下”,“故寂然凝虑,思接千载;悄焉动容,视通万里”(《文心雕龙 · 神思》)。同样,西方形式美学从古希腊到康德的一元论和黑格尔形式/内容二元论再到20世纪的俄国形式主义和英美新批评,历时两三千年并最终衍生了“形式即美”,以至于无论在文学层面还是在语言学层面,形式(能指)都凌驾于内容和真实之上。[1]然而,《一千零一夜》的形式却服从于内容,嵌套是为了接续,动听是为了劝诱,并且用我们的话来说,终于“文以载道”:善恶有报,恶有恶报,当然,《一千零一夜》还加上了“一切自有天定”的宗教思想,这是题外话。

第一节 人物比较

一如《罗摩衍那》的孪生兄弟,山鲁佐德姐妹在《一千零一夜》中既是叙述者,也是重要人物。而她们的长老师傅又恰似蚁垤仙人,是显性作者(人物)。从这个意义上说,他们又何尝不是隐性的荷马?或者他们与荷马一样,本身也是大写的。史诗或民间传说的真正的作者当然往往是复数的,它们是无数无名口传者(吟诵者)经年累月完成的艺术结晶。当《伊利亚特》吟响“女神啊,请歌唱佩琉斯之子阿基琉斯致命的愤怒吧……”[2],荷马就诞生了。尽管这一个荷马常常被学术界冠以引号,诚如罗念生先生所言,荷马是一个“问题”,简称

1 Theodor Adorno, *Aesthetic Theory* (London/New York: Continuum, 2002), p. 159.

2 参见《伊利亚特》,罗念生译,见《罗念生文集》第五卷,上海:上海人民出版社,2016,第5页。

“荷马问题”。[1]本人无意就荷马是否曾经存在探赜索隐，但无论如何，却认为他是标志性的，不仅十分重要，而且不可或缺，因为自他以降，古希腊神话传说终于摆脱了口传形态，开始成为成形（定型）的史诗。至于荷马这个他（她）是一个人，还是几个人或一群人、几代人，则于我并不重要。同样，当《罗摩衍那》唱出“仙人魁首那罗陀，/学习吠陀行苦行，/擅长词令数第一，/苦行蚁垤问分明”[2]，这一个大写的或复数的蚁垤也便产生了。

依此类推，《一千零一夜》中的山鲁佐德几可谓承担了“作者”–“叙述者”–“人物”三重角色：

> 很久很久以前，相传在印度和中国的众岛屿间，有个萨珊王国……[3]

《一千零一夜》的故事就这么开始了。但起初我们并不知道山鲁佐德会在接下来的时间里讲那么多故事，直至作为楔子的《山鲁亚尔及其兄弟的故事》接近尾声：

> 晚上，国王正想和山鲁佐德亲热，不料她却哭了起来。国王问她原因，她说：“国王陛下啊，我有一个妹妹，我想要和她道个别。”
>
> 国王于是派人请来了敦娅佐德。……妹妹对姐姐说：“姐姐，看在安拉的分上，给我讲个故事吧，咱们好打发长夜。”
>
> 国王本来也觉得心烦，听了这话不由觉得高兴，也想听听故事。
>
> 于是打那晚起，山鲁佐德开始讲一个又一个的故事。[4]

1 参见《伊利亚特》，罗念生译，见《罗念生文集》第五卷，第13页。

2 蚁垤：《罗摩衍那·童年篇》，第1页。

3 *Alf Layla wa Layla*, vol.1 (Cairo: Matba’ Mulāq al-Amīrīyh, 1860), p. 2.

4 同上，第7页。

这显然是个楔子，是由荷马或者蚁垤似的编纂者窜入的，从而串起了一千零一个故事。当然，在不同版本中，故事并不都是一千零一个[1]；即使按大故事套小故事，小故事套小小故事算来，也不是所有版本都凑得齐一千零一夜（或一千零一个故事）。譬如在马德鲁斯版本中，不仅第617夜至第700夜的故事残缺不全，而且第679夜至第700夜是完全阙如的。马德鲁斯竟称那是因为山鲁佐德生孩子了，而且是替国王山鲁亚尔生下了一对双胞胎。[2]大多数版本则是以夜分界的，而且凑齐了一千零一这个在博尔赫斯看来是“无穷加”[3]的神奇数字。

由于是故事套故事，《一千零一夜》的故事也便平添了许多悬念。仿佛我国章回小说或说书人口中的“欲知后事如何，且听下回分解”，套盒式框架结构还明显有利于“节外生枝”：大故事暂且悬置，小故事不断衍生。这与中国说书人吊人胃口的某些“机关”（欲知张三如何，必先说明李四何如）十分相似，譬如《渔夫与魔鬼》《脚夫与女孩》《国王与王子》《王子与公主》《女蛇王》《太子与王妃》《王子与宰相》等故事中都嵌入了若干个小故事。

此外，一如中国套盒或俄罗斯套娃，小故事中的小小故事又为小故事制造了悬念。这样一来，山鲁佐德便不仅是令人牵挂、命悬一线的人物，而且也是故事的叙述者和套盒的制造者。于是，她的命运一定程度上又攥在了自己的手中，直至国王山鲁亚尔这个人物和普通读者一样忘却了烦恼（仇恨）、彻底被故事本身所感染。

同时，也由于是套盒式框架结构，故事的现实情景被不断打破，亦真亦幻、有虚有实、古往今来、天南海北也便被赋予了更多的色泽——虚构色彩。法国学者罗歇·凯卢瓦曾致力于建构幻想美学，并在其

1　关于《一千零一夜》这个书名的最初出现时间，学界有不同说法。厄文（Robert Irwin）教授的观点是该书名第一次出现于12世纪开罗犹太人旧书冢目录中，当然也有可能上溯至更早。这是一个复杂的话题，而众多版本中故事数量也远未达到一千零一个，个中情由本文不再赘述。

2　Marzolph and van Leeuwen, *The* Arabian Nights *Encyclopedia*, vol.2, pp. 637–638.

3　Borges, *Siete noches*, pp. 65–66.

《幻想文学选集》中历数了古来十余种幻想文学形态。《一千零一夜》自然是其中最为重要的幻想文学形态之一，遗憾的是他仅仅列出了一个：神秘移动或神秘消失的物体。[1]然而，事实上《一千零一夜》不仅形态丰富多彩，而且其中一些还是绝无仅有的艺术珍品，除了神秘移动的物体，如飞毯或乌木马，更有镇锁魔鬼（巨人）的小瓶子和瓶盖上的所罗门封印、两个相反相成的梦、神秘的宫殿，等等。至于魔戒、魔杖、魔法、仙女、巫师等，更是数不胜数。可以说，世界文学史上罕有如此丰富多彩的幻想作品。我国《西游记》中的妖魔鬼怪、《聊斋志异》中的狐仙女鬼、《镜花缘》中的大人国小人国，以及《搜神记》《述异记》《山海经》《封神榜》等，通常都指向一种或一类幻想（或幻象）。外国文学中也是如此，除了少数童话结集可勉强与其比肩，我们实在找不出第二部像《一千零一夜》这么奇谲灵异的作品了，真可谓一骑绝尘。

诚然，无论多么诡谲灵异，也无论妖魔鬼怪还是动物世界，《一千零一夜》借以表现的仍不外乎是人事。除了家喻户晓的魔鬼或者妇孺皆知的魔法师，《一千零一夜》还有大量以动物为主角的故事嵌套在各色故事之中，譬如来自《五卷书》或《卡里来与笛木乃》的许多寓言。这些故事被赋予了强烈的教化功能，埃及学者苏海勒·葛拉玛薇认为，《一千零一夜》不仅具有道德伦理意义上的教化色彩，而且它并非简单的低俗故事，其宗教宣扬的意味也非常明显。[2]它里面的一些篇什还与希腊故事交织缠绕，例如《狐狸与乌鸦》，尽管在《一千零一夜》中令人欣喜的是最终乌鸦比狐狸还聪明，不仅识破了狐狸的诡计，而且给它讲了一个聪明反被聪明误的故事：《麻雀与老鹰》。后者说的是麻雀自作聪明，想学老鹰去抓小羊，结果反被羊毛缠住了爪子。牧羊人将它逮个正着，并拔掉它的羽毛、送给儿子当玩具了。然而，在这之前，狐狸刚刚给老狼讲过另一个故事，说的是我们耳熟能详的《农夫与蛇》。当然，在《一千零一夜》中，农夫变成了路人，他为了搭救一

1 Roger Caillois, *Anthologie du Fantastique* (Paris: Gallimard, 1966), p.12.

2 أنظر سهير القلماوي، *ألف ليلة وليلة: دراسة*، الفصل الثالث.

条仓皇逃遁的毒蛇,好心将其藏于口袋之中,结果待捕蛇者走远后,毒蛇露出本性,咬了恩人一口作为报答。而老狼和狐狸掉进陷阱时,狐狸也曾以它的三寸不烂之舌说服前者当梯子让自己跳出陷阱,然后它不但没有回去搭救老狼,还幸灾乐祸地给后者讲了那个路人与蛇的故事。依此类推,老鼠和猫的故事同样讲不该怜悯蛇(对于老鼠而言是猫)一样的恶人,否则后患无穷。

而另一方面,由女蛇王统治的蛇王国,其臣民都是硕大无比的巨蟒,只有女蛇王是蛇身人脸,而且面目十分靓丽。她向来客讲述古老的传说和天堂地狱的故事。鸟王国三仙子(或谓羽翼仙子)与王子的邂逅则不仅讲述了爱情的奇妙,而且揭示了人类因贪欲所引发的战争以及战争的残酷无情。诸如此类,不一而足。

可见,《一千零一夜》中几乎所有幻想和丑恶的反面依然是作者(那个大写的、复数的作者)试图彰显的真善美。与此同时,《一千零一夜》昭示的人物往往不是西方哲人黑格尔所谓的"这一个",而是这一类。这保证了作品主题的一贯性和一致性。尽管个别故事因为大量嵌套而显得形式上长短不一,甚至"残缺不全",但这种"残缺的美"仿佛断臂维纳斯,似乎格外受到20和21世纪读者的青睐。其中的非对称性更是现代造型艺术的重要选择。

第二节 结构的衍延

回到《一千零一夜》的结构,我们自然而然地联想到现代派作家曾挖空心思地进行形式探索、结构创新。如今,当我们蓦然回首,却发现他们的许多形式,其实在《一千零一夜》中俯拾即是。

时代的变迁往往导致文学内容、文学观念的变化,而文学内容、文学观念的变化又会直接影响文学形式和创作方法的演化。虽然在文学作品中,内容和形式、观念和方法互为因果、相辅相成,但是从以往文学作品的产生方式看,形式却常常取决于内容,方法取决于观念。

因而，传统的说法是形式美的关键在于适应内容，为内容服务，与内容浑然一致。然而，到了20世纪，特别是随着形式美学的兴起，传统的美学观念遭到颠覆。至于形式主义，更是强调审美活动和艺术形式的独立性，不仅将内容决定形式倒转为形式即内容，而且进行非对象化纯形式表现。这显然是美学观念中的另一个极端，难免失之偏颇。从结构形式看，纵观现代派小说，我们大抵可以发现以下几个路径：[1]

一、以时序为突破口

小说是语言的艺术，也是时间的艺术，这早已成为一个普遍的命题。举凡小说都有人物、场景、情节、情绪、氛围等。这些都包含着时序、时值、时差的变化因素，直接影响着小说的形式和形态。

但是，最初的小说（以及小说出现之前的神话传说、英雄史诗和古典戏剧等）几乎无一例外地遵循了一维时间的直线叙事形式，以至莱辛、黑格尔等艺术大师断言同时发生的事情都必须以先后承续的序列来描述。中国古典作家则常用“花开两朵，各表一枝”这种形式，与莱辛、黑格尔如出一辙。所以，时间的艺术性并没有得到真正的体现，顺时针和单线条是几乎所有古典小说的表现形式。由于时间尚未成为一个“问题”，因此自始至终从容道来便成为一种习惯。

然而，人的心理活动不全是遵循自然时序，按照先后程序进行的。首先，时间是客观的，但人们感受时间时却带着极强的主观色彩。同样一个小时，可以“瞬息而过”，也可能“度之如年”。即便是同一个人，对同样长短的客观时间也会有“时间飞逝”或“时间停滞”之感。这些感觉是人们受不同情景刺激所产生的心理现象。爱因斯坦在谈论相对论时曾诙谐地比喻，一对恋人交谈一小时，比一个心烦意乱的人独坐炉前被火烤十分钟，要“短”得多。其次，时间是客观的，但艺术时间却具有很大的可变性、可塑性。千里之遥、百年之隔，尽可一笔带过；区区小事、短短一瞬，写不尽洋洋万言。文学对时间最初的艺术

1 陈众议：《拉美当代小说流派》，北京：社会科学文献出版社，1995，第63—95页。

加工就从这里入手。再次，时间是客观的，但速度可以改变时值。爱因斯坦的相对论科学地论证了时间与运动的关系。譬如，飞速行驶的列车之内的时间值不等于候车室里的时间值，尽管其差甚微。倘能以超光速运行，将会产生时间的倒流和因果的颠倒。梦就更不必说。

因此，作为文学描写对象的人和自然是复杂的，事物并非都是循序渐进的。除了直线以外，存在着无数种事物运动形式。于是，现代小说开始在时序上大做文章，有倒叙、有闪回、有穿插、有并行、有错乱等。而《一千零一夜》中这些均已存在，虽然并不极端，但各种迷宫般的窜入和交叉、闪回和平行、枝蔓和省略所在皆是。

二、以结构为聚焦点

文学是语言和时间的艺术，同时也是结构的艺术。虽然时间和结构密切相关，但并不能涵盖结构。20世纪以来，尤其是随着拉丁美洲小说的崛起，它作为西方现代小说的集大成者，其结构形式越来越成为一种艺术，具有相对的独立性，或可说是相对独立的审美价值，尽管在具体作品中，它们愈来愈同内容完美统一，是内容的骨骼。

不言而喻，结构是小说内容和形式（指总的形式）最终达到完整统一的契机，是小说形式的最重要的组成部分。换言之，小说的构思过程也即小说结构形式的设立过程。因此，结构不等于单纯的故事框架，它意味着作家对生活的审美把握是从产生内容的构思中产生的，是具有实在内容的形式。

但是，传统的小说结构一般比较单一，大致仅有三种，即顺叙、倒叙或插叙。而20世纪的小说，尤其是现代派小说讲究开放、追求变化。于是，各种结构形态应运而生。其中较为常见的有“蒙太奇”结构，如一些意识流小说，乔伊斯的《尤利西斯》、科塔萨尔的《跳房子》等当在此列。

同样，在《一千零一夜》中，由于故事中不断嵌入其他故事，我们或可称那些不断嵌入的小小故事为有关人物的独白，尽管它们并不像意识流那么任意和跳跃。反过来说，无论意识流的蒙太奇如何支离破碎，其终极目标依然是为了传达人物潜意识或无意识状态的某种**感觉**、**心境**，归根结底也还是作家刻意传递的某种意识形态。

和“蒙太奇”结构一样常见的也许是平行结构或套盒结构。后者在《一千零一夜》中更可谓比比皆是。拉美结构现实主义大师巴尔加斯·略萨曾多次谈到套盒结构，并在创作中身体力行。他在评价博尔赫斯时也曾强调这种结构形式，遗憾的是他并未就博尔赫斯同《一千零一夜》的关系留下评骘，倒认为加西亚·马尔克斯的《百年孤独》“其实应该以乌尔苏拉讲述的故事为开端，同时并行的便是奥雷里亚诺第二和作者自己与《一千零一夜》的遭遇”[1]。

三、借叙述者开枝散叶

鉴于传统小说大都具有圆满的情节结构，所以总是有头有尾、循序渐进的。与之相适应的叙事则是典型的全能第三人称叙事，陈平原先生在其《中国小说叙事模式的转变》一书中对此叙事特点也进行了全面分析。在传统小说中，叙述者通常是作家的传声筒，往往是可以和作家画等号的。

20世纪的小说家则出于形式的需要，开始拿叙述者做文章。于是，由人物担任叙述者的作品大量涌现。无论是“对话”还是“复调”，归根结底是作家退隐、人物凸显的结果，以至于罗兰·巴特宣布零度写作或作者死了。然而，即使是在新小说派那里，人物也依然是作者选择的人物，是作者的木偶。纯客观或纯自动写作是不可能的。无论是人、物叙述者，还是多角度叙事或多人称叙事，最终传递的也还是作者的意图。一如内容决定形式，形式及内容仍然是作者的取法和审美或审丑意图使然。

巴尔加斯·略萨曾经把拉美当代小说的主要结构形式分门别类为“连通式”（也即“平行式”）、“组合式”（也即“复合式”）和“套盒式”三大类；其中，又以套盒式为甚。所谓套盒式，其本质是“剧中

1 Vargas Llosa, *Gabriel García Márquez: Historia de un deicidio* (Barcelona: Barral Editor, 1971), p. 183.

剧”。它乃是《一千零一夜》中最典型也最原始的框架结构形式。在《一千零一夜》中,叙述者之多可谓绝无仅有。除了山鲁佐德,还有许许多多的叙述者,从国王到大臣,从正人君子到贩夫走卒,无不是叙述高手;就连动物也会说话,也会讲故事,而且常常是故事套故事,叙述者引出叙述者,借以设置悬念、传递思想,达到教化和娱人之目的。

在马克思主义经典作家眼里,美是人类社会实践使对象主体化、主体对象化,是真与善的规律性统一,是自由和谐的形式;“动物只是按照它所属的那个种的尺度和需要来建造,而人却懂得按照任何一个种的尺度来进行生产,并且懂得怎样处处都把内在的尺度运用到对象上去;因此,人也按照美的规律来建造”[1]。《一千零一夜》正是东方劳动人民在社会实践和文化交流中积聚的艺术宝库。从形式美学的角度看,它既像一串色彩艳丽的珍珠项链,也像一座重楼叠阁的华丽宫殿。按照福柯的假说,话语就像狱卒对犯人的环形凝视。是的,人们被话语所形塑,又反过来形塑别人。山鲁佐德先用故事说服父亲,走向死亡冒险。用学者埃娃·萨利斯的话说,她不仅要拯救自己和其他无辜的少女,还要拯救陷入复仇魔障的国王山鲁亚尔。“山鲁佐德以非凡的叙述技艺开始了她的故事,这可以看作一种催眠术。它每一次都迫使被国王开启的现实痛苦之门随着黎明的到来关闭记忆、陷入沉寂。当国王从催眠状态中解脱出来,时间已经流逝”,第二夜的故事又开始了。这样,夜复一夜,日复一日,奇特的故事潜移默化地“催眠”国王。三年左右时间积累了大量形象、比喻、寓言,它们恰似心理治疗中的暗示。[2]换言之,对故事(接下来又将如何)的渴望,以及对最终解决(最终将发生什么)的渴望,开启了一种周而复始的循环,借以摆脱山鲁亚尔受辱后的报复的叙事循环出现。随着时间的推移,山鲁佐德用各种各样的故事取代了各种各样的女孩(或妻子),从而她自己也成了集众多女性特征(尤其是优点)于一身的女人,尽管作品对她的外貌

1 《马克思恩格斯全集》第42卷,北京:人民出版社,1979,第97页。

2 Eva Sallis, *Sheherazade Through the Looking Glass* (London and New York: Routledge, 1999), pp. 91–93.

有意采取了类似于我国国画的留白方式，盖因美貌对于阻止国王的报复毫无作用：毋庸置疑，他的王后是美丽的，三年中上千名被他选中并杀害的少女也一定是美丽的。

需要强调的是故事——文学的魅力：它们不仅感化了人物（譬如听故事的国王），同时也感化了读者。在《一千零一夜》中，死亡是男人对女人的最大惩罚；反之，背叛是女人对男人的最大还击。就像《魔鬼和女郎的故事》所说的那样，男人（魔鬼）用暴力，女人（俘虏）用欺骗，但这个魔咒最终被文学所化解，而后者承载的便是真善美。至此，可以说用无数少女性命攸关这么大的悬念牵出一千零一个故事，实在不是《五卷书》和《罗摩衍那》的框架结构能比拟的。这是文学化境之美，也是审美形式不断演进的这把金钥匙最终“救人赎己”、屡试不爽的奥秘。

第六章 民族主义风潮中的《一千零一夜》

三百多年前，一位曾经在叙利亚逗留的法国人带着几卷手抄本返回巴黎。此前，那些抄本被埋没在阿拉伯世界的岁月风尘中，乏人问津。而巴黎工业革命方兴未艾，各种思潮此起彼伏，就像条条河流汇入近一个世纪后波涛汹涌的海洋：法国大革命。文化沙龙既是思想碰撞的场所，也是法兰西生活的时尚。名流荟萃的女性沙龙更使各色文人流连忘返。然而，当这位法国人将手稿中的故事翻译成法文时，却显得有些信心不足。他要投石问路。于是，他频繁出入女性沙龙，讲述这些有趣的魔幻故事。意外之事却在意料之中：他的故事受到了狂热的追捧。不惟女性，就连男士们也为这些充满了异域风情的故事着迷。受此鼓励，他一鼓作气，用了几年的时间将三卷手稿全部翻译成了法文，并于1704年至1713年全部出版。他便是第一位将《一千零一夜》译为欧洲语言的安托万·加朗。可以毫不夸张地说，是他赋予了《一千零一夜》重生的机会。

第一节　西行，西行

三百年后，博尔赫斯几乎逐字逐句地将《一千零一夜》中的一些故事搬进了他的小说，是谓《双梦记》和《铜城的故事》。这是两个关于“他者”的故事。第一个讲开罗有个年轻富翁，他仗义疏财、济贫救困，很快散尽了家产，于是他做了一个和别人同样或恰好颠倒的梦。这个故事后来又被科埃略重新演绎(《炼金术士》)，其意同样在于为了归来的去兮。《铜城的故事》有相似之处，尽管将寻宝变成了好奇。借用某些当代“异质”理论的话说，只有认识别人、见识异乡，才能更好地认识自己。这也是我国古人所说的“夫以铜为镜，可以正衣冠；以史为镜，可以知兴替；以人为镜，可以明得失。”(《旧唐书·魏徵传》)

从翻译学的角度看，加朗犹如林纾，其译文未必精准。后学对比他的三卷手稿，认为加朗充其量只能算作编译，甚至改写；但从所产生的效应和影响来看，他无疑是成功的。当时的法国文学乃至欧洲文学，正从古典主义走向浪漫主义，加朗译本所呈现的阿拉伯世界的异域色彩、东方风情，以及奇幻的魔法世界，为法国乃至整个欧洲文人的想象提供了一个万花筒，刺激了他们的想象力和好奇心，从而为西方中心主义的形成提供了不可多得的参照系:“他者”。这也是《赵氏孤儿》(1731年译成法文，之后由伏尔泰将其改编成《中国孤儿》)紧接着传至法国和英国的重要原因。萨义德总结的东方学开始在欧陆扬帆起航。

显然，加朗的意译使他笔下的《一千零一夜》染上了浓厚的法兰西意识形态和审美情趣。那也是他的情趣。只要遇到能够满足读者猎奇心理的夸张情节，他必浓墨重彩，尤其是最为著名的《阿拉丁神灯》《辛巴达航海记》《阿里巴巴与四十大盗》等脍炙人口的故事，这至少在他带回的三卷手稿中是阙如的。据他所言，那些故事在他稍后获取的第四卷手稿中，但这份手稿始终没有被发现。无论出处如何，我们不能否认的是，《一千零一夜》译本的问世已经掺杂了欧洲人的价值判断和审美取向，甚至可以说是迎合了建构西方中心主义的需要。也就是说，它在欧洲问世之初，就是作为“他者”被表述的，并且是作为一种“异质”文化产品被表述的，其形塑空间虽不能等同于欧洲文学对“他者”的直接表述，但也比严格的翻译作品放大了许多。况且翻译本身便是为了需要的拿来。有学者认为，加朗的所作所为从一开始——包括随后出现的《一千零一夜》的接受——便伴随着法兰西和西方列强的殖民扩张。这也是《一千零一夜》接受史中的一个重要特征。[1]在他之后，各种译本层出不穷，有些改写甚至比加朗更甚。譬如，哈比希特曾尝试将法译本反译至阿拉伯语，并谎称那是他发现的突尼斯手稿。据粗略统计，从18世纪初到19世纪末，仅欧洲的《一千零一夜》译本就多达近百种。众多学术前辈对这些译本进行了比较，并著书立说。总之，《一千零一夜》的西行本身就是有效的文化迁徙。西方在这一“异质”文化背后既看到了神奇，也看到了机会，那便是马克思所说的西方殖民东方的“双重使命”。[2]

在这股浪潮的推动下，欧洲掀起了以《一千零一夜》为显性或潜性范本的创作热。鉴于女性对东方的想象异常痴迷，关于白人女性和“摩尔人”情感纠葛的传奇故事大量涌现。其中就有佩内洛普·奥宾（Aubin, Penelope）的小说《高贵的奴隶》（*Noble Slaves*, 1722）、《夏洛特·杜朋的一生》（*Life of Charlotta Du Pont*, 1723）等，她的作品大多采用类似《一千零一夜》的框架结构。18世纪后半叶，艾萨克·比克斯塔夫（Bickerstaff, Issac）的《苏丹，或曰土耳其后宫一瞥》（*The Sultan; or, A Peep into the Seraglio*），伊丽莎·海伍德（Haywood, Eliza）的《徒劳无益的调查》（*The Fruitless Enquiry*, 1727），伊丽莎白·马什（Marsh, Elizabeth）的《女俘》（*The Female Captive*, 1769），罗伯特·贝奇（Bage, Robert）的《公平的叙利亚人》（*The Fair Syrian*, 1787），汉娜·考利（Cowley, Hannah）的《土耳其一日》[*A Day in*

1 参见爱德华·萨义德：《东方学》，第81—83页；以及“The *Arabian Nights* as an Orientalist Text,” in Marzolph and van Leeuwen (eds.), *The* Arabian Nights *Encyclopedia*, vol.1, pp. 25-28。

2 《马克思恩格斯文集》第2卷，第686页。

Turkey，也被称为《俄罗斯奴隶》(*The Russian Slaves*)，1792]，等等，其基本内容皆为白人女性在东方伊斯兰世界或与其相关的生活情景。这进一步反映了《一千零一夜》译本在欧洲出现后，对欧洲文人及女性猎奇心态所产生的巨大影响。

《一千零一夜》为当时西方列强提供了浪漫灵感，为诗人提供了创作素材。比如华兹华斯、骚塞、柯勒律治、雪莱以及拜伦等，都曾表现出对《一千零一夜》的钟情。随着英国东方学的逐渐升温，他们的诗歌创作也不断撷取“异质”想象。同样，法国小说大量借鉴这部古老的东方故事集，有关作品蔚然成风。孟德斯鸠于1721年创作了《波斯人信札》。他的东方想象变得更加丰富，形式更加优美，其对东方社会以及宫廷生活的奢靡习俗和华丽宴席的描述明显受到《一千零一夜》的影响。伏尔泰的作品《穆罕默德》《查第格》等，也体现了他对《一千零一夜》的钟爱。有些文人在仿写的同时还尝试演绎自己的《一千零一夜》，比如威廉·贝克福德的作品《瓦瑟克》被翻译成英文时，即以《阿拉伯故事：源自未出版的手稿》命名，及至20世纪才以原书名再次面世。他还直接借用《一千零一夜》的故事，这些故事被收录在《瓦瑟克外传》中。后者直到20世纪才得以出版。与此同时，他还陆续翻译了英国作家和旅行家爱德华·沃特利·蒙塔古收集的《一千零一夜》抄本。19世纪的许多欧洲游记文学更是离不开这部故事集所赋予的灵感。

回眸18世纪至19世纪末的西方史，民族主义的兴起和转型是个绕不开的话题。强烈的民族(种族、文化)认同使得他们越来越清晰地建立起自我与“他者”的形象区分。为了“西方身份”认同，东方形象开始成为一种需要，而《一千零一夜》的不断翻译、改写满足了前者的形塑需求。

从上述例证可以看出，当时的《一千零一夜》对构建欧洲人对东方世界的理解，可谓意义非凡。法蒂玛·穆萨(فاطمة موسى)曾在一篇文章中援引詹姆斯·库珀(Cooper, James)的话，后者认为，19世纪的人们“要想前往亚洲旅行，阅读《一千零一夜》是必不可少的准备工作”[1]。他这里大而化之，竟然将话锋指向了整个亚洲。而这个“亚洲”又如何呢？无非是《一千零一夜》所呈现的东方世界：充满了声色犬马、集权统治、魔幻怪诞、性感十足等诸如此类的画面。当福克纳带着脑海中经由《一千零一夜》所构建的华美东方世界踏上真实的阿拉伯领土时，他心中也便充满了失望和悲凉，因为这和他脑海中由传说构建起来的认知简直千差万别，形同霄壤。阿拉伯的劳伦斯也是显证。曾几何时，有多少欧洲青年是在阅读了《一千零一夜》后满怀激情和渴望进入真实的东方世界啊！甚至一直到1919年，谋求叙利亚建国的费萨尔在参加完巴黎和会后也不禁慨叹：“西方人对阿拉伯人知之甚少，其信息全部来源于《一千零一夜》的传说。”[2]此言不算夸张，当时的欧洲人对于真实东方的了解非常有限。而想象与现实的巨大差异恰好成为他们完成“双重使命”的理由。此外，包括《一千零一夜》在内的许多东方文学作品，都对帝国边界进行过或多或少的界定，其中的“他者”形象对西方中心主义的形成起到了巨大的刺激作用，甚至演化成了西方列强开启帝国征服进程的催化剂。对于西方诸公，阿拉伯世界和亚洲的想象基本定格于“非理性的、幼稚的、堕落的东方”（萨义德语），这使得他们产生认同并由衷地衍生民族（种族、文化）优越感，甚至为帝国的征服找到了更加“正义”的理由——如此“东方”，急需他们去祛除野蛮、传播文明。而征服的结果，正是他们建立帝国（“摧毁”和“重建”）的过程。“在英格兰和法国，《一千零一夜》译本被视为了解古代波斯帝权荣光的说明书，刺激着尚在成长中的欧洲帝国将自身与古老的亚洲帝国作比较。理查德·伯顿在他19世纪的译本序言中，就曾对此直言不讳：‘英格兰总是忘记自己如今是世界上最伟大的穆罕默德

1 فاطمة موسى، "ألف ليلة وليلة و كتب الرحلات في القرن التاسع عشر"، *فصول*، المجلد الثالث عشر العدد الثاني، صيف 1994، ص 230.

2 转引自尤金·罗根：《征服与革命中的阿拉伯人》，廉超群、李海鹏译，杭州：浙江人民出版社，2019，第201页。

帝国。'"[1]也就是说，英国人已经忘记了它在推行所谓的文明传播、祛除愚昧的过程中，恰恰重复了古代东方（波斯、阿拉伯）那充满了征服欲望的霸权行径。而这些，都在欧洲文人对《一千零一夜》的接受中有所体现。

第二节　艰难的回归

与在欧洲闪亮登场、成为众多西方文人创作灵感源泉的高光形象适成反差的是，这部阿拉伯民间故事集一直要到一个世纪后（19世纪）才姗姗归来，结束它在东方文学殿堂阙如般阒寂无闻的暗淡时光；并且必得在两个世纪后（20世纪），方才迎来它在阿拉伯世界的涅槃重生。这一艰难过程的背后，体现了阿拉伯思想界和文学界自东向西、再由西向东的转变，其中的民族主义思潮在经过了沉重的挪移和反思之后，有望走向超越二元对立的辩证与积极。

对于大约9至15世纪《一千零一夜》的成书过程，以及它所汲取的波斯、印度、希腊元素，相关论文已有探讨，此处不再赘述。在这六个多世纪中，它只是流淌于民间说书人之口，作为茶余饭后的谈资，或者从一个咖啡馆流转至另一个咖啡馆。在漫长的流转时代，也有些许抄本保存下来，但它们大多是说书人权作提醒的记录，以便更好地在行吟途中悦人耳目；或文人墨客闲来无事聊作消遣的记述。在阿拉伯高雅文人的心目中，在阿拉伯古典文学史的殿堂里，它始终难有一席之地。

回到18世纪。当加朗等人的译本已经在欧洲风行并产生巨大的文学和经济效应时，这部《一千零一夜》依然没有及时回到阿拉伯世界；或者说，彼时远在阿拉伯世界的人们依然不知道西方正盛传着一部出自他们生活和想象的《一千零一夜》。他们的生活、他们的想象

1　*The Arabian Nights: Tales from* A thousand and One Nights, trans. with preface and notes by Richard Francis Burton, introduction by A. S. Byatt (New York: Modern Library, 2001), p. xxxvi. 伯顿的话意为英国总是效仿伊斯兰帝国。

已经通过这部作品被西方人重新包装、表述、演绎，并注入了充满好奇心的"他者"情愫。可以大胆地说，在18世纪之前的阿拉伯世界，并不存在今天我们所看到的《一千零一夜》，[1]尽管有学者考证，以《一千零一夜》为名的故事集至迟出现于12世纪。持此观点的罗伯特・厄文认为，"开罗'旧书冢'中曾存放着一些12世纪开罗犹太书商、公证人借书记录的残片，上面记载的一本被借出的书就是《一千零一夜》（这是我们第一次看到《一千零一夜》这个书名）"[2]。而即便是有了14、15世纪的手稿定本，它也仅仅包含了二百多夜故事，并且没有后来脍炙人口的《阿拉丁与神灯》、《辛巴达航海记》和《阿里巴巴与四十大盗》。[3]但是，在加朗译本的带动下，一时间欧洲文人、商贾往来穿梭于欧洲和阿拉伯世界之间，搜寻各种"手稿"。且不论这些手稿的真实性如何，即便它们确实都是在阿拉伯世界发现的，有些与主本手稿相关，有些也只是零散的民间传说。他们将其带回欧洲，不断翻译、增添、糅合，才有了今天尽人皆知的《一千零一夜》。此外，18世纪中叶的阿拉伯世界依然在奥斯曼帝国的统治之下。当时奥斯曼帝国已日渐式微，阿拉伯世界被各地方势力实际掌控，其总体特点是故步自封、各自为政。那时的阿拉伯人对西方世界如此喜爱《一千零一夜》这件事，可以说是一无所知也无暇顾及。

吸收了这部故事集前二百多夜的东方印刷本，最初是由东印度公

1 有关《一千零一夜》手稿的演变和故事的汇入，诸多学者都从文献考据的角度进行了梳理和查证，虽无法达成确切的结论，但在佐藤伯格、罗伯特・厄文、穆哈辛・马赫迪等人的努力下，基本界定为加朗译本所依据的前三卷手稿为比较可靠的14、15世纪叙利亚手稿，包括前282夜的故事，其后的内容，则大部分是来源于18世纪的一些手稿。由于当时《一千零一夜》已经在欧洲产生了巨大的经济效益，前往阿拉伯国家收集手稿的人日益增多，因此不排除他们为了谋求利益而杂糅其他与母本无关或关联很小的故事的可能性。

2 Irwin, The Arabian Nights*: A Companion*, p. 38.

3 穆哈辛认为，《辛巴达航海记》故事曾出现在一份17世纪的土耳其手稿中，加朗认为它应属于《一千零一夜》范畴，因此将它汇入，这大概就是他所说的"第四份"手稿的部分内容。

司威廉堡学院赞助，于1814年至1818年在印度出版的，也就是今天的加尔各答一本。这个版本注重的仅仅是如何给英国人带来愉悦和对东方"他者"的向往，以及如何让学习阿拉伯语的人感到轻松。而第一部埃及本土出版的《一千零一夜》(两卷校勘本)一直要到1835年才得以面世，史称布拉克本。穆罕默德·阿里统治埃及之后，为了振兴经济、增强国力，开始效法西方；而发展工业、兴建印刷厂便是其中的举措。布拉克本被认为是比较准确的版本，所依据的是18世纪埃及的一份手稿。这份手稿如今已经散佚。该版本不仅为后来的印刷本所依从，而且也是后来爱德华·威廉·莱恩译本的基础。1839年至1842年，在这个版本的基础上，加尔各答出版了定本四卷，它被视为《一千零一夜》的"最全"版。罗伯特·厄文认为，这些版本都不是真正意义上的学术善本，在校勘、印刷过程中多少存在着或新或旧的讹误。[1]

然而，几乎整个19世纪，阿拉伯世界对《一千零一夜》的关注似乎仅止于布拉克本。这部作品在输入到西方之后，满足了西方人对东方的猎奇心理，契合了法、英等国的殖民扩张意图，被精心地包装，糅入西方人的审美意识形态，并作为一种新的文化产品重新"输出"到阿拉伯世界，却并未立刻引起原产地的欢欣，也未获得阿拉伯世界的足够重视。19世纪上半叶，新的民族主义在西方升温，而阿拉伯世界的民族主义尚未形成。面对西方殖民帝国的渗透，阿拉伯世界更加关注自身的积弊，孜孜汲汲地向西方学习，试图跟上西方工业革命步伐和思想潮流。在文学领域尤其如此。阿拉伯文学振兴首先体现在新诗的复兴上，致使西方的创作手法、创作技巧被奉为圭臬。20世纪初，阿拉伯世界出现了现代意义上的小说作品。这个现代意义，所指便是西方文学对小说的新的价值判断和审美界定，具体说来是拥有西方小说所包含的基本元素。而当时的阿拉伯人未曾意识到的是，西方小说的产生本身就受到了不少包括阿拉伯文学在内的东方文学元素的滋养，其中也包括《一千零一夜》。但是，对那时的东方世界而言，摒弃自

1 Irwin, The Arabian Nights*: A Companion*, p. 35.

身、来者不拒地接受西方文明被片面地视为进步的唯一标志。这一时期，也曾有人将《一千零一夜》的故事改编为戏剧，在私人剧院上演，但并未引起反响。

19世纪末20世纪初，阿拉伯世界的民族主义意识越来越清晰，建立民族国家的呼声也越来越高涨。此时，女权主义也开始走进这个世界，许多阿拉伯女性甚至走到了革命的前列。1919年以降，以埃及为首的阿拉伯国家的女性相继组织了一系列女权主义运动，作为对民族主义的支持。苏海勒 · 葛拉玛薇便深受这种思想的影响。她是埃及第一位获得博士学位的女性，其写于1935年的博士论文《〈一千零一夜〉研究》（1943）也被视为阿拉伯世界第一部全面研究《一千零一夜》的学术著作。虽然比较浅显，但她已经能够自如地运用当时的西方文学理论，即借助本文细读，从社会伦理、形象归类等角度对这部作品进行分析，尤其重视其中的历史元素。这是阿拉伯世界《一千零一夜》研究的滥觞。她在论文的"《一千零一夜》中的女性"一章中指出，《一千零一夜》中的女性"并不是从女性的角度创造出来的"[1]。这个观点敏锐地体现了作者的女权主义思想，仿佛是波伏瓦"第二性"理论和福柯"环形凝视"理论的和声，指出女性作为第二性，是被表述的，被男权话语——说书人——世世代代按照自己的想象建构和形塑出来的。因此，她们的形象是男性心目中的类型化形象——"他者"：要么狡黠奸诈、诡计多端，给男性带来灾难；要么聪慧机敏，救男性于水火；要么贤淑温婉，是贤妻良母；等等。因此，她总结说，《一千零一夜》的女性人物是类型化的，是"'这一类'，而非'这一个'"[2]。"这一个"的说法无疑典出歌德。

在她的这部作品问世之后的十至二十年间，阿拉伯民族主义进入鼎盛时期。在纳赛尔主义及泛阿拉伯民族主义的伟大政治时代，特别是受到国家意识形态由民族主义向社会主义转型的影响，左翼思潮开始形成，阿拉伯国家出现了一大批左翼知识分子，也出现了著名的60年代辈作家。他们开始意识到寻求民族特质的重要性，从而对《一千

1 سهير القلماوى، *ألف ليلة و ليلة*، ص 299.

2 同上，第298页。

零一夜》的民族自觉油然而生。由此,《一千零一夜》才真正开始了它的重生之旅,并被不断赋予新的审美价值。

第三节 涅槃重生

不得不说,新生阿拉伯国家的发展历程充满坎坷。从漫长的谋求独立时期,到1948年的巴勒斯坦危机、泛阿拉伯民族主义的昙花一现和社会主义阵营的短暂璀璨,及至在1967年第三次中东战争的惨败,何啻一波三折。埃及萨达特上台后,阿拉伯国家相继转换阵线,各种西方思想激荡涌入。面对腐败、集权、贫富悬殊、宗教极端势力等一系列严重的社会问题,阿拉伯文人几乎无暇惶惑。他们对民族和国家的未来产生了深刻的忧虑,并奋起批判。与此同时,他们反思西方思潮,避免在不断的"拿来"过程中丧失自我、丧失文化独特性。于是,强化自身民族身份认同成为这一时期阿拉伯思想界和文学界的共同使命。他们运用传统文明素材,进行抵抗式的书写或反书写,并将其视为身份抗争的一种方式。而《一千零一夜》无疑是人们心目中活力四溢,也是他们美学体验和政治灵感的艺术源泉。但有一点需要注意,即《一千零一夜》之所以对阿拉伯文学发展产生重要影响,显然是因为19世纪至20世纪西方文学(特别是小说)的作用,尽管前面说过,西方文学形式的发展也曾极大地受到上述阿拉伯故事的影响。这不能不说是一种讽刺。以下且以几个文本为例总结20世纪50年代以来《一千零一夜》被再书写的几种类型。

一、作为身份抵抗叙事的《一千零一夜》

巴勒斯坦小说家伊米勒·哈比比的《乐天的悲观者赛义德·艾比·奈哈斯失踪奇案》(الوقائع الغريبة في اختفاء سعيد أبي النحس المتشائل, 1974),其英译本名为《赛义德的秘密生活:悲观者》(*The Secret Life of Saeed, the Ill-Fated Pessoptimist*,简称《悲观者》)被一致认为是后马哈福兹时代阿拉伯小说的一次重大突破，得到了社会各界的普遍认可。这部小说通过现实与幻想、悲剧与喜剧的杂糅，讲述了一位巴勒斯坦人成为以色列公民的荒诞境遇。主人公是一个喜剧式英雄、不幸的“傻瓜”，他为了生存，成为犹太复国主义的告密者。在经历一系列灾难后，面对现实，他又被迫成为只希望“苟全性命于乱世”的边缘人物。哈比比的这部作品想要阐释的是在苦难之中，侵略和抵抗、恐怖主义和英雄主义、理性主义和理想主义的矛盾纠葛。他从《一千零一夜》中汲取灵感，借用《一千零一夜》的对话策略、主题和机巧，通过互文性成功地创造了一种新的叙事模式：将现实与奇幻融会贯通，不仅建构了一个充满想象的自由世界，而且旁逸斜出，展示了后殖民时期的各种社会问题。哈比比以此揭示1948年以色列建国后流离失所或成为少数族裔的巴勒斯坦人的惨痛经历。黎巴嫩批评家伊利亚斯·扈里（إلياس خوري）指出，《悲观者》中叙事结构、叙述者、语言和故事的重复率、循环率，是对包括《一千零一夜》在内的阿拉伯民间文学叙事技巧的戏谑性模仿。[1]我国学者余玉萍也曾对这部作品进行了分析，认为《悲观者》对《铜城的故事》等进行了戏仿。[2]

伊利亚斯·扈里本人也是挖掘民族文学传统《一千零一夜》的践行者。他在许多小说中都运用了循环叙事结构。叙述者的讲述沿着某个线索循序渐进，并不断隐喻山鲁佐德这个角色。同样是关注1948年巴勒斯坦危机，他的小说《太阳之门》（باب الشمس, 1998）被认为是循环叙事创作的巅峰之作，2001年曾入选105部最佳阿拉伯小说，其英文译本出版于2005年。为了创作这部小说，扈里走访了位于黎巴嫩、叙利亚、约旦的数十个难民营，收集了许多活生生的流散故事。小说中，一位巴勒斯坦解放组织的战士尤努斯躺在贝鲁特医院，不省人事，由一名亲子般的同伴照拂，后者不时地给尤努斯讲述亲身经历。这个讲述者就像山鲁佐德那样，是为了运用语言的治愈性功能，来触发记

1 أنظر إلياس خوري، *الذاكرة المفقودة: دراسات نقدية*، بيروت: دار الآداب، 1990، 153–159ص.

2 参见余玉萍：《阿拉伯当代文学的转型与嬗变》，北京：社会科学文献出版社，2020，第203页。

忆、延缓死亡。同时，小说还采用《一千零一夜》的经典嵌套叙事结构，这使得读者很容易联想到那些古老的故事。扈里借用这种传统形式，将故事编织得像故乡一样宽广，以期为离散和失根的人们构建一个记忆和发声的空间，从而保存那些被“异质”认知体系边缘化和遗弃的碎片，进而实现民族记忆的延续，使漂泊的灵魂得以安息，使沉默的真实可以继续流淌。在许多阿拉伯文人的作品中，《一千零一夜》便是如此和现实结合，并被用来作为抵抗性叙事的契机、表达作者的反殖民主义立场的。

许多诗人，如尼扎勒·卡巴尼（نزال قباني）等，也在诗歌中运用《一千零一夜》的元素，通过神话再现进行身份抵抗式书写。诚如爱德华·萨义德所言，抵抗性叙事对于巴勒斯坦民族斗争至关重要。[1]当然这种抵抗性叙事也有值得警惕的一面，本节结尾处将就此再稍作论述。

二、被左翼作家赋予民族、政治寓言含意的《一千零一夜》

纳吉布·马哈福兹视《一千零一夜》为一部伟大的作品。他曾说，当他摆脱了儿时对《一千零一夜》的观感之后，便发现这部作品“有自己的思想、自己的信仰、自己的想象和自己的梦境，所有这些再现了一个完整的世界”[2]。而被视为他象征主义创作巅峰的《千夜之夜》便是从民族记忆、政治寓言的角度续写这部古老传奇故事集的力作。小说没有采用嵌套式叙事结构，而是用线性叙事讲述了国王山鲁亚尔在听了三年的故事之后，愿意娶山鲁佐德为王后。同时，山鲁佐德却担心国王依然戾气未除。卫队长贾木沙·白勒迪由于杀死贪官，被国王判处死刑便是例证。死者以不同身份重生，见证了国家的腐败、官员的贪婪和人类在各种欲望的交织中苦苦挣扎。国王在意识到自己的误判之后，为了表示悔意，微服出巡，直至最后阴差阳错，失去了山

1　参见爱德华·萨义德：《文化与帝国主义》，李琨译，北京：生活·读书·新知三联书店，2003，第298—313页。

2　نجيب محفوظ،" ألف ليلة أحاطت بالحضارة الشرقية"، *فصول* المجلد الثالث عشر العدد الثاني، صيف 1994، ص 387.

鲁佐德。在小说中，辛巴达、阿拉丁、祖贝黛、努尔丁、脚夫等《一千零一夜》中的人物纷纷登场，他们承担了各种不同的角色和使命，从不同角度揭示了现代社会的各色问题，如黑暗和暴力。这使得这部小说充满了政治寓言色彩，见证了马哈福兹在一系列中东战争失败后对萨达特执政时期埃及社会的种种弊端所进行的反思。他曾说，在萨达特执政时期，“埃及的西化造成了一种错误的生活方式。人们考虑的是不择手段、在短时间内聚敛钱财，却对价值观和道德准则毫无顾忌”[1]。同时，他认为“要使埃及摆脱危机，必须依靠民主和对话”[2]。这些都在《千夜之夜》中所有反映。借助它，“我表达出了自己的基本关怀，我想尝试的是融合‘政治的现实’与‘形而上的思考’，或者你也可以称它为‘苏非神秘主义思考’”[3]。

学者欧阳文津认为，马哈福兹在他的这部小说中对《一千零一夜》的改写根植于当代阿拉伯现实及其社会背景，是为了建构某种政治寓言，关注权力的本质，以及权力附带的责任。小说通过奇幻世界与政治寓言的量子纠缠，达到一种对民族–国家意象的重塑，或谓想象共同体的形塑。欧阳文津援引本尼迪克特 · 安德森（Anderson, Benedict）和埃里克 · 霍布斯鲍姆（Hobsbawm, Eric）的观点，认为《千夜之夜》模仿民族主义者的论调，想象了一个充满痛苦和血腥的世俗化与民主化共同体，它始于权力的人性化，终于权力的普罗化。马哈福兹的小说不仅从思想层面对政治当局进行表征，而且为民族–国家提供了诊断和预后。[4]伊拉克学者法利雅尔 · 嘉博里 · 嘉佐在其《纳吉布 · 马哈福兹的〈千夜之夜〉：一部政治寓言》中，也将这部作品视为马哈福

1 纳吉布 · 马哈福兹：《自传的回声》，薛庆国译，北京：光明日报出版社，2001，第166页。

2 إبراهيم عبد العزيز، *أنا نجيب محفوظ سيرة حياة كاملة*، نفرو للنشر والتوزيع، مصر، 2006، ص 153.

3 نجيب محفوظ، "ألف ليلة أحاطت بالحضارة الشرقية"، *فصول*، المجلد الثالث عشر العدد الثاني، صيف 1994، ص 388.

4 参见 Wen-Chin Ouyang, “Whose Story Is It? Sindbad the Sailor in Literature and Film,” in *New Perspectives on* Arabian Nights, eds. Wen-Chin Ouyang and Geert Jan van Gelder (Routledge, 2005), pp. 7–10。

兹的政治寓言：对社会现实进行的反抗式书写。[1]当然，此类研究还有不少，在此恕不赘述。

在左翼思潮影响下，埃及产生了著名的60年代辈作家，其中许多人还曾师从纳吉布·马哈福兹。他们秉持社会主义理念，从民族、社会公正等角度思索阿拉伯国家的未来，并以象征手法，从传统文学元素中挖掘写作素材，其中的代表人物是哲迈勒·黑塔尼（جمال الغيطاني）。后者自幼喜爱《一千零一夜》，在后来的创作中也反复从中挖掘创作元素。在《彷徨集》（حكايات هائمة, 2014）中他就曾表示，自己一直想写一部《一千零一夜》那样的作品，而《彷徨集》部分实现了这一梦想。事实上，他的许多早期作品已经体现出对这部古代阿拉伯故事集的重视和借用，并借象征手法反思埃及当代政治生态。

三、叙事结构和跨文本视域中的《一千零一夜》

自20世纪70年代至今，虽然阿拉伯世界作为政治理念的民族主义已经衰落，但作为身份认同的民族主义依然存在。许多阿拉伯作家都在孜孜不倦地尝试用《一千零一夜》的元素来表达反抗性叙事乃至反叛性阅读。其中比较经典的有阿尔及利亚诗人拉希德·布杰德拉（رشيد بوجدرة）的法语小说《一千零一年的怀旧》，以及阿卜杜·拉赫曼·穆尼夫（عبد الرحمن منيف, 1933—2004）的三部曲之一《黑土地》（أرض السواد, 1999）。后者是沙特阿拉伯著名作家和左翼知识分子。在《黑土地》中，他巧妙地对反抗性叙事主体进行转换，讲述了19世纪达乌德·帕夏（Pasha, Dawud, 1817—1831在位）统治下的伊拉克社会，并特别聚焦于伊拉克如何在国际形势风云变幻之际，面对法国革命、英国殖民带来的一系列事变，在妥协中寻求民族认同。他在小说中塑造了代表海上辛巴达和陆地辛巴达的两个人物，通过他们转换主题，来丰富《一千零一夜》的叙事潜能。

20世纪末至21世纪以来，还有一些阿拉伯文人尝试对《一千零一

1 Ferial J. Ghazoul, *Nocturnal Poetics:* The Arabian Nights *in Comparative Context* (Cairo: The American Unviersity of Cairo, 1996), pp. 134–149.

夜》和山鲁佐德、山鲁亚尔的框架故事进行改编，以丰富自己的叙事模式和表达技巧，尝试进行跨文本书写。比如黎巴嫩小说家拉什德·达伊夫（رشيد الضعيف）的《任性的梅丽尔·斯特里普》（*Tistifil Meryl Streep*, 2001），就曾借用《一千零一夜》篇首的框架故事，将山鲁亚尔描绘成具有强烈偷窥欲的人物，以增添主人公的性困惑。拉什德有意展示偷窥癖、男性审视、阴谋和伪善等主题，借此强化女性（“他者”），对大男子主义进行批判。不惟如此，有些阿拉伯文人还将《一千零一夜》作为次生文本，融入自己的创作，这些都是对传统文学审美价值进行显性互文和深度挖掘的表证。

以上只是《一千零一夜》在当代阿拉伯小说创作中呈现的一些案例。除小说外，《一千零一夜》也是阿拉伯的诗歌、戏剧等不同文学体裁的重要参照。1928年，文学家、评论家和诗人阿巴斯·穆罕默德·阿卡德创作了《山鲁佐德》，这被认为是最早从《一千零一夜》汲取灵感的现代阿拉伯诗歌。而戏剧方面的探索更早。据考，早在1849年至1850年，便有阿拉伯文人将《梦着与醒着》的故事改编成戏剧，在黎巴嫩上演。其后，阿拉伯诗歌、戏剧中越来越频繁地糅入《一千零一夜》的元素。我国学者余玉萍曾以《阿拉伯现代戏剧对〈一千零一夜〉的化用》一文，对19世纪中叶以来《一千零一夜》在阿拉伯戏剧中的再现进行了梳理。

《一千零一夜》在当代阿拉伯文坛更是取之不竭的灵感源泉，这使它得以焕发青春。而20世纪中叶以来阿拉伯学界对《一千零一夜》的研究又使它获得了生命的厚度。这些研究或从思想和政治寓意出发，研究它在当代民族语境以及文学创作中的新含义；或是运用现代批评方法和研究理论，从叙事学、故事形态学等角度出发，重新挖掘这部古老故事集的叙述方法和审美价值。本文撷取其中较具代表性的著述以示尊重。

1962年，法鲁克·萨阿德在他的开创性著作《〈一千零一夜〉的启示》中，爬梳了包括阿拉伯世界在内的接受情况，其中涉及艺术、音乐、戏剧、诗歌、短篇小说、长篇小说以及儿童文学等多个领域。他的研究和葛拉玛薇的著述一样，被视为有关《一千零一夜》的基础性研究。

1978年，巴勒斯坦裔学者爱德华·萨义德出版了他的《东方学》，他对“东方学为什么影响如此之大，在18世纪末期到19世纪具有如此强大的文化和政治魅力”进行了探究。这一问题一俟提出也便有了自己的答案，即东方学既让人们看到东西方之间的巨大差异，也给出了西方建构“东方”的方式：欧洲人怎样站在自身立场、根据自身需要来表述和形塑“东方”。而《一千零一夜》在这两个世纪中恰恰增强了欧洲认识“东方”这个“他者”时所需的差异感和优越感。这部著作太具影响力，它的主张已经深深地渗入当代学术研究的理论和认知，以至于在很大程度上左右了现当代阿拉伯世界以外的东方研究。同时，它也成为阿拉伯学者在这一领域的参照和警示。许多学者开始带着新视角研究《一千零一夜》，其中穆斯塔法·阿卜杜·加尼的《现代阿拉伯思潮中的山鲁佐德》便在法鲁克·萨阿德的基础上，对这部故事集在20世纪80年代的发展状况进行了更为深入的探究。其独特之处在于指出现代阿拉伯文学对山鲁佐德的接受主要分布于三个领域：浪漫主义、抽象派及民族主义。穆斯塔法本人作为一个泛阿拉伯民族主义者，对最后一点显然格外兴致盎然。从这三个角度出发，他重新评估了法鲁克·萨阿德所讨论的一些作品，并且对纳吉布·马哈福兹的《千夜之夜》进行了新的分析。与此相仿，伊拉克女学者法利雅尔·嘉博里·嘉佐的《纳吉布·马哈福兹的〈千夜之夜〉：一部政治寓言》也认为《千夜之夜》“无疑是一部政治小说，但其所包含的政治信息富有争议性，以至于使寓言变得更加复杂、晦涩”。她还补充说：“马哈福兹运用非框架性故事，使这些看上去杂乱无章的角色和故事指向了70年代埃及的社会现实。那时新的私有化和利润至上的经济政策打破了社会神话，颠覆了人们的道德准则。”[1]鉴于马哈福兹在阿拉伯文坛的影响力，以及《千夜之夜》所蕴含的深刻寓意，从思想性、民族性和政治隐喻角度研究马哈福兹的论文不在少数。

1 Ghazoul: *Nocturnal Poetics:* The Arabian Nights *in Comparative Context*, p.138.

也有学者从文学功用、叙事学以及西方当代批评方法对这部故事集进行了探究。穆赫辛·贾斯姆·穆萨维的《陷入魔幻圈：英国文学批评视野中的〈一千零一夜〉(1704—1910)》(该著原为其英文博士论文，1987年出版阿拉伯语版)为当时的阿拉伯文学研究开辟了新的向度。这部作品从接受美学的角度，着重关注《一千零一夜》在英国文学中的传播；此外还从叙事功能的角度，尤其是现代阿拉伯小说中叙事角度的多元性方面来探讨山鲁佐德的地位及其叙事方式对当代阿拉伯小说的影响。该专著就19世纪末、20世纪初欧洲对《一千零一夜》的研究趋势做了总结和分析，也谈到了欧洲人是如何从全知视角来塑造东方世界的。穆萨维的这部专著被视为当代阿拉伯《一千零一夜》研究的一块基石。上文提到的伊拉克学者法利雅尔·嘉博里·嘉佐也著有两部英文版研究专著，分别为《〈一千零一夜〉的结构分析》和《夜间诗学：比较语境下的〈一千零一夜〉》。她被认为是最先运用当代西方批评理论来研究《一千零一夜》的学者之一。这两部著作不仅借用中世纪阿拉伯美学和诗学理论，并且大量借鉴西方现代批评方法，如神话学和民俗学、寓言学和喜剧学，甚至后现代批评、形式主义、结构主义和故事形态学等，阐释《一千零一夜》的独特魅力。嘉佐考察了《一千零一夜》的故事形态，揭示了框架故事和框架叙事循环的辩证关系，并对各种叙事形式——民间史诗、动物寓言、辛巴达航海和恶魔故事等——进行分门别类，同时将其与印度、欧洲和美洲的叙事作品进行比较。

20世纪末至今，阿拉伯世界对《一千零一夜》的研究、仿写或反书写仍在继续。有些学者开始关注历史语境或宗教语境下的《一千零一夜》。譬如穆赫辛·贾斯姆·穆萨维的又一研究成果《伊斯兰语境下的〈一千零一夜〉》从全球化视野出发，探讨这部古老作品中的伊斯兰元素以及与伊斯兰帝国兴衰的关系。如此等等。

从《一千零一夜》再次进入阿拉伯世界的创作视域开始，到大量学者对其进行日益深广的开掘，我们不难发现，这种回归和重生过程同样受到了西方政治和学术的巨大影响，并且与阿拉伯国家自身民族主义的发展和民族意识的觉醒交叉缠绕。一方面，东方学的产生不仅帮助西方在想象中构建了东方这个“他者”，也使得《一千零一夜》这部悠久的故事集在东方世界得到它应有的地位，几可谓涅槃重生。但是，从另一个角度看，由于这一接受和研究过程从一开始就是在西方的刺激下踽踽前行的，因此它的重生很大程度上是一个由仿西走向反抗式书写和阐释的过程。正如前文提到的许多作品，既有成功也有局限，值得深思和警醒。萨义德曾在《文化与帝国主义》中敏锐地指出，如果在思维上不能做到保持距离，而只会用殖民和帝国主义的话语体系来反殖民和反帝国主义，那么其结果只能陷入悖论式的泥潭。也正如许多反殖反帝势力，如果不能跳出二元对立的窠臼，其所造就的政权则依然是殖民和帝国的范式。[1]所谓东方学的产生，以及欧洲对东方的想象和形塑，再到亨廷顿的文明冲突论，这种“他者”的构建过程，其结果（或目的）正是为了设置差异和鸿沟，建立优劣性的二元对立。在文明领域也是如此，如果不能看出文明冲突论背后所体现的政治和利益的本质冲突，那么一切抵抗式反书写也只能陷入另一种树立优劣、制造差异怪圈的恶性循环，依然会被一种缺乏独立思考而建立起来的逻辑原则所掣肘。对《一千零一夜》的研究和仿写也是如此。当然，这并非说我们不能借鉴西方，而是要强调无论从民族主义时代、后殖民思潮，还是从反集权政治的角度或扑面而来的各色西方理论出发，都应该站得更高，并将其置于人类文明历史的长河，时刻警示我们的思维和话语。这才是《一千零一夜》研究所期待的新方向和新趋势。面对《一千零一夜》这一古老的阿拉伯文学遗产，纳吉布·马哈福兹、哲迈勒·黑塔尼、阿多尼斯等一批批阿拉伯文人已经走得很远，他们的经验教训值得我们借鉴和吸取。同样是“世界文学”，马克思和歌德的立场就完全不同；同样是全球化，中国和西方的立场也迥然有别。所谓“讲信修睦……货恶其弃于地也，不必藏于己；力恶其不出于身也，不必为己”（《礼运大同篇》），我们寻求的是和平共处、平等互利的人类命运共同体，而非零和博弈。

1 参见爱德华·萨义德：《文化与帝国主义》，第三章“抵抗与敌对”相关内容。

第七章

续《一千零一夜》举凡

《一千零一夜》作为迄今为止影响最大的民间故事集，历来受到读者的欢迎和各国作家的重视。无数作家为之倾倒，并从中汲取营养。然而，所谓的汲取或影响很难妄下定论，盖因"东海西海，心理攸同；南学北学，道术未裂"[1]，在一定社会历史条件下，人同此心、心同此理的事情是普遍存在的。不过，明确表示模仿、改写或接续《一千零一夜》的作家也不是绝无仅有。譬如南美洲的博尔赫斯和科埃略，以及阿拉伯世界的马哈福兹等。

第一节　照搬或改编

如果说一些作家受到了《一千零一夜》的影响，有续写（《一千零二夜》）的冲动和实践，那么南美作家博尔赫斯和科埃略则是实实在在地汲取《一千零一夜》的故事，并进行了复述、"改写"或故事新编：再创作。其中，阿根廷作家博尔赫斯几乎照搬了《一千零一夜》第351

1　钱锺书：《谈艺录》，第1页。

夜——《两个人做梦的故事》[1],中译作《双梦记》,而博尔赫斯故事的西班牙语原名为*Historia de los dos que soñaron*。

除此之外,博尔赫斯在同一部集子[《恶棍列传》(*Historia universal de la infamia*)]中还复制了《一千零一夜》的另一则故事:《秘宫》。这是《一千零一夜》第272夜,[2]写罗马人建造的一座神秘宫殿。这座宫殿坐落在安达卢斯,它就像一座禁宫,不仅大门永远紧闭,而且每驾崩一位国王,人们就会在门上加一把锁。年复一年,朝复一朝,门上已经有了二十四把大锁,表示王朝已经送走了二十四位君主。这时,王朝覆灭了,新君执意要打开宫殿大门,看看里面究竟隐藏着什么。前朝遗老纷纷出面阻止。新君断然拒绝了他们的意见。于是,遗老们倾其所有,乞求新君千万不要打开宫门。但是,新君还是命人打开了那些锁。他用右手推开大门,映入眼帘的首先是一幅有关阿拉伯武士的画面。博尔赫斯的故事从出版本不详,谓宫殿有七重门,这属于第一重门。而在李唯中选取的1835年埃及布拉克版本中,七重门被模糊化了:这些阿拉伯武士骑着骆驼或骏马,头上裹着长巾,腰插佩剑,手持长矛。博尔赫斯撷取的版本说他们都是用金属和木头制作的雕像。每尊雕像都有影子,而且这些连盲人都辨别得出的雕像注视着同一方向:西方(李唯中译本谓内有一封信,上面写着"一旦此门开启,阿拉伯人必将征服这一地区……"[3])。第二重门打开后,人们看到了大卫之子所罗门留下的一张翡翠桌子(李唯中译本谓桌子属于"安拉的使者之一苏莱曼·本·达伍德"[4])。第三重门背后是第三大殿,内有古书两卷,一卷是关于制作毒药及其解药的书;另一卷字字句句一目了然,却谁也不明白其中的奥秘(李唯

1 李唯中译作《一梦成富翁》,见《一千零一夜》第4卷,石家庄:花山文艺出版社,1998年,第22—23页。

2 李唯中译本《一千零一夜》第3卷,第295—297页。

3 同上,第296页。

4 同上。学者们一般认为苏莱曼·本·达伍德即大卫的儿子所罗门,也即《圣经》中的所罗门。

中译本称内有用希腊文书写在金片上的《雅歌》，而另两卷书则分别关于金属和化学、宝石和毒药[1]）。第四重门开启后，人们看到的是一张世界地图，上面标明了各大城池、堡垒、海域和险境等。这部分与李唯中译本基本吻合。第五重门里面是一面巨大的球形镜子，人们可以从中看见自己的祖先，直至亚当（李唯中译本谓它“是专门为安拉的使者苏莱曼·本·达伍德制造的：往镜中一看，七个地域清晰可见”[2]）。第六重门后面是大量炼金药，每一粒都价值三千盎司黄金（李唯中译本为数不尽的“红宝石”[3]）。第七重门打开后，但见一道望不见尽头的长廊，长廊深处的墙壁上镌刻着一行大字：“一旦打开这座宫殿，前厅的那些金属武士就会变成真人，并占领这片土地。”[4]然而，在李唯中译本中，这句箴言被前移到了第一个大殿。同样，阿拉伯人占领安达卢斯在李唯中译本中也是前置的，而在博尔赫斯那里却挪到了最后。

囿于博尔赫斯并未注明出处，而他涉猎《一千零一夜》的版本之多又远非我等可以企及，因此，关于博尔赫斯多大程度上演绎或改写了这两个故事，有待进一步探赜索隐。

与之不同的是巴西作家科埃略，他的《炼金术士》完全改写了《两个人做梦的故事》，不仅篇幅扩张了数十倍，人物和情节也多有变化。唯一不变的是两个梦及其首尾呼应的基本架构。

《炼金术士》是科埃略的成名作，发表于1988年。小说写的是一个牧羊少年的一次奇幻之旅。他的旅行因梦而起，因为他梦见埃及金字塔附近有一个宝藏。梦由一位炼金术士所托。于是，少年决定赴埃及寻找宝藏。为此，他单枪匹马穿越撒哈拉沙漠，历尽千辛万苦和艰难险阻，最终来到埃及。但此时此刻，他找到的已经不是宝藏，而是一种类似于禅悟的惊醒：他的宝藏就在他心灵下榻的地方。这

1 李唯中译本《一千零一夜》第3卷，第296页。

2 同上，第297页。

3 同上。

4 Borges, *Historia universal de la infamia*, p. 36.

也是炼金术士的忠告。然而，小说的故事并没有就此打住，它要因梦而起、因梦而止。于是，故事里出现了一伙类似于四十大盗的强人。他们的首领听罢少年的故事，也讲了一个同样或者相反的梦：他曾两次梦见在少年出发的地点找到了宝藏，却绝对不会愚蠢得相信一个梦。最后，少年回到了家乡，在强盗头子两次梦见的地方挖到了宝藏。故事本身并不新鲜，因为我们早就在《一千零一夜》的《两个人做梦的故事》中与之会面，而且被科埃略口口声声称作两大影响者之一[1]的博尔赫斯就曾以《双梦记》为题，对这个古老的阿拉伯寓言进行了几乎逐字逐句的复述或重写。科埃略之所以旧话重提，多半是因为这个古老寓言隐含着的那个永恒的观念：寻梦与实现自我价值的矛盾统一关系。而一经点破，也便具备了哲学的意蕴，而非纯粹的幻想。

陈众议先生在谈到这部小说并为有关译本作序时提到，故事里还有一个不是巧合的巧合：那少年名叫圣地亚哥。而科埃略的处女作《朝圣》(*O Diário de um Mago*，又称《魔法师日记》，1987）恰恰记述了作者本人的一次朝圣或寻梦之旅：沿着崎岖小路，到达西班牙的天主教圣地——圣地亚哥，从此甩掉心魔，潜心投入文学创作。[2]在此之前，他曾被送进精神病院。

第二节　赓续或演绎

作为阿拉伯世界的著名作家，马哈福兹曾经遴选了13个既独立又彼此关联的故事，将其融入自己的作品《千夜之夜》中，它们虽然在诸多方面有意模仿前者，但又明显增加了对现实政治的影射与批判。

类似马哈福兹这样续写《一千零一夜》的作家并非绝无仅有。除了北美作家马克·吐温、爱伦·坡和麦尔维尔等，也许还有法国的卡

1　另一个是他的前辈、巴西作家亚马多（Amado, Jorge）。

2　陈众议：《想象的边际》，广州：花城出版社，2015，第69页。

佐特和凡尔纳等。

首先,《一千零一夜》无疑是马克·吐温钟情的文学作品,他的长篇小说《汤姆·索亚历险记》和《哈克贝利·费恩历险记》均或多或少受到前者的启发。其中,《汤姆·索亚历险记》的故事发生在美国南北战争前夜,主人公汤姆·索亚充满了辛巴达的天性,天真善良,但又幻想通过冒险成就一番英雄事业。且说汤姆由于幼年丧母,一直由姨妈收养。后者是个保守且规矩颇多的妇人,加之学校老师也十分严厉,聪敏大胆的汤姆便时常离家出走。一天深夜,他与好友哈克贝利·费恩闯到一座墓地玩耍,无意中窥见了一起凶杀事件。为逃避凶手杀人灭口,汤姆和哈克贝利带着另一个小伙伴一起逃到一座荒岛上,准备学做海盗。他们的家人以为小孩子贪玩溺水死了,于是着手替他们操办葬礼。结果他们却生生地出现在了自己的"葬礼"上,并勇敢地指证了凶手。这次历险益发壮了汤姆的胆子,因此在一次野餐中,他与心爱的姑娘贝琪潜入山洞探险,并在洞中迷路,以至于饿了三天三夜。正在饥寒交迫、面临着死亡威胁之际,他们却阴差阳错成功脱险,并与好友哈克贝利一起找到了凶手的宝藏。这不是《阿里巴巴与四十大盗》的微缩版吗?

同样,《哈克贝利·费恩历险记》的灵感可能来源于兹。《哈克贝利·费恩历险记》更增加了冒险情节。哈克贝利为逃脱养母和酒鬼父亲的管束和殴打,布置了一个自己被毁尸灭迹的假象,然后偷了父亲的小木筏,上了杰克逊岛。小岛荒无人烟,可他却发现了不堪主人虐待和转卖的小黑奴吉姆。两人惺惺相惜,开始乘木筏顺密西西比河漂流冒险。其冒险经历中的不少巧合都与《一千零一夜》颇为类似。此外,他还应邀创作了《第一千零二夜》,但如前文所述,这篇小说因"少儿不宜"并未在他有生之年公开发表。作品借鉴了山鲁亚尔和山鲁佐德的爱情机巧,嘲讽了那些对《一千零一夜》心存偏见之人。

其次,爱伦·坡借鉴《一千零一夜》,创作了《山鲁佐德的第一千零二夜》)。他在《山鲁佐德的第一千零二夜》中不仅改变了故事结构，而且改变了故事结局，让山鲁佐德讲完一千零一夜的故事后成为王后，并将故事叙述者的角色让位于辛巴达。后者的故事不断周而复始。在此过程中，国王的呼噜声和各种哼哼唧唧成了山鲁佐德姐妹笑话国王的佐料。同时，辛巴达的故事中一会儿是能上山入水的海兽，一会儿是硕大无比的溶洞。溶洞中的钟乳石全都是钻石，鬼斧神工的塔楼气势恢宏。或者是十二英里宽、六十英里长的熔岩沸腾不息，烟灰遮天蔽日。又或者海兽驮着他和同伴游历各种稀奇古怪的王国。国王不断插话，一会儿不以为然地用“瞎说”“胡扯”“荒谬”之类加以否定，一会儿又说“这个我相信”。在故事的结尾，国王愤怒了，收回了他的成命，决定勒死山鲁佐德。不过她已经不再害怕，因为国王得到了报应：从此以后他再也听不到这么有趣的神奇故事了。这样的处理是爱伦·坡取缔大团圆式浪漫结局的必然选择。他不相信美好圆满的童话故事，哪怕是他钟爱的《一千零一夜》。

至于卡佐特，他曾参与《一千零一夜续编》工程。他的作品有《一千零一夜》的框架，更有后者的神韵。故事大多充满了梦幻般的神秘色彩，转而同《一千零一夜》一起影响了后来的幻想小说作家，尤其是哥特式作家如刘易斯、霍夫曼、诺迪埃、戈蒂埃和奈瓦尔等，这一点在上一编已有所论述。

此外，受《一千零一夜》，特别是其中《辛巴达航海记》影响的作家还有麦尔维尔、凡尔纳等。后者受《辛巴达航海记》启发，创作了其“海洋三部曲”：《格兰特船长的儿女》(*Les Enfants du capitaine Grant*, 1865—1867)、《海底两万里》(*Vingt mille lieues sous les mers*, 1869—1870)和《神秘岛》(*L'Île mystérieuse*, 1874—1875)。在这三部作品中，他塑造了富于冒险精神的主人公，描写了生物学家在海洋深处的奇幻之旅，刻画了在神秘岛屿上艰苦求生的荒岛岁月，这些对《一千零一夜》的化用均是十分明显的。不仅如此，凡尔纳还曾以《第一千零二夜》(*La Mille et deuxième nuit*)为题与人续写过《一千零一夜》的独幕剧，以新的视角重新阐释了原故事中山鲁佐德和山鲁亚尔的引子故事。[1]而这亦佐证了他对《一千零一夜》的喜爱。

鉴于类似情形几可无限追述，但仅以上述少数例证，也便足以窥见《一千零一夜》的影响之大、辐射之广。用高尔基的话说，它不愧是世界文学史上"最壮丽的一座纪念碑"[2]。

1 科斯特洛(Costello, Peter):《凡尔纳传》(*Jules Verne: Inventor of Science Fiction*)，徐中元译，桂林：漓江出版社，1982,转引自郅溥浩:《神话与现实——〈一千零一夜〉论》，北京：社会科学文献出版社，1997，第2页。

2 转引自仲跻昆:《阿拉伯文学通史》上卷，第544页。

第八章

后现代主义问题——约翰·巴斯与《一千零一夜》

《一千零一夜》流传至今，有过不少故事。它们是民间传说，也是关于故事的故事，集合起来早已卷帙浩繁，不胜枚举。一方面，改写和戏谑式模仿造成了一个非常有趣的现象：它首先是作为东方民间故事经典或集大成者进入世界读者视野的，而这一刻，又恰恰是它走向"作家文学"的开端。后者在漫长的旅程中继续对《一千零一夜》进行重构。另一方面，我们可以不夸张地说，世界民间文学作品中没有哪一部作品像《一千零一夜》这样被众多的东西方文人所改编，许多故事成为他们文学创作中的重要素材，并在不同时代体现出不同文人的个性特征和民族意识。本文拟以巴斯的作品为例，简要分析《一千零一夜》这部民间故事集及其经典人物形象的变迁，如山鲁佐德、山鲁亚尔、辛巴达等是如何在西方世界中不断被演化，甚至现代化和后现代化的，并探析其所承载的文学功用或去功用化过程。

第一节　后现代问题

众所周知，20世纪中后叶是西方后现代主义风起云涌的时代。随着资本的全球化进程，去意识形态和去民主主义成为西方文化的鲜艳旗帜。1960年，丹尼尔·贝尔（Bell, Daniel）出版《意识形态的终结》（*The End of Ideology*）。他主张淡化意识形态，认为"冷战"式意识形态对峙犹如传统殖民方式，正明显阻碍生产力的发展。同时他说："我采用的是反意识形态的观点，但不是保守的。"他认为在20世纪50年代，人们目睹了19世纪的意识形态，特别是马克思主义和大众文化对西方知识体系造成的破坏。[1]1973年，他又在《后工业社会的来临》（*The Coming of Post-industrial Society*）一书中认为美国等西方国家已经进入后工业时代。在他看来，后工业社会的主要特征首先是服务型、资本型经济取代生产型经济，其次是控制技术、信息技术的飞速发展。此外，他认为迄今为止人类社会的发展过程主要由前工业社会、工业社会和后工业社会三个阶段构成。这些观点不久即演化成轰动一时的所谓"大趋势"（*Megatrends: Ten New Directions Transforming Our Lives*, 1982）或"第三次浪潮"（*The Third Wave*, 1984）。这时，美国政府明显开始两条腿走路，即在保持军事和经济相对优势的同时，有意"放松了"对意识形态的管控，为"冷战"时期乃至60年代的内部矛盾（如在越战、代沟、学潮等问题上的对抗）和六七十年代的反共政策蒙上了面纱。这一定程度上为后现代主义的风行创造了条件。因为多数后现代主义者至少一度是以反对西方制度或西方文化传统为初衷的。90年代初，随着冷战的结束，美国政府全面接受了贝尔们的思想，在"淡化"意识形态、加强跨国资本运作的同时，开始实施"信息高速公路"战略。当时日本正沾沾自喜地发展家电、推行办公现代化设备如传真机之类。然而，以互联网为核心的信息技术一日千里，不仅迅速淘汰了传真机，而且创造了一个又一个利润奇迹并使世界变成了名副其实的"地球村"。

其实早在20世纪初叶，西班牙学者奥尔特加·伊·加塞特（Ortega y Gasset, José）就曾明确批判过大众文化，他在《大众的反叛》

1 Daniel Bell, *The End of Ideology* (Cambridge: Harvard University Press, 1988), pp. 18–19.

(*La rebelión de las masas*, 1930)中开宗明义:"无论有益与否,当前欧洲公共生活中一项占有极端重要性的事实,就是社会权力开始被膨胀中的大众所有。……所谓大众,既不能为其自身的存在掌舵,也罕有统治社会的能力,因此这一事实实际上反映出欧洲此刻正面临着最为严重的危机。"[1]他甚至直接用"乌合之众"称谓大众,说"大众碾压一切卓尔不群的事物,一切卓越的、个人化的、有资质的,以及精华的事物"。[2]也正因为如此,他在《艺术的非人性化》(*La deshumanización del arte*, 1925)一书中明确否定19世纪的浪漫主义和现实主义文学,认为它们不是真正的艺术。尤其是现实主义文学,被他嗤之以鼻:无须鉴赏水平,因为它有的只是现实的影子,没有虚构,只有镜像。[3]显而易见,他所推崇的"真正的艺术"是贵族艺术,那些普通人无法鉴赏的阳春白雪,譬如巴罗克文艺或者现代主义。

回到贝尔,正是在他的《后工业社会的来临》出版后不久,法国学者利奥塔(Lyotard, Jean François)出版了《后现代状态》(*La Condition postmoderne*, 1979)。他从认知的多元性切入,反对宏大叙事,并片面地将宏大叙事与纳粹主义画等号,夸大了认知的相对性,并由此阐述了后工业时代文化的无中心、无主潮、不确定特征,从而引发了后现代主义热潮。拿西方文化而言,从古代的神话传说、歌谣史诗到近代的人文主义、浪漫主义、现实主义、自然主义和现代主义,每个时代都有特定的文学或文化主潮(用我们的话说是主旋律)。而在利奥塔看来,后现代文化特征恰恰是多元并存。于是,到了20世纪80年代,德里达、拉康(Lacan, Jacques)、福柯(Foucault, Michel),以及美国耶鲁学派的德曼(de Man, Paul)、米勒(Miller, J. Hillis)、布鲁姆(Bloom, Harold)和哈特曼(Hartman, Geoffrey)等几乎同时对以逻各斯中心主

1 奥尔特加·伊·加塞特:《大众的反叛》,马楠译,北京:北京时代华文书局,2020,第1页。

2 同上,第9页。

3 Ortega y Gasset: *La deshumanización del arte y otros ensayos de estética* (Madrid: Editorial Espasa-Calpe, 1987), pp. 3–29.

义为核心的传统认知方式发起了解构攻势。于是解构主义大行其道。解构主义也称后结构主义，它是针对结构主义而言的，是对结构主义的扬弃。以索绪尔（Saussure, Ferdinand de）语言学为例，结构主义强调二元论和语言的约定俗成。但结构主义恰恰从能指和所指的任意性切入，来了个彻底消解，譬如从能指“ma”，我们无法确定其所指的确切含义。

于是，解构、消解、模糊、相对、不确定等一系列相辅相成的后现代概念开始大行其道，从而否定了认识和真理的客观性，导致了极端相对主义的盛行，这客观上为意识形态的“淡化”提供了更为广泛，也更为坚实的学理支撑。因此，无论这些学者初衷何如，他们的成果客观上顺应，甚至推动了跨国资本主义的发展。

于是，《一千零一夜》被纳入解构进程。无论是博尔赫斯，还是他在美国的推崇者约翰·巴斯，纷纷拿《一千零一夜》作为去意义化的文学脚本。在这个过程中，《一千零一夜》只是关于故事的故事，它不再承载明确的价值取向。

第二节 巴斯《奇美拉》和《水手某末航记》中的戏仿

巴斯是在1963年至1973年执教于纽约州立大学布法罗分校期间结识阿根廷作家博尔赫斯的。受后者影响，巴斯改变创作方法，并逐渐形成了后现代风格。主要作品有短篇小说集《迷失在游乐场》（1968）、《十一夜》（2004），中篇小说集《奇美拉》（中译本名为《客迈拉》（1972），长篇小说《书信集》（1979）、《安息日传奇》（1982）、《海上故事》（1987）、《水手某末航记》（1991）、《即将发行》（2001）、《奇思妙想》（2011），其中《奇美拉》、《海上故事》和《水手某末航记》明显借鉴了《一千零一夜》，而《奇思妙想》充斥着对《一千零一夜》的指涉和戏仿。有批评家明确指出，“这部小说延续了巴斯的故事叙述愿景，展现了上一部小说人物的命运吊诡和生活嬗变，展示了《一千零一夜》山鲁佐德式的故事嵌套艺术”[1]。此外，他还于1984年发表了有关《一千零一夜》的文学评论，《可以忽略:〈一千零一夜〉书名注疏》，对一些传统说法和不当定谳提出了质疑，但基本上没有超越博尔赫斯的见解。

但是，与博尔赫斯不同，巴斯取法戏仿，相较博尔赫斯明显少了些虔心。譬如，在博尔赫斯看来，《一千零一夜》无可替代、不能超越，因此他只能逐字逐句地复述，而巴斯却拿《一千零一夜》做幌子以展示其后现代思想：游戏。小说《敦娅佐德》(*Dunyazadiad*)从第一千夜开始，像摄像机那样不断拉近镜头，在山鲁亚尔离开后，用现代仿真器具和各种带色的玩具来渲染人物山鲁佐德和敦娅佐德在宫中的百合倾向和性乱场景。作者用敦娅佐德取代山鲁佐德的叙述者身份，回忆后者如何是现代大学生，在某大学学习艺术和科学，同时研究政治以寻求制止国王继续牺牲女性，发现无效时才转向了民间神秘故事。与此同时，故事的写作与魔法、鬼怪纠缠在一起。鬼怪衍生出新的故事。譬如一个研究文学的博士生，他的想象与山鲁佐德的幻想不谋而合，但是，他最后竟说自己早就因为山鲁佐德的故事爱上了她，还说他的故事只是对她的拙劣模仿；于是，他们决定用故事去迷惑国王，从而阻止后者继续杀害穆斯林少女。

诸如此类，不一而足。其中有诸多元素是后现代主义的专利。首先是“元文学”书写。当山鲁佐德创作了她的精灵或魔鬼后，魔鬼便开始琢磨自己的创作。“‘我的计划，’他告诉我们，‘是想通过重温我曾经生活过的地方，我们大家曾经生活过的地方……马里兰州生活着一种蜗牛……它把自己的历史背在背上，生活在自己的历史之中……那只蜗牛的路程就是我的路程，不过我是按照自己的轨迹画圈。我已经放弃了读书，放弃了写作；我已不知道自己的身份，我的名字只是一堆符号而已，所有的文学著作也不例外：成串的字母，其间的空格就像

1 Henry L. Carrigan, “John Barth: Every Third Thought,” *Library Journal* 137, 1(2012): 88.

是密码，而我却把解读这些密码的钥匙弄丢了。'"[1]最后，我们知道这个小魔鬼或小精灵其实一直在模仿山鲁佐德的《一千零一夜》，就像博尔赫斯笔下模仿《堂吉诃德》的皮埃尔·梅纳尔。

其次是"不确定性"。巴斯的《敦娅佐德》充满了不确定性。从源头上说，他的山鲁佐德和敦娅佐德本身便是不确定的，是关于人物的人物。她们一方面是古代阿拉伯人物，另一方面又是现当代人物。她们被作家任意穿越在不同时空。至于她们的《一千零一夜》也是如此，即一方面来自《一千零一夜》，另一方面又不断游离于《一千零一夜》，加之山鲁佐德和敦娅佐德以及她们的自我创造和所创造的人物反过来作为模糊和变形的棱镜不断破坏其"真实性"，导致一切都处于可能和或然之间，但同时又充满了不可能的否定性机巧。于是，《一千零一夜》及其人物不仅本身是虚构，而且还是关于虚构的虚构。这与上述"元文学"因素相辅相成。

再次是"多维与拼贴"。作者任意游走在意识与无意识之间，将不同历史和现实场景拼贴在一起，仿佛多面镜子的叠加，其所折射的多元性不仅符合"不确定性"，而且极大地消解了文学的逼真性和可信性。由于那个被虚构者虚构的魔鬼或精灵在表达了他对山鲁佐德的崇拜与爱意，同时说出了找到故事宝藏的密钥（即宝藏本身）之后即将消失，一切又将回归初始。因此，为了保存他以及他关于《一千零一夜》的记忆，山鲁佐德不断询问关于故事的故事，如商人、魔鬼、辛巴达、阿里巴巴、乱伦、同性恋、鹅毛笔、太监、飞毯等，而他如何仰慕和爱戴的山鲁佐德、他的三个愿望又一股脑儿地溢出。于是，关于山鲁亚尔兄弟和山鲁佐德姐妹的故事重新启动，当然这又是一个充满了不确定性和拼贴机制的关于故事的故事。这好比海登·怀特（White, Hayden）的新历史主义：由于一切历史都只是关于历史的历史，故而归根结底，这样的历史和巴斯的《一千零一夜》一样，终究只是一串延绵不绝、周而复始的符号。

1 巴斯：《客迈拉》，邹亚译，上海：上海译文出版社，2005，第9页。

我们知道，20世纪六七十年代是美国新左派崛起时期，马尔库塞在出版于60年代末的《论解放》一书中，认为反主流文化运动的新感性主要体现在对工业化垄断控制的消解，否定对攻击性和破坏性生产的需要，而巴斯对意义进行消解的后现代创作也是这种反主流文化的体现，甚至在那个时代成为一种主流文化。这种构建—解构—重构也像《一千零一夜》一样延绵不绝，周而复始。

然而，巴斯并没有止于"后现代"，他不断地从《一千零一夜》汲取灵感，对自己的创作进行反思，也就是对自身进行进一步的解构和建构。这体现在他1991年的作品《水手某末航记》中。在这部作品里，巴斯虽然延续了《奇美拉》"关于故事的故事"之思路，聚焦点依然是叙事本身，并且构置了一个中国榫卯结构式的精巧迷宫，有横有竖，妙不可言。但是，其旨归不再是叙事机巧本身，转而富有极强的现实指涉和批评精神。

《水手某末航记》讲述20世纪80年代中期美国马里兰州东多塞特的记者西蒙·威廉·贝勒在一次航海事故后痛失女友，并意外穿越到中世纪巴格达。他辗转到水手辛巴达的宅邸中做客，两人各自讲述七次航海经历。辛巴达原本奉哈里发哈伦·拉希德之命即将前往幸福之岛塞伦迪布，开启他的第七次航海之旅，但是经过几次叙述交锋之后，有关辛巴达女儿雅思敏的贞洁、养子遭遇海难等细节开始变得扑朔迷离。究竟谁是罪魁祸首？有关悬疑甚至引起哈里发和大臣贾法尔的关注。为探明实情，他们微服来到辛巴达的宅邸，并最终判处辛巴达停止航海、流放沙漠。而水手某也即贝勒本人在迎娶了雅思敏之后，开启了前往塞伦迪布的最后一次（第七次）航海。过程中，贝勒及其随从遭遇海难，雅思敏丧命。贝勒在醒来后发现自己又回到了东多塞特海滩。小说终章乃是贝勒讲完整个故事后，留给世人的最后遗言。

整部小说的内容由辛巴达和贝勒各自讲述的航海故事构成，但它们并非双线并行，而是具有《一千零一夜》典型的框架结构、嵌套结构、交叉结构、正反叙事结构等杂糅组合。小说开篇，躺在病床上病势缠绵已久的贝勒面对前来诊查的女医生，对方请求贝勒给她讲个关于山鲁佐德的故事，但绝非是女医生熟知的任何一个《一千零一夜》故事，而是贝勒称为"处子故事"（virgin story）[1]的航海冒险。这里开宗明义，贝勒必须敷衍一个闻所未闻的全新故事。也有学者因此认为，这也寓意着约翰·巴斯创作此部小说仍是一种新的尝试："这正是后现代主义的意图所在；后现代主义文学处理过去的故事，并将其转化为几乎不同的新事物。"[2]

小说的架构显得既复杂又缜密，令读者在倾听第四次航海之前感到云山雾罩，却必得至第五次航海之后方才豁然开朗。如此复杂而精巧的叙事架构，显然体现了约翰·巴斯把玩叙事技巧的一贯痴迷与苦心孤诣。巴斯曾自道："讲故事者的工作就是创造宇宙，……我们宁可创造我们无法解释的东西，也不愿解释我们无法创造的东西"[3]。"能够创造出你无法解释的奇妙事物，无疑比能够解释你无法创造的奇妙事物要好得多。"[4]这里，他所表达的是自己对文学创作和文学批评的态度，而他所致力创造的宇宙便是叙事的迷宫。在这一点上，他对小说审美价值的认定与其创作《奇美拉》的理念一脉相承。在收入后者的《敦娅佐德》中，山鲁佐德的妹妹代替姐姐承担了讲故事的角色，并最终揭示宝藏本身就是打开宝藏的钥匙。从这部作品开始，巴斯已经走向创作"关于小说的小说"的"元小说"之路。正如其本人在《文学的枯竭》一文中所坦言的那样，传统文学创作固有其价值，但"我们的世纪已经过去了三分之二以上；看到我们如此多的作家仍在追随陀思妥耶夫斯基或福楼拜，这令人沮丧。而在我看来，真正的问题不是如

1 John Barth, *The Last Voyage of Somebody the Sailor* (Boston: Little, Brown & Company, 1991), p. 9.

2 Alaa Abdulhussin, "The Narrative Framework of the *Arabian Nights* in John Barth's *The Last Voyage of Somebody the Sailor*: A Critical Study," https://www.researchgate.net/publication/343449704，访问日期：2023年11月10日。

3 John Barth, *The Friday Book: Essays and Other Nonfiction* (New York: Putnam, 1984), p. 17.

4 同上，第28页。

何追随乔伊斯和卡夫卡，而是如何追随那些继承了乔伊斯和卡夫卡、现在正处于自己职业生涯晚期的人”[1]。这个人正是博尔赫斯：拉美左翼文人眼中的“作家们的作家“或“关于作家的作家”。[2]尽管巴斯后来对自己的这种观点进行了修正，并认为它造成了世人对自己的“误读”，但在20世纪60年代末的语境中，颠覆传统创作方式、打碎扼喉瓶颈破茧重生，是他当时亟需解决的问题。就在这时，他结识了访学约翰·霍普金斯大学的博尔赫斯。“在他杰出短篇小说的启发下，我花了两年时间愉快地摆弄小说叙事”[3]，巴斯如是说。于是，也便有了《奇美拉》这部作品，但“这从来不是我的长项”[4]。在《奇美拉》之后，巴斯的困顿依然存在，他该如何进一步突破？这个问题一直困扰着作家。所幸的是，他最终选对了灵感之泉并持续浸润其间。继《奇美拉》之后，巴斯继续在“重写神话”和突破传统叙事方式上孜孜探索，并逐渐放弃了为技巧而技巧的叙事策略和“元小说”路径，开始走向后现代之后：揭示个人和人类生存困境的长篇小说。在2004年的《十一夜》中，巴斯用戏仿《一千零一夜》的方式描写了“9·11”事件后的十一天，它同时让人联想到《十日谈》。但坦白地说，这种短篇叙事的戏仿，都不如《水手某末航记》来得精彩和彻底。

第三节　巴斯对《一千零一夜》戏仿中的超越及其现实观照

巴斯对《一千零一夜》的拥抱不仅得益于博尔赫斯的启发，更是向着童年阅读体验的回归，譬如20世纪八九十年代现实主义的强势反弹。虽然早在20世纪六七十年代芝加哥学派已然对现代主义和后现代主义发起过攻击，但正所谓天下滔滔，人们言必称“后”。

1 John Barth, *The Friday Book: Essays and Other Nonfiction*, p. 67.

2 Juan Fló, *Contra Borges* (Buenos Aires: Editorial Galerna, 1978), pp. 1–5.

3 同1，第63页。

4 同上。

巴斯在约翰·霍普金斯大学读书时，曾在图书馆做临时工，并遨游于书的海洋。这很像博尔赫斯的经历。后者曾长期在图书馆工作，是个货真价实的书蠹。更有甚者，《一千零一夜》始终是博尔赫斯的最爱，没有之一。同样，巴斯不仅沉迷于《故事海》《五卷书》《十日谈》《坎特伯雷故事集》等经典故事，更对伯顿版17卷本《一千零一夜》爱不释手。对此，他曾多次自证："如果有什么能让我成为作家，那一定是消化了那场巨大而又略带诡秘的叙事盛宴（他是指《一千零一夜》《故事海》《十日谈》等）。"[1]在他看来，《故事海》《十日谈》等叙事虽然精美，但"山鲁佐德的故事在各方面都更胜一筹"[2]。比薄伽丘或乔叟更神奇、更梦幻、更感人的是山鲁佐德故事中的魔幻色彩：

> 《一千零一夜》中的框架故事比我所看到的其他任何作品都出类拔萃。例如，乔叟的框架——前往坎特伯雷的朝圣之旅——是一个极好的，或谓古老的隐喻——人生是一次救赎之旅，但他在确立了这个框架之后，却什么也没有做。薄伽丘的框架——十位富有的年轻绅士、淑女在1348年复活节后的瘟疫肆虐的乡村以巧妙的故事自娱自乐——因其世界末日的特质而比前者更加引人入胜，是这群人用出色的文学规则代替了他们濒临灭绝的社会规则，并喻示着他们自己作为讲述人和故事中的说书人之间的关系日益密切，暗示着故事偶尔与讲述人的处境相似。另一方面，以《故事海》为例，其非常复杂的系列框架本身就是一个完整的故事，但除了奇妙的（肯定是虚构的）"文本历史"和萦绕心头的标题以及叙事本身之外，它们没有明显的意义。[3]

阿拉伯学者拉赫桑·本·阿齐兹（لحسن بن اعزيزة）曾指出，约翰·巴斯对《一千零一夜》框架叙事的运用堪称极致。要分析巴斯的

1 John Barth, *The Friday Book: Essays and Other Nonfiction*, p. 57.

2 同上，第58页。

3 同上，第57—58页。

作品，就不可不探求他与山鲁佐德的奇遇。[1]诚哉斯言！巴斯毫不掩饰自己对山鲁佐德的钟爱：

> 无论如何，我最近最喜欢的形象——我所知道的最贴切、最甜美、最令人难忘、最满怀希望的故事叙述者——是山鲁佐德。那一千零一个夜晚的整个框架从多个角度直接而亲切地触动了我的内心——无论是从个人层面，还是从技巧层面。[2]

他甚至在《星期五之书》的末篇中执着地谈论《一千零一夜》："又是山鲁佐德，这确实是经过深思熟虑的，她确乎是本书贴切的尾声。"[3]在这篇作品中，他不惜扮演他所厌弃的角色以"解释无法创造的奇妙事物"，即从文学批评家的视角尝试解释某些略显无聊的问题，但这毕竟从一个侧面再次体现出作者对《一千零一夜》的挚爱。

巴斯几乎将阅读和走入《一千零一夜》的经历原封不动地搬进了《水手某末航记》。主人公贝勒青春年少时就曾经阅读过《一千零一夜》，而且在讲述其第三次航海经历时，业已成为记者的西蒙·贝勒对辛巴达的女儿雅思敏讲述其在图书馆阅读这部阿拉伯故事集的体会。此番叙事再次形成了一个有趣的嵌套式和自传式回环：在《一千零一夜》的讲述者山鲁佐德的故事中，被叙述者贝勒向辛巴达的女儿讲述当时尚不存在的《一千零一夜》。贝勒的阅读体验于是再次强化了东西方互文与时空错位。这不可谓不精巧，不可谓不玄妙。

他将这种技术反复打磨、去粗存精，内化为叙事风格并呈现于几部作品当中，譬如《奇美拉》和《十一夜》。这看似"传统叙事的显著回归"[4]，实则又体现了多重的突破与重构，而非简单的模仿。《水手某末航记》更是将这种内化与突破推向了极致。

1 لحسن بن اعزيزة، *محاكاة جون بارث لشهرزاد*، عمان : دار كنوز المعرفة للنشر و التوزيع، 2017: ص 18.

2 John Barth, *The Friday Book: Essays and Other Nonfiction*, p. 56.

3 同上，第258页。

4 同1，第209页。

首先，小说开篇由主人公贝勒给女医生讲故事。这一次，讲述者换成了男性身份，聆听者却是女性。接下来讲述中的引子故事被作为第二重开端，然而这时的叙述者山鲁佐德是为求死而述。更为有趣的是，第二重故事中山鲁佐德所讲述的主人公贝勒实则是引子主人公本人。短短的一个引子故事，就使贝勒的身份经历了数次转换：从小说叙述者转换为山鲁佐德的倾听者和被叙述者，接着又与辛巴达并行，成为七次航海故事的叙述者。这不仅构成一个精美的嵌套，且叙述人物形成了一个从虚构到现实的回环。其中的自传元素容后再说。这种形式本身让人首先想到的就是约翰 · 巴斯本人反复强调的“故事中的故事中的故事”（tales within tales within tales）[1]，似乎依然飘浮着浓厚的“元小说”韵味。其次，辛巴达的七次航海对应水手某贝勒的七次航海讲述，而水手某还将自己数次航海的时间节点一一与“七”对应起来。第一次航海，描述的是贝勒7岁生日的遭际，第二次是14岁，第三次是28年后的42岁，第四次则是由49岁迈向50岁之际，其时间节点和周期循环也形成了“七七”相扣，同时也偶合了《黄帝内经》中男子以“七”为成长周期的隐喻。这一切不仅是巴斯向《一千零一夜》和辛巴达航海故事的致敬，而且是他巧妙地将自己的亲身经历化入了作品。

当然，致敬之中也有颠覆：巴斯对辛巴达航海在原著中的“现实寓意”进行了解构。辛巴达不再是传统故事中对生活充满激情、勇于冒险、慷慨励志的正面形象，甚至其航海冒险也似乎只是他本人的虚构和想象，无外乎“通过虚假的叙事对自己进行了虚假的描述”[2]。小说结尾通过揭露真相，让读者看到了一个狡猾奸诈、谎言连篇、人所不齿的反面形象（其中包括乱伦的暗示，即女儿失贞的罪魁祸首正是辛巴达本人，尽管他卑鄙地将其嫁祸给了养子，并残忍地欲置后者于死

---

1 John Barth, *The Friday Book: Essays and Other Nonfiction*, p. 218.

2 Yusur Al-Madani, “Deconstructing and Reconstructing a Narrative of the Self: John Barth’s *The Last Voyage of Somebody the Sailor*: A Critical Study,” https://journals.lib.unb.ca/index.php/IFR/article/view/7622，访问日期：2023年12月28日。

地）。书写如此奸佞之徒多少是巴斯向现实泄愤的一个例证。他将现代社会中的人类生存危机和个人内心困境，用人物变形和异化的方式呈现出来，同时借用小说中主人公贝勒的另一个名字“被困者某”来表明无论是过去还是现在，他笔下的“‘英雄’总是试图通过解构叙事来重构自我，最终却被‘解构’而搁浅。搁浅是等待我们所有人的港口。它是一种生存死亡的状态”[1]。这象征着自我迷失、生存困顿和世界混沌。诚如伊格尔顿在《理论之后》(2003)中所断言的那样，20世纪的理论时代已经过去，它既没有致力于解决那些足够敏感的问题以适应时代（“政治局势”）的要求，也没有对文学本身起到多少积极的作用。[2]

虽然巴斯说过，“在我的小说中，自传成分很少”[3]，但这再一次印证了作家的话不可全信。《水手某末航记》无疑明显带有自传的色彩。在一定程度上甚至可以说他的这一作品充满了自传色彩。巴斯在《星期五之书》中就曾写道，他有一个哥哥和一个双胞胎妹妹。这恰是小说中贝勒的家庭状况。其次，贝勒1930年出生于马里兰州东多塞特，先考上大学，后成为记者，乃至在大学中阅读《一千零一夜》的经历无疑都是作者真实生活的再现。当然它们是艺术的再现，其中蕴含着作者的文学抱负。巴斯讲过一则故事：

> 很久以前，在神话中，双胞胎代表着一种文化的二元对立：人/神、善/恶、创造/毁灭，以及他们拥有的一切。在浪漫主义时期以降的西方文学中，双胞胎（以及替身、影子、镜子）通常象征着“分裂的自我”，我们的秘密分享者或内心的对手——一些新弗洛伊德主义者甚至认为精神分裂症乃是写作的黑暗之心。阿里斯托芬在柏拉图的《会饮篇》中宣称，我们所有人都是双胞胎，甚至

1 Yusur Al-Madani, “Deconstructing and Reconstructing a Narrative of the Self: John Barth’s *The Last Voyage of Somebody the Sailor*: A Critical Study.”

2 伊格尔顿：《理论之后》，商正译，北京：商务印书馆，2009，第3—4页。

3 John Barth, *The Friday Book: Essays and Other Nonfiction*, p. 124.

实为连体双胞胎，他们失去了自己的另一半，并永远在寻找自己失去的另一半。[1]

在巴斯看来，双胞胎其实蕴含着一种自我的分裂，双方仿佛互为影子，又像是连体婴儿，终其一生在寻找失去的另一半。这一点在《水手某末航记》中体现得尤为明显。贝勒甫一出生，他的双胞胎妹妹便死去了。他经常借助在床上自我摇晃，进入半睡眠（梦幻）状态，用以和素未谋面的双胞胎妹妹交流。这其实就意味着他渴望和自己失去的另一半交流。而贝勒（亦是巴斯）终其一生就在文学中寻找失去的另一半，抑或说是在现代迷乱社会中寻找丢失的身份、被困的自我。

学者欧阳文津曾指出，巴斯的《水手某末航记》和《敦娅佐德》一样，仍是“一部关于故事的故事，而非故事本身”[2]。亦即是说，元小说属性仍是这部作品的核心，这也是许多批评家对巴斯的一个定位。但20世纪80年代中期的巴斯，已远非创作《敦娅佐德》之时的巴斯。相距于早期他所笃信的“文学的枯竭”，后来的巴斯已经对其观点有所修正，指出他所谓的以后现代创作摆脱“令人沮丧的传统叙事”，并不意味着抛弃传统，而是相反：“我们可以自由地与现实主义和反现实主义、线性和非线性、连续性和非连续性达成新的协议。如果说‘后现代’这个词描述了什么有价值的内涵，那就是这种成功运用的自由。”[3]神话传统和叙事创新的结合便是巴斯所谓的“成功运用的自由”。因此，虽然《水手某末航记》在故事情节上算不上出奇制胜，但其古今、东西贯通的叙事技巧和现实/虚构糅合的互文，着实体现了作者的精妙用心。尤其是，在这雕琢的叙事技巧背后，巴斯将“传奇人物辛巴达及其奇幻传奇指向了人类命运的现代阐释，并在其中融入了现代人的

1 John Barth, *The Friday Book: Essays and Other Nonfiction*, p. 3.

2 Wen-chin Ouyang, “Whose Story Is It? Sindbad the Sailor in Literature and Film,” in *New Perspectives on* Arabian Nights, eds. Wen-chin Ouyang and Geert Jan van Gelder, p. 7.

3 同1，第129页。

生存困境意向”[1]。这才是作品中所着力呈现的现实观照，因而使得这部小说超越了后现代主义和“元小说”指归。

作为“元小说”早期著名理论家，帕特里夏·沃在《元小说：自我意识小说的理论与实践》中就曾明确指出，所谓“元小说”是指小说被当作人工产物，系统而有意识地将注意力引向脱离同现实对应的书写，并以此来否定其与现实世界的关联，甚至否定文学再现生活的能力和诉求。[2]《水手某末航记》显然不再有意疏离现实，恰恰相反，它锚定了作者的生活经历和社会指涉。

须知水手某的前三次半航行，若与辛巴达的航海经历相对应，其内容均不是严格意义上的航海冒险，而是贝勒从童年（7岁/第一次航海）至少年（14岁/第二次航海）再至中年（分别是42岁/第三次航海，49岁至50岁生日/第四次航海）所经历的现实生活的照映。在第四次航行的后半段，贝勒和女友乘坐一艘精心设计、重金打造的船前往新加坡、斯里兰卡附近的塞伦迪布岛，这才算是开启了真正意义上的航海之旅。但小说前三次半经历之所以也被喻为“航行”，恰恰是巴斯创作这部作品想要揭示的精神内涵，也构成了其小说现实主义的核心层面。欧阳文津曾在其文章中引述：“在一篇最初发表于1991年《约翰·霍普金斯新闻通讯》(*The Johns Hopkins News-Letter*)上的访谈中，巴斯谈到小说的标题、开篇和结尾时说：‘航海旅程或多或少就像是启蒙之旅：出生、尝试性行为、结婚、为人父母、离婚、再结婚、中年、达到事业巅峰……’他的作品是对这一观点的实践和回应。贝勒的启蒙之旅看起来是以辛巴达的航海经历为‘镜像’，这些主题在当代美国小说中非常流行。”[3]因此，7岁的贝勒将其通过子宫来到人间视作第

1 Yusur Al-Madani, "Deconstructing and Reconstructing a Narrative of the Self: John Barth's *The Last Voyage of Somebody the Sailor*: A Critical Study."

2 Patricia Waugh, *Metafiction: The Theory and Practice of Self-Conscious Fiction* (London: Routledge, 1984), pp.1−9.

3 转引自 Wen-chin Ouyang, "Whose Story Is It? Sindbad the Sailor in Literature and Film," in *New Perspectives on* Arabian Nights, ed. Wen-chin Ouyang and Geert Jan van Gelder, p. 6。

一次航海的开启。同样，小说中辛巴达也曾说“每天早晨，我们每个人都要开始新的航行，或者继续昨天的航行。人们常说辛巴达有六次远航，其实是两万五千零六次才更准确”[1]。正所谓人生如逆旅，日日皆航行。而贝勒的每一阶段航行，都对应了美国社会每一阶段的社会问题和意识危机。

7岁的贝勒，生活于1937年的美国。当时的美国社会在急速发展后经历了严重的经济大萧条。生活刚刚有所恢复，一家人在饭桌上时常谈论的是“奥尔巴尼兄弟罐头厂正在进行的，有时甚至是暴力的罢工”[2]。贝勒和哥哥也会好奇地去看热闹，看看罢工的情况，他们看到的番茄卡车就像“被开膛破肚的大象”[3]，并目睹了工人与警察的对峙和冲突。但少年不识愁滋味，嬉闹仍是孩童的本性；待到14岁青春年少之际，正是1944年，第二次世界大战接近尾声，家中的一切都透露出浓厚的硝烟气息。贝勒的哥哥应征入伍成为海军士兵，在一次乘坐战机执行任务的过程中不幸遭遇空难，坠入海中生死不明。面对哥哥的失踪，青春期的贝勒陷入了复杂而矛盾的不知所措。他通过和女友黛西偷尝禁果来释放青春的躁动和亲人失踪所带来的难以描摹的希冀与夹杂着一丝“窃喜”的恐慌和内疚：因为他竟私下认为没有人再和他分享同一间卧室了。另一方面，父母和姨妈此时谈论最多的是作为另一场爱国骗局的“战争债券”[4]以及美元震荡带来的生活窘迫，并将美国债券作为贝勒14岁的生日礼物送给了他。这足以说明战争债券的重要性和不确定性。贝勒此时第一次感到“生活本身……不是愚蠢，不是，而是难以理解”[5]。特别是在他读到《一千零一夜》后，对“不可避免的‘我’和‘此时此地’感到无比焦虑”[6]。那

1 John Barth, *The Last Voyage of Somebody the Sailor*, p. 72.

2 同上，第30页。

3 同上，第36页。

4 同上，第105页。

5 同上，第128页。

6 同上，第107页。

么，生活是否在别处？此时的贝勒，请求女友送给他一枚未刻姓名的银手镯。或许自此往后，贝勒就已经开启了找寻自我身份之旅。他觉得自己像是一个没有姓名的人，这一切恰与穿越后形成了鲜明对比：巴格达的贝勒有了不同的名字：水手某——赛义德·贝·埃尔鲁尔、西蒙西蒙、被困者某等。但究竟哪一个是他自己呢？多名其实与无名有着同样的内涵，而人物的真正自我似乎始终是迷失的。

一晃时间到了1972年，也就是贝勒42岁（第三次航海），真正的中年危机席卷而来。此时的贝勒经历了子女叛逆、婚姻危机。虽然其在写作领域取得了巨大的成功，成了知名记者，但他越发感到了生活的迷茫。此时，越南战争如火如荼，普通人等就像回到了二战时期，仍在“半个地球之外的战争中战斗和死亡”[1]。贝勒作为一名反战人士，参与和平游行，成为民权主义者，而同时他的妻子简却越来越滑向鹰派。贝勒在迷乱中以私生活的混乱、放纵来应对内心的困顿与迷失，同时用生活中的一切为素材来记录他那垮掉的一代人的激进政治和反传统文化，并将其标新立异的“生活方式”视作不同意识形态的实验场。及至1980年，贝勒50岁，美国社会更加成为贝勒眼中令人眼花缭乱、驳杂无章的“万花筒”：对东南亚地区的干涉越来越甚，人们热衷于讨论后佛朗哥时期的西班牙加泰罗尼亚问题，同时面对日本经济崛起对美国的冲击感到惶惑。这无疑是约翰·巴斯对当时美国社会高度概括的文学呈现：每个人几乎都成了马尔库塞笔下“单向度的人”，被资本裹挟着不能回头；又仿佛波兹曼《娱乐至死》中所说的那样，每个人都在慢性自杀于他所沉溺的大众文化而毫不自知。这就是巴斯对20世纪七八十年代美国社会的艺术书写。

正是在这样的迷失、幻灭和混乱之中，渴望逃避现实的贝勒决定和女友茱莉娅出海航行，逆向模拟《一千零一夜》中辛巴达航海由塞伦迪布岛返回巴士拉的旅程。但不幸的是他们遭遇海难，因而穿越到了中世纪的“和平之城”巴格达。有学者曾认为，约翰·巴斯在1991

1 John Barth, *The Last Voyage of Somebody the Sailor*, p. 128.

年创作的这部小说中将巴格达称为“和平之城”明显包含着对阿拉伯文化的讽喻。[1]但本文更倾向于这体现了巴斯对阿拉伯民间故事中悠悠岁月的追怀和借传统叙事方式来对内心理想世界寄予希望。“和平之城巴格达”乃是《一千零一夜》原著中时常出现的表述，那是对中世纪巴格达城繁华、和平、多元并包的怀古之忧，它无异于世人心目中的桃花源境。巴斯笔下的贝勒穿越到此，无疑体现了小说人物渴望在幻境中摆脱现实混沌、寻找理想身份的愿景。因而相较于其对美国社会的现实描写，巴斯对辛巴达所处的中世纪阿拉伯社会显然忽略了历史细节的刻画。宅邸内都是笙歌乐舞、莺莺燕燕，极尽奢靡享乐的景象，一切均源自天方夜谭式的幻境。但讽刺的是，在奢靡与享乐的背后，巴斯凸显了充斥着阴谋、狡诈、欺骗和算计的另一面。这一实一虚之间，看似制造了贝勒所处的美国社会与中世纪巴格达的鲜明对照，实则应验了“天下殊途而同归“(《易·系辞下》)的“宿命”：无论东方西方、古往今来，所有人都迷失了自我，都在寻找自我而不得。贝勒在故事中不断变换姓名，又靠现代社会的手表来维系其作为实体的身份存在，但这都是虚幻的妄相，最终如辛巴达断言的那样，“我们都是这座名为世界的巨大而畸形的岛屿上的搁浅者”[2]。而逃离的方式，似乎只有贝勒临终前所说的“二、一”，走向另一个世界。

作为本章的结语，巴斯关于小说的两句话可谓振聋发聩：对于读者，“小说可以作为批判生活、批判社会和宣传意识形态或道德伦理的工具”[3]。但是对他自己，创作可能只是“为了在自己灵魂的铁匠铺里锻造种族的良知，或者为了以自己弱小的身躯沉痛地承受人类的一切过错”[4]。这两者之和，恰是助他走向后现代之后——自我和现实呈现的隐形动力和显性作为。

1 王建平:《约翰·巴斯研究》,上海：上海外语教育出版社，2008，第252页。

2 John Barth, *The Last Voyage of Somebody the Sailor*, p. 303.

3 John Barth, *The Friday Book: Essays and Other Nonfiction*, p. 28.

4 同上。

附录一 重要文献[1]

一、西文文献

Abdel-Halim, Mohamed: *Antoine Galland, sa vie et son œuvre.* Paris: Nizet, 1964.

Abel, Armand: *Les Enseignements des* Mille et une nuits. Brussels: Wellens-Pay, 1939.

Aboul-Hussein, Hiam, and Charles Pellat: *Chéhérazade: personnage littéraire.* 2nd ed. Alger: Société Nationale d'Édition et de Diffusion, 1981.

Ackroyd, Peter: *Dickens*. London: Sinclair-Stevenson, 1990.

Ahmed, Leila: *Edward W. Lane. A Study of His Life and Works and of British Ideas of the Middle East in the Nineteenth Century.* London: Longman, 1978.

Ahmedi, Sami al: *Wieland und 1001 Nacht.* Ph.D. diss., Leipzig, 1969.

Ali, Muhsin Jassim: *Scheherazade in England: A Study of Nineteenth-Century English Criticism of the* Arabian Nights. Boulder, CO: Three Continents, 1981.

1 海量论文及前言后记不在此处罗列。

Alter, Robert: *The Art of Biblical Narrative*. New York: Basic Books, 1981.

Asín Palacios: *Dante y el Islam*, prólogo de Miguel Cruz Hernández. Pamplona y Navarra: Urgoiti Editores, 2007.

—: *Historia y crítica de una polémica*. Madrid: Libros Hiperión, 1924.

—: *La Escatología musulmana en la* Divina Comedia. Madrid: Editorial Maestre, 1961.

Ayres, Brenda (ed.): *The Emperor's Old Grove: Decolonizing Disney's Magic Kingdom*. New York: Peter Lang, 2003.

Barth, John: *Don't Count on It: A Note on the Number of* The 1001 Nights. Northridge, CA: Lord John, 1984.

Basset, René: *Mille et un contes, récits et légendes arabes*. 3 vols. Paris: Maisonneuve, 1924–1926.

Bazzī, Rachīd: *Au-dela de l'oral et en deça de l'écrit:* Les Mille et une Nuits. Paris: L'Harmattan, 2008.

Beaumont, Daniel: *Slave of Desire: Sex, Love, and Death in the* 1001 Nights. Madison, NJ: Fairleigh Dickinson University Press, 2002.

Bedier, Joseph: *Les Fabliaux: Études de littérature populaire et d'histoire littéraire du Moyen Age*. Paris: E. Bouillon, 1895.

Beizâ'i, Bahrâm: *Hezâr afsân kojâst?* Teheran: Roushangarân va motâle'ât-e zanân, 2012.

Bell, Daniel: *The End of Ideology*. Cambridge: Harvard University Press, 1988.

Bencheikh, Jamel Eddine: Les Mille et une nuits *ou la parole prisonnière*. Paris: Gallimard, 1988.

—, Claude Bremond, and André Miquel: *Mille et un contes de la nuit*. Paris: Gallimard, 1991.

Borges, Jorge Luis: *Selected Non-Fictions*, trans. Eliot Weinberger, Esther Allen, and Suzanne Jill Levine. New York: Viking, 1999; Penguin, 2000.

—: *Siete Noches*, México: Fondo de Cultura Económica, 1980.

Bouffard, Élodie, and Anne-Alexandra Joyard (eds.): Les mille et une nuits. *Catalogue of an Exhibition at the Institut du Monde Arabe.* Paris: Institut du monde arabe, 2012.

Bounfour, Abdellah: *De l'Enfant au fils: Essai sur la filiation dans les* Mille et une nuits. Leiden: Brill, 1995.

Brandenburg, Dietrich: *Medizinisches in Tausendundeiner Nacht*. Stuttgart: Fink, 1973.

Brodie, Fawn McKay: *The Devil Drives: A Life of Sir Richard Burton*. Harmondsworth: Penguin Press, 1971.

Burton, Rrichard: "The Translator's Foreword," *The Book of Thousand Nights and a Night, A Plain and Literal Translation of the Arabian Nights Entertainments*. Western New York: The Heritage Press, 1962.

Caillois, Roger: *Anthologie du Fantastique*. Paris: Gallimard, 1966.

Carroll, Alicia: "*Arabian Nights*: Make-Esoticism, and Desire in *Daniel Deronda*," *Journal of English and Germanic Philology*. Illinois, 98 (1999).

Campbell, Kay Hardy, Ferial J. Ghazoul, Andras Hamori, Muhsin Mahdi, Christopher M. Murphy, and Sandra Naddaf: The 1001 Nights*: Critical Essays and Annotated Bibliography*. Cambridge, MA: Dar Mahjar, 1985.

Cansinos-Asséns: *Presentación a* Las mil y una noches, t.I. Madrid: Aguilar Editor, 1955.

Capezzone, Leonardo and Elisabetta Benigni: *Paradossi delle Notti. Dieci Studi su* Le Mille e Una Notte. Pisa and Rome: Fabricio Serra editore, 2015.

Caracciolo, Peter and Hassenstab, Cristin: *The* Arabian Nights *in English Literature*. New York: St. Martin's, 1988.

Chaulet-Achour, Christine (ed.): Les Mille et une nuits *et leurs réécriture au XXe siècle.* Paris: L'Harmattan, 2005.

— (ed.): *À l'aube des* Mille et une nuits. Saint-Denis: Presses Univ. de Vincennes, 2012.

Chauvin, Victor: *Bibliographie des ouvrages arabes ou relatifs aux arabes*. 12 vols. Liège: Vaillant-Carmanne (vol. 4–7, published in 1900, 1901, 1902, 1903, treat the *Arabian Nights*), 1892–1922.

—: *La Récension égyptienne des* Mille et une nuits. Brussels: Office de publicité, 1899.

Chebel, Malek: *La Féminisation du monde: Essai sur les* Mille et une nuits. Paris: Payot, 1996.

—: *Psychanalyse des* Mille et une nuits. Paris: Payot, 2002.

—: *Dictionnaire amoureux des* Mille et une nuits. Paris: Plon, 2010.

Chraïbi, Aboubakr: *Contes nouveaux des* 1001 nuits*: Étude du manuscrit Reinhardt.* Paris: Maisonneuve, 1996.

— (ed.): Les Mille et une nuits *en partage*. Paris: Sindbad, 2004.

—: Les Mille et une nuits. *Histoire du texte et Classification des contes*. Paris: L'Harmattan, 2008.

— and Carmen Ramirez (eds.): Les Mille et une nuits *et le récit oriental. En Espagne et en Occident*. Paris: L'Harmattan, 2009.

Cinca i Pinós, Ovidi: *Oralitat, narrativa i traducció: Reflexions a l'entorn de* Les mil i una nits. Barcelona: Eumo Ed, 2005.

Codrescu, Andrei: *Whatever Gets You Through the Night: A Story of Sheherezade and the Arabian Entertainments*. Princeton: Princeton University Press, 2011.

Coussonnet, Patrice: *Pensée mythique, idéologie et aspirations sociales dans un conte des* Mille et une nuits. Cairo: Institut français d'archéologie orientale du Caire, 1989.

Dehoï, Enver F.: *L'Érotisme des* Mille et une nuits. Paris: Pauvert, 1960.

Dyâb, Hanna: *D'Alep à Paris. Les Pérégrinations d'un jeune Syrien au temps de Louis XIV.* ed. Paule Fahmé-Thiéry, Bernard Heyberger and Jérôme Lentin. Arles: Sindbad-Actes Sud, 2015.

Elisséeff, Nikita: *Thèmes et motifs des* Mille et une nuits*: Essai de Classification*. Beirut: Institut français de Damas, 1949.

El-Shamy, Hasan: *A Motif Index of* The Thousand and One Nights. Bloomington, Indianapolis: Indiana University Press, 2006.

Farmer, Henry G.: *The Minstrelsy of* The Arabian Nights*: A Study of Music and Musicians in the Arabic "Alf Laila wa Laila."* Bearsden: Hinrichsen, 1945.

Fattah, Abdul Razzak Abdul: *Wilhelm Hauff und '1001 Nacht.'* Ph.D. diss., Leipzig, 1970.

Fox, Robin Lane: *Pagans and Christians in the Mediterranean World from the Second Century AD to the Conversion of Constantine*. Harmondsworth: Penguin Press, 1986.

François, Cyrille (ed.): *Le Don de Shahrâzâd. La Mémoire des* Mille et une nuits *dans la littérature contemporaine*. Amiens: Encrage, 2008.

Gálviz, Silvia: *Los García Márquez*. México: Editorial del Mar, 1997.

Garcin, Jean-Claude: *Pour une lecture historique des* Mille et une nuits. Paris: Sindbad, 2013.

Gelber, Adolf: *Tausend und eine Nacht. Der Sinn der Erzählungen der Scheherazade.* Vienna: Perles, 1917.

Gerhardt, Mia I.: *The Art of Story-telling: A Literary Study of the* Thousand and One Nights. Leiden: Brill, 1963.

Ghazoul, Ferial J: The Arabian Nights*: A Structural Analysis*. Cairo: UNESCO, 1980.

—: *Nocturnal Poetics:* The Arabian Nights *in Comparative Context.* Cairo: American University in Cairo Press, 1996.

Ginés, Juan Vicente: Las mil y una noches *y su influenxia en la novelística medieval*. Barcelona: Real Academia de Buenas Letras, 1959.

Grotzfeld, Heinz and Sophia: *Die Erzählungen aus Tausendundeiner Nacht*. Darmstadt: Wissenschaftliche Buchgesellschaft, 1984. 2. revised edition: Dortmund: Verlag für Orientkunde , 2012.

Haddawy, Husain: *The Arabian Nights*, tran. Introduction. *The Arabian Nights* (New Deluxe Edition) (archive.org).

Halflants, Bruno: *Le Conte du Portefaix et des Trois Jeunes Femmes dans le manuscrit de Galland (XIVe-XVe siècles)*. Louvain-la-Neuve: Université Catholique de Louvain, Institut Orientaliste, 2007.

Hammer-Purgstall, Joseph Freiherr von: *Der Tausend und Einen Nacht noch nicht übersetzte Mährchen*, Erzählungen und Anekdoten, trans. from the French into German by A. E. Zinserling, 3 vols. Stuttgart: Cotta 1823, facsimile edition Hildesheim and New York: Olms, 1976.

Hamori, Andras: *On the Art of Medieval Arabic Literature*. Princeton: Princeton University Press, 1974.

Hazas, Antonio Rey: *Miguel de Cervantes: literatura y vida*. Madrid: Editorial Alianza, 2005.

Heller-Goldenberg, Lucette (ed.): Les Mille et une nuits *dans les imaginaires croisés*. Cologne: Romanisches Seminar der Universität Köln, 1994.

Hoang, Lethuy: Les Mille et une nuits *à travers l'infini des espaces et des temps: Le conteur Galland, le conte et son public*. New York: Peter Lang, 2001.

Hole, Richard: *Remarks on the* Arabian Nights*' Entertainments, in which the origin of Sindbad's voyages is particularly considered*. London: Cadell, 1797.

Hovannisian, Richard C., and Georges Sabagh (eds.): The Thousand and One Nights *in Arabic Literature and Society*. Cambridge: Cambridge University Press, 1997.

Irwin, Robert: The Arabian Nights*: A Companion*. London: Allen Lane, 1994.

—: *Visions of the Jinn: Illustrators of the* Arabian Nights. London: The Arcadian Library in association with Oxford University Press, 2010.

Julia, Émile-François: Les Mille et une nuits *et l'enchanteur Mardrus*. Paris: Société Française d'Études Littéraires et Techniques, 1935.

Jullien, Dominique: *Proust et ses modèles: les* Mille et une nuits *et les Mémoires de Saint-Simon.* Paris: Corti, 1989.

—: *Les Amoureux de Schéhérazade. Variations modernes sur les* Mille et une nuits. Genève: Droz, 2009.

Jünger, Ernst: *Aladdin's Problem*. London: Quartet Encounters, 1990.

—: *Notizblock zu Tausendundeine Nacht.* St. Gallen: Erker-Verlag, 1994.

Kelen, Jacqueline: *Les Nuits de Schéhérazade*. Paris: Michel, 1986.

Kennedy, Philip F., and Marina Warner (ed.): *Scheherazade's Children. Global Encounters with the* Arabian Nights. New York and London: New York University Press, 2013.

Khawam, René R.: *Le Roman d'Aladin. Texte intégral*. Paris: Phébus, 1988.

Kilito, Abdelfattah: *L'Œil et l'aiguille: Essais sur* Les Mille et une nuits. Paris: Éditions la Découverte, 1992.

Köhler, Wolfgang: *Hugo von Hofmannsthal und "Tausendundeine Nacht."* Bern: Lang, 1972.

Kotzin, Michael C.: *Dickens and the Fairy Tale*. Bowling Green, OH: Bowling Green University Popular Press, 1972.

Labban, Rima: *Les Figures mythiques dans* Les mille et une nuits. Paris: L'Harmattan, 2013.

Lahy-Hollebecque, Marie: *Schéhérazade, ou l'Éducation d'un roi*. (1927). Reprint. Puiseaux: Pardès, 1987.

Lane, Edward William: *Arabian Society in the Middle Ages: Studies from the* Thousand and One Nights. London: Chatto, 1883.

—: *An Account of the Manners and Customs of the Modern Egyptians,* introduced by Jason Thompson. Cairo, New York: The American University in Cairo Press, 2003.

—: *The Arabian Nights' Entertainments*, vol. I. London: G. Bell and Sons, 1919.

Langlès, Louis Mathieu: *Les Voyages de Sind-Bâd le marin et La Ruse de femmes*. Paris: Imprimerie Royale, 1814.

Larzul, Sylvette: *Les Traductions françaises des* Mille et une nuits*: Etude des versions Galland, Trébutien et Mardrus*. Paris: L'Harmattan, 1996.

Laveille, Jean-Louis: *Le Thème de voyage dans* Les Mille et une nuits*: Du Maghreb à la Chine.* Paris: L'Harmattan, 1998.

Lebrero, Fradejas (ed.): *Sendebar*. Madrid: Editorial Castalia, 1990.

Leeuwen, Richard van: *De wereld van Sjahrazaad.* Amsterdam: Uitgeverij Bulaaq, 1999.

—: The Thousand and One Nights*: Space, Travel and Transformation.* London: Routledge, 2006.

Leo, Luigi: *Riflessi religiosi dell'Islam in* Mille e Una Notte. Cairo: Centro du Studi Orientali della Custodia Francescana di Terra Santa, 1955.

Lerner, Amir: *The Ju'aydiyya Cycle: Witty Beggars' Stories from the Montague Manuscript - a Late Augmented* Arabian Nights. Dortmund: Verlag für Orientkunde, 2014.

Littmann, Enno: *Tausendundeine Nacht in der arabischen Literatur*. Tübingen: Mohr, 1923.

Lopez-Barallt, Luce: *Islam in Spanish Literature*, trans. Andrew Hurley. Leiden-New York-Koln: Brill, 1992.

Lowes, John Livingstone: *The Road to Xanadu: A Study in the Ways of the Imagination*. Boston: Houghton Mifflin, 1927.

Lundquist, Magnus: *Något om tusen och en natt och sagoforskningen*. Bonn, 1959.

Lyons, M. C.: *The Arabian Epic: Heroic and Oral Story-telling*. 3 vols. Cambridge: Cambridge University Press, 1995.

Makdisi, Saree, and Felicity Nussbaum (ed.): The Arabian Nights *in Historical Context: Between East and West*. Oxford: Oxford University Press, 2008.

Mamet-Michalkiewicz, Marta: *Between the Orient and the Occident: Transformations of* The Thousand and One Nights. Katowice: Wydawn. Uniw. Śląskiego, 2011.

Marzolph, Ulrich: *Arabia ridens. Die humoristische Kurzprosa der frühen adab-Literatur im internationalen Traditionsgeflecht*. 2 vols. Frankfurt am Main: Klostermann, 1992.

—: *Das Buch der wundersamen Geschichten: Erzählungen aus der Welt von Tausendundeiner Nacht*. Munich: Beck, 1999.

—: *The* Arabian Nights *Reader*. Detroit: Wayne State University Press, 2006.

—: *The* Arabian Nights *in Transnational Perspective*. Detroit: Wayne State Univ. Press, 2007.

Marzolph, Ulrich, and Richard van Leeuwen: *The* Arabian Nights *Encyclopedia*. Santa Barbara, Calif., Denver, Col., Oxford: ABC-CLIO, 2004.

May, Georges: Les Mille et une nuits *d'Antoine Galland*. Paris: Puf, 1986.

Menéndez y Pelayo, Marcelino: *Orígenes de la novela*, t.1. Madrid: Bailly-Ballière é hijos, 1905.

Miquel, André: *Un Conte des* Mille et une nuits*: Ajîb et Gharîb*. Paris: Flammarion, 1977.

—: *Sept contes des* Mille et une nuits*; ou Il n'y a pas de contes innocents*. Paris: Sindbad, 1981.

—: *Les Dames de Bagdad: Conte des* Mille et une nuits. Paris: Desjonquères, 1991.

Mommsen, Katharina: *Goethe und 1001 Nacht*. Berlin: Suhrkamp, 1981.

Morozov, Dmitry A.: *Komediia 'Tysiachi i ednoi nochi'. Estafeta mistifikacii, ili shedevr evropeiskogo romantizma*. Moskva: Drevlekhranilishche, 2009.

Muhsin, Mahdi: *The Islamic Context of* The Thousand and One Nights. New York and Chichester: Columbia University Press, 2009.

Naddaf, Sandra: *Arabesque: Narrative Structure and the Aesthetics of Repetition in the* 1001 Nights. Evanston, IL: Northwestern University Press, 1991.

Nöldeke, Theodor: *Das arabische Märchen vom Doctor und Garkoch*. Berlin: Verlag der Königlichen Akademie der Wissenschaften, 1891.

Nurse, Paul McMichael: *Eastern Dreams: How the* Arabian Nights *Came to the World*. Toronto: Viking Canada, 2010.

Ortega y Gasset: *La deshumanización del arte y otros ensayos de estética*, Madrid: Editorial Espasa-Calpe, 1987.

Østrup, Johannes: *Studien über 1001 Nacht*. Stuttgart: Heppeler (Danish original Studier over Tusind og en nat. Copenhagen 1891), 1925.

Ouyang, Wen-Chin, and Geert Jan van Gelder (eds.): *New Perspectives on [the]* Arabian Nights*: Ideological Variations and Narrative Horizons*. London and New York: Routledge, 2005.

Paret, Rudi: *Der Ritter-Roman von 'Umar an-Nu'man und seine Stellung zur Sammlung von Tausendundeine Nacht*. Tübingen: Mohr, 1927.

Parker, Margaret R.: *The Story of a Story across Cultures. The Case of the 'Doncella Teodor.'* London: Tamesis, 1996.

Pinault, David: *Story-Telling Techniques in the* Arabian Nights. Leiden: Brill, 1992.

Pipes, Daniel: *The Rushdie Affair: The Novel, the Ayatollah, and the West*. New York: Carol, 1990.

Propp, V.: *Raices históricos del cuanto*, trad. Clara Strada. Madrid: Ed. Fundamentos, 1974.

—: *Edipo a la luz del folklore*. trad. Clara Strada. Madrid: Ed:Fundamentos, 1980.

Rabadi, Waël, and Isabelle Bernard (eds.): *La Réception mondiale et transdisciplinaire des* Mille et une nuits *(Medievales 51)*. Amiens: Presses du Centre d'Études Médiévales, 2012.

Rahman, Risvanur, and Syed Akhtar Husain: *Essays on* The Arabian Nights. New Delhi: India International Centre, 2015.

Rodríguez Monegal, Emir: *Jorge Luis Borges: una biografía literaria*. México: Fondo de Cultura Económica, 1987.

Russell, Alexander, and Patrick Russell: *The Natural History of Aleppo*. London: Printed for G. G. and J. Robinson, Pater-noster-row, 1794.

Sallis, Eva: *Sheherazade through the Looking Glass: The Metamorphosis of the* Thousand and One Nights. Richmond, Surrey: Curzon, 1999.

Samini, Naghme: *Ketâb-e 'eshq va sha'bade. Pazhuheshi dar Hezâr va yek shab*. Tehran: Markaz, 2000.

Sattâri, Jalâl: *Afsun-e Shahrazâd*. Tehran: Tus, 1989.

Schlichter, Rudolf: *Tausendundeine Nacht: Federzeichnungen aus den Jahren 1940－1945*. Berlin: Hentrich, 1993.

Schwab, Raymond: *L'Auteur des* Mille et une nuits. *Vie d'Antoine Galland*. Paris: Mercure de France, 1964.

Seybold, Christian F. (ed.): *Geschichte von Sûl und Schumûl: Unbekannte Erzählung aus Tausend und einer Nacht.* Leipzig: Spirgatis, 1902.

Shamma, Tarek: "Men's Knowledge/Men's Power: The Masculine Imaginary in the *Arabian Nights*." In *Masculinity in Middle Eastern Literature and Film*, ed. Lahoucine Ouzgane. London: Routledge, 2008.

Sironval, Margaret: *Album* Mille et Une Nuits. *Iconographie choisie et commentée*. Paris: Gallimard, 2005.

Spies, Otto: *Orientalische Stoffe in den Kinder- und Hausmärchen der Brüder Grimm.* Walldorf: Verlag für Orientkunde, 1952.

TosoRodinis, Giulana: *Fable et Histoire dans les Mille et une années de la*

Nostalgie de Richid Boujedra. Goldenberg: Heller, 1994.

Vargas Llosa, Mario: *Gabriel García Márquez: Historia de un deicidio*. Barcelona: Barral Editor, 1971.

—: "Prólogo," *Las mil y una noches*. Madrid: Alfaguara, 2009.

Vernet Ginés, Juan: Las Mil y una noches *y su influencia en la novelística medieval española*. Barcelona: Real Academia de Buenas Letras de Barcelona, 1959.

Volkmann, Helga: *Mit goldenen Lettern. Leben und Lieben in "1001 Nacht."* Göttingen: Vandenhoeck & Ruprecht, 2004.

Walther, Wiebke: *Tausend und eine Nacht: Eine Einführung*. Munich: Artemis, 1987.

Warner, Marina: *Stranger Magic: Charmed States & the* Arabian Nights. London: Chatto & Windus, 2011.

Weber, Edgard (ed.): *Le Secret des* Mille et une nuits. *L'inter-dit de Sheherazade*. Toulouse: Eché, 1987.

— (ed.): Les Mille et une nuits*: Contes sans frontière*. Toulouse: Amam, 1994.

Wehr, Hans (ed.): *Das Buch der wunderbaren Erzählungen und seltsamen Geschichten*. Wiesbaden: Steiner, 1956.

Wieckenberg, Ernst-Peter: *Johann Heinrich Voß und "Tausend und eine Nacht."* Würzburg: Königshausen & Neumann, 2002.

Yamanaka, Yuriko, and Tetsuo Nishio: *The* Arabian Nights *and Orientalism: Perspectives from East and West*. London: I. B. Tauris, 2005.

Youssef, Ahmed: *Cocteau l'égyptien: la tentation orientale de Jean Cocteau*. Monaco: Rocher, 2001.

Zotenberg, Hermann: *Histoire d''Alâ al-Dîn, ou, La lampe merveilleuse. Texte arabe avec une notice sur quelques manuscrits des* Mille et une nuits. Paris: Imprimerie Nationale, 1888.

二、中文文献

奥尔特加·伊·加塞特:《大众的反叛》,马楠译,北京:北京时代华文书局,2020年。

贝尔纳,马丁:《黑色雅典娜:古典文明的亚非之根》,郝田虎等译,长春:吉林出版集团,2011年。

博尔赫斯,豪尔赫·路易斯:《永恒史》,刘京胜、屠孟超译,上海:上海译文出版社,2015年。

布吕莱,皮埃尔:《古希腊人和他们的世界》,王美华译,南京:译林出版社,2006年。

陈众议:《加西亚·马尔克斯评传》,杭州:浙江文艺出版社,1998年。

—:《博尔赫斯》,北京:华夏出版社,2001年。

—:《西班牙文学黄金世纪研究》,南京:译林出版社,2007年。

—:《塞万提斯学术史研究》,南京:译林出版社,2011年。

—:《想象的边际》,广州:花城出版社,2015年。

—主编:《当代中国外国文学研究》,北京:中国社会科学出版社,2011年。

但丁:《神曲·地狱篇》,田德望译,北京:人民文学出版社,2002年。

格莱特,托马-西蒙:《达官冯皇的奇遇:中国故事集》,刘云虹译,上海:上海书店出版社,2010年。

葛铁鹰:《天方书话——纵谈阿拉伯文学在中国》,北京:首都师范大学出版社,2007年。

豪泽尔,阿诺尔德:《艺术社会史》,黄燎宇译,北京:商务印书馆,2020年。

荷马:《伊利亚特》,罗念生译,见《罗念生文集》第五卷,上海:上海人民出版社,2016年。

恒拉里,扎赫拉:《波斯故事》,张鸿年译,银川:宁夏人民出版社,2007年。

基佐:《欧洲文明史》,程洪逵、沅芷译,北京:商务印书馆,2005年。

季羡林:《罗摩衍那·童年篇·前言》,载蚁垤:《罗摩衍那·童年篇》,季羡林译,北京：人民文学出版社,1980年。

莱昂斯,乔纳森:《智慧宫——阿拉伯人如何改变了西方文明》,刘榜离等译,北京：新星出版社,2013年。

李唯中:《一千零一夜·译序》,载《一千零一夜》,李唯中译,石家庄：花山文艺出版社,1998年。

鲁伊斯,胡安:《真爱之书》,屠孟超译,北京：昆仑出版社,2000年。

罗根,尤金:《征服与革命中的阿拉伯人》,廉超群、李海鹏译,杭州：浙江人民出版社,2019。

吕同六编选:《20世纪末世界文学作品精选·散文卷》,长春：时代文艺出版社,1995年。

马尔克斯,加西亚:《百年孤独》,范晔译,海口：南海出版公司,2011年。

马哈福兹,纳吉布:《千夜之夜》,李唯中译,北京：人民文学出版社,2018年。

《马克思恩格斯文集》,北京：人民出版社,2009年版。

《马克思恩格斯全集》第42卷,北京：人民出版社,1979年。

钱锺书:《谈艺录》,北京：生活·读书·新知三联书店,2001年。

萨义德,爱德华:《东方学》,王宇根译,北京：生活·读书·新知三联书店,2019年。

—:《文化与帝国主义》,李琨译,北京：生活·读书·新知三联书店,2003年。

塞万提斯:《堂吉诃德》,杨绛译,北京：人民文学出版社,1985年。

王焕生:《欧洲寓言选·前言》,载伊索等:《欧洲寓言选》,王焕生等译,北京：人民文学出版社,2001年。

杨金才:《赫尔曼·麦尔维尔的现代阐释》,南京：南京大学出版社,2017年。

《一百零一夜》,郅溥浩译,北京：大众文艺出版社,2001年。

《一千零一日》,万曰林、朱梦魁译,兰州：甘肃少年儿童出版社,1991年。

《一千零一夜》第1卷,纳训译,北京：人民文学出版社,1982年。

伊本·穆格法:《凯里来和迪木奈》,李唯中译,天津:天津古籍出版社,2004年。

余玉萍:《伊本·穆格法及其改革思想》,北京:中国商务出版社,2007年。

赵建国:《〈一千零一夜〉:从文学到艺术》,北京:北京时代华文书局,2016年。

郅溥浩:《神话与现实——〈一千零一夜〉论》,北京:社会科学文献出版社,1997年。

—:《解读天方文学》,银川:宁夏人民出版社,2007年。

—:《一千零一夜·译序》,载《一千零一夜》,郅溥浩等译,南京:译林出版社,2017年。

—、丁淑红:《阿拉伯民间文学》,银川:宁夏人民出版社,2010年。

—、丁淑红、宗笑飞:《中外文学交流史:中国-阿拉伯卷》,济南:山东教育出版社,2015年。

仲跻昆:《阿拉伯文学通史》(上),南京:译林出版社,2010年。

—、刘光敏:《一千零一夜·序言》,载《一千零一夜》,仲跻昆、刘光敏译,武汉:长江文艺出版社,2013年。

宗笑飞:《阿拉伯安达卢斯文学与西班牙文学之初》,北京:当代中国出版社,2017年。

三、阿拉伯文文献

إبراهيم عبد العزيز، *أنا نجيب محفوظ سيرة حياة كاملة*، نفرو للنشر والتوزيع، مصر، 2006.

إلياس خوري، *الذاكرة المفقودة: دراسات نقدية*، بيروت: دار الآداب، 1990.

ابن المقفع، *كليلة و دمنة*، المكتبة الأموية، دمشق، 1963.

إبن النديم ، *الفهرس*،

http://www.al-mostafa.com

أحمد حسن الزيات ، *في أصول الأدب*،

https://www.noor-book.com

أحمد الأبشيهي، *المستطرف من كل فن مستظرف*، دار المعرفة، بيروت، 2008.

أحمد محمد الشحاذ، *الملامح السياسية في حكايات ألف ليلة وليلة*،دار الشؤون الثقافية العامة، 1986.

ألف ليلة وليلة التركية ، ترجمة، سليم أفندي باز، منتدى مكتبة الاسكندرية، https://www.noor-book.com/

التنوخي، *الفرج بعد الشدة*، مكتبة الخانجي بالقاهرة، 1994.

داود سلمان الشويلي، *ألف ليلة وليلة وسحر السردية العربية*، اتحاد الكتاب العرب، دمشق،2000.

داود سلمان الشويلي، *القصص الشعبي العربي :دراسة و تحليل*، https://www.noor-book.com/

سهير القلماوى، *ألف ليلة و ليلة*، دار المعارف بمصر، 1959.

شرف الدين ماجدلين، *بيان شهرزاد: التشكلات النوعية لصور الليالى*، الدار العربية للعلوم ناشرون، 2010.

شوقي ضيف، *تاريخ الأدب العربي :عصر الدول و الامارات مصر* ، دار المعارف ، 1967.

عبد الغني الملاح، رحلة في ألف ليلة وليلة، المؤسسة العربية للدراسات النشر، 1981.

علاء الدين علي ابن عبدالله غزولي، *مطالع البدور في منازل السرور*، https://www.noor-book.com/

علي الشدوي، *جماليات العجيب و الغربيت – مدخل الى ألف ليلة وليلة*، النادي الأدبي بجدة، 2004.

فروق سعد، *من وحي ألف ليلة وليلة*، منشورات المكتبة الأهلية، 1962.

فصول ، الجزء الثالث، العدد الثاني عشر ، الهيئة المصرية العامة للكتاب، 1994.

فاطمة المرنيسي، *شهرزاد ترحل إلى الغرب*، المركز الثقفي العربي، 2001.

فوندلين، *الحكاية الخرافية : نشأتها: مناهج دراستها، فنيتها*، ترجمة: نبيلة ابراهيم، دار القلم بيروت، 1973.

لحسن بن اعزيزة، محاكاة جون بارث لشهرزاد، دار كنوز المعرفة للنشر و التوزيع، 2017.

ليتمان، *ألف ليلة وليلة: دراسة و تحليل*، ترجمة : إبراهيم زكي خورشيد ولخ، دار الكتاب اللبناني بيروت، 1982.

مسعودي، *مروج الذهب* ، المكتبة العصرية، بيروت، 2005.

محسن جاسم الموسوى، *الوقوع في دائرة السحر- ألف ليلة و ليلة في النقد الأدبي الإنكليزي 1704-1910*، القاهرة : الهيئة المصرية العامة للكتاب، 1987.

— مجتمع *ألف ليلة وليلة* ، مؤسسة سلطان بن على العويس الثقافية، دبي، 2007.

محسن مهدي، *كتاب ألف ليلة وليلة من أصوله العربية الأولى* ، شركت ا. ى. بريل للنشر، ليدن ، 1984.

مصطفى عبد الغني، *شهرزاد في الفكر العربي الحديث*، دار الشروق، بيروت، 1985.

نبيلة ابراهيم، *سهير القلماوى*، الهيئة المصرية العامة للكتاب، 1999.

جبرتي، *عجائب الأثارفي التراجم و الأخبار*، مطبعة دارالكتب المصري بالقاهرة، 1997.

محمد عبد الرحمن يونيس، *تأثير ألف ليلة وليلة في المسرح العربي المعاصر الحديث و دراسات مسرحية أخرى* ، دارالكنوز الأدبية ، بيروت، 1995.

محمد عبد الرحمن يونس، *الجنس و السلطة في ألف ليلة وليلة*، مؤسسة الأنتشار العربي ، لندن-بيروت، 1998.

محمود طرشونه، مدخل *إلى الأدب المقارن و تطبيقه على ألف ليلة وليلة*، وزارة الثقافة ز المحافظة على التراث، تونس، 1989.

ماهر البطوطي، *الرواية الأم (ألف ليلة وليلة و الآداب العالمية): دراسة في الأدب المقارن*، مكتبة الآداب للطباعة والنشر و التوزيع، 2005.

附录二

人名中外文对照及索引[1]

一、西文人名

1　附录二和附录三各项后面的页码中,斜体的为绪言页码,n表示脚注。

二、阿拉伯文、波斯文人名

附录三

书、报、刊名中外文对照及索引

一、西文部分

二、阿拉伯文、波斯文部分

三、日文部分

“外国文学学术史研究”书目

第一、第二辑

《塞万提斯学术史研究》
《塞万提斯研究文集》
《雨果学术史研究》
《雨果研究文集》
《歌德学术史研究》
《歌德研究文集》
《左拉学术史研究》
《左拉研究文集》
《海明威学术史研究》
《海明威研究文集》
《庞德学术史研究》
《庞德研究文集》
《肖洛霍夫学术史研究》
《肖洛霍夫研究文集》
《普希金学术史研究》
《普希金研究文集》
《康拉德学术史研究》
《康拉德研究文集》
《高尔基学术史研究》
《高尔基研究文集》
《哈代学术史研究》
《哈代研究文集》
《贝娄学术史研究》
《贝娄研究文集》
《狄更斯学术史研究》
《狄更斯研究文集》
《芥川龙之介学术史研究》
《芥川龙之介研究文集》
《菲茨杰拉德学术史研究》
《菲茨杰拉德研究文集》
《茨维塔耶娃学术史研究》
《茨维塔耶娃研究文集》

第三辑

《乔叟学术史研究》
《乔叟研究文集》
《简·奥斯丁学术史研究》
《简·奥斯丁研究文集》
《希伯来经典学术史研究》
《希伯来经典研究文集》
《泰戈尔学术史研究》
《泰戈尔研究文集》
《普鲁斯特学术史研究》
《普鲁斯特研究文集》
《陀思妥耶夫斯基研究文集》

第四辑

《〈一千零一夜〉学术史研究》
《〈一千零一夜〉研究文集》
《巴尔扎克学术史研究》
《巴尔扎克研究文集》
《列夫·托尔斯泰学术史研究》
《列夫·托尔斯泰研究文集》